아프리카 소녀 나모

A Girl Named DISASTER

아프리카 소녀 나모

낸시 파머 · 글 | **김백리** · 옮김

느림보

등장 인물

마을 사람들_

나모: 주인공, 아프리카 모잠비크에 사는 여자아이.
나모는 '재앙' 이라는 뜻이다.

치포 이모: 나모의 큰이모

슈바이 이모: 나모의 작은이모

마스비타: 치포 이모의 큰딸

루바: 치포 이모의 작은딸

쿠파 이모부: 치포 이모의 남편

암부야: 나모의 할머니

루나코: 나모의 엄마. 표범에게 물려 나모가 어릴 때 돌아가셨다.

타카위라: 나모의 작은할아버지. 할머니의 동생

마스비타의 고모: 쿠파 이모부의 여동생. 이웃 마을에 살고 있다.

크로커다일 구츠: 마을에 사는 어부

안나: 크로커다일 구츠의 아내

타츠비오나: 마을에 사는 여자아이. 태어날 때부터 발이 뒤틀렸다.

시장 사람들_

조안: 시장 주인. 포르투갈 사람

로사: 조안의 아내. 쇼나 사람

무유키: 마녀를 찾아내는 무당

고레 므토코: 나모 아빠에게 죽음을 당한 마을 사람

조로로 므토코: 고레 므토코의 형

나모가 모험을 하면서 만난 사람들과 동물들_

물의 요정 : 물의 신

긴 젖꼭지 : 마녀

짧은 꼬리 : 발이 뒤틀리고 꼬리가 없는 개코원숭이

뚱뚱한 빰 : 개코원숭이들의 우두머리

과일대장 : 늙은 암컷 개코원숭이

술래 : 과일대장의 새끼

오파 : 짐바브웨 국경 근처 마을에 사는 여자

에피피 마을 사람들_

헨드릭 반 헤르덴 : 과학자. 아프리카 태생의 백인

에버조이스 마수쿠 : 과학자. 마타벨레 사람

글레이즈 : 에피피 병원의 간호사

바바 조셉 : 실험용 동물을 돌보는 일을 하는 바포소리 기독교도

모로상가 사람들_

프라우드 종웨 : 나모의 아버지

인더스트리 종웨 : 나모의 삼촌

에디나 종웨 : 나모의 숙모. 인더스트리 종웨 삼촌의 부인

무렌가 종웨 : 나모의 할아버지

클레버 : 인더스트리 종웨 삼촌의 둘째 아내가 낳은 아들

증조 할아버지 : 나모의 증조할아버지. 종웨 가문에서 가장 나이가 많다.

가리카이 : 증조할아버지의 조수

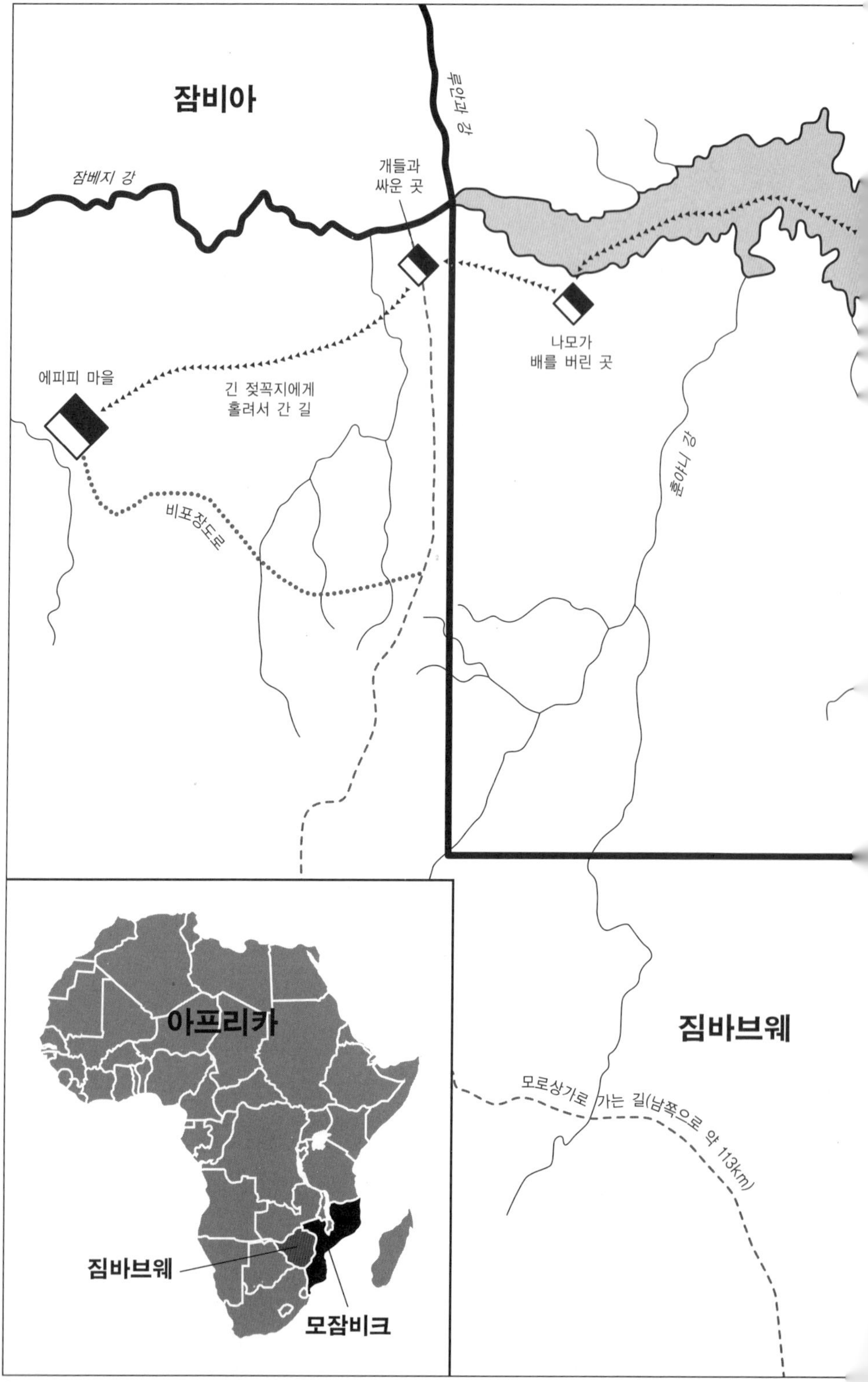

잠비아
루안과 강
잠베지 강
개들과
싸운 곳
나모가
배를 버린 곳
에피피 마을
긴 젖꼭지에게
홀려서 간 길
비포장도로
룬야니 강
아프리카
짐바브웨
모로상가로 가는 길(남쪽으로 약 113km)
짐바브웨
모잠비크

나모의 모험 길

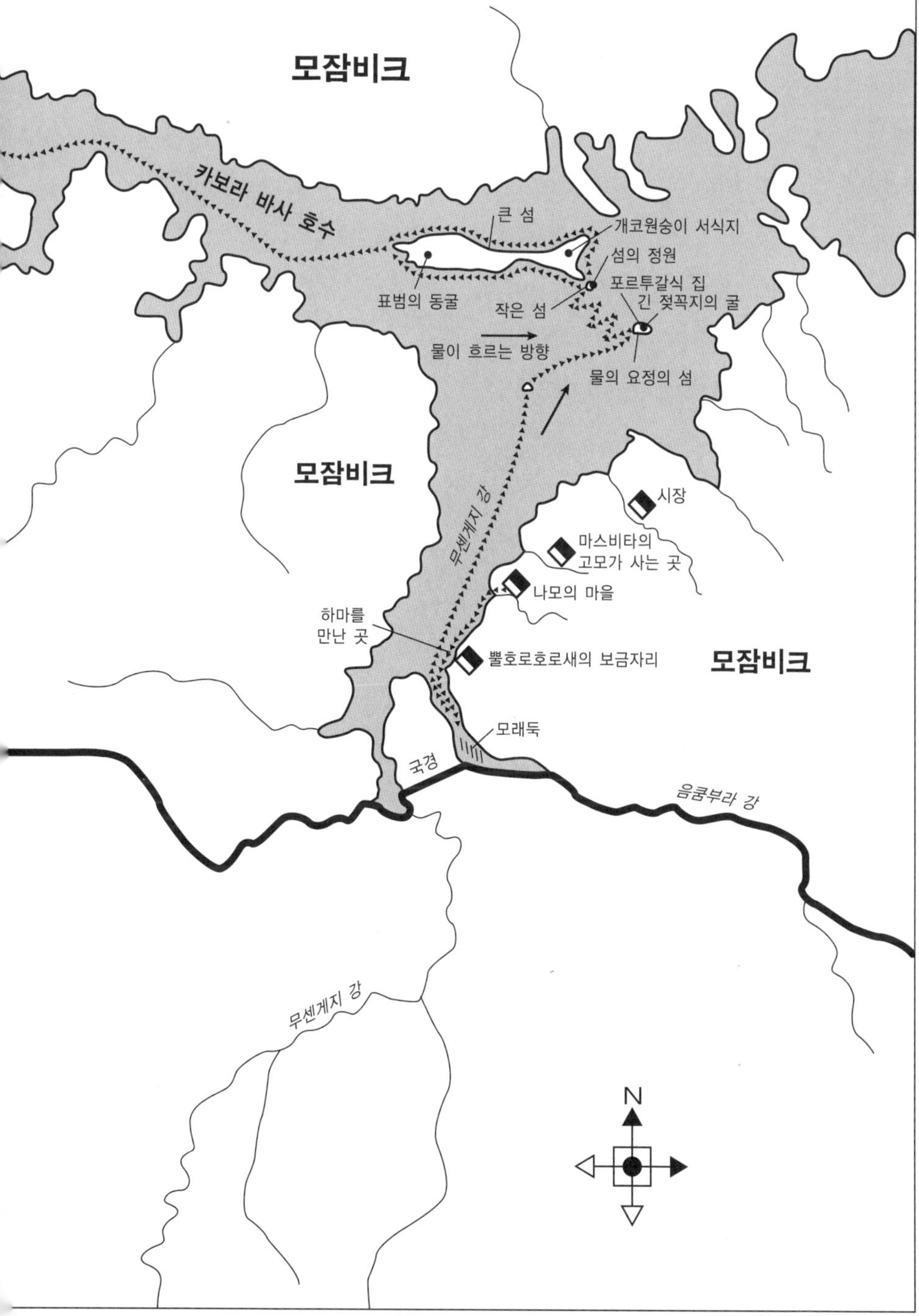

모잠비크
카보라 바사 호수
큰 섬
개코원숭이 서식지
섬의 정원
포르투갈식 집
긴 젖꼭지의 굴
표범의 동굴
작은 섬
물이 흐르는 방향
물의 요정의 섬
모잠비크
무센게지 강
시장
마스비타의
고모가 사는 곳
나모의 마을
하마를
만난 곳
뿔호로호로새의 보금자리
모잠비크
모래둑
국경
음쿰부라 강
무센게지 강
N

● 서문

오래 전 아프리카에 간 적이 있다. 제인 구달(Jane Goodall-여성 동물학자로 평생 침팬지를 연구하여 '침팬지의 어머니'라 불린다)에 대한 책을 읽고 나서였다. 침팬지를 연구하는 데 평생을 바친 이 학자가 참 멋있어 보였다. 구달은 겨우 텐트와 침낭 하나만 가지고 바나나를 먹으면서 연구에 몰두했다. 구달처럼 나도 아프리카에 가기로 마음먹었다. 아프리카에 대해 아는 것도 없었고, 돈도 충분하지 않았지만 개의치 않았다. 친구들은 내가 아프리카에 가면 사자한테 잡아먹힐 거라고 했다. 그러나 나는 아프리카 사람들 모두가 다 사자에게 잡아먹히는 것은 아니라며 고집을 부렸다. 아프리카 사람들은 그런 환경에서 어떻게 살아가는지를 알고 있었다. 나는 아프리카 사람들이 살아가는 방법을 배우고 싶었다.

아프리카에 대해 아무것도 모르는 채, 나는 달랑 500달러를 들고 그 대륙에 발을 내디뎠다. 구달의 책에서 보았던 침팬지 서식지와는 1,600킬로미터나 떨어진 먼 곳에 도착했다는 게 아쉬웠지만, 아프리카는 침팬지 외에도 흥미 있는 동식물들로 가득할 거라고 생각했다.

이렇게 해서 17년간의 아프리카 모험이 시작되었다.

아프리카에서 겪었던 모든 일을 다 말하려면 아마 이 책의 내용보다 열 배는 더 긴 이야기가 될 거다. 이 책은 내 실제 경험을 바탕으로 썼다. 나모가 살았던 섬은 실제로 아프리카에 있고, 개코원숭이 무리 이야기도 진짜다. 새끼 개코원숭이가 손으로 내 머리를 빗겨 주는데 머리카락이 다 빠질 뻔한 적도 있었고, 표범한테 잡아먹힐 뻔한 적도 있었다. 먹을 것이 없을 때는 죽은 표범을 먹기도 했다. 나는 콜레라가 휩쓸고 간 마을에서부터 짐바브웨에 있는 체체파리 서식지까지 나모가 지나간 길을 하나하나 다 밟아 보았다.

그렇다고 내가 이름난 연구가가 된 것은 아니다. 연구하는 사람들은 한시도 쉬지 않고 일에 몰두하는데 나는 그렇지 못했기 때문이다. 연구에 몰두해서 바빠지면 옆 동네에 잔치가 있어도 구경 갈 수가 없고 달밤에 카누를 타고 물가를 돌아보는 여유도 누릴 수가 없다. 나는 무엇을 연구해서 명성을 얻기보다는 그냥 잔치 구경이나 다니며 배를 타고 노는 게 좋았다. 하지만 내가 아프리카에서 시간을 낭비한 거라고는 생각하지 않는다.

인생은 그 자체로 경이롭고 다양한 모습을 가지고 있다. 조금 늦은 감은 있지만 나는 작가가 된 것이 뿌듯하다. 어떤 일을 할 때보다 글을 쓸 때가 가장 기쁘다.

하지만 처음 몇 년 동안은 글이 잘 풀리지 않았다. 대부분의 작가들이 그렇듯 말이다. 그러나 크게 걱정하지는 않았다. 왜냐하면 머릿속으로는 햇볕이 아름다웠던 날들과 맑은 음성으로 노래하던 새들과 행복한 사람들의 모습을 언제나 되살려낼 수 있었기 때문이다. 글 쓰는 일이 좋은 것도 바로 이러한 까닭이다. 순간순간의 행복은 사람들이 스스로 알아차리기도 전에 스르르 빠져 나가 버릴 때가 많다. 그러나 그 순간들을 책에 담는다면 책을 읽을 때마다 소중한 순간을 다시 느낄 수 있다.

≪아프리카 소녀 나모≫에는 나의 기쁨과 행복이 담겨 있다. 책을 펼치면 나모의 흥미진진한 모험이 펼쳐진다. 나모의 모험을 따라가다 보면, 나모가 건너는 강이 희망으로 반짝거리는 것을 느낄 수 있을 것이다. 그리고 열은 안개 속에서 나모가 영혼의 세계를 보았던 것처럼 우리 앞에 열려 있는 신비로운 인생의 문을 보게 될 것이다.

낸시 파머

1

나모는 무화과나무 위에 웅크리고 앉아 있었다. 알록달록한 열매의 껍질을 벌리자 개미 떼들이 손가락 위로 기어 올라왔다. 나모는 얼굴을 잔뜩 찌푸렸다.

'이게 뭐야, 벌레잖아?'

몹시 배가 고팠지만 나모는 도저히 먹을 수가 없었다. 그 열매를 얼른 땅으로 내던지고 다른 가지를 뒤졌다.

"나모! 나모!"

누군가가 멀지 않은 곳에서 나모를 불렀다. 나모는 굵은 줄기에 머리를 바짝 갖다댔다. 넓적한 나뭇잎들이 나모를 감싸 주었다. 이대로 가만히 앉아 있으면 아무도 나모를 찾을 수 없을 것이다.

"나모! 이 게으름뱅이야! 옥수수도 안 빻아 놓고 도대체 어디 가 있어?"

치포 이모였다. 오솔길을 따라 이모가 터덜터덜 걸어오는 소리가 들렸다. 나모는 나뭇잎 사이에 숨어서 치포 이모를 바라보았다. 이모는 나모를 보지 못하고 수풀 쪽으로 향했다.

'왜 항상 나야?'

나모는 옥수수를 빻는 일보다 열매를 따는 일이 더 좋았다. 나모는 먼지가 폴폴 일고 있는 길을 멍하니 쳐다보았다. 치포 이모의 작은 발자국은 새끼발가락까지 선명하게 보였다. 나모는 마을 사람들의 발자국을 다 구별했다.

어떻게 해서 사람들의 발자국 모양을 다 알게 되었는지는 모르겠지만, 나모는 세심한 관찰력을 가진 아이였다. 게다가 나모는 건강했다. 하루 종일 밭에 나가 씨를 뿌리고, 잡초를 뽑고, 집에 와서는 아기들을 돌보고, 빨래와 설거지를 했다. 나모는 매일 끝도 없는 일을 하느라 녹초가 되었지만 한 번도 지친 적이 없었다. 가끔 어쩌다 힘이 들거나 불안해지면 나모는 색다른 생각을 하며 힘을 내곤 했다.

나모는 마타벨레 병정개미들이 줄 밖으로 빠져 나가는 어린 개미들을 막기 위해 줄 바깥쪽에 서서 보호한다는 사실을 알고 있었다. 쿠파 이모부가 밥을 먹으면서 입술을 오물거리면, 치포 이모한테 화가 난 거라는 것도 알았다. 나모는 시냇물에서 불어오는 바람과 숲 속에서 불어오는 바람을 냄새 하나로 구분할 수도 있었다.

나모는 불안한 마음을 가라앉히려고 일부러 더 바쁘게 일을 했다.

나모는 마을의 다른 여자아이들과는 달랐다. 나모는 펄펄 끓는 주전자처럼 열정을 가진 아이였다.

"열심히 하고 싶어, 정말 하고 싶어. 그게 무엇인지는 잘 모르지만……."

나모는 열정을 쏟을 만한 일을 꼭 하고 싶었다. 하지만 아직은 무엇을 하고 싶은 건지, 정말 바라는 게 무엇인지 알지 못했다.

치포 이모가 나무 바로 밑에서 고함을 질렀다.

"나모! 너, 거기 앉아 있는 거 다 알아. 네가 내던진 껍질 좀 봐."

하는 수 없이 나모는 나무 위에서 내려왔다. 치포 이모가 막대기로 나모의 다리를 때렸다. 그리고 곧 나모의 등덜미를 잡아 질질 끌면서 마을로 데려왔다.

나모는 옥수수를 꺼내려고 호지로 갔다. 호지는 장대를 양쪽으로 받쳐 세워 놓은 마을의 공동 식량 창고다. 치포 이모의 딸인 마스비타는 호지 안쪽 그늘진 곳에 앉아 있었다. 마스비타는 진흙으로 항아리를 만들고 있었다. 나모는 마스비타 옆에 쪼그리고 앉았다.

"참 예쁘다."

마스비타가 생긋 웃었다.

"지난번에 만든 항아리는 불에 굽다가 다 부서졌어. 이건 오늘 아침부터 다시 만든 거야."

"정말 멋있다. 이번에는 잘 구워질 거야."

나모는 손가락 끝에 진흙을 조금 묻혀 맛을 보았다.

"와! 이건 흰개미 둥지에 있던 진흙이네."

"맛이 괜찮니?"

마스비타도 손가락에 묻혀서 핥아먹었다. 치포 이모가 호지 문 앞에서 버럭 소리를 질렀다.

"나모! 정말 그렇게 꾸물거릴래?"

나모는 호지 안으로 뛰어 들어가 옥수수 알갱이가 담긴 바구니를 꺼냈다. 바구니를 부엌으로 가지고 가서 나무 둥치로 만든 절구에다 알갱이를 쏟았다. 나모는 단단한 옥수수 껍질이 다 부스러질 때까지 짓찧었다. 콱콱 소리를 내며. 나모는 아주 힘이 들었다.

흘러내리는 땀이 자꾸 눈 속으로 들어갔다. 나모는 땀을 문지르고 치마를 추켜올렸다. 절굿공이를 내려놓고 숨을 고르며 마스비타를 쳐다보았다. 나모는 힘든 일을 하고 있는데 마스비타는 호지의 시원한 그늘 속에 앉아 있었다. 마스비타가 일을 하기 싫어하는 건 아니었다. 하지만 마스비타에게는 힘든 일을 시키지 않았다. 뜨거운 화덕에서 부글부글 끓는 무거운 죽 단지를 들어내는 것 같은 힘든 일들은 늘 나모 차지였다.

어릴 때 나모는 죽 단지를 떨어뜨린 적이 있었다. 발등에 뜨거운 죽이 왈칵 쏟아졌다. 비명을 지르자 사람들이 달려왔다. 정성스레 약을 발랐는데도 발에 물집이 생겼고 보기 흉한 상처가 남았다. 할머니가 울상이 되어 말했다.

"이 어린것한테 이게 무슨 날벼락이냐?"

그러나 치포 이모는 차갑게 말했다.

"나모니까 다행이지, 마스비타였다고 생각하면……."

옥수수를 빻으면서 나모는 호지 안에 앉아 있는 마스비타를 쳐다보았다. 마스비타는 참 예쁘게 생겼다. 나모도 웅덩이에 비친 자기 얼굴을 본 적이 있었다. 그리 못생긴 건 아니라고 생각했지만 싹싹하고 여자다운 마스비타에 비해 나모는 거칠고 퉁명스러워 보였다. 그렇지만 나모는 마스비타처럼 하루 종일 그늘에 앉아 편히 있을 수 있다면 누구나 다 상냥해질 거라고 생각했다.

이제 빻은 옥수수를 키질해야 했다. 나모는 옥수수 껍데기가 바람에 날아가도록 열심히 키를 흔들었다. 그러고 나서 옥수수를 물이 든 항아리에 넣고 밤새 불린다. 물에 불렸다 잘 말린 다음 다시 가루가 될 때까지 곱게 빻아야 한다.

치포 이모는 나모에게 개울물을 퍼 오라고 명령했다. 나모는 항아리에 물을 가득 채워 놓고 호박밭으로 가 물을 줬다. 호미로 땅을 톡톡 쳐 가며 밭에 난 잡초를 조심조심 뽑았다. 그리고 할머니 방바닥에 깔 말랑말랑한 쇠똥도 주웠다.

할머니는 오두막 밖 그늘에 앉아서 진흙을 구워 만든 파이프로 담배를 피웠다. 마을 여자들은 담배를 피우지 않았다. 그러나 할머니가 피는 것을 뭐라고 하는 사람은 아무도 없었다. 할머니는 지혜로운 사람으로, 영혼의 세계에 가까이 있었기 때문에 마을 사람들 모두 할머니를 존경했다.

"이리 오너라, 우리 강아지."

할머니는 나모가 다가가기만 하면 그렇게 불렀다.

나모는 풀을 엮어 만든 빗자루로 바닥을 쓸고 난 뒤 쇠똥을 문질러 반들반들하게 펴놓았다.

"므와리 신의 목소리를 들을 수 있다면 좋겠구나."

할머니가 한숨을 내쉬었다.

"옛날에는 사람들이 먹을 것을 달라고 손뼉을 치면서 하늘에 기도를 드리면 죽이 들어 있는 항아리와 꿀이 가득한 벌집이 땅으로 내려

왔지."

나모는 쇠똥을 반들반들하게 펴면서 그 이야기를 들었다. 할머니의 이야기는 수십 번도 더 들었지만 상관없었다. 나모는 할머니 곁에 있는 게 좋았다.

"옛날 왕들은 모두 다 착했어."

할머니는 꿈꾸는 듯한 눈빛으로 말을 이었다.

"그런데 시간이 갈수록 왕들의 마음은 점점 나빠졌어. 므와리 신은 나쁜 짓을 하는 왕들에게 화가 나서 이 나라를 떠났지. 하지만 므와리 신이 백성들을 아주 버린 건 아니야. 므와리 신은 영혼을 만나게 해주는 텀발레에게 가서 그의 고민을 슬쩍 이야기했어. 그러자 텀발레는 하늘의 뜻을 므와리 신에게 전해 주었지.

왕들 중에서 가장 심보가 나쁜 건 맘보 왕이었어. 맘보 왕은 사람들이 므와리 신을 칭찬하면 '그 놈은 도대체 누구냐? 그 놈이 나보다 더 힘이 세단 말이냐?' 하며 화를 벌컥 냈어. 맘보 왕은 텀발레도 싫어했지. 하지만 텀발레는 아주 착한 사람이었어.

어느 날 사람들이 들판에 모여 있었어. 전쟁에서 이겨 축하 잔치를 하던 중이었지. 맘보 왕은 조각이 새겨진 화려한 의자에 앉아서 왕비들이 주는 음식을 받아먹었어. 왕비들은 왕에게 잘 보이려고 정신이 없었지. 그런데 갑자기 들판의 풀들이 속삭이기 시작하는 거야.

'텀발레가 없었다면 전쟁에서 이길 수 없었을걸.'

'이게 무슨 소리냐?'

왕이 소리를 질렀어.

'감히 풀들이 나한테 말대꾸를 해? 불을 질러 모두 다 태워 버려라!'

병사들이 들판에 불을 질렀어. 풀들은 다 타 버렸지.

그러자 이번에는 나무들이 중얼거렸어.

'텀발레가 없었다면 전쟁에서 이길 수 없었을 거야.'

화가 난 맘보 왕은 다시 병사들에게 명령을 내렸어.

'저 나무들도 모조리 태워 없애라.'

병사들은 숲도 모두 태워 버렸어.

그러자 이제 바위들도 똑같은 말을 하는 거야. 맘보 왕은 바위를 불로 태울 수 없자 망치로 산산조각 냈어. 하지만 다시 목소리가 들려왔지.

'텀발레가 없었다면 전쟁에서 이길 수 없었을 거야.'

그건 가장 어린 왕비의 목소리였단다. 맘보 왕이 소리를 질렀어.

'감히 어디서? 이 역적!'

그러자 사람들이 말했단다.

'왕이시여, 왕비를 나무라지 마시옵소서. 아직 어리지 않습니까?'

'당장 왕비를 죽여라!'

병사들은 어린 왕비를 죽이고 살갗을 벗겼어. 몸은 불태워 버렸고 벗긴 살가죽으로 북을 만들었지. 맘보 왕이 북을 치자, 그 소리는 사람들의 마음을 어지럽혔단다. 북소리가 나면 사람들은 그 자리에 주저앉아 귀를 틀어막아야 했지. 그러던 어느 날 북에서 신비로운 목소리가 들려 왔어.

'너희들의 나쁜 행동에 정말 화가 나는구나. 너희들을 망하게 할 군대를 보내겠다. 모래가 집을 뒤덮고, 들판은 잿더미로 변할 것이다.'

그것은 므와리 신의 목소리였단다. 므와리 신은 그날 이후 영원히 사람들에게서 떠나갔지. 그날부터 사람들은 지독하게 일을 해야 했고, 서로 싸우게 되었어. 세상은 점점 험악해졌지."

할머니의 목소리가 점점 작아지더니 곧 코 고는 소리가 들려 왔다. 할머니는 의자에 앉은 채 잠이 들어 버렸다. 나모는 밖으로 나와 오두막 벽에 기대앉아 할머니가 들려준 옛이야기를 생각했다. 사람의 살가죽으로 만든 북이라니……. 믿을 수가 없었다.

'왕비의 영혼은 어떻게 되었을까?'

나모는 영혼이 몸 속에 깃들여 있다고 믿어 왔다. 그런데 불쌍한 왕비는 불에 타 죽고, 살가죽은 북이 되었다.

'왕비의 영혼은 살가죽으로 만든 북에 남아 있는 걸까?'

눈 앞에서 치포 이모가 꽥 소리를 질렀다.

"아직도 못 끝냈어?"

나모는 한숨을 내쉬었다. 손을 씻고 말려 놓은 옥수수를 빻으려고 채비를 했다. 나모는 속이 오목하게 파인 돌을 바닥에 놓고 옥수수를 빻을 작은 돌을 집어 들었다. 나모는 돌멩이로 옥수수를 빻았다.

마스비타는 여전히 호지 안에 앉아 있었다. 나무 판 위에 반쯤 만들어진 항아리 두 개를 올려 놓고 말리는 중이었다.

치포 이모가 마스비타에게 말했다.

"이리 와서 옥수수 물이라도 좀 마시고 하렴."

나모도 시원한 옥수수 물을 마시고 싶었다. 슈바이 이모가 마스비타가 만든 항아리를 보고 말했다.

"정말 예쁜 항아리네. 겉치장은 우리가 맡을게."

마스비타는 수줍은 듯 미소지었다. 길에는 사람들이 하나도 없었다. 한낮의 무더위를 피해 모두 집으로 들어가 쉬고 있었다. 하지만 나모는 땔나무를 구하러 나가야 했다.

2

여자아이들은 혼자 숲에 들어가는 일이 없었다. 숲 속은 너무 어두워 무섭기 때문이다. 마을은 사방이 숲으로 둘러싸여 우묵한 모양을 하고 있었다. 나모도 무섭기는 마찬가지였다. 그렇지만 치포 이모에게 혼날 것을 생각하면 나모는 혼자서라도 나무를 하러 가야 했다.

매년 이맘때가 코끼리들이 강을 건너 이동을 하는 시기이기 때문에 숲에서 코끼리 떼를 만나 위험에 처할 수도 있었다. 나모는 혹시 코끼리나 버팔로 떼와 마주치지 않을까 조심조심 걸었다. 하지만 가장 걱정되는 건 맹수였다. 표범은 마을 사람들이 가장 두려워하는 맹수였다. 표범만 생각하면 너무 무서워서 나모는 숨이 막힐 지경이었다.

나모가 세 살 때 엄마는 표범에 물려서 돌아가셨다. 엄마가 돌아가실 때, 나모는 오두막 문간에서 아무것도 모른 채 잠들어 있었다. 할머니는 아직도 그때 이야기를 하며 슬퍼했다.

"벌건 대낮에 그 몹쓸 짐승이…… 불쌍한 내 딸, 불쌍한 내 딸을 죽였어. 못된 사위 녀석 때문이었지. 절대로 그 녀석을 용서하지 않을 거다."

못된 사위는 바로 나모의 아빠다.

나모는 엄마가 돌아가신 일을 기억하지 못했다. 하지만 마음속 어딘가에 응어리처럼 소름끼치는 느낌이 있었다.

나모는 마을에서 강까지 이어지는 넓은 길을 따라갔다. 동네 여자들이 평평한 돌 위에 자리 잡고서 빨래를 하는 것이 보였다. 나무 그늘에 깔아놓은 자리에는 통통한 아기들이 누워 있었다. 아기들이 다른 데로 기어갈까 봐 조그만 여자아이가 아기들을 돌보았다.

나모는 강 둔치를 지나 모래 언덕이 있는 데까지 걸어갔다. 이 모래 언덕에 서서 보면 두 갈래로 뻗은 물길이 밑바닥까지 투명하게 보였다. 모래 언덕은 악어도 기어오를 수 없는 안전한 장소였다. 나모는 물 속으로 걸어 들어갔다. 물이 어깨까지 차올랐다. 나모는 수영을 할 줄 몰랐기 때문에 강 중간쯤 물이 깊은 곳까지 가면 정신이 하나도 없었다. 그렇지만 거친 모래를 밟아가며 물살을 헤치고 나아갔다. 건너편 강둑에 닿자마자 나모는 바위 위로 기어올라 발목에 들러붙은 거머리를 떼어 냈다.

나모는 덤불 사이에 숨어 젖은 옷을 꼭꼭 짰다. 몸이 축축해져서 기분이 좋았지만 마냥 그렇게 있을 틈이 없었다. 치포 이모가 빨리 오라고 했기 때문이다. 그리고 날이 어두워지기 전에 꼭 집으로 돌아가야 했다.

날이 어두워지면 표범이 사냥을 하러 나오기 때문이다.

나모는 밭이 나타날 때까지 풀이 무성한 후미진 길을 한참 걸어갔다. 숲 속에 있는 밭은 저절로 생긴 게 아니었다. 예전에 여기서 땅을 갈고 살았던 사람들이 만들어 놓은 것이다. 아직도 길가에 버려져 있는 장대들을 보면 전에 이곳에 있었던 마을과 집을 상상할 수 있었다. 들판에 몇 개 남아 있는 호박이 제멋대로 자란 풀들과 뒤엉켜 자라고 있었다. 이곳에 어떤 사람들이 살았는지는 모른다. 마을 사람들이 이곳까지 오는 일은 거의 없었다. 마스비타는 도깨비가 나오는 곳이라고 말했다.

나무 그림자도 무서웠다. 밭을 지나자 말라붙은 강둑에 다다랐다. 나모는 바닥에 흩어져 있는 나뭇가지 중에서 땔감이 될 만한 것들을 주워 모았다. 땔나무를 구하는 데는 여기가 가장 좋았다. 치포 이모가 놀랄 정도로 일이 빨리 끝났다. 나모는 주운 잔가지들을 단으로 묶어 숲길 가에 세워 놓았다.

나모는 마을 끝에 있는 언덕 위로 올라갔다. 크고 둥근 돌로 된 언덕 꼭대기에 올라서면 사방이 다 보였다. 왼쪽으로는 개울과 나모의 마을에서 솟아오르는 연기가 보였고, 오른쪽으로도 개울과 회녹색나무 숲을 볼 수 있었다. 개울이 끝나는 곳에서 강이 시작되고 있었다. 숲 속 가장자리로 은은한 불빛도 보였다.

언덕 가장 높은 데의 동그란 바위는 가운데가 움푹했다. 장마철에는 그 움푹한 곳에 빗물이 가득 고였다. 지금도 반쯤 물이 차 있었다. 나모는 몸을 구부려서 고인 물에 얼굴을 비추어 보았다. 못생겼다는 생각은 들지 않았다.

나모는 이곳에 오면 늘 하는 일이 있었다. 바위에 난 조그만 구멍을 막아 놓았던 넓적한 돌을 치운 뒤에 그 속에 나모가 모아둔 보물을 살펴보는 일이었다. 나모는 구멍 안에 들어 있는 항아리며 나무 숟가락, 물을 담아 마시는 조롱박, 치포 이모의 머릿수건과 끝이 부러진 쿠파 이모부의 칼들을 꺼냈다. 그러나 값비싼 성냥통, 슈바이 이모의 팔찌에서 떨어진 유리구슬들, 쿠파 이모부가 촛대를 장식할 때 쓰던 구리철사 같은 몇 가지 물건은 꺼내지 않고 그대로 놓아두었다.

나모는 돌 바닥에 천을 깔고 꺼낸 물건들을 올려 놓았다. 항아리 속에 돌돌 말아 넣었던 종이를 꺼내 펼쳤다. 나모는 종이가 날아가지 않도록 가장자리에 돌을 올려 놓았다. 그것은 잡지에서 찢어낸 사진이었다.

마을 사람들은 글을 읽을 줄 몰랐다. 그러나 다른 마을에 가 보면 가끔 잡지를 구경할 수 있었다. 마을에서 글을 읽을 줄 아는 사람은 겨우 남자 두 명뿐인데, 이들은 다른 마을에서 읽은 잡지 내용을 마을 사람들에게 들려주었다. 여자들은 글에는 관심이 없고 옷이나 집, 정원 그리고 자동차 사진들을 아주 관심 있게 보았다. 사진에서 본 머리 모양을 따라 해 보려고 애쓰기도 했다. 하지만 사람들 모두 잡지가 너덜너덜해지면 망설이지 않고 불쏘시개로 썼다.

나모가 들고 있는 이 사진도 원래 잡지의 겉표지였다. 아주 질긴 종이로 되어 있었다. 이 사진을 처음 보았을 때 나모는 얼마나 가슴이 두근거렸는지 모른다. 구슬이 달린 끈으로 머리를 묶은 예쁜 여자 사진이었다. 알록달록한 꽃무늬 옷에 눈부시게 하얀 앞치마를 두른 여자가 하얀 빵을 썰고 있는 사진이었는데, 빵 옆에는 노란색 마가린 덩어리가 놓여 있었다.

나모는 마가린이 무엇인지 몰랐다. 할머니는 마가린이 땅콩버터보다 훨씬 더 맛있다고 말했다.

여자가 있는 방에는 비싼 물건들이 많이 있었다. 하지만 나모의 눈을 사로잡은 건 그 물건들이 아니라 여자와 함께 서 있는 어린아이였다. 머리를 양쪽으로 묶은 아이는 파란색 드레스를 입고 있었다. 여자는 아이를 보며 다정하게 미소지었다. 하얀 빵과 노란 마가린은 이 아이에게 먹이려는 것이었다.

그 여자는 아이의 엄마처럼 보였다.

나모는 엄마가 기억나지 않았다. 사진 한 장도 없었다. 그런데도 나모는 그 사진을 보는 순간 마음이 설레었다. 사진 속의 여자가 꼭 엄마 같았다.

나모는 잡지 사진을 오래 간직하고 싶어서 치포 이모가 자리를 비웠을 때 겉표지를 오려 숨겨 놓았다. 치포 이모는 슈바이 이모의 짓인 줄 알고 화를 냈다. 나모의 짓이라고는 생각하지 못했다. 나모가 머리모양을 바꾸려고 잡지를 오릴 리는 없기 때문이다.

나모는 찻잔에 차를 따르는 시늉을 했다. 곧이어 잡지 사진처럼 빵을 자르고 빵에다 마가린을 바르는 척했다.

"엄마, 아까 무화과나무에 올라가서 열매를 땄어요. 개미가 너무 많아서 절반이나 버렸지만요. 그런데 나무 위에서 노란 새를 봤어요. 물 위에 둥지를 트는 새 말이에요. 그 새가 개미를 잡아먹었어요. 엄마, 그러면 그 개미는 노란 새의 뱃속에서 자라게 되나요?"

나모는 잠시 말을 멈추고 마치 엄마의 대답을 듣는 것처럼 기다렸다.

"맞아요, 사실 나도 그럴 리는 없다고 생각했어요. 어제는 하늘을 붕붕 나는 벌 떼를 봤어요. 정말 벌이 많았어요. 그런데 그 벌들은 땅으로 내려오지 않았어요."

나모는 아빠도 엄마와 같이 여기에 있다고 상상했다. 하지만 아빠의 얼굴이 떠오르지 않았다. 아빠에 대해서 아는 것이 하나도 없었기 때문이다. 아빠는 나모가 태어나기도 전에 멀리 도망갔다고 했다. 할머니는 아빠가 짐바브웨에 있는 크롬 광산에서 일하고 있다고 말했다.

할머니가 어떻게 아빠가 있는 곳을 아는지 모르지만 가끔 낯선 사람들이 마을에 나타나 이런저런 소문을 들려주기는 했다. 할머니는 아빠가 모로상가라는 곳에서 일하고 있으며, 언젠가는 나모를 데려가려고 마을을 찾아올 거라고 했다.

생각만 해도 섬뜩했다. 생전 처음 보는 낯선 사람이 불쑥 나타나 나모가 지금까지 정을 붙이고 지내 온 사람들과 헤어지게 할 테니까. 아빠가 나모를 데려가겠다고 하면 거절할 사람은 아마 없겠지만, 치포 이모는 지금쯤 아빠가 다른 여자와 결혼해 나모 따위는 벌써 까마득히 잊어버렸을 거라고 말했다.

나모는 날이 어두워지는 것을 깨달았다. 얼마나 정신을 팔고 있었는지 시간 가는 줄도 몰랐다. 물건들을 급히 바위 구멍 속에 꾸려 넣고 다시 돌 뚜껑을 덮었다. 나모는 바위 언덕을 내려와 땔나무를 단단히 등에 졌다.

이미 날은 깜깜해져서 길이 거의 보이지 않았다. 숲 속에는 은빛이 감돌고, 나무들은 하늘처럼 어둡게 변했다. 이맘때가 되면 낮의 동물들은 사냥길을 서서히 빠져 나가고 밤의 동물들이 사냥을 시작했다. 나모는 길을 찾으려고 개울물이 흘러가는 소리에 귀를 기울였다. 하지만 바람이 불지 않아서 개울물 냄새를 맡을 수 없었다.

멀리서 '스스' 하는 소리가 들려 왔다. 급히 숲을 빠져 나가느라 나모는 평소보다 더 많은 소리를 내며 걸었다. 개울가에 도착했다. 수면이 은빛으로 반짝반짝 빛나고 있어서 물 속을 들여다볼 수가 없었다. 악어들이 활동하기 좋을 때였다. 악어들은 물 밑을 돌아다니면서 납작하고 노란 눈으로 숲 속을 노려보고 있을지도 몰랐다.

"아, 어쩌지?"

등에 졌던 땔나무를 머리에 이고 천천히 개울가로 다가갔다. 나모가 강둑을 따라 빠르게 걷자 물 속에서도 '스스' 하는 소리가 들렸다. 수풀 사이로 그림자 하나가 어른거렸다. 웅크리고 앉은 짐승 그림자였다.

나모는 움직일 수가 없었다. 온몸이 굳어 비린 것 같았다. 왔던 길로 돌아갈까 생각했지만 그것도 위험했다. 그곳으로 돌아간다고 해도 짐승이 나모를 쫓아올 것이다. 땔나무를 집어던져서 짐승을 쫓아 버릴까도 생각해 보았다. 그렇지 않으면 나모는 그냥 그 자리에 서서 하염없이 기다릴 수밖에 없었다. 마을 사람들이 나모를 찾으러 올 때까지 말이다. 그런데 마을 사람들이 정말로 나모를 찾으러 올까?

숲은 점점 더 어두워졌다. 물가의 은빛도 서서히 사라졌다. 달빛이 숲길을 비추었다. 짐승 그림자는 아직 그대로 있었다. 그런데 그것은 짐승의 그림자가 아니었다. 나모가 착각한 것이었다. 물 속에도 악어들은 하나도 보이지 않았고 모래만 희미하게 반짝이고 있었다.

나모는 이제 물 속으로 들어갔다. 저녁 공기가 서늘해졌지만 물은 아직도 따뜻했다. 땔나무가 젖을까 봐 높이 쳐들고 물을 건넜다. 숲을 지나 마을에 도착한 나모는 오두막을 향해 달려갔다.

3

나모가 땔나무를 내려놓자 치포 이모가 퉁명스레 물었다.

"어디 갔다 이제 와?"

슈바이 이모가 참견을 했다.

"나무 밑에서 잠자다 왔나 봐."

마스비타는 양파와 토마토를 썰고 있었다. 마스비타는 나모에게 미소를 지었다.

"너무 더웠잖아, 엄마. 나도 너무 더워서 낮엔 깜빡깜빡 졸았어."

"쟤는 나무 열매나 실컷 따먹으면서 놀다 온 거야."

무화과를 다듬던 치포 이모는 그 속에 개미가 들어 있는 것을 보고 얼굴을 찌푸렸다.

나모는 아무런 대꾸도 하지 않고 불을 지폈다. 여자들은 함께 모여 저녁을 준비했다. 남자들은 다레(남자들의 모임 장소)로 향했다. 낚시나 농사일을 하는 남자들, 사냥을 나갔던 남자들은 저녁때가 되면 일을 마치고 와 다레에서 모였다. 남자들의 커다란 웃음소리가 서늘한 바람을 타고 여자들이 저녁을 준비하는 데까지 들려 왔다.

이윽고 향기로운 음식냄새가 풍겨 왔다. 입에 침이 고였지만 나모는 아무것도 입에 댈 수가 없었다. 남자들이 맨 먼저 먹고 그 다음으로 할머니와 아이들이 먹었다. 밥을 다 먹은 남자아이들은 아버지를 따라 다레로 갔다.

슈바이 이모는 두 아들에게 죽을 먹이고, 나모는 치포 이모네 아이들인 어린 사촌들에게 밥을 먹였다. 마스비타는 다레로 술항아리를 날랐다. 마스비타의 여동생인 루바도 접시 나르는 일을 도왔다. 루바는 이제 다 커서 여자들이 하는 일을 똑같이 했다. 루바도 여자들이 저녁을 준비하는 일이 얼마나 힘든지 비로소 알게 되었다.

식사를 끝낸 할머니가 느긋하게 파이프 담배를 피우고 있을 무렵에야 치포 이모, 슈바이 이모, 마스비타, 루바와 나모는 밥그릇을 들고 불가에 빙 둘러앉았다.

아무도 말을 하지 않았다. 모두들 조용히 앉아 밥을 먹었다. 토마토와 양파를 넣은 싸자(걸쭉한 옥수수 가루 죽)와 호박잎을 넣고 끓인 칠리소스, 땅콩버터를 곁들인 오크라를 먹었다. 고기즙에 물을 조금 넣고 끓인 생선도 먹었다. 모든 음식이 맛있고 양도 많았다. 하지만 소금이 부족했다. 소금은 멀리 떨어진 해안에서 사 오기 때문에 값이 비쌌다. 사람들은 소금을 몹시 아껴 먹었다.

슈바이 이모가 걸쭉한 죽을 끝까지 다 떠먹고도 더 먹고 싶은 듯 말했다.

"아, 맛있다."

치포 이모가 하품을 하며 말했다.

"나모, 다례에 가서 빈 그릇들을 챙기고 밖에서 다 씻어서 가지고 와."

나모는 이 지겨운 일을 얼른 마치려고 달려갔다. 다례로 간 나모는 동네 아저씨들에게 서둘러 인사를 했다. 쿠파 이모부가 사람들에게 재미있는 이야기를 들려주고 있었다. 부모가 반대하는 남자에게 시집가겠다고 고집 부리는 여자의 이야기였다. 가만히 듣고 있던 아저씨들과 아이들은 뒷이야기가 궁금한 듯 빨리 이야기 해달라고 재촉했다.

"그래서요?"

그러나 그 이야기는 이미 다들 아는 이야기였다. 그런데도 사람들은 항상 이야기의 뒷부분을 다시 듣고 싶어했다.

"남자가 아주 빨리 걸어갔어. 여자는 뒤따라가고 있었지. '기다려요, 같이 가요!' 여자가 남자를 불렀어."

동네 아저씨들과 아이들은 숨을 죽이고 귀를 기울였다.

"그래서 어떻게 됐어?"

"남자가 여자를 돌아보았는데, 갑자기 남자의 머리가 엄청 커지는 거야. 그러더니 남자가 입을 이렇게 쫙 벌렸어."

아저씨들과 아이들이 놀라 소리쳤다.

"와! 그렇게 크게?"

"남자는 여자를 머리부터 먹기 시작했어. 꿀꺽꿀꺽…… 여자 머리가 다 들어갔어. 몸 그리고 다리까지……."

사람들이 소리쳤다.

"몽땅 삼켜 버린 거네!"

나모도 이야기를 들으면서 천천히 접시를 치웠다. 다례에 피워 놓은 장작불이 개울에서 불어오는 바람결에 타닥타닥 소리를 내며 탔다.

쿠파 이모부는 점점 더 흥이 나서 말했다.

“남자는 어느새 큰 뱀으로 변했어. 뱀은 여자 발가락까지 모조리 삼켰어. 부모 말 안 듣고 고집 부리는 여자애들한테는 이런 일이 생기는 거야.”

그 여자가 벌 받은 건 당연하다며 한 아저씨가 큰 소리로 말했다.

“정말 그래.”

쿠파 이모부가 말했다.

“그 뱀 속에 여자가 들어 있다고 상상해 봐.”

나모는 소름이 끼쳤다.

“저기 숲 속 바위 언덕에서 있었던 일이야. 그것도 대낮에 말이야. 개울 건너 마을 있지? 아무도 안 사는 건너 마을 말이야. 여자는 그 마을 사람이었어.”

나모는 생각했다.

‘그 마을? 내가 엄마 생각하면서 놀았던 거기? 뱀에게 잡아먹힌 여자의 영혼이 아직도 이리저리 방황하면서 가족들을 찾고 있을까? 동물에게 잡아먹힌 사람의 영혼은 어떻게 되는 걸까? 그럼 우리 엄마는?’

딱! 쿠파 이모부가 지팡이로 나모의 머리를 한 대 때렸다. 나모는 깜짝 놀라 접시를 떨어뜨릴 뻔했다. 지팡이가 나모의 무릎 아래로 떨어졌다.

“그럼 이제, 나모처럼 버릇없는 여자애 이야기를 해줄까?”

쿠파 이모부가 이렇게 말하자 모두들 웃었다.

"얼른 가거라. 왜 여기서 꾸물거리는 거냐?"

나모는 얼른 접시를 챙겨 빠져 나왔다. 부엌으로 가서 설거지통에 그릇들을 쏟아 넣었다. 음식 찌꺼기가 묻은 그릇은 물에 헹구고 나무 접시는 재와 모래로 깨끗이 닦은 다음 선반 안쪽에 가지런히 넣었다.

'동물에게 잡아먹혀도 영혼은 살아 있지 않을까?'

아직까지 나모는 이런 생각을 해 본 적이 없었다. 하지만 다른 조상들이 그렇듯 엄마 영혼도 무덤가를 떠돌고 있을는지도 모른다.

'표범이 엄마를 물고 가 버렸다고 했는데……, 엄마는 지금 어디에 있을까? 어떻게 되었을까?'

식구들이 모두 할머니 옆에 빙 둘러앉아 있었다. 할머니가 옛날이야기를 들려주었다. 루바는 손가락을 빨고 있고, 마스비타는 아기를 토닥거리며 이야기를 듣고 있었다. 치포 이모는 잡지에서 본 대로 마스비타의 머리를 꾸며 주었다. 마스비타의 피부는 반짝반짝 윤이 났다. 마스비타는 화장품을 썼기 때문에 피부가 아주 고왔다.

사람들은 옥수수에 붙은 알갱이처럼 다닥다닥 붙어 앉아 있었다. 나모가 끼어 앉을 틈은 없었다. 나모는 할머니의 이야기가 끝날 때까지 문가에 앉아 기다렸다. 사람들은 할머니가 들려주는 이야기를 잘 기억해 두었다가 자기들이 들은 소문을 보태 새로운 이야기를 만들었다.

나모는 엄마의 영혼이 아직 살아 있는지 물어 보고 싶었지만, 그 말을 어떻게 꺼내야 할지 몰랐다. 그러다 문득 좋은 생각이 떠올랐다.

"할머니, 저녁때 개울가에서 정말 이상한 일이 있었어요."

치포 이모가 핀잔을 주었다.

"넌 아무것도 모르면서 왜 끼어드니?"

슈바이 이모가 말했다.

"아니야, 말해 봐. 지금까지 아무 말도 안 하고 있었잖니."

"아까 땔나무를 모아서 돌아오던 길이었어요."

그러자 치포 이모가 중얼거렸다.

"그건 다 아는 이야기잖아."

나모는 이야기를 계속했다.

"날이 어둑어둑해지고 있었어요. 그런데 개울가에서 표범을 봤어요."

"뭐라고?"

모두 놀라 나모를 쳐다보았다.

"발톱이 무시무시한 게 몸집이 아주 큰 표범이었어요. 숲길을 바라보고 있었어요. 너무 무서워 한 발짝도 뗄 수가 없더라고요. 주워 온 나무를 다 떨어뜨릴 뻔했어요. 표범이 달려들면 나무를 던지고 도망쳐야겠다고 생각했지요."

보통 때와는 다르게 사람들이 관심을 보이자 나모는 신이 나서 이야기를 꾸며댔다.

"표범이 낮게 으르렁거렸어요. 꼬리로 풀을 후려치면서요. 표범이 나를 집어삼킬 수도 있겠다는 생각이 들었어요."

마스비타가 눈을 동그랗게 떴다.

"'엄마! 어떻게 해요? 엄마, 도와주세요.' 속으로 외쳤어요. 그랬더니 갑자기 달빛이 환해지는 거예요. 달빛이 표범을 떡갈나무로 바꾸어 놓았어요. 표범은 사라지고 떡갈나무 한 그루만 남았어요. 정말 표범이 떡갈나무로 변했는지 발로 한번 세게 차 보았어요. 그리고 있는 힘껏 달려 도망쳤지요."

나모는 이제 엄마에 대해 물어 보려고 했다. 그런데 방 안이 이상할 정도로 조용했다.

할머니, 치포 이모, 슈바이 이모, 마스비타, 루바, 어린아이들까지도 나모를 멍하니 바라보고 있었다.

슈바이 이모가 물었다.

"위험하게 왜 걷어찼니?"

치포 이모가 소름끼친다는 듯이 말했다.

"표범이라니……."

나모가 얼른 고쳐 말했다.

"사실은 너무 어두워서 잘못 본 거 같아요. 원래 나무가 있던 곳이었나 봐요."

할머니가 말했다.

"하지만 으르렁거렸다고 말하지 않았니? 큰일이구나. 은강가(마을의 주술사 또는 무당)를 불러야겠어."

나모는 심장이 쿵 떨어지는 것 같았다. 은강가는 이웃 마을에 사는데, 그 사람을 부르려면 아주 돈을 많이 주어야 했다.

슈바이 이모가 말했다.

"표범이 그냥 지나가는 중이었는지도 모르잖아?"

치포 이모가 마스비타를 옆으로 바짝 끌어당겼다.

"하지만 나모를 기다리고 있었다잖아?"

나모가 대답했다.

"엄마가 표범을 멀리 보내 버린 거예요. 엄마 영혼이 저를 지켜 준 거예요."

할머니는 슬픈 표정이었다. 하지만 나모에게 미소를 지어 보였다.

"그럼, 그렇고 말고. 우리 강아지."

"그러니까 제가 하고 싶은 말은요……."

나모는 엄마에 대해 물어 보고 싶었다. 하지만 어떻게 설명을 해야 좋을지 몰랐다.

"엄마가 표범에게 잡아먹혔잖아요. 그래서 엄마 몸이……."

치포 이모가 버럭 화를 냈다.

"저런, 바보 같은!"

"나모, 가서 자거라. 할머니 또 우시겠다."

할머니는 이미 소리 없이 눈물을 흘리고 있었다. 할머니가 나모에게 옆에 와 앉으라고 손짓을 했다. 나모는 슈바이 이모와 할머니 사이에 끼어 앉았다.

"숲 속에서 네 엄마의 뼈를 찾아냈어. 표범이 엄마를 멀리 끌고 간 게지. 마을에 그런 일을 당한 사람이 있으면 사람들은 소를 제물로 바치고, 무덤에 죽은 소를 같이 묻는단다. 엄마의 몸 대신 소의 몸을 묻었기 때문에 네 엄마 영혼은 집으로 돌아올 수 있었지."

할머니는 가늘게 떨고 있었다. 나모도 온몸이 떨렸다. 소는 아주 귀해서 마을에서 소를 죽이는 일은 거의 없었다. 그런데 엄마를 위해서 할머니가 소를 죽였다니……. 할머니가 엄마를 많이 사랑했다는 뜻이다. 나모는 눈물이 났다.

"너도 이미 알고 있겠지만 오늘 표범을 만났을 때, 네 엄마가 너를 지켜 준 거야."

나모는 표범이 으르릉거렸다고 한 말은 지어낸 거라고 말하고 싶었다. 하지만 그렇게 말을 하기는 너무 늦은 것 같았다. 할머니는 나모를 꼭 껴안아 주었다. 한 번도 이렇게 안긴 적이 없는 나모는 할머니가 안아 주는 게 너무 좋았다. 계속 그렇게 있고 싶었다. 나모는 이모들이 왜 자기를 싫어하는지 궁금했다. 아빠 때문에 그런 걸까?

나모에게 아빠 이야기를 해주는 사람은 아무도 없었다. 나모는 아빠 없이 혼자 사는 게 어떤지 잘 알고 있었지만, 아빠가 왜 그렇게 멀리 떠나가 버렸는지는 도무지 알 수가 없었다. 엄마는 아빠 때문에 돌아가셨다. 아빠가 엄마를 보호해 주지 못했으니까. 나모의 엄마가 죽었기 때문에 사실 나모는 아빠에게 가야 했다. 남자와 여자가 결혼해서 낳은 아이들은 남자의 핏줄을 이어받았으므로 남자의 식구들이 아이의 진짜 가족이다. 하지만 외가 식구들은 나모를 아빠에게 돌려 보내지 않았다.

가끔 나모는 아빠의 가족들도 자기를 좋아하지 않을 거라고 생각했다. 그런 생각을 하면 우울해졌지만 오늘밤처럼 할머니가 따뜻하게 대해 줄 때는 기분이 좋아졌다. 아빠의 식구들은 나쁜 사람들일지도 모른다. 그러니까 할머니와 이렇게 사는 게 더 좋은 거라고 생각했다.

슈바이 이모가 말했다.

“이제 가서 자거라.”

나모는 마스비타, 루바와 함께 여자아기들을 오두막으로 안고 가 재웠다. 남자아이들은 오빠들이 데리고 갔다.

나모는 자리에 누워 곰곰이 생각했다. 개울가에 있던 그림자는 정말 잘못 본 걸까? 나무 그림자를 잘못 본 게 분명하겠지. 하지만 다른 사람들은 표범이 진짜 나타난 거라고 믿고 있는걸.

나모는 잠이 든 아기를 바로 눕히며 생각했다. 사람들은 표범이 언젠가는 다시 나타날 거라고 말했다. 그리고 그 표범이 꼭 나모를 찾아올 거라고 믿는 것 같았다.

4

다음날 아침 마스비타는 일찌감치 오두막을 나섰다. 마스비타는 보통 때와 달라 보였다. 나모는 재빨리 옷을 입고 마스비타를 몰래 뒤따라갔다. 밖으로 나와 사방을 둘러보았지만 마스비타는 이미 사라지고 보이지 않았다. 오두막 안에서 할머니의 동생인 타카위라 할아버지가 기침하는 소리가 들렸다. 타카위라 할아버지는 자기를 숲에 데려다 달라며 동네 아이들을 부르고 있었다.

나모는 마스비다의 발자국을 찾으려고 몸을 구부렸다. 발자국이 할머니의 오두막 울타리 안쪽으로 나 있었다. 나모는 의아했다. 마을에서 마스비타에게 허드렛일을 시키는 사람은 할머니뿐이었다. 그래서 마스비타는 할머니를 피해 다녔다. 그런 마스비타가 할머니를 먼저 찾다니, 무슨 일일까?

타카위라 할아버지가 화가 난 듯 소리를 질렀다.

"누구 없어?"

그러자 한 남자아이가 오두막에서 나와 할아버지에게 달려갔다. 아픈 노인들에게는 언제 어떤 일이 생길지 모르기 때문에 노인들이 부르면 한달음에 달려가는 게 예의였다. 나모는 발길을 돌려 부엌일을 하러 갔다. 항아리에 물을 끓이고 손짐작으로 차를 대중해 물에 넣었다. 고급 차였다. 할머니와 타카위라 할아버지는 늘 차를 마셨다. 할머니와 할아버지는 달콤한 맛을 좋아해 나모는 차에 설탕을 조금 넣었다.

쿠파 이모부와 마을 남자들은 차와 설탕, 소금, 옷, 성냥을 다른 물건과 바꿔 오려고 시장으로 갔다. 나모는 시장에 가 본 적이 없었다. 시장은 여러 마을로 난 길이 한데 모이는 곳에 있었다. 쿠파 이모부가 한 달 전 시장에 갔을 때 본 트랙터 이야기를 해주었다. 트랙터 한 대가 아스팔트 길을 따라 상가로 가고 있었다고 했다. 트랙터는 마차를 끌고 가고 있었는데 마차에는 마을로 가려는 사람들이 타고 있었고 물건들도 산더미같이 실려 있었다. 트랙터는 어린아이가 걸어가는 것보다 더 느렸지만 사람들은 트랙터가 끌고 가는 마차에서 쉴새없이 웃고 떠들었다고 했다.

물건을 다 운반하고 나면 트랙터는 마을로 돌아가는 사람들을 잔뜩 싣고 다시 끽끽거리며 기어갔다. 이렇게 물건을 운반하는 데에 시간이 아주 많이 걸렸기 때문에 소금과 설탕 같은 것이 무척이나 귀했다. 나모는 소금이나 설탕을 먹고 싶어도 먹을 수가 없었다. 치포 이모는 소금과 설탕이 얼마나 남아 있는지 늘 꼼꼼하게 살폈다. 나모는 치포 이모가 설탕이 줄어든 것을 알아채지 못하도록 손가락에 조금씩 설탕을 묻혀 핥아먹곤 했다.

타카위라 할아버지는 오두막 밖 의자에 앉아 있었다.

나모는 타카위라 할아버지에게 차를 드렸다.

"난 우유가 먹고 싶어."

할아버지가 불평을 했지만 우유를 짤 수 있는 소는 한 마리도 없었다. 할아버지는 늙고 옹이 진 손으로 차가 든 양재기를 감싸 쥐었다.

할머니를 뒤따라 걸어오는 마스비타가 보였다. 두 사람은 환하게 웃고 있었다. 마스비타는 여자아이들의 오두막으로 가고 할머니는 차를 마시려고 불가로 왔다. 할머니는 마스비타에게 무슨 일이 생겼는지 아무 말도 하지 않았다. 나모도 할머니에게 물어 보지 않았다.

나모는 여자아이들의 오두막에서 바구니를 꾸려 나오는 마스비타에게 재빨리 다가가 물었다.

"마스비타, 도대체 무슨 일이니?"

마스비타가 싱긋이 웃었다.

"나 며칠 동안 고모한테 가 있을 거야."

"왜?"

마스비타가 자랑스럽게 말했다.

"나 이제 만다라(처녀라는 뜻. 여자아이가 생리를 시작하면 이렇게 부른다)가 됐어."

마스비타가 생리를 하게 되었다. 마스비타는 이제 여자가 되었으므로 여자로서 알아야 할 것을 배우려고 고모집에 가는 것이다. 마스비타가 싱글벙글하는 게 당연했다. 나모는 마스비타가 무띠뭐(생리를 시작하면 아랫도리를 보호하기 위해 두르는 끈으로 전통적인 생리대이다)를 하고 있다는 것도 알았다. 생리를 시작하면 아랫도리를 보호하기 위해 옷

안에 끈을 둘렀다. 이제 마스비타는 아기를 가질 준비가 되었다는 표시로 무띠뮈를 하고, 어른들은 마스비타를 위해 잔치를 열 것이다. 나모는 착한 마스비타를 미워하지는 않았지만, 자기보다 먼저 생리를 시작한 마스비타에게 질투를 느꼈다.

"얼마나 가 있을 건데?"

마스비타가 대답했다.

"보름달이 뜰 때까지. 나중에 내가 돌아오는 날, 잔치를 할 거래."

질투가 난 나모는 마스비타에게 축하한다는 말을 해줄 수가 없었다. 자신이 축하해 주지 않아도 모두들 마스비타를 축하해 줄 테니까. 잔치를 하고 춤을 추고 맛있는 음식을 먹을 것이다.

오두막으로 들어가자 할머니가 말했다.

"나모, 얼른 아이들 아침을 차려 주거라."

아이들 끼니를 챙기는 것은 마스비타가 하던 일이었다. 나모는 아이들을 돌보는 게 좋았지만, 의기양양해진 마스비타를 보니 그 일도 즐겁지가 않았다. 칭얼거리는 아이들에게 죽을 떠먹였다. 아이들에게 매맞기 싫으면 조용히 하라고 으름장을 놓자 아이들은 원망하는 눈빛으로 나모를 쳐다보았다. 아이들까지 나모보다 마스비타를 더 좋아했다. 모든 게 공평하지 않았다.

아침에 할머니는 마스비타네 오두막 앞에 찢어진 무띠뮈와 절굿공이를 하나 가져다 놓았다. 치포 이모는 이것들을 소중하게 간직할 것이다. 딸이 이제 여자가 되었다는 걸 증명해 주는 물건이기 때문이다. 낡은 무띠뮈를 불태웠다. 할머니 오두막에 가서 마스비타는 새 무띠

뒤를 찼다. 이제 마스비타가 고모집에 있는 동안은 부모님을 만나지 못할 것이다.

마스비타가 고모집으로 떠나자 나모는 몰래 마을을 빠져 나와 개울 건너편 마을로 갔다. 치포 이모가 알면 가만두지 않겠지만 그런 건 상관없었다. 나모는 물웅덩이에 얼굴을 비추어 보았다. 아직은 여자로 보이지 않았다. 가슴이 밋밋했다.

나모는 바위 구멍에 숨겨 둔 물건과 사진을 늘어놓고서 엄마에게 말했다.

"엄마, 나는 일찍 결혼하지 않을래요. 마스비타는 아내가 둘씩이나 되는 남자한테 시집을 가게 될지도 몰라요. 그 여자들이 남편 몰래 마스비타를 때릴 거예요."

나모는 엄마의 대답을 기다렸다.

"마스비타가 행복했으면 좋겠어요. 아니……."

나모는 솔직하게 말했다.

"그렇지만 가끔 마스비타한테 나쁜 일이 생겼으면 하는 마음이 들기도 해요. 마스비타를 싫어할 이유가 생기면 기분이 좋아질 것 같아요."

잡지에서 본 맛있는 음식도 상상했다. 나모는 얇게 썬 케이크와 아이스크림을 엄마 앞에 내놓았다. 하지만 나모는 아직 아이스크림이나 얼음을 한 번도 본 적이 없었다.

나모는 튀긴 통닭도 내놓았다. 나모와 엄마는 아주 시원하고 달콤한 레모네이드도 마셨다.

"엄마, 나도 만다라가 되면 새 옷과 푸른 구슬이 달린 목걸이를 살 거예요. 슈바이 이모가 시장에서 사온 거랑 똑같은 분홍색 구두도 사고요. 마스비타의 고모에게 갔다 오면 나에게도 잔치를 열어 주겠지요?"

갑자기 어떤 생각이 떠올랐다. 마스비타가 고모집으로 간 것은 거기가 마스비타의 고모집이기 때문이었다. 나모가 만다라가 되었을 때는 누구를 찾아가야 할까?

나모에게도 틀림없이 고모가 있을 것이다. 고모는 어디에 살고 있을까? 나모는 고모가 어떤 사람인지 어느 마을에 사는지 전혀 몰랐다.

아이들은 모두 아버지의 핏줄이었다. 나모가 외가 친척들과 함께 살아 왔다 해도, 결혼할 때가 되면 나모의 아빠가 딸의 값어치를 매겨서 결혼 지참금을 받을 것이다.

나모는 엄마를 안심시켰다.

"그때가 되면 할머니가 아빠한테 제 소식을 전할 거예요. 할머니가 그러시는데 아빠는 모로상가에서 일하고 있대요."

배에서 꾸르륵 소리가 났다. 케이크며 통닭을 먹는 흉내를 냈지만, 사실 나모는 아무것도 먹지 못했다. 배가 너무 고파 찌르는 듯이 아팠다. 나모는 보물을 다시 꾸려 넣고서 바위에서 내려왔다. 말라붙은 강바닥에 불을 피우고 밭에서 구워 먹을 만한 감자 몇 개를 용케 찾아냈다. 냄새가 좋았다.

집으로 돌아가고 싶지 않았지만 나모는 목이 말라 물을 마시고 싶었다. 나모는 치포 이모가 화를 낼까 봐 걱정이 되었다. 그래서 땔나무로 쓸 나뭇가지를 조금 끌어 모았다. 모은 나무를 가지고 개울가를 지나 터벅터벅 집으로 향했다.

나모는 조심스럽게 마을로 들어섰다. 오후 내내 나모는 아무 일도 하지 않았다. 물 항아리도 채워 놓지 않았고, 호박밭에 물도 주지 않았고, 옥수수도 찧어 놓지 않았다. 치포 이모가 펄펄 뛸 게 뻔했다. 나모는 부엌 바깥에 땔나무를 내려놓고서야 일을 시작했다.

치포 이모 대신 할머니가 밖으로 나왔다. 화가 난 치포 이모는 입을 꾹 다물고 오두막 안쪽에 앉아 있었다. 이모는 아무 말도 하지 않았다. 할머니가 나모에게 따라오라는 손짓을 했다. 나모 대신 루바와 다른 여자아이들이 개울에서 물을 길어 오고 있었다.

할머니가 말했다.

"저 아이들이 너 대신 물 한 번 길어 온다고 큰일나지는 않아. 하지만 나를 도와줄 손녀가 있어야겠다."

나모는 참을 수 없어서 말대꾸를 했다.

"마스비타도 할머니 손녀잖아요."

"그래. 그런데 그 아이는 몸치장을 하고 기분을 내러 나갔구나. 마스비타는 좀 둔하잖니?"

나모는 깜짝 놀랐다. 누구나 다 칭찬하는 마스비타가 둔한 구석이 있다고 넌지시 이야기한 것은 할머니가 처음이었다. 할머니는 나모를 오두막으로 데리고 가 설탕을 듬뿍 넣은 레모네이드를 주었다. 엄마와 함께 먹는 걸 상상했던 바로 그 레모네이드였다.

"네 엄마는 천천히 자랐단다."

할머니의 말에 나모는 놀랐다.

"그때는 정말 걱정을 많이 했지. 사람들은 식물과 같아. 어떤 사람들은 잡초처럼 쑥쑥 자라고, 어떤 사람들은 나무에 달린 열매처럼 더디게 큰단다. 하지만 나중에 보면 천천히 자라서 익은 과일이 훨씬 더 맛이 있지."

할머니 말이 맞았다. 마스비타는 빨리 자라는 잡초 같았다.

"천천히 컸지만 네 엄마, 루나코는 아주 영리했어. 네 엄마가 글을 읽을 줄 알았다는 거 알고 있었니?"

나모는 머리를 흔들었다. 아주 짧은 순간에 나모는 엄마에 대해 새로운 사실을 알게 되었다.

"네 엄마와 나는 짐바브웨에 있는 은양가라는 곳에서 산 적이 있단다. 아주 추운 곳이야. 겨울에는 물이 얼 정도란다."

나모는 얼음을 상상해 보았다.

"네 할아버지는 백인의 집에서 나무 베는 일을 했어. 그런데 거기 있는 나무들은 참 이상했어. 키가 큰데다 나뭇잎이 가시처럼 생겼지. 나무들은 한 그루 한 그루가 다 비슷하게 생겼는데 밭에 나는 채소처럼 나란히 자랐단다. 주인집 여자는 우리에게 일주일마다 옥수수 가루, 설탕, 식용유, 고기를 주었단다. 또 네 엄마와 치포가 나이가 차니까 일년에 한 번 옷을 주었어. 교복도 줬지. 그때 슈바이는 아직 어린 아기였어."

나모는 낯선 단어를 더듬더듬 소리내어 보았다.

"교, 복, 그게 뭐예요?"

"옷이란다. 학교에 다니는 여자아이들은 모두 똑같은 옷을 맞춰 입고 다니지. 말끔한 얼굴에 머리를 단정하게 하고 한 줄로 서서 가는 아이들의 모습이 정말 예뻤단다."

할머니는 한숨을 쉬더니 잠시 아무 말도 하지 않았다. 나모는 할머니가 옛 생각에 잠겨 있다는 것을 알았다. 할머니는 엄마 이야기만 나오면 눈물을 흘렸기 때문에 엄마 이야기를 꺼내기가 늘 어려웠다. 나모는 엄마가 학교에 다녔다는 걸 알고 너무나 놀랐다. 엄마는 아이스크림도 먹어 보았을지 모른다.

"루나코는 아주 똑똑했어. 교장 선생님은 루나코가 앞으로 대학에 갈 수 있을 거라고 말했단다. 그런데 치포는 뭘 잊어버리는 데 선수였어. 둘이 얼마나 달랐는지……."

할머니의 목소리가 다시 가늘어졌다. 나모는 레모네이드를 아껴 먹으려고 조금씩 마셨다. 밖에서 까악까악 까마귀 울음소리가 들렸다. 까마귀들이 채소밭을 망치려고 모여든 게 틀림없었다.

"그러던 어느 날 할아버지가 차에 치였어. 주인은 나한테 월급 10달러를 쥐어 주더니 우리를 쫓아냈지. 주인집 여자는 낡은 옷가지 두 벌하고, 자기 사진을 한 장 주더구나. 나는 그 집에서 나오자마자 그 사진을 찢어 버렸어. 우리는 집도 없고, 돈도 없고, 일자리도 잃은 거야. 우리가 먹고살 만한 마을은 거기밖에 없었어. 네 엄마를 더 이상 학교에 보낼 형편이 못 되었지. 내가 학교에 책을 돌려주러 갈 때 네 엄마는 정말 많이 울었어."

그리고 할머니는 아무 말씀도 하지 않으셨다. 할머니는 어느새 잠들어 있었다. 나모는 할머니를 눕혀 드리고 오두막을 빠져 나왔다.

* * *

보름날 마스비타가 돌아왔다. 마스비타는 머리를 자르고 새 옷을 입고 있었다. 노란색 바탕에 파란 물고기가 그려져 있고 둘레를 빨간 띠로 장식한 옷이었다. 치포 이모는 마스비타를 데리고 돌아온 고모에게 고마움의 표시로 닭을 잡아 주었다. 이웃 마을의 여러 친척들도 바구니에 음식을 싸 들고 찾아왔다.

보름날 밤마다 여는 가족 잔치였다. 하지만 이번에는 만다라가 된 마스비타를 축하하기 위해 모였다. 사람들은 모두 마스비타가 훌륭한 여자가 될 거라고 말했다. 마스비타는 얌전하고 순종적이었다. 마스비타는 사람들에게 잘난 척하지 않았고 항상 부드럽게 말했다. 사람들은 마스비타에게 칭찬을 아끼지 않았다.

나모는 뱀처럼 소리 없이 사람들 사이로 걸어 다녔다. 타카위라 할아버지는 아들이 연주하는 음비라(남아프리카의 전통악기. 나무판자나 움푹 팬 바가지에 평평한 금속을 붙인 건반 악기이며, 엄지손가락으로 연주한다. 능숙한 연주자는 엄지발가락으로 연주하기도 한다) 손풍금에 맞춰 가느다란 목소리로 노래를 불렀다. 다른 사람들은 북을 쳤다. 나모는 음악에 맞춰 춤을 추듯 걸어 보기도 했다. 쿠파 이모부가 나모에게 마을 끝에 있는 숲으로 가서 바나나를 더 가져오라고 말했다.

나모는 바나나 숲 그늘로 가 멀리서 마을 잔치를 바라보았다. 두 손으로 둥글게 원을 그리면, 그 안에 꼭 맞게 들어갈 정도로 마을이 멀찌감치 보였다. 여기저기서 장작불이 활활 타올랐다. 사람들은 춤을 추고 술을 마시며 어울렸다. 옥수수와 맥주 냄새가 났다. 갑자기 잡지 사진처럼 보이는 모든 사람들이 나모의 손 안에 들어와 있는 듯했다.

나모는 그 사람들을 돌돌 말아서 보물 항아리에 넣었다. 그때 어두운 숲에서 소리가 났다.

"크엉, 크엉."

나모는 깜짝 놀랐다. 표범 소리였다. 바나나 줄기를 하나 쭉 잡아 뜯은 나모는 온 힘을 다해 달렸다. 나모는 마을로 들어와 친척들 앞에서 푹 엎어졌다. 사람들이 나모를 보고 깜짝 놀랐다. 모두 벌떡 일어서며 소리를 질렀다.

"나모!"

"다쳤니?"

"왜 그래?"

나모는 신음 소리를 내며 그 자리에 드러누웠다. 숨을 헐떡이며 입을 열었다.

"표범이……."

모두들 불 속에서 타고 있던 장작을 집어 들고 표범이 가축들을 해치러 오지 않았는지 살피러 달려갔다. 갑자기 모든 게 어수선해졌다. 남자들은 고함을 지르며 뛰어다니고 여자들은 아기들을 오두막 안으로 데리고 들어갔다. 시간이 지나자 차츰 소란이 가라앉았다.

한 남자가 타고 있던 장작을 불 속으로 도로 던져 넣었다.

"그 놈 때문에 목 말라 혼났네."

옆에 있던 남자도 항아리 옆에 털썩 주저앉으며 맞장구를 쳤다.

"나도."

쿠파 이모부가 화난 목소리로 말했다.

"표범은 없어."

나모가 할머니 무릎에 기대어 몸을 움츠렸다.

"바나나 숲 속에 있었어요."

치포 이모가 말했다.

"도대체 넌 내가 뭘 시키기만 하면 표범 핑계를 대는구나! 남한테 관심을 끌려고 그러는 거니?"

할머니가 나모의 어깨를 어루만지며 말했다.

"얘가 이렇게 떨고 있는 것 좀 봐라. 지어낸 말이 아니야."

마스비타가 상냥하게 말했다.

"바나나 숲은 너무 어두워요. 혼자 가면 얼마나 무서운데요."

쿠파 이모부는 못마땅하다는 표정을 지었지만 더 이상 아무 말도 하지 않았다.

잠시 후 사람들은 다시 노래를 부르고 춤을 추었다. 할머니는 나모를 옆에 앉혀 놓고 아무도 심부름을 시키지 못하게 했다. 친척들은 딸을 시집보낼 때 받는 루라(결혼할 때 여자를 데려가는 대가로 남자가 신부의 집에 내는 돈)에 대해 이야기를 나누었다. 부모들은 딸 덕분에 얻게 되는 재산을 아주 중요하게 여겼다. 여자아이들은 별 쓸모가 없었지만, 잘 키워서 시집을 보내면 이렇게 보상받을 수 있었다. 이 돈으로 부모들은 아들의 신붓감을 샀고 자손까지 얻을 수 있게 되는 것이다.

이런 이유로 사람들은 딸아이의 값을 매겨 결혼 비용을 벌었다. 가끔은 여자를 몰래 훔쳐 가는 사건도 있었다. 그런 결혼은 시간을 들이지 않고 금방 이루어진다. 그러나 나모는 여자로서의 가치가 결혼할 때 받는 지참금으로 결정된다는 것을 잘 알고 있었다.

마스비타의 고모는 가족들에게 소 떼를 가져다 준 여자 이야기를 해주었다. 여자가 얼마나 대단했던지 사위는 소 떼로도 결혼 비용이 모자라 오래오래 노예처럼 일을 해주었다고 했다.

사람들은 부럽다는 듯이 감탄을 했다.

"와!"

또 누구라고 밝히지는 않았지만, 마을에 임신을 못 하는 여자들이 있다는 이야기도 들려주었다.

슈바이 이모가 말했다.

"마스비타는 문제없을 거야."

정말 그런 일은 없을 거라고 사람들은 입을 모았다.

마스비타의 고모가 말했다.

"루바도 마찬가지야. 얘는 통통한 게 참 예쁘다니까."

루바는 부끄러워서 어쩔 줄 모르며 머리를 푹 숙였다.

나모도 물어 보고 싶었다. '나는? 나는 루바보다 나이가 많은데, 나는 어떨까?' 나모는 할머니라도 자기에 대해 이야기해 주기를 바랐다. 그렇지만 할머니는 슈바이 이모에게 발을 좀 주물러 달라고 손짓을 했을 뿐이었다. 나모는 실망한 채 오두막으로 돌아갔다. 다른 여자 아이들도 할머니를 모시고 오두막으로 돌아가 잠잘 준비를 했다.

5

"나모, 어서 일어나."

마스비타가 나모를 흔들어 깨웠다. 잠이 덜 깬 나모는 눈을 비비며 일어났다. 수탉이 울었으니 곧 동이 트겠지만 아직은 어두웠다.

"왜 그래? 표범이 왔어?"

"아니, 고모가 아파. 사람들이 은강가를 데리고 온대."

나모는 벌떡 일어났다. 나모가 사는 마을에는 은강가가 없어서 아픈 사람이 생기면 멀리 은강가가 사는 마을까지 가야 했다. 그런데 그 은강가를 데려올 정도니 마스비타의 고모가 병이 나도 단단히 난 것 같았다.

"나를 데려다 주느라 너무 많이 걸어서 고모가 병이 났나 봐."

마스비타가 이야기하고 있는 동안 저쪽 어둠 속에서 사람들이 바삐 움직이고 있었다.

"집에 와서 편히 쉬었어야 했는데……. 어제 밤만 해도 괜찮았어. 그런데 잔치가 끝나자마자 갑자기 토를 시작하는 거야."

사람들은 벌써 오두막에 모여 있었다. 마스비타의 고모는 자리에 누워 몸을 뒤틀었다. 슈바이 이모가 손수건으로 눈물을 닦았다.

"나모, 마른풀 좀 구해 오너라. 자리 밑에 깔 깃이 필요해."

슈바이 이모는 천을 적셔서 고모의 팔과 가슴을 닦았다.

"몸이 뜨거워. 식중독은 아닌 것 같은데……."

나모는 낫을 들고 서둘러 나섰다. 아침 햇살이 하얀 구름을 분홍빛으로 물들였다. 어두웠던 사방이 이제 어느 정도 보이긴 했지만 마을을 벗어난 뒤부터는 주위를 잘 살폈다. 표범이 다니는 것을 본 사람은 아무도 없었지만 나모는 표범이 숲 속에 있다는 것을 알고 있었다.

나모는 숲에서 마른풀을 모아 한아름 안고 왔다. 슈바이 이모와 마스비타가 자리 밑에 풀을 채워 넣었다. 치포 이모가 물을 먹이려고 했지만 고모는 끙끙 앓으면서 물컵을 밀어냈다. 아랫배가 아픈지 공처럼 몸을 말았다. 눈을 꼭 감고 있는 고모의 얼굴이 창백했다.

치포 이모가 앙칼지게 소리쳤다.

"나모! 계속 거기 그렇게 서 있을 거니? 아침 준비도 하고 아이들 밥도 먹여야지. 오늘은 몰래 숲으로 도망칠 생각은 마."

나모는 오두막을 나왔다. 치포 이모는 나모가 마른풀을 구해 왔다는 건 모르는 척했다. 나모가 말한 표범 이야기도 속으로는 비웃고 있는 게 분명했다. 나모는 화롯가에 가서 간밤에 묻어 놓은 불씨를 살려낸 뒤 커다란 항아리를 가져와 화로에 올렸다.

나모는 정신없이 하루를 보냈다. 마스비타는 고모에게 부채를 부쳐주었고, 이모들은 걱정하면서 고모를 지켜보았다. 쿠파 이모부는 다시 은강가에게 빨리 와 달라는 전갈을 보냈다.

한낮이 되었을 때, 갑자기 치포 이모와 마스비타의 울음소리가 들려왔다. 슈바이 이모가 오두막 밖으로 뛰쳐나와 울며 주저앉았다.

"죽었어! 고모……."

나모도 눈물이 났다. 마음을 가라앉히려고 했지만 눈물이 자꾸 나왔다. 다른 사람들도 울음을 터뜨렸다.

나모는 팔짱을 꼭 낀 채 왔다갔다하면서 생각했다.

'불쌍한 고모. 어제 밤만 해도 루라 이야기를 하면서 즐거워하더니…….'

평소 마스비타의 고모는 밝고 활발했다.

사람들은 이웃 마을에 소식을 전하러 갔다. 한 여자가 재를 절구에 쏟아 붓고, 너무 멀리 살고 있어서 장례식에 올 수 없는 고모 친척들 이름을 하나씩 부르면서 재를 빻았다. 여자가 울면서 말했다.

"쿠다 사촌, 미소지 대고모, 앙다이 삼촌, 놀라지 마세요. 우리 예쁜 고모가 죽었어요. 고모의 영혼을 보러 와 주세요."

재는 고모의 소식을 싣고 바람을 타고 날아갔다.

그런데 저녁 무렵 다시 나쁜 소식이 들려 왔다. 다른 마을에서도 사람들이 죽어 가고 있었다. 은강가도 아파서 오지 못했던 것이다. 친척들은 아무도 고모의 장례식에 올 수 없게 되었다.

나모가 마스비타에게 살짝 물었다.

"이게 무슨 병일까?"

마스비타가 낮은 목소리로 말했다.

"할머니가 콜레라라고 그랬어."

나모는 눈을 동그랗게 뜨고 마스비타를 쳐다보았다.

"할머니가 물을 끓여 먹으라고 했어. 손도 잘 씻어야 한대. 병에 걸리면 마을에서 멀리 떠나야 해."

나모는 고개를 끄덕였다.

"하지만 아빠는 그게 못된 마법일 거라고 했어."

나모는 숨을 한 번 크게 들이쉬었다. 쿠파 이모부의 말은 곧 마을에서 병을 퍼뜨린 마녀를 찾아내는 의식이 있을 거라는 뜻이었다. 나모는 지금까지 마녀를 본 적이 한 번도 없었다. 진짜 무서운 일은 그 마녀를 찾아낼 수도 있지만, 끝까지 찾아내지 못할 수도 있다는 것이었다. 마녀는 밤에 하이에나를 타고 다니며 병을 퍼뜨리는데, 아침이 되면 밤에 자신이 무엇을 했는지 기억하지 못한다고 했다.

"장례식이 끝날 때까지는 별로 할 일이 없을 거야. 다른 고모들이 와서 시신을 손봐야 하는데 아마 그 고모들도 벌써 다 죽었을 거야."

마스비타가 다시 울음을 터뜨리자 나모는 마스비타가 울음을 그칠 때까지 옆에서 다독거렸다. 나모는 그렇게 많이 울지는 않았다. 울지 않는 건 고모를 사랑하는 마음이 부족해서라기보다는 고모와 각별한 관계가 아니었기 때문이다.

치포 이모가 죽은 고모의 몸을 닦았다. 고모의 무띠뛰는 끊어서 다른 여자아이들에게 주려고 따로 모아 두었다. 이렇게 해서 고모가 이승과 맺고 있던 인연은 끊어졌다. 고모는 이제 마당을 손질할 수도 없고 가족을 위해서 음식을 준비할 수도 없게 되었다. 불가에 앉아 있을 수도 없고 사냥하고 돌아온 남편을 반갑게 맞아 주지도 못할 것이다. 영혼이 되어 먼저 돌아가신 조상들의 나라에 가 영원히 머물게 되었다.

치포 이모는 고모에게 다시 옷을 입히고 몸을 천으로 덮었다. 장례식 날이 다가오고 있었다. 그날 밤 사람들은 마을을 찾아온 불행을 걱정했다. 남자들은 다레에서 말없이 음식을 먹었다. 여자들은 오두막 안에서 가슴을 졸였다. 마스비타의 고모가 죽은 건 콜레라 때문이다. 전염병이 돌기 시작하면 사람들은 그렇게 고통을 받으며 죽어 갔다.

동이 트자마자 쿠파 이모부는 무덤을 만들기 시작했다. 이모부는 마을에서 좀 떨어진 언덕에 터를 잡아 놓았다. 땅을 파 내려가다가 깊이가 어느 정도 되자 축축한 흙으로 된 구덩이 옆쪽을 팠다. 무덤을 만들어 놓은 이모부는 마을로 돌아왔다. 사람들은 오두막 옆쪽에 구멍을 내서 고모를 들것에 싣고 나왔다. 죽은 사람은 산 사람이 다니는 문으로 다닐 수 없기 때문이었다.

장례식에 가는 사람들은 마녀가 뒤쫓아오지 못하게 하려고 한 줄로 서서 걸어갔다. 마녀는 길 위에 찍힌 발자국만 보고도 장례를 치르는 걸 다 알기 때문이다. 마녀는 죽은 사람의 몸을 훔쳐가 나쁜 짓을 한다고 했다.

쿠파 이모부가 무덤 앞에 자리를 깔았다. 이모부는 옥수수 가루가 담긴 항아리와 코담배 한 묶음, 접시, 좋은 맥주가 담긴 호리병 술잔을 그 위에 놓았다. 고모는 팔베개를 하고 잠을 자고 있는 것처럼 보였다. 고모의 얼굴에는 아무것도 덮지 않았다. 쿠파 이모부와 친척들은 고모의 몸 위로 흙을 한 움큼씩 던졌다.

사람들이 모두 작별 인사를 했다.

"잘 가거라."

"다시 만날 때까지 네가 갈 새로운 곳에서 우리를 지켜다오."

흙으로 무덤을 단단히 메웠다. 무덤 위에 돌을 쌓고, 둘레에는 모래를 곱게 깔았다. 고모를 죽인 마법의 흔적이 있는지는 다음날 확인해 볼 작정이었다.

오두막에 누운 마스비타가 말했다.

"너무 피곤해. 그런데 잠이 안 와."

"나도 그래."

"고모 얼굴이 계속 떠올라. 지난주에 고모랑 시장에 갔거든. 너한테 말했니?"

"아니."

"사람들이 무척 많았어. 트랙터가 막 도착했거든. 옷감을 파는 가게에 가서 여러 가시 옷감 중에 마음에 드는 걸 하나 골랐지. 주인은 얼굴이 창백한 포르투갈 사람이었는데, 목에 커다란 금 십자가를 걸고 있었어. 고모가 가게 선반에 있는 빵을 집으려니까 그 사람이 버럭 소리를 지르는 거야. 그런데 쓸쓸해하지는 않을까?"

나모가 물었다.

"누가?"

"고모 말이야. 저기 어딘가에 있을 거야."

"그런 말 하지 마."

"자꾸 생각이 나는걸……. 고모가 다시 집으로 돌아올 수 있게 제사를 지낼 때까지 고모는 이 근처를 떠돌아다닐 거야."

마스비타가 다시 흐느끼기 시작했다.

나모는 생각에 잠겼다. 고모의 영혼은 어디에 있을까? 아이들을 찾으러 가고 있을까? 엄마가 고모를 데려갔을까? 그런 생각을 하니 갑자기 무서워졌다.

나모는 그 생각을 쫓아 버리려고 큰 소리로 말했다.

"이야기 하나 해줄게."

마스비타가 물었다.

"너도 옛날이야기 할 줄 알아?"

"할머니한테 들었어. 할머니가 그러시는데 옛날이야기를 하면 기분이 좋아진대."

마스비타가 한숨을 쉬면서 나모 쪽으로 돌아누웠다. 이불이 부스럭거렸다. 이 오두막 안에는 여자아이들이 가득 누워 있었다. 아이들의 고른 숨소리를 들으니 나모의 마음이 편안해졌다. 나모는 이야기를 시작했다.

"옛날에 남자와 여자가 살았어. 기름진 농장에 좋은 가축을 가지고 있었어. 그런데 아이가 없었지.

그 여자는 은강가를 찾아갔어. 은강가가 여자에게 옥수수 가루로 작은 아기를 만들어 주었어. '이것을 당신의 아이라고 생각하세요. 그 작은 아기에게 당신의 토템(부족에서 숭배하는 자연물) 이름을 붙여 주세요. 그러면 임신을 하게 될 거예요. 이 인형을 부디 소중하게 보살피세요.' 여자는 그 말을 잘 지켰어. 그런데 어느 날 옥수수 가루로 만든 아기가 그만 손에서 미끄러져 떨어졌어. '아, 어떻게 하지?' 여자는 울었어. '내 아기가 둘로 갈라져 버렸어.' 여자는 두 조각 난 인형을 다시 붙이는 도리밖에 없었지.

아홉 달이 지나자 여자는 남자아이와 여자아이 쌍둥이를 낳았어. 하지만 아이를 얻게 된 부부의 기쁨은 금방 슬픔이 되어 버렸지. 왜냐하면 그 사람들이 사는 나라에서는 쌍둥이는 악마이기 때문에 죽여야 한다고 했거든. 부부는 6년 동안 숲 속에 아이들을 숨겨 놓고 키웠어. 그런데 그 6년 동안 나라에는 나쁜 일들만 일어나는 거야. 비가 내리지 않아 강물이 마르고, 사람들과 가축들은 병에 걸려 죽었어. 결국 왕은 백성들을 모두 자기 앞으로 나오게 했어. 왕이 데리고 온 마녀는 사람들의 손 냄새를 맡아 이 일이 누구 책임인지 알아내려고 했지.

쌍둥이 부모는 아이들을 더 이상 숨겨 놓을 수 없었어. 아이들을 폭포 뒤쪽 깊은 구덩이로 데려가 그 안에 던져 버리고 말았지. 아이들을 죽인 부모는 슬퍼하면서 집으로 돌아왔어.

하지만 쌍둥이는 죽은 게 아니었어. 두 아이는 물에 휩쓸려 땅 속 나라로 갔어. 아이들이 도착한 땅 속 나라에는 푸른 하늘이 있었지. 들판도 있고 강과 마을도 있었어. 무척 아름다운 곳이었지만 그곳에 있는 사람들과 동물들은 모두 상처가 있었어. 날개나 다리가 부러지거나 마음을 다친 거였어. 그런데도 모두들 그 쌍둥이를 환영해 주었지.

쌍둥이가 물었어.

'여기가 어디에요?'

사람들과 동물들이 대답했어.

'여기는 세상에서 쫓겨난 사람들과 동물들이 사는 나라야.'

쌍둥이는 오랫동안 그곳에서 살았어. 그러던 어느 날, 두 아이가 언덕에서 놀고 있는데 갑자기 바위에 틈새가 생기는 것을 보았어. 그 틈 사이로 울고 있는 아빠가 보였어.

쌍둥이는 '아빠! 아빠!' 하고 소리쳤어. 아이들은 바위틈으로 기어 나와 아빠를 만났지. 아빠를 따라 집으로 가 보니 엄마는 아이들을 그리워하느라 너무 많이 늙어 있었어. 엄마, 아빠는 행복해서 눈물을 흘렸어.

자식을 다시 찾은 그 부모는 쌍둥이가 원하는 것은 뭐든지 다 해주었어. 야단을 치지도 않고 일을 시키지도 않았지. 그렇지만 두 아이는 행복하지 않았어. '우리는 더 이상 이 세상 사람이 아니야. 우리는 땅 속 나라로 돌아가야 해' 라고 생각했지. 그러던 어느 날 밤, 두 아이는 집을 떠나 폭포로 돌아갔어. 쌍둥이는 손을 흔들며 아빠, 엄마에게 말했어.

'안녕! 아빠, 엄마. 죄송해요. 우리는 이 세상에서 상처받고 쫓겨난 저 아래 사람들과 동물들과 살고 싶어요.'

말을 마친 쌍둥이는 구덩이 속으로 뛰어들어 다시 땅 속 나라로 갔어. 그리고 그 부모는 영원히 두 아이를 보지 못했대."

마스비타는 나모의 이야기를 들으며 잠이 들었다. 나모는 지금까지 이렇게 긴 이야기를 해 본 적이 없었다. 이야기를 끝까지 할 수 있어서 좋았지만 마스비타는 아무 말도 없이 잠들어 버렸다.

할머니는 쌍둥이를 죽인 건 옳지 않은 일이라고 말했다. 치포 이모와 슈바이 이모는 쌍둥이는 죽일 수밖에 없었다고 했다. 악마가 마을로 들어와 나쁜 짓을 하지 못하게 해야 하니까 말이다. 나모는 마을에 마녀가 나타나는 일이 없기를 빌었다. 나모는 아이들의 이불을 잘 덮어 주고 마스비타 곁으로 와서 잠이 들었다.

다음날 아침, 고모의 무덤에 갔다 온 쿠파 이모부는 무덤가 모래 위에 표범의 흔적이 있었다고 전했다.

6

마스비타가 작은 소리로 말했다.

"마녀래."

여자아이들은 모두 숨을 죽이고 마스비타를 쳐다보았다. 등잔 불빛이 아이들의 얼굴을 희미하게 비추었다. 나모는 등잔 기름 냄새에 코를 찡그렸다.

타츠비오나가 물었다.

"정말이니?"

타츠비오나는 나이에 비해 몸집이 컸는데 태어날 때부터 발이 뒤틀려 있었다. 마녀가 마법을 써서 기형아를 낳게 한다는 이야기가 있었다. 그러나 타츠비오나의 발에 대해 흉을 보는 사람은 없었다. 안나만 빼고. 안나는 뱃사공인 크로커다일 구츠의 아내였는데 좀 심술궂은 데가 있었다. 증조할머니가 마녀라는 소문도 있었다. 그래서 동네 사람들은 안나에 대해 자주 수군거렸다.

마스비타가 목소리를 낮추고 말했다.

"다레에서 모두들 그렇게 말했어. 호지에서 먹을 것을 꺼내 오다가 들었어. 우리 아빠가 그러는데, 마녀는 시체를 가져가려고 무덤을 팔 수 있는 들짐승들을 보낸대."

루바가 놀라 물었다.

"고모는 데려가지 않았지?"

"아니, 고모는 괜찮을 거야. 아빠가 짐승들을 쫓으려고 나뭇가지를 들고 무덤가에 계속 서 있었대."

나모는 나이 어린 루바를 쳐다보며 생각했다. 루바는 몽유병이 있었는데, 꼭 마녀가 되는 첫 징후처럼 보였다. 치포 이모는 루바를 많이 걱정했다. 루바가 그런 행동을 보이면 찰싹찰싹 때려 주기도 했다. 하지만 그렇게 예쁜 여자아이가 무서운 마녀일 리 없었다. 할머니는 그 병은 곧 나을 거라면서 밤에 루바 혼자 밖으로 나가 벼랑까지 가는 일이 없게 신경을 써 주라고 했다.

마스비타가 말했다.

"그게 표범이라서 더 그래."

나모가 말했다.

"뭐? 난 보지도 못했는데……."

"요즘에 표범이 자주 나타났잖아. 처음에는 개울가에 나타났고, 그다음에는 바나나 숲에서 나왔잖아."

"난 진짜 표범은 못 봤어! 그림자 때문에 그렇게 보인 거야."

"너한테 으르렁거렸다고 했잖아."

마스비타는 지난번 나모가 했던 말을 그대로 따라 했다. 나모는 뭐라고 달리 대꾸할 수가 없었다. 지금에서야 표범이 으르렁거린 게 아니었다고 실토한다면, 사람들은 나모가 한 말이 다 거짓말이라고 생각할 테니까.

루바가 물었다.

"아빠가 은강가를 데리고 온대?"

마스비타가 루바에게 설명해 주었다.

"아니. 은강가는 아직 몸이 좋지 않아서 올 수가 없어."

"어른들이 그러는데 고모 친척들이 마을에 도착할 때까지 기다렸다가 영혼과 통할 수 있는 다른 무당을 부른다고 했어."

타츠비오나가 깜짝 놀라 말했다.

"그럼 무유키가 오는 게 아닐까?"

나모도 무유키가 오는 게 맞을 거라고 생각했다. 무유키는 시장 근처에 살았는데, 마을 사람들은 그곳으로 무유키를 만나러 갔다. 무유키는 나쁜 마녀가 가지고 있다는 초능력이 있어서 거짓말이 통하지 않았다.

타츠비오나가 약간 더듬거리며 말했다.

"무유키는 나쁜 방법으로 그런 힘을 갖게 되었대."

여자아이들의 귀가 솔깃해졌다.

"무유키는 무파타에서 유명한 무당이랑 함께 공부를 했대. 그 유명한 무당은 사람의 영혼을 복종시킬 수 있는 능력이 있었거든. 무유키도 그런 능력을 가지고 싶어했어. 그런데 그 무당이 말하기를, 그런 능력을 얻고 싶으면 식구 중 한 명을 죽이고 오라고 했대. 무유키는 그 말을 그대로 따랐다고 해."

여자아이들이 비명을 질렀다.

"으악!"

나모가 물었다.

"그런데 누구를 죽였어?"

"자기 아들."

아이들이 갑자기 조용해졌다.

"그 일 때문에 무유키는 유명한 무당이 되었어. 무유키가 마을에 오면 마녀를 잡아낼 거고, 이제 표범 따위는 걱정하지 않아도 돼."

하지만 나모는 그렇게 생각하지 않았다.

"할머니가 마녀를 잡아내는 건 싫어하는 사람을 없애려는 나쁜 방법이라고 했어. 짐바브웨에서는 불법이래."

아이들은 깜짝 놀라 나모를 바라보았다. 할머니한테는 좀 지나친 이야기를 하더라도 상관이 없었지만 또래 여자아이들한테 그런 이야기를 꺼내는 것은 그다지 좋지 않았다.

타츠비오나가 대꾸했다.

"표범이 너한테 나타났기 때문에 그렇게 말하는 거니?"

"아니야. 할머니한테 직접 물어 봐, 나를 못 믿겠다면."

마스비타가 말렸다.

"그만 해. 어른들이 듣겠다."

타츠비오나가 다시 대들었다.

"나모, 너 할머니 핑계 대지 마!"

"왜 나한테 자꾸 못되게 구는 거지? 내가 네 발을 비틀어 놓기라도 했니?"

"네가 아니라면, 네 엄마가 날 이렇게 만들었을지도 모르지."

그러자 나모가 타츠비오나에게 덤벼들었다. 타츠비오나는 커다란 주먹으로 나모의 배를 때렸다. 나모는 화가 났다. 타츠비오나의 귀를 꽉 움켜쥐고서 있는 힘을 다해 비틀었다.

나모가 소리를 질렀다.

"우리 엄마 이야기, 취소해!"

타츠비오나가 날카롭게 소리를 질렀다.

"네 엄마는 나쁜 여자야. 다 아는 사실이라고!"

둘을 떼어놓으려고 다른 아이들까지 들러붙어 옥신각신하다 보니 오두막 안은 금방 난장판이 되었다. 그 바람에 루바가 넘어지면서 등잔을 엎었다. 자려고 펴놓은 이불에 불이 붙어 활활 타올랐다.

마스비타가 문을 박차고 불이 붙은 이불을 밖으로 끌어냈다. 아이들은 서로 밀치며 밖으로 뛰어나갔다. 이불이 타닥타닥 타올랐다. 아이들의 얼굴에 불그스레한 빛이 일렁거렸다.

치포 이모가 달려오면서 고함을 질렀다.

"이 망할 것들!"

이모가 구경하는 아이들 틈을 헤치고 앞으로 나왔다.

"다들 걱정이 태산인데 너희들끼리 붙들고 싸워?"

쿠파 이모부가 말했다.

"싸운 게 누구야?"

아무도 대답하지 않았지만 누가 싸우고 있었는지는 굳이 말을 하지 않아도 쉽게 알 수 있었다. 나모와 타츠비오나는 계속 씩씩거렸다. 타츠비오나는 귀를 만지고 있었고, 나모의 팔에는 긁힌 자국이 났다. 타츠비오나의 엄마가 타츠비오나를 데리고 갔다. 치포 이모는 나모를 곳간으로 데리고 갔다. 벌을 받을 게 뻔했다.

치포 이모는 나모의 머리를 자기 무릎 사이에 끼워 꽉 누르더니 팔에 힘이 빠질 때까지 가죽 끈으로 후려쳤다.

"여기서 자! 쥐새끼들하고나 싸워!"

치포 이모는 문을 쾅 닫고 나갔다. 밖에서 빗장을 거는 소리가 들려왔다.

그제야 나모는 치포 이모가 때린 곳에 손을 대 보았다. 이모가 이렇게 화를 낸 적은 없었다. 싸움의 흥분이 가라앉으면서 맞은 데가 점점 아프기 시작했다. 나모는 벽에 기대며 무릎을 가슴 쪽으로 바싹 끌어당겼다.

나모는 컴컴한 곳간 벽을 향해 말했다.

"타츠비오나 그 못생긴 발하곤……. 고소하다, 고소해."

그러자 엄마의 목소리가 들렸다.

'그렇게 생각하지 마, 나모. 그 아이가 엄마를 욕하니까 넌 그냥 화가 난 거야.'

"맞아요, 엄마. 저 정말 화가 났어요. 엄마는 나쁜 사람이 아니잖아요."

'그래, 타츠비오나가 틀렸어. 네가 엄마를 생각해 주니까 참 기분이 좋구나.'

곳간 안은 너무 어두워서 나모가 아무리 눈을 크게 뜨고 봐도 아무것도 보이지 않았다. 그래서 나모는 엄마가 맞은편에 앉아 있다고 상상해 보았다. 엄마는 연푸른색 드레스를 입고 분홍색 플라스틱 샌들을 신었다. 머리에 꽃무늬가 그려져 있는 머릿수건을 두르고 있었다.

나모는 웅크린 몸을 펴다가 바닥에 난 채찍 자국을 보고 다시 몸을 움츠렸다. 보통 여자아이들은 혼자 곳간에 갇히게 되면 겁을 내겠지만 나모는 혼자 있는 것을 더 좋아했다. 나모는 멍하니 생각에 잠겼다.

'사람들이 정말 무유키를 불러올까? 쿠파 이모부는 돈이 얼마나 드는지 따져 본 다음 두어 번쯤 더 생각해 보겠지? 이모부가 무유키를 데리고 오면 일이 잘 해결될 때까지 마을에 잘 곳도 마련해 주어야 하고 먹을 것도 대접해야 할 텐데……. 그런데 이모부는 구두쇠잖아. 상한 죽도 안 버리고 죽에 빠진 바구미까지 먹으려는 사람인데……. 무유키는 정말 영혼과 말하는 능력을 얻으려고 아들까지 죽였을까? 무유키는 이제 사람을 죽이는 것 정도는 대수롭게 생각하지 않을 수도 있어. 무유키가 악마라고 지목한 사람들은 어떻게 되었을까?'

나모는 무당들이 악마의 냄새가 나는 사람들을 그냥 모른 척 봐주고 넘어간 일이 많다는 이야기를 들었다. 그러나 콜레라를 퍼뜨리는 나쁜 짓을 한 사람은 꼭 벌을 받아야 한다고 생각했다.

나모가 엄마에게 물었다.

"엄마, 무당이 와서 악마라고 생각하는 사람들을 모조리 다 잡아들이겠죠? 그렇죠?"

하지만 대답이 없었다.

나모가 이런저런 생각을 하는 사이에 엄마의 영혼은 벌써 나모의 곁을 떠났다. 곳간 안은 고요했다.

타카위라 할아버지가 편찮으셨다. 할아버지는 하루 종일 움직이지 못했다. 타카위라 할아버지가 돌아가실 때가 다 되어서 그런 거라고 모두들 대수롭지 않게 생각했다. 그러나 뱃사공인 크로커다일 구츠가 병이 나자 걱정을 많이 했다. 구츠는 마을에서 배를 가지고 있는 단 한 사람이었다. 구츠말고는 강에 나갈 사람이 없어질지도 몰랐다. 평소에 뱃일을 하지 않는 사람이 강에 나가는 것은 위험했다. 하마들이 달려들어 사람을 반으로 자를 수도 있고, 악어들이 사람을 물 속으로 끌어당겨 잡아먹을 수도 있기 때문이었다. 게다가 마을에는 수영을 할 줄 아는 사람이 아무도 없었다. 구츠는 강가에서 부지런히 손 그물을 다듬으면서 민물고기와 타이거 피시(몸통이 방추형으로 생긴 빠르고 포악한 물고기. 면도날 같은 이빨을 가지고 있다)를 잡았다.

마을 사람들은 민물고기를 좋아했지만, 타이거 피시는 빨리 상하기 때문에 잘 팔리지 않았다. 매일 구츠는 눈빛이 흐리멍덩해진 상한 물고기까지 다 팔아 치우려고 애를 썼다. 그렇지만 사람들은 구츠의 속셈을 다 알고 있었다. 커다란 몸집에 기운이 펄펄 넘치는 구츠는 상한 고기를 다 팔지 못하면 그 고기를 자기가 다 먹었다. 그의 이런 행동은 이미 소문이 자자했다. 악어들은 상한 고기를 먹어도 탈이 나지 않는다. 뱃사공 구츠는 악어의 위를 가진 사람이었다.

그렇게 건강했던 구츠가 병이 들자 다른 사람들도 모두들 병에 걸릴 거라며 두려워했다. 마을 사람들은 자꾸 움츠러드는 거인을 보면서 공포를 느꼈다. 햇빛에 상해 악취가 나는 타이거 피시의 눈처럼 구츠의 눈도 허옇게 변했다. 그리고 얼마 후에 죽고 말았다. 안나가 구슬프게 울었다. 안나가 얼마나 구츠를 사랑했는지 알 수 있었다. 사람들은 안나가 심술궂고 투덜거리기 좋아하는 여자라서 남편이 죽으면 춤을 출 거라고 말했다. 그러나 안나는 남편을 잃고서 몹시 그리워했다. 그렇게 매일 슬퍼하던 안나도 결국 병에 걸려 죽었다.

할머니가 콜레라를 예방할 수 있도록 사람들에게 미리 주의를 주었는데도 콜레라는 이미 마을 깊숙이 들어와 있었다. 콜레라는 온 마을에 퍼졌다. 어떤 사람들은 가볍게 앓고 지나갔지만, 어떤 사람들은 병에 걸려 몹시 고통스러워했다. 병을 용케 피해 가는 사람도 있었다. 슈바이 이모는 일주일 전만 해도 아주 건강했는데 죽고 말았다. 마스비타는 몸이 너무 쇠약해져서 옛 모습을 찾아볼 수가 없었다. 치포 이모는 할머니에게 마스비타를 살려 달라고 울며 소란을 피웠다. 할머니는 마스비타를 다른 오두막에 가 있도록 했다.

다행히 할머니는 병에 걸리지 않았다. 나모와 쿠파 이모부도 괜찮았다. 몸이 괜찮은 사람들은 아픈 사람들을 간호했다. 끓인 물에 설탕과 소금을 섞어서 몸이 약해진 사람들에게 먹였다. 할머니는 이렇게 해야 음식을 먹지 못하는 사람들이 그나마 체력을 유지할 수 있다고 설명해 주었다. 할머니 말대로 따라 했더니 병에 걸린 사람들이 차도를 보이기 시작했다. 나모는 마스비타에게 미음을 먹였다. 마스비타의 창백한 얼굴빛이 서서히 좋아지고 열도 내렸다. 마스비타는 뼈만 앙상하게 남았다. 만다라가 될 때 잘랐던 머리카락이 제법 자라 숱 많고 머릿결이 고왔는데, 이젠 그 머리카락도 다 빠졌다.

나모는 사람들을 돌보러 뛰어 다니느라 더 이상 움직이기 어려울 정도로 지쳤다. 오두막 안에는 시체들이 널브러져 있었다. 죽는 사람 수가 점점 늘어나자 시체를 다 묻을 여력이 없었다. 루바는 아프지는 않았지만 사람들이 계속 죽어 가는 것을 보고 반쯤 미쳐 있었다. 아무것도 먹지 않고 마스비타 옆에 누워만 있었다. 나모는 루바를 마을 건너편 끝에 사는 친척에게 데려다 주었다. 그리고 가끔 어린 사촌이 잘 있나 보러 갔다. 나모가 루바를 안고 앞뒤로 살살 흔들어 주면 루바는 소리 없이 눈물을 흘렸다.

나모는 무거운 수레를 끄는 작은 당나귀처럼 터벅터벅 걸어 다녔다. 가끔은 지친 당나귀처럼 길에 털버덕 주저앉아 힘이 다시 솟아날 때까지 멍하니 있기도 했다.

나모가 루바의 귀에 입을 대고 살짝 이야기했다.

"마스비타 언니가 좋아지고 있어. 네 엄마도 이제 괜찮아졌어. 내가 이야기 하나 해줄까?"

사실 나모는 이렇게 한가하게 있을 틈이 없었다. 하지만 루바도 나모도 이 지긋지긋한 현실을 잠시 잊을 만한 무언가가 필요했다. 이야기를 들려주면 루바는 치포 이모를 찾으며 칭얼거리지 않았다. 치포 이모는 거의 몸이 다 나았지만 별로 하는 일이 없었다. 이모는 마스비타를 끌어안고 울면서 나모에게 계속 마스비타의 시중만 들라고 했다. 치포 이모는 루바에게는 신경을 쓰지 못했다.

"옛날에 사냥꾼하고 개 두 마리가 살고 있었어. 한 마리는 이름이 바이트 하드이고, 또 한 마리는 그리프 파스트였어."

루바가 물었다.

"무슨 색이었어?"

나모는 루바 앞에 앉아 무릎 위에 죽 그릇을 올려 놓고, 루바가 입을 벌리면 죽을 한 숟가락씩 떠 넣었다.

"갈색. 그런데 꼬리랑 발은 흰색이야."

나모가 이야기를 계속했다.

"사냥꾼이 어느 날 사냥을 나갔다가 바위너구리(짐바브웨에서 동부 아프리카까지 분포하는 초식성 포유동물. 바위가 많은 곳에 집단을 이루며 산다)를 발견했어. 바위너구리는 바위 위에 웅크리고 있었대. 사냥꾼이 화살을 막 쏘려고 하는데, 꿀잡이새가 머리 위로 날아왔어.

'그냥 두세요, 사냥꾼 아저씨. 그러면 더 좋은 일이 생길 거예요.' 이렇게 말을 하는 거야. 사냥꾼은 이상하다고 생각했지만 꿀잡이새의 말을 듣기로 했어."

나모는 루바가 입을 벌린 사이 얼른 죽을 떠 넣었다.

"이번에는 토끼와 마주쳤어. 활을 얼른 들어올렸는데 아까 그 꿀잡이새가 머리 위로 날아오더니 또 이러는 거야.

'사냥꾼 아저씨, 그냥 두세요. 그러면 더 좋은 일이 생길 거예요.'

사냥꾼은 이번에도 새가 하는 말을 들었지. 그런데 바로 그 순간 얼룩영양을 보게 되었어. '정말 멋있는 영양이야! 정말 대단해.' 그때 꿀잡이새가 또 말했지.

'그냥 두세요, 사냥꾼 아저씨. 그러면 더 좋은 일이 기다리고 있다니까요.'

그래서 사냥꾼은 얼룩영양을 놓치고 말았어. 사냥꾼이 투덜거리면서 걸어가는데 이번에는 바로 눈앞에 버팔로가 나타났어. 그런데 그 버팔로는 벼랑에서 떨어졌는지 이미 죽어 있었어. 사냥꾼이 외쳤어.

'굉장해! 화살을 쏘지도 않았는데…….'

사냥꾼이 버팔로를 잘라 구워 먹으려고 자리에 앉았어. 그랬더니 그 꿀잡이새가 사냥꾼 머리 위로 와서 또 이러는 거야.

'그냥 두세요. 그러면 더 좋은 일이 있을 거예요.'

이제 사냥꾼은 화가 나기 시작했어. 참 귀찮은 새라고 생각했지. 좋은 사냥감들인데……. 게다가 버팔로까지 말이야. 그런데도 사냥꾼은 꿀잡이새의 말을 들어야 된다고 생각했어. 꿀잡이새는 신비로운 새거든. 사냥꾼은 한 가지 꾀를 생각해 냈어.

'동굴 속에 숨어 있는 거야. 꿀잡이새가 멀리 날아가고 나면 돌아가서 버팔로 고기를 가지고 와야지.'

사냥꾼은 동굴로 들어갔어. 동굴 안쪽으로 들어갈수록 이상하게 안이 점점 넓어졌어. 동굴 안쪽에 마을이 있었어. 멋진 집과 소와 양이 있었어. 한 늙은 여자가 그 마을을 다스리고 있었는데 그 여자는 길고 날카로운 이를 가지고 있었지. 그런데 그곳에 사는 사람들은 모두 여자들뿐이었어. 남자들은 모두 이 늙은 여자한테 잡아먹혔거든. 늙은 여자가 가장 좋아하는 음식이 바로 남자였대. 사냥꾼이 마을로 들어서자 늙은 여자는 사냥꾼을 위아래로 쳐다보았어.

'어서 오세요, 어서 오세요. 오늘 저녁은 우리 집에서 주무세요.'

여자는 사냥꾼을 집으로 데리고 가 음식을 먹인 뒤 폭신폭신한 침대에 눕혔어. 사냥꾼은 잠을 자려고 누웠다가 밖에서 이상한 소리가 나기에 문틈으로 살짝 내다보았어. 여자가 기다란 이빨을 날카롭게 갈고 있었어. 쓱쓱싹싹 소리를 내면서……. 사냥꾼을 잡아먹으려고 단단히 준비를 하는 거였지. 바이트 하드와 그리프 파스트, 이 두 마리 개는 자기 주인을 지키려고 사냥꾼이 있는 방 앞에서 마구 짖어댔어. 그 바람에 여자는 어쩔 수 없이 사냥꾼 대신 양을 잡아먹었어. 다음날 아침, 여자가 사냥꾼에게 말했어.

'숲 속에 죽은 나무가 있어요. 땔나무를 구하러 가려는데 도와주시겠어요?'

젊은 사냥꾼이 대답했어.

'그럼요, 도와드리죠.'

'그런데 그 개들은 데리고 갈 수 없어요. 너무 사나워서 저를 물어뜯을 것 같아요.'

사냥꾼은 개들에게 양 우리 앞에 가 있으라고 했어. 사냥꾼과 여자는 숲 속 깊이 들어가 죽은 나무가 있는 곳에 이르렀어.

여자가 말했어.

'꼭대기부터 자르세요.'

사냥꾼은 나무 꼭대기까지 기어 올라갔어. 나뭇가지를 잘라 아래로 던졌지. 사냥꾼이 나무를 자르는 동안 늙은 여자는 자기의 긴 이빨을 돌에 대고 싹싹 갈았어. 나무를 이로 찍어 쓰러뜨리고 사냥꾼을 잡아

먹으려고 한 거지. 여자는 사냥꾼을 떨어뜨려 목을 부러뜨리려고 했어. 그때 꿀잡이새가 이빨을 갈고 있는 늙은 여자를 보고 급히 동굴로 날아갔어.

꿀잡이새는 동굴 안에 있던 여자들에게 외쳤단다.

'빨리! 빨리! 개들을 풀어 줘요!'

여자들이 개들을 풀어 주었어. 바이트 하드와 그리프 파스트가 쏜살같이 주인에게로 달려왔지. 개들이 늙은 여자에게 달려들어 몸을 물어뜯고 뼈까지 부수어 버렸어. 사냥꾼은 무사히 동굴로 되돌아왔지. 동굴에 있던 여자들이 사냥꾼을 환영했단다. 그리고 사냥꾼한테 소, 양, 염소, 돼지, 닭을 주었어. 마을에는 곡식이 가득한 창고와 깨끗한 물을 얻을 수 있는 우물도 있었어. 여자들이 사냥꾼한테 간청했지.

'제발, 우리와 결혼해 주세요. 늙은 마녀가 우리 남편들을 잡아먹었어요.'

그래서 이 젊은 사냥꾼은 그 마을의 추장이 되었단다. 그는 꿀잡이새에게 고마워 매일매일 꿀을 주었대."

어느새 루바는 죽을 다 먹었다. 루바는 그 집 일을 돌보는 여자 품에 편안히 안겨 있었다. 루바는 물론 그 여자도 나모의 이야기를 줄곧 다 듣고 있었다.

여자가 나모를 칭찬했다.

"너 이야기를 참 잘하는구나."

나모는 빙그레 웃으며 자리에서 일어났다. 너무나 몸이 무거워서 도무지 움직일 수 없을 것 같았지만, 마스비타에게 먹을 것을 챙겨 주고, 아픈 사람들을 돌보러 다녔다.

치포 이모는 울면서 마스비타 곁을 떠나지 않았다. 할머니는 작은 절구로 땅콩을 갈고 있었다. 할머니가 나모에게 말했다.

"나모, 네 이모 좀 재우거라."

"엄마, 얘는 정말 예뻤단 말이에요."

"그래도 살아 있지 않니, 안 그래? 머리카락은 또 자라면 되는 거고."

치포 이모가 울먹거렸다.

"낡아 빠진 항아리처럼 보여요."

"치포, 너 계속 이럴 거니? 왜 이렇게 사람들을 힘들게 해?"

그러자 치포 이모가 할머니에게 퍼부어 댔다.

"엄마는 항상 저만 미워하는군요. 처음부터 루나코와 슈바이만 좋아했잖아요?"

나모는 당황했다. 지금까지 어른들이 다투는 것을 본 적이 없었다.

"그래, 루나코는 너보다 훨씬 나았지. 그 애는 대학에도 갈 수 있었다."

"아, 그래요? 배가 불러서 건달 같은 남자를 데리고 온 게 누군데요? 바로 그 영리한 루나코예요! 못된 루나코와 슈바이는 이제 다 죽었다고요. 엄마 딸은 이제 저밖에 없어요!"

할머니가 눈물을 흘렸다.

"못된 것! 착한 딸들은 다 가 버리고, 마지막 남은 네가 날 이리도 힘들게 하는구나."

치포 이모가 할머니한테 소리쳤다.

"저보다 엄마한테 더 잘 할 사람은 없어요. 밤낮으로 전 엄마 시중만 들어요. 차 가지고 와라, 설탕 가지고 와라, 제가 엄마 시중 드느라 얼마나 지치는지 아세요? 이제 저도 엄마 모시고 사는 거 너무 힘들다고요."

마스비타가 훌쩍거리고 있었다.

"제발 싸우지 마세요. 왜들 그러세요."

나모가 마스비타를 다독거렸다.

"괜찮아, 마스비타. 다들 힘들어서 그래. 두 분 다 진짜로 싸우는 게 아니야."

나모는 마스비타에게 팔베개를 해주었다. 나모는 머릿속이 멍멍했다. 비쩍 마른 마스비타는 언제 죽을지 모른다. 갑자기 온몸이 떨려왔다. 숨이 막혔다. 나모는 저승사자에게 끌려가는 사람처럼 두려움에 떨며 마스비타에게 매달렸다.

쿠파 이모부가 오두막 안으로 들어왔다. 할머니는 몸도 제대로 가누지 못하면서 울고 있었고 치포 이모는 계속 소리를 질러댔다. 마스비타는 자리에 누운 채 눈물을 흘렸다. 나모는 온몸을 떨었다. 이모부가 오두막 문을 박차고 나가 버렸다.

밤늦게 이모부가 오두막으로 돌아왔을 때, 그제야 모두 진정이 되어 오두막 안이 조용했다. 콜레라는 마을 사람들을 하나씩 죽음으로 몰아넣고도 모자라 이제는 사람들의 영혼까지 공격하는 듯 보였다. 그러나 마을을 휩쓸고 간 질병의 기세는 이제 한풀 꺾이고 있었다. 시간이 갈수록 콜레라는 점점 힘을 잃었다.

남자들은 숲 속에 공동묘지를 만들었다. 시체들을 수습해서 정성껏 장례를 치르고 땅에 묻었다. 할머니와 치포 이모 사이도 좋아졌다. 마스비타는 아직 건강이 돌아오지 않았지만 슈바이 이모네 아이들을 돌보았다. 마을의 상황이 점점 나아졌다. 그렇지만 나모는 불길한 예감을 지울 수 없었다. 말로 표현하기는 어려웠지만 마을 사람들 사이에는 보이지 않는 거리가 생겼다. 다레에 모이는 일도 뜸해졌고 여자들이 함께 개울가에 나가는 일도 없어졌다. 마치 목걸이 줄이 끊어져 알갱이들이 바닥에 흩어지는 것처럼 마을 사람들은 서로 피해 다니는 것 같았다. 사람들을 하나로 모았던 그 어떤 힘이 다 사라져 버린 것 같았다. 예전의 마을 모습을 과연 되살릴 수 있을까?

7

나모가 조심스럽게 발걸음을 옮기자 마스비타가 말했다.

"무겁지?"

"괜찮아. 무거우면 이야기할게."

바구니는 아주 무거웠다. 그렇지만 마스비타에게 도와달라고 할 수가 없었다. 마스비타의 모습은 형편없었다. 콜레라를 잘 이겨냈지만 마스비타는 이제 뼈만 앙상하게 남았다. 먹을 것을 잘 먹지 못해서가 아니었다. 가족들은 마스비타에게 내내 무얼 먹이려고 애썼다. 치포 이모는 가장 아끼던 암탉을 잡았고 할머니는 튀긴 호박씨를 소금에 버무려 약처럼 먹였다.

쿠파 이모부가 가장 열심이었다. 어느 날 이모부는 야생 벌집을 구하러 나모를 데리고 숲 속에 갔다. 꿀벌은 오래된 흰개미 둥지 안에 집을 지었다. 쿠파 이모부는 먼저 둥지 안에 벌들이 들락날락하는 구멍을 확인했다. 구멍이 거무스름한 것은 지은 지 얼마 안 된 꿀벌집이었다. 다른 벌집 구멍은 흙빛이었다. 구멍이 흙빛이면 오래된 벌집이라 꿀이 많이 들어 있었다. 쿠파 이모부는 벌집 한쪽을 막아 놓고 다른 쪽을 호미로 팠다. 풀을 태워 연기를 내면 꿀벌들이 사람을 쏘지 못했다. 하지만 방심한 이모부가 손을 벌에 쏘였다. 나모도 한쪽 뺨을 쏘였다. 피할 새가 없었다. 이모부는 아파서 눈물을 흘리면서도 벌집을 꺼냈다. 이모부는 벌들이 다시 날아들지 못하도록 얼른 항아리에 벌집을 넣었다.

그 항아리를 가지고 오는 것은 나모의 몫이었다. 이모부는 손이 퉁퉁 부어 올라 아무것도 들 수 없었다. 나모는 이모부 괭이까지 들고서 벌들이 다시 움직이기 전에 재빨리 숲 속을 빠져 나왔다.

치포 이모는 가져온 벌집에서 꿀을 꽉 짜낸 다음 옥수수 가루와 섞었다. 그리고 불에 익혀 맛있는 케이크를 만들었다. 마스비타가 뭔가를 조금이라도 먹고 싶어하면 그때마다 케이크 한 조각씩을 먹였다. 그래도 마스비타는 나아지지 않았다. 더욱 걱정스러운 것은 때가 됐는데도 생리를 하지 않는 것이었다.

오늘 아침에도 할머니는 걱정하는 치포 이모에게 말했다.

"아직 어리잖니. 그 나이 또래 여자아이들은 생리가 원래 불규칙하단다."

치포 이모가 한숨을 내쉬었다.

"아이를 갖지 못하면 어떻게 해요. 손자를 못 보면 어떻게 해요."

할머니는 근심 어린 표정이었지만 더 이상 아무 말도 하지 않았다.

목에 건 바구니가 너무 무거워 어깨까지 저려 왔지만 나모는 마스비타에게 짐을 맡길 수가 없었다. 여자가 아이를 못 가지는 것은 가장 불행한 일이었다. 마스비타가 정말 안됐다는 생각이 들었다. 마을에는 아직 병으로 고통받는 사람들이 많았지만, 나모는 마스비타부터 얼른 낫게 해주고 싶었다. 마스비타가 겪는 고통이나 지독한 전염병은 사람들 말대로 마녀가 마법을 부렸기 때문인지도 모른다. 사람들은 그 마법의 힘을 어떻게든 찾아내려고 애썼다.

마스비타는 슈바이 이모네 아기를 등에 업고 손에 작은 바구니를 들었다. 아기는 너무 일찍 젖을 떼는 바람에 다른 것을 먹으려 하지 않았다. 물기 많은 죽이나 맥주에 물을 많이 타서 주어도 좋아하지 않았다. 사내아이가 울음을 그치지 않아 더욱 걱정이 되었다.

무유키가 굿을 하면 마스비타도 건강해질 수 있을까? 나모는 그렇게 많을 돈을 주면서까지 무유키에게 굿을 시키려는 쿠파 이모부를 이해할 수 없었다. 마스비타의 건강상태가 너무 안 좋았기 때문에 이모부는 무엇이든 하려고 했다. 그러나 무유키는 마을로 올 수가 없었다. 다른 무당은 집으로 직접 오기도 하지만 무유키는 너무 먼 곳에 살았다. 무유키를 만나려면 먼길을 찾아가야 했다. 그리고 그를 만났더라도 그가 굿을 해줄 때까지 기다려야 했다.

쿠파 이모부, 치포 이모, 할머니, 마스비타, 나모는 무유키에게 같이 가겠다고 약속했던 사람들을 기다리고 있었다. 마을 사람들은 며칠 사이 식구 한 명씩을 잃었다. 이들은 모두 무유키를 만나러 가고 싶어했다. 하지만 여자들은 그냥 마을에 남았다. 어린아이들을 데리고 가기가 힘들어서였다. 하지만 나모의 식구들은 슈바이 이모의 아기까지 업고 길을 나섰다.

스무 명 남짓 모인 사람들이 숲 속 길을 따라 내려갔다. 바구니가 너무 무거워 나모는 견디기가 힘들었다. 그렇지만 이를 꽉 악물고 참았다. 할머니와 마스비타는 쉬지 않고 걷기가 힘들었기 때문에 중간중간 쉬었다가 갔다.

점심나절, 사람들은 마스비타의 고모가 살았던 이웃 마을에 도착했다.

마스비타의 고모부가 투덜거렸다.

"왜 이렇게 오래 걸렸어?"

고모의 남편인 그도 무유키를 만나러 함께 갈 예정이었다.

쿠파 이모부가 낮은 목소리로 대답했다.

"마스비타가……."

고모부는 마스비타가 바람에 넘어질 듯 비틀거리다가 바닥에 주저앉는 것을 흘깃 쳐다보았다. 고모부가 쿠파 이모부한테 살짝 물었다.

"저 애가 마스비타야? 못 알아봤어."

나모는 마스비타에게서 아기를 받아 안고 마스비타에게 죽을 먹였다. 아기도 건강이 좋지 않아 얼굴빛이 어두웠다.

마스비타가 걱정스러운 목소리로 말했다.

"고모네 아이들이 보고 싶은데."

나모가 대답했다.

"지금은 안 돼. 네가 건강해져서 돌아오면 볼 수 있을 거야."

울먹거리는 마스비타를 보고 나모는 이야기를 다른 데로 돌렸다.

"시장 이야기 좀 해 봐. 듣고 싶어."

그러자 마스비타는 시장의 트랙터와 옷감 이야기를 들려주었다. 시장에는 포르투갈 장사꾼이 있다고 했다. 그는 노란빛과 파란빛이 나는 앵무새를 데리고 있는데 앵무새는 포르투갈 말을 곧잘 따라 했다. 말괄량이 앵무새는 사람들이 새장 안에 손을 넣으면 손가락을 꽉 깨물기도 했다.

사람들은 고모가 살던 마을에서 하룻밤을 자고 다음날 일찌감치 길을 떠났다. 사람들은 나쁜 기운을 물리치는 부적을 하나씩 몸에 지니고 있었다. 나무껍질로 된 끈을 남자들은 머리에, 여자들은 목에 둘렀다. 사람이 죽으면 얼마 동안 면도를 할 수 없었기 때문에 남자들 얼굴에는 수염이 짧게 돋아 있었다. 나모도 빨간색과 파란색으로 된 작은 꾸러미를 보았다. 나쁜 기운이 다가오지 못하게 하는 부적이었다. 치포 이모와 쿠파 이모부가 그것을 각각 팔에다 하나씩 맸고 슈바이 이모네 아기도 부적을 허리에 두르고 있었다.

혹시 사람들이 지난밤에 무유키를 만난 게 아닐까? 무유키가 마을의 불행이 누구 때문이라고 벌써 말한 걸까? 나모는 온몸에 전율이 흘렀다. 나모한테는 부적을 주지 않았다. 눈앞이 캄캄했다. 무거운 바구니를 이고 가던 나모는 돌에 걸려 넘어졌다. 그런데도 아픈 줄 몰랐다. 아무것도 생각나지 않았다. 마녀로 의심받고 있는 사람은 바로 나모였다. 나모는 혼란스러웠다. 정신을 차리기 힘들었다. 나무에 부딪혀 이마에 상처가 났는데도 개의치 않았다. 나모는 넋을 놓고 있었다. 멍하니 있던 나모는 다시 생각에 사로잡혔다.

부드러운 마스비타의 목소리가 들렸다.

"내가 그거 들어 줄게. 엄마가 아기를 업고 가기로 했어. 내가 도와줄게."

마스비타가 옥수수 가루가 든 무거운 바구니를 들고 가겠다고 했다. 이번에는 거절하지 않았다. 등에서 짐을 내려 바구니를 옮겨 주었다.

"계속 그렇게 짐을 지고 가면 등이 활처럼 휘어질 거야. 자, 팔에다 부적을 매 줄게. 이건 네 거야."

나모는 자신의 팔에다 푸른 끈을 동여매 주는 마스비타를 쳐다보았다. 나모는 그제야 나뭇잎으로 이마에 난 피를 닦아냈다.

마스비타가 걱정스럽게 말했다.

"너무 더워서 많이 지쳤나 봐."

"아니야, 괜찮아."

나모는 간신히 걸었다. 어느 정도 시간이 흐르자 충격이 조금 가라앉았다. 나모에게만 부적을 주지 않은 것이 아니었다. 쿠파 이모부는 나모와 나누어 하라고 마스비타에게 부적을 맡겼던 것이다. 마을 사람들 모두 나쁜 기운에 물들지 않게 하려는 의미였다. 사람들은 굿을 해서 마을을 지키려고 했다. 무유키를 찾아가는 것은 굿을 하기 위해서였다. 쿠파 이모부는 마을이 예전처럼 평화로워지길 바랐다.

오후 늦게야 사람들은 시장에 도착했다. 무유키를 만나러 가는 일은 힘들었지만 모두들 들떠 있었다. 시장에는 수십 개가 되는 작은 천막 가게가 있어서 활기에 넘쳤다. 화톳불에서 나오는 연기가 무사사 나무 사이로 푸르스름하게 피어오르고 있었다. 포르투갈 사람의 가게 밖, 산더미처럼 높이 쌓아 놓은 야채더미가 있었다. 그 뒤쪽에 밝은 색 머릿수건을 쓴 통통한 여자가 앉아 있었다. 시장 사람들의 얼굴은 기름이 흐르는 듯 빛이 났다. 남자들은 갈대로 바구니를 짰고 어부들은 말린 고기를 펼쳐 놓고 팔았다. 식료품 가게에서는 튀긴 옥수수와 땅콩을 팔았는데 그 냄새 때문에 나모는 정신을 잃을 것 같았다. 나모는 시장에 있는 물건들을 모두 다 구경하고 싶어서 이쪽저쪽 열심히 돌아다녔다. 닭을 파는 농부가 현이 하나뿐인 하프를 연주했다. 하프는 마치 사냥꾼이 쓰는 활처럼 보였다. 그 농부는 손님을 기다리면서 노래를 불렀다. 그의 옆에는 다리를 묶은 닭들이 나란히 놓여 있었다. 어떤 남자는 시장으로 들어가는 계단 위에 앉아 파킬라(길고 짧은 파이프를 길이 순서대로 늘어놓은 전통 악기)로 경쾌한 곡을 연주했다. 그는 포르투갈식 기타를 가진 남자와 함께 연주를 했다. 기타라는 것을 처음 본 나모는 그 소리에 놀랐다. 소리가 얼마나 아름다운지 믿어지지 않을 정도였다. 치포 이모가 나모를 떼밀며 호통을 칠 때까지 그 음악 소리에 취해 서 있었다.

사람들은 개울가에 천막을 쳤다. 나모는 화덕을 만들려고 돌을 찾아냈다. 또 잠잘 곳을 마련하려고 땅을 깨끗이 치웠다. 개울에서 물을 길어 오고 나서는 음식을 준비했다. 몸은 더없이 피곤했지만 어쩔 수 없었다. 힘든 일은 언제나 나모의 차지였으니까.

할 일을 모두 끝낸 나모는 다시 시장으로 달려갔다. 기타를 치던 사람은 가고 없었지만 시장에는 재미있는 것들이 많았다. 포르투갈 사람들은 시끄럽게 라디오를 틀어 놓았다. 나모는 라디오가 있는 곳으로 다가갔다. 가슴이 떨렸다. 라디오 속에서 모든 음악이 만들어져 나오는 것처럼 보였다. 정말로 신기했다.

나모가 한참 그렇게 서 있는데 누군가가 팔을 홱 낚아채 끌고 갔다.

나모는 비틀비틀 몇 걸음 끌려갔다. 여전히 음악 소리가 들려 왔다.

포르투갈 사람은 서투른 쇼나 말로 소리쳤다.

"집에 가. 어린아이는 여기 오는 게 아냐!"

나모는 처음엔 그 남자가 무슨 이야기를 하는지 잘 알아들을 수가 없었다. 신기한 석유 등불이 지붕 끝에 걸려 있었다. 등불 아래쪽에 남자와 여자들이 술잔을 들고 무리지어 앉아 있었다. 밤새도록 술을 마시려는 듯 보였다. 왠지 위험하다는 생각이 들었다.

나모는 아쉬워하면서 마을 사람들이 있는 곳으로 돌아왔다. 쿠파 이모부가 무언가 심각하게 말을 하고 있었다.

"무유키가 몇 주 동안 만날 수 없대. 내 말에는 대꾸도 않더라고. 하지만 그렇게 오래 기다릴 순 없잖아? 가져온 음식을 다 먹고 나면 우리는 배가 고파 더 못 견딜 거야. 아무래도 돈을 더 내놓으라는 수작인 것 같아. 나쁜 놈!"

치포 이모가 이모부를 달랬다.

"소리 지르지 말아요. 누가 듣고 있을지도 몰라요."

쿠파 이모부가 갑자기 말을 멈추고 주변 나무 숲을 휙 둘러보았다.

"그래, 알았어. 혹시 염탐꾼을 둔 건 아니겠지?"

쿠파 이모부가 중얼거렸다.

나모는 뒤에 서 있는 마스비타에게 손을 뻗으며 물었다.

"염탐꾼이라니?"

마스비타는 잠깐 생각했다.

"올빼미?"

나모는 밤하늘의 별을 올려다보면서 마스비타의 말을 곰곰이 생각했다. 사람들은 모두 밖에서 잠을 잤다. 사람들이 함께 모여 있기는 했지만 나모는 바깥에서 잠을 자는 게 무서웠다.

"올빼미는 마녀들이 기르는 새인지도 몰라."

마스비타가 말했다.

"너무 많은 걸 묻지 말고, 가서 자자."

나모는 무유키에 대해 생각해 보았다. 할머니는 훌륭한 무당들도 가끔 마녀들에게 유혹당한다고 말한 적이 있었다.

멀리서 라디오 소리와 술꾼들이 와글와글 떠드는 소리가 들려 왔다. 그 음악 소리 때문에 정말 새롭고 신기한 곳에 와 있다는 느낌이 들었다.

나모는 중얼거렸다.

"이런 곳에 있게 되다니…… 정말 좋구나."

8

시장에는 재미있는 일들이 많았다. 어느 날, 시장 한귀퉁이에서 프렐리무(모잠비크의 독립운동 단체) 군인들이 연설을 했다. 그들은 이제 포르투갈 식민주의자들을 물리쳤기 때문에 모잠비크 국민들 모두가 힘을 합쳐 새 나라를 건설해야 한다고 말했다. 나모는 '나라'라는 말이 무슨 뜻인지 몰랐지만 얌전하게 연설을 경청했다. 군인들 중에는 여자도 있었다. 여군들은 남자들과 똑같은 옷을 입고 남자들처럼 어깨에 총을 멘 채 뽐내듯이 걸어 다녔다.

쿠파 이모부가 마스비타의 고모부에게 물었다.

"저 여자들은 루라를 무엇으로 가지고 갈까?"

고모부가 말했다.

"아무것도 안 가져 가. 프렐리무 군인들은 결혼할 때 루라를 주고받지 못하게 하거든."

사람들은 모두 충격을 받았다. 루라를 내지 않는다니? 그럼 딸을 가진 부모들은 어떻게 보답을 받을까?

치포 이모가 말했다.

"짐승들보다 더 못한 놈들! 돈을 내지 않고 결혼하다니……. 그런 결혼은 금방 깨져 버리고 말걸."

어느 날 밤, 모잠비크 프렐리무 병사들이 축제를 하며 화포를 쏘아 올렸다. 하늘에서 화포가 새빨갛게 타올랐다. 그것은 꽃무더기처럼 넘쳐흐르다가 별들 사이로 흩어졌다. 나모와 마스비타는 그 소리에 놀라 서로 꼭 껴안았다.

할머니가 중얼거렸다.

"멍청이 같은 군인놈들."

할머니는 계속 화를 냈다. 할머니가 너무 힘이 들어서 그러는 건지 아니면 정말 화가 나서 그러는 건지 알 수 없었다. 요즘 할머니는 하루가 다르게 늙는 것처럼 보였다. 할머니는 이제 많이 돌아다니지도 않았다. 매일 나무에 기대앉아 개울물을 조용히 바라보았다.

마스비타도 피곤해지면 종종 할머니 곁에 앉아 쉬었다. 나모는 무유키를 빨리 만나게 되기를 빌었다. 무유키가 마을에 대해 뭐라고 말할지 두려웠지만 말이다.

나모가 할머니에게 말했다.

"할머니, 저랑 시장에 가 봐요. 거긴 정말 재미있어요."

"우리 강아지, 너한테는 모든 게 신기할 거다. 하지만 이 나이가 되면 뭐를 보든 그렇게 신기할 게 없단다."

할머니는 담요를 어깨 위까지 끌어당겼다.

"라디오를 들을 수 있어요."

할머니는 술을 파는 시장 상인의 이야기를 꺼냈다.

"시장에 가면 취해서 비틀거리는 사람을 보게 되지. 그게 싫어."

나모가 할머니를 부추겼다.

"낮에는 기타 치는 사람도 있어요."

그러자 할머니가 눈을 번쩍 떴다.

"기타?"

"꼭 바위 위로 쏟아지는 물소리 같아요. 아주 아름다워요."

할머니가 말했다.

"기타 소리가 어떤지는 알고 있지. 백 번도 넘게 들었거든."

할머니는 나모에게 몸을 일으켜 달라고 했다.

나모는 할머니를 부축해 시장으로 갔다. 벌써 기타 소리가 들려 왔다. 사람들은 부지런히 맥주를 날랐다. 사람들은 할머니가 지붕 아래로 지나갈 수 있게끔 길을 비켜 주었다. 포르투갈 사람인 가게 주인이 할머니가 앉을 수 있게 의자를 마련해 주었다. 주인이 서투른 쇼나 말로 할머니에게 말을 건넸다.

"저 사람 좀 보세요. 기타를 참 잘 치죠? 마음도 얼마나 좋은데요. 마푸토(모잠비크의 수도)에 있는 나이트클럽에서 연주를 한답니다. 거기 가는 비용은 제가 대지요. 돈을 아주 많이 벌 사람입니다."

할머니가 고개를 끄덕였다. 가게 주인한테서 술 냄새가 났는지 할머니는 코를 씰룩거렸다. 기타 연주가 끝나자 모두 박수를 쳤다. 이어서 가게 주인이 포르투갈 말로 이야기를 했다. 사람들은 연주를 다시 들려달라고 했다.

태양이 무사사나무 사이로 비스듬히 기울다가 지평선 쪽으로 내려앉았다. 모든 것이 금빛으로 물들고 있었다. 할머니는 이곳에 온 후 처음으로 미소를 지었다. 할머니가 음악에 맞추어 나모의 머리를 쓰다듬어 주었다. 노을이 가득한 오후, 할머니와 나모는 편안하게 앉아 아름다운 기타 소리를 듣고 있었다. 나모는 이 행복한 시간이 영원히 계속 되었으면 하고 생각했다. 기타 소리가 점점 잦아들고 햇빛도 희미하게 사라졌다. 시장 사람들은 석유 등불을 가져와 지붕 아래에 매달았다.

기타를 연주하던 사람이 기타를 내려놓자 주인이 말했다.

"곧 마푸토에서 연주를 하게 될 거예요. 돈을 많이 벌어 올 거라고요."

어슴푸레한 푸른빛이 땅 위로 펼쳐지자 황홀한 느낌마저 들었다. 나모는 라디오를 듣고 싶었다. 가게 주인이 물었다.

"마을 사람들이 많이 죽었지, 응?"

나모는 그런 말을 꺼내는 가게 주인이 미웠다.

할머니의 얼굴이 어두워졌나. 할머니가 그렇다고 대답했다.

"사람들이 많이도 죽었지."

"콜레라라니! 모잠비크 프렐리무에서 군인들과 약을 보낸다고 해요. 그런데 너무 늦은 거 아닙니까? 약을 먹어도 낫지를 않는대요."

주인이 절레절레 머리를 흔들었다.

"할머니도 가족을 잃었나요?"

나모는 자꾸만 캐묻는 가게 주인이 정말 싫었다.

할머니가 대답했다.

"그래요."

"저도요. 우리 마리아를 잃었어요. 애 엄마랑 나랑 얼마나 울었는지 몰라요."

주인이 윗옷 호주머니에서 사진을 꺼냈다. 그는 사진을 보이려고 석유 등불 하나를 가지고 왔다. 사진 속에는 루바 또래로 보이는 한 아이가 서 있었다. 그 여자아이는 예쁜 주름치마를 입고 있었다. 반짝거리는 검은색 구두를 신고 작은 지갑을 들고 있었다. 머리에는 레이스가 달린 손수건을 쓰고 있었다. 마리아라는 그 아이는 나모처럼 가무잡잡했다. 아이 엄마는 포르투갈 사람이 아닐 거라는 생각이 들었다.

할머니가 눈물을 흘리며 말했다.

"내게는 슈바이 사진이 한 장도 없는데……."

그러자 주인은 자기 가슴을 손으로 가리키며 말했다.

"괜찮아요. 그 모습은 여기 안에 있잖아요. 안 그래요? 마음속에 제일 생생한 사진이 있잖아요."

할머니는 설움에 북받쳐 말을 잇지 못했다. 나모도 안절부절못했다.

어떤 사람이 소리쳤다.

"라디오 들을 수 있어요?"

주인이 고함을 쳤다.

"시끄러워! 나는 이 할머니하고 진지한 이야기를 하고 있는 중이야. 당신은 음악이 없어도 술 마실 수 있잖아."

여기저기서 투덜거리는 소리가 들렸다. 그렇지만 큰 소리를 내지는 않았다. 사람들이 큰 술잔을 나르기 시작했다.

"어이, 여기 할머니께도 좀 갖다 드리라고. 좋은 술로 가져와."

나모는 정신이 번쩍 들었다. 할머니가 낯선 사람과 함께 술을 마시는 게 싫었다. 할머니에게 돌아가자고 말해야겠다고 생각했다. 하지만 할머니는 나모가 옆에 있는 것은 아랑곳하지 않고 사람들이 가져온 맥주 병을 받아 들었다. 주인도 커다란 술잔을 들더니 한 번에 술을 다 들이켰다.

할머니와 주인은 죽어 버린 가족의 이야기를 계속 나누었다. 나모는 그 모습을 보면서 골똘히 생각에 잠겼다. 할머니는 많이 슬퍼 보였지만 나중에는 미소를 짓기도 했다. 어쩌면 이런저런 일들을 회상하면서 슬픈 마음을 떨쳐 버리려는 것 같았다.

할머니는 흑맥주를 벌써 세 병째 마셨다. 어느 날 루바가 구츠한테서 물고기를 받았는데 그 물고기가 손 안에서 꿈틀거려 루바가 비명을 질렀다는 이야기도 했다. 그러자 주인은 자기 아내가 완두콩이 든 깡통을 따지도 않고 뜨거운 불에 데운 이야기를 들려주었다.

"갑자기 펑 하더니 벽이고 천장이고 완두콩 천지가 되어 버렸지요. 애 엄마는 소리를 내면서 엉엉 울었어요. 완전 수류탄이었다니까요."

할머니는 머리까지 흔들며 웃음을 터뜨렸다.

"나모, 이리 와서 사내아이들 오두막에 뱀을 집어넣었던 이야기 한 번 해줄래?"

나모는 당황해서 얼굴이 빨갛게 달아올랐다. 할머니는 그 일 때문에 치포 이모가 나모를 때렸던 일을 아직도 기억하고 있었던 것이다. 할머니가 말했다.

"우리 나모는 참 착한 아이라오. 나모라는 이름은 '재앙'이라는 뜻이지만 얘는 그렇게 생각할 아이가 아니지."

할머니가 계속 말했다.

"이 아이는 내 딸 루나코의 외동딸이라오. 사실 댁한테만 하는 이야기인데 얘가 태어나기도 전에 여러 가지 문제가 있었다오."

"문제라니요?"

주인은 심부름꾼에게 싸자와 소스를 가져오라고 시켰다. 나모는 너무 배가 고팠던 참이라 잘되었다고 생각했다.

"내 딸 루나코는 정말 똑똑했다오. 일자리를 얻으려고 가족 모두 짐바브웨를 떠나 왔는데 그 아이를 가르치던 교장 선생님이 이사 간 마을까지 편지를 보내오지 않았겠소? '가톨릭 학교 수녀님이 말했습니다. 수녀님들이 루나코에게' 뭐였더라 아, 맞아. '장학금을 주자는 데 동의했습니다' 라고 써 있었다오."

'장학금' 이라는 단어를 말할 때 할머니는 조금 더듬거렸다.

"그건 선물이 아니겠수? 생각해 봐요. 수녀님들이 내 딸한테 밥이며 책이며 모든 것을 다 주겠다는 거잖소? 난 너무 좋아서 그때 열다섯 살밖에 안 된 아이를 그 가톨릭 학교로 보냈다오."

심부름꾼이 음식 그릇을 세 개나 들고 왔다. 나모는 자신의 출생에 대한 이야기가 궁금해졌다. 배가 고팠지만 저녁을 먹고 싶은 마음은 이미 뒷전이었다. 뽀얀 싸자는 먹음직스럽게 보였고 소스도 지금까지 한 번도 본 적이 없는 새로운 거였다. 낯선 향신료를 곁들인 소스는 잘 익은 토마토 스튜 맛이 났다. 닭고기도 들어 있었다. 나모는 고기를 먹어 본 적이 없었다. 할머니는 맛있게 스튜를 먹었다.

시장 여기저기서 사람들이 소리쳤다.

"이제 라디오 틀어도 되지요?"

주인이 고함을 질렀다.

"좀 조용히 못해!"

할머니가 싸자를 먹으면서 말했다.

"그때 루나코를 그냥 집에 있도록 했어야 했는데……. 그 애가 학교에서 프라우드('자랑스럽다'는 뜻) 종웨라는 남자애를 만났지 뭐요. 프라우드 그 놈, 그 놈을 만난 게 잘못이었어."

주인이 말했다.

"아무튼 루나코는 참 똑똑한 아이였군요."

"그럼요. 우리 루나코는 정말 똑똑했다오. 하지만 그때는 고집을 꺾지 않았다오."

거나하게 술이 취한 사람 하나가 이렇게 말했다.

"원래 고집이 있는 애였군, 뭐."

주인이 고함을 질렀다.

"조용히 좀 해!"

"두 아이는 결국 성당에서 결혼식을 올렸다오. 제멋대로 성당에서 결혼을 하다니……."

포르투갈 사람인 주인은 약간 기분이 상한 듯 말했다.

"하지만 성당에서 결혼식을 올리는 게 나쁜 건 아니잖아요?"

"댁한테야 괜찮겠지. 댁은 포르투갈 사람이잖우. 하지만 우리 풍습은 결혼을 하려면 우선 가족의 허락을 받아야 한다오. 루라도 준비해야 하지. 어느 날, 일을 하고 있는데 저 멀리서 루나코가 걸어오는 게 아니겠수. 무슨 일이냐고, 수녀님들이 쫓아 버린 거냐고 다급하게 물어 봤다오. 그런데 그 아이의 배가……."

할머니는 잠시 말을 끊더니 단숨에 술을 다 마셨다. 벌써 네 병째였다.

"루나코 뒤에 프라우드가 따라오고 있었소. 나쁜 놈 같으니라고! 소를 가져오기는커녕 주머니에는 땡전 한푼 없었다오."

주인이 말했다.

"돈이 없으면 대신 일을 해주기도 하잖아요."

"그 놈이 일을 한다고? 난 프라우드가 일하는 걸 본 적이 없다오. 계획은 거창했지. 금을 캐서 짐바브웨 사람들처럼 번듯한 저택을 지을 거라고 말했다오. 우리 오두막은 변변찮았거든. 하지만 프라우드는 일은 하지 않고 하루 종일 술만 퍼마셨지."

할머니는 이야기를 들으러 다가온 사람들을 한 번 둘러보았다.

그리고 한숨을 내쉬고는 다시 이야기를 시작했다.

"어느 날 저녁이었다오."

사람들이 모두 할머니에게로 돌아앉았다. 나모도 숨을 죽였다. 여태껏 나모는 아빠의 이야기를 들어 본 적이 없었다. 아빠 이야기가 나오면 사람들은 무언가를 숨기려는 것처럼 다른 이야기로 말을 돌렸다. 그런데 낯선 사람들이 모여 있는 이 자리에서 할머니는 아빠에 대한 비밀을 다 털어놓았다.

"프라우드는 그날 저녁도 술을 마시러 나갔지."

할머니가 손으로 허리를 받치면서 자리에서 일어났다. 등불에서 새어 나온 샛노란 불빛이 할머니의 얼굴을 비추었다. 시장 사람들이 귀를 기울였다.

"프라우드는 술을 먹다가 고레 므토코라는 녀석하고 싸움이 붙었지."

할머니는 너무 말을 많이 한 탓인지 아까보다 목소리가 거칠어졌다.

"둘 다 깡패 같은 몹쓸 놈들이었다오. 고레가 뜨거운 숯이 든 여물통으로 프라우드를 먼저 쳤지. 그러자 화가 난 프라우드가 돌을 들어 고레의 머리통을 쳐 버렸다오."

술을 마시던 사람들이 소리를 질렀다.

"아!"

나모도 비명을 지를 뻔했다. 하지만 숨쉬기가 어려울 만큼 목이 메여 아무 소리도 새어 나오지 않았다. 마을 사람들이 아빠 이야기를 숨겨 온 건 바로 이것 때문이었다. 아빠가 사람을 죽였다! 나모는 어지러웠다. 치포 이모나 쿠파 이모부가 나모를 싫어하는 것은 당연했다.

"그리고 프라우드는 곧장 도망쳐 버렸다오. 루나코한테 작별 인사도 없이……. 나중에 가톨릭 학교로 돌아가서는 수녀님들한테 돈까지 빌렸다더군. 루나코 핑계를 대면서 말이오. 소문을 듣자 하니 그 녀석은 크롬 광산에서 일하려고 모로상가로 갔답니다."

결혼할 때가 되면 아빠가 나모를 보러 올 거라는 기대는 하지 않는 게 나았다. 나모는 울지 않으려고 입술을 꽉 깨물었다. 엄마는 루라도 받지 않고 시집을 갔다. 마스비타의 고모가 말한 대로라면 엄마는 여자라고 말하기 부끄러울 정도의 사람이었다. 마을 사람 누구나 그 일을 알고 있었다. 엄마, 아빠 이야기는 나모만 모르고 있었던 것이다.

나모는 할머니의 의자 옆에 쪼그리고 앉았다.

쿠파 이모부의 목소리가 들려 왔다.

"장모님, 얼마나 걱정했는지 아세요?"

나모는 주변을 둘러보았다. 어둠 속에 서 있는 이모부가 보였다. 치포 이모도 그 옆에 있었다.

치포 이모가 큰 소리로 말했다.

"무슨 일이 생긴 줄 알았잖아요."

할머니는 비틀거리며 일어났다. 나모는 할머니를 부축하려고 얼른 일어섰다.

할머니가 가게 주인에게 인사를 했다.

"이야기 들어 줘서 고맙수."

"언제든 오세요, 할머니. 이야기가 정말 재미있었어요. 저런 술주정뱅이들과 어울리는 것보다 훨씬 좋았어요."

술 마시는 사람들이 다시 소리쳤다.

"이제 라디오 좀 들읍시다!"

할머니는 걷기가 힘든지 나모에게 몸을 기댔다.

치포 이모가 작은 소리로 물었다.

"엄마, 술은 왜 드신 거예요? 한 번도 이런 적 없잖아요."

할머니가 말했다.

"왜? 내가 술 좀 마시면 안 되는 거냐?"

한참을 걷다가 쿠파 이모부가 조용히 말했다.

"장모님, 루나코 처제 이야기는 다시는 하지 않기로 했잖아요."

"내게 훈계를 하는 거냐?"

치포 이모가 주춤했다.

"엄마……."

"그래, 내가 네 엄마지. 치포, 네 엄마가 어떤 사람인지 잘 생각해 보거라."

어두운 길을 걸어가면서 아무도 말을 하지 않았다. 나모는 너무나 불안해서 어찌할 바를 몰랐다. 무엇인가 잘못되어 가고 있다는 느낌이 들었다. 할머니는 사람들이 하는 말에 신경을 쓰지 않았다. 마을에서 여자가 술을 마시는 것은 흔한 일이 아니지만 할머니는 개의치 않았다. 파이프 담배도 피웠다. 가끔은 남자들만 모이는 다례에 가서 앉아 있기도 했다. 돈이나 집안일도 간섭하지 않았다. 할머니는 그런 사람이었다. 그리고 할머니의 그런 행동을 뭐라고 하는 사람은 아무도 없었다. 하지만 이번에는 그렇지 않았다. 쿠파 이모부와 치포 이모는 불만스러운 표정이었다. 이모와 이모부는 나모에게 눈길 한 번 주지 않았다.

할머니가 말했다.

"그저 오고가는 사람들한테 말한 게 뭐가 그리 대수란 말이니?"

쿠파 이모부가 퉁명스런 목소리로 대답했다.

"사람들 틈에 누가 있는지도 모르잖아요."

이모부는 몹시 화가 난 듯했다.

할머니가 잠시 생각에 잠겼다.

"이미 몇 년 전에 끝난 일이야."

"그럴 수도 있고 아닐 수도 있죠."

다시 침묵이 이어졌다. 다들 아무 말이 없었다.

나모는 어른들이 왜 다투는지 알 수 없었다. 물어 볼 수도 없는 노릇이었다. 나모는 할머니가 주무시도록 자리를 봐 드렸다. 그러고 나서 설거지를 하러 나왔다. 일을 마치자마자 사람들이 떠드는 소리를 들은 체 만 체 돗자리에 누웠다. 마스비타가 옆에 와서 눕는데도 모르는 척했다.

아빠는 사람을 죽였다. 그리고 벌도 받지 않고 도망쳤다. 아빠는 고레 므토코 가족에게 용서를 빌지 않았다. 사람을 죽이면 마땅히 벌을 받아야 했다. 나모는 할머니에게 들은 이야기를 떠올렸다. 자기 아내를 죽인 짐바브웨의 남자 이야기였다. 그는 백인들이 가는 감옥에 갇혔다. 사람들은 죽은 아내의 영혼이 남편에게 복수를 할 거라고 했다. 나중에 남자는 감옥에서 풀려났지만 그때부터 아주 이상한 행동을 하고 다녔다. 그는 여자 옷을 걸치고 다니며 앙칼진 목소리로 말했다. 여동생들에게 고함을 치면서 "네 오빠가 날 죽였지?" 하기도 했다. 사람들은 죽은 아내의 영혼이 그의 몸에 들어간 것이라고 믿었다. 결국 그는 떠돌이 생활을 하다가 어느 날 버스에 치여 죽었다.

할머니가 말했다.

"죽은 여자가 그 남자를 버스 앞으로 걸어가게 한 거야."

어쩌면 고레 므토코의 영혼이 지금까지 아빠를 쫓아다니고 있을지도 모른다. 할머니가 이미 몇 년 전에 모든 일이 잘 마무리되었다고 하는 걸로 봐서는 할머니가 그의 가족에게 돈을 주었을지도 모른다.

아빠는 할머니의 혈육이 아니기 때문에 그럴 필요는 없었지만 사람들이 엄마를 욕했을 테고, 할머니는 엄마의 명예를 위해 무슨 일이든 하려고 했을 거다.

계속 눈물을 참느라 나모는 목구멍까지 쓰라렸다. 엄마 없는 아이들은 보통 아빠의 식구들이 맡는다. 엄마가 죽었을 때 가족들은 나모를 보내려고 했을 거다. 그러나 할머니는 그렇게 하지 않았다. 할머니는 나모를 데리고 있으면서 언제나 나모를 감싸 주었다. 나모는 눈물이 쏟아졌지만 애써 참았다. 온몸이 바들바들 떨렸다. 옆에 누운 마스비타를 깨울까 봐 소리를 내지 않으려고 안간힘을 썼다. 나모는 마스비타를 물끄러미 바라보았다. 마스비타. 마스비타라는 이름은 '고맙다'는 뜻을 가지고 있었다. 병과 싸우느라 많이 지쳤고 모습도 엉망이 되었지만 사람들 모두 마스비타를 좋아했다.

9

마스비타가 개울가 갈대를 헤치고 나타났다.

"나모, 이제 됐어!"

나모는 바위 위에 앉아 통발을 만지고 있었다.

"무슨 일인데?"

"무유키가……."

마스비타는 숨을 헐떡였다.

"내일 만날 수 있대."

나모는 둥그런 통발에서 피라미 한 마리를 털어내 바구니 안으로 얼른 집어넣었다. '내일 무유키를 만나러 간다고……?' 가슴이 마구 뛰었지만 나모는 내색하지 않았다.

"그래? 나 통발 만들었어. 시장에서 짜는 걸 배웠거든. 그런데 우리 모두 가는 거야?"

"응, 그렇대. 만일을 대비해서, 만일을 대비해서…… 다 참석해야 해."

마스비타의 목소리가 점점 약해졌다. 내일 마을 사람들 중 한 사람이 나쁜 기운을 가진 악마로 지목받을 거 같다는 예감이 들었다.

"일이 끝나면 정말 신나겠지? 어서 집에 가고 싶어. 낯선 곳에서 잠시 있는 것도 좋지만 집에 가서 편히 쉬고 싶어. 마음 졸이는 일도 싫고 말이야."

마스비타는 바구니를 열고 나모가 물고기를 얼마나 잡았는지 세어 보았다.

나모도 아빠 생각을 하면서 조그만 목소리로 말했다.

"나도 그래."

사람들이 바삐 짐을 꾸리고 있었다. 무유키를 만나 일이 잘 끝나면 곧 집으로 돌아갈 것이다. 쿠파 이모부는 슈바이 이모 아기에게 먹일 가루우유를 사러 시장에 갔다. 아기도 점점 생기를 되찾았다. 살이 올라 얼굴이 동그스름하게 되었고 마스비타를 잘 따랐다.

마스비타는 벌써 엄마가 된 것처럼 보였다. 마스비타는 나날이 성숙해 나모보다 다섯 살은 더 많아 보였다. 언젠가 할머니는 마스비타를 빨리 자라는 잡초에, 나모를 천천히 성숙해 가는 과일 나무에 비유한 적이 있었다. 하지만 그런 할머니의 말도 나모에게는 위로가 되지 않았다. 그건 그렇다고 해도 살인자의 딸과 결혼하고 싶어하는 남자가 세상 어디에 있을까 하는 생각이 들었다.

이튿날 아침 일찍 마을 사람들은 평소와 다르게 신경을 써서 옷을 차려 입었다. 마스비타는 나모의 머리를 빗겨 주고 몸에 기름도 발라 주었다. 마스비타의 손은 차가웠다. 마스비타도 초조해하는 듯했다. 무사사나무 너머로 태양이 빨갛게 솟아오르자 사람들은 길을 나섰다.

맨발에 밟히는 숲길은 축축했다. 숲 속은 검은빛을 띤 청록색 깃털에 오렌지색 눈을 가진 찌르레기가 가득했다.

이곳 사람들은 개울가를 따라 집을 짓고 살았다. 어제 만난 가게 주인은 무유키 집에서 조금 떨어진 이 마을 끝에 살고 있었다. 모잠비크 프렐리무의 캠프는 그 반대편에 있었고 시장은 그 한가운데 있었다. 마을 사람들은 개울을 따라 호두나무 숲과 곡물 창고를 지나쳐 갔다. 맨 앞에 선 쿠파 이모부를 뒤따라가는 남자들은 무유키에게 가져다 줄 물건을 날랐다.

이렇게 한참을 걸어가니 마침내 무유키의 집 앞에 도착했다. 빨간 기와로 지붕을 인 소박한 집이었다. 정원에는 파파야 열매가 주렁주렁 달려 있었다. 바나나도 많았다. 한 소년이 털에 윤기가 흐르는 염소 떼를 몰고 지나갔다. 도둑들이 염소 젖을 짜 가지 못하도록 염소 젖가슴을 천으로 싸매 두었다. 그 모습이 정말 우스꽝스러웠지만 나모는 너무 긴장한 탓에 웃음이 나오질 않았다.

어른들이 정원에 들어서기 직전에 큰 소리로 외쳤다.

"선생님, 저희들이 선생님을 욕되게 했습니다."

나모는 그게 무슨 뜻인지 알 수 없었다. 할머니는 무유키 집에 들어갈 때는 그렇게 말하는 것이 예의라고 했다.

무유키는 잡지 속에 나오는 사진과 똑같은 옷차림으로 현관 앞에 놓인 식탁에서 아침을 먹고 있었다. 나모는 식탁 위에 포크며 나이프를 신기하게 바라보았다. 갑자기 무유키가 고개를 돌려 나모를 똑바로 쳐다보았다. 얼마나 놀랐는지 나모는 쓰러질 뻔했다.

무유키가 말했다.

"어서 오십시오."

하인이 와서 식탁을 치웠다.

"안녕하세요, 무유키님."

무유키는 할머니의 이름을 말했다.

"어서 오세요, 암부야님."

나모는 무유키가 '암부야'라는 할머니의 이름을 알아맞히는 것을 보고 팔에 소름이 돋았다. 어떻게 한 번도 만난 적이 없는 사람의 이름을 알 수 있는지 놀라울 따름이었다.

무유키는 마을에서 죽은 사람들의 이름을 모두 읊었다. 죽은 이들의 이름이 불릴 때마다 사람들은 감탄하면서 소리를 질렀다. 그는 정원 밖으로 보이는 조그마한 숲을 손가락으로 가리키고는 집으로 들어갔다.

나모가 할미니에게 살짝 물었다.

"지금 뭐하는 거예요?"

할머니는 나모의 귀에 대고 속삭였다.

"저 숲은 부키로라고 부른단다. '신성한 숲'이라는 뜻이야. 무유키가 옷을 차려 입을 때까지 여기서 기다리자."

사람들은 반원 모양으로 앉았다. 이윽고 무유키가 나타났다. 옷은 그대로였고, 가슴 위로 긴 끈을 엇갈리게 하여 등 뒤로 묶었다. 표범 가죽으로 만든 모자를 쓰고 자잘한 뼈와 유리구슬로 만든 목걸이도 걸고 있었다. 흙빛이 나는 항아리도 가지고 나왔다.

나모는 무서웠다. 항아리에는 꼭 무유키가 죽였다는 아들의 영혼이 들어 있을 것 같았다. 무유키는 땅 위에 갈대로 만든 자리를 펼치더니 항아리에서 하카타(운명을 말해 주는 신성한 지팡이. 한면은 평평하고 다른 한 면에는 문양이 새겨져 있다) 네 개를 꺼냈다.

한 남자가 무유키를 따라와 그 옆에 무릎을 꿇고 앉았다.

"식을 시작하기 전에 준비해 온 것을 가지고 오시지요."

무유키의 말이 떨어지자마자 쿠파 이모부가 닭 세 마리를 마을 사람들로부터 받아 무유키 앞에 내려놓았다.

"아버님, 치워 놓겠습니다."

젊은이는 닭들을 근처 나무 그늘에 가져다 두었다. 나모는 그 남자가 무유키의 다른 아들일 거라고 생각했다. 자기 형제가 아버지의 손에 죽었을 때, 저 남자는 어떤 생각을 했을지 궁금했다.

무유키는 하카타를 왼손, 오른손에 두 개씩 들었다.

무유키가 물었다.

"은강가의 계승자인 제게, 이들이 왔습니다. 누가 이들의 가족을 죽였는지 듣고 싶어합니다. 누구인가요? 가족 중의 한 사람인가요?"

그는 하카타를 자리 위로 던졌다. 던진 막대기를 재빨리 주웠지만 나모는 하카타 두 개가 위로 향하고, 두 개는 아래로 향해 있는 것을 보았다. 하카타는 위, 아래 두 면으로, 무늬가 있는 면과 없는 면이 있었다. 하카타 네 개 중 세 개에는 알아보기 힘든 이상한 문양이 그려져 있었고, 다른 하나에는 악어 문양이 그려져 있었다. 하지만 그게 무슨 의미인지 통 알 수가 없었다.

"이게 정말입니까?"

무유키는 그렇게 묻고 나서 하카타를 다시 던졌다. 이번에는 세 개가 윗면을 보이며 떨어졌고 나머지 하나는 아랫면이 나왔다.

"자루(점치는 막대기인 하카타를 던졌을 때 처음 던졌던 모양과 다른 모양으로 떨어지는 것. 무유키가 물어 본 것이 사실이 아니라는 뜻을 말해 준다)입니다. 하카타가 아니라고 하네요. 가족들 중 어떤 사람 때문에 사람들이 죽은 건 아닙니다."

무유키는 저 세상으로 가지 못하고 이승에서 떠돌고 있는 영혼 때문에 문제가 생긴 건지 물었다. 무유키는 하카타를 두 번 던져 떨어진 면을 보았다. 하지만 하카타는 그 때문이 아니라고 했다.

무유키가 다시 물었다.

"원한을 품은 영혼이 복수하는 것입니까?"

하카타를 떨어뜨리자 세 개는 아랫면이 나오고, 나머지 하나는 위쪽 변의 악어 문양을 보여 주었다.

"은궤나(점치는 막대기인 하카타가 불운한 모양을 띠는 것)군요. 이게 정말입니까?"

하카타를 던진 결과가 똑같았다. 세 개는 뒤집어지고 나머지 하나는 악어 문양이 있는 쪽으로 떨어졌다.

"그렇군요. 원한을 품은 영혼이 복수하려는 것입니다."

사람들이 탄식했다.

"오오!"

하지만 마을 사람 중에 악마가 있다는 말은 하지 않았다.

"한 남자가 죽었습니다. 그는 원한을 품고 떠돌고 있습니다. 쉴 곳도, 자식도 없는 불쌍한 영혼이 되었습니다. 그는 복수를 하려고 합니다. 여러분의 가족을 죽인 것은 바로 그 영혼입니다. 그런데 그 책임은 여기 있는 한 사람의 아버지에게 있군요."

무유키가 나모를 가리켰다. 나모는 몸을 움찔하며 마스비타의 손을 꽉 잡았다.

"영혼이 소리치고 있어요. 왜 자길 죽였냐고 묻고 있어요."

하지만 할머니는 무유키의 말을 믿지 않았다.

"아니에요. 우리는 충분히 대가를 치렀다오."

사람들이 할머니를 말렸다.

"쉿, 할머니 진정하세요. 더 들어 보자고요."

마스비타는 나모가 편하게 앉도록 도와주었다. 사람들이 서로 손을 잡았다.

"누가 하카타를 의심하는 거요?"

무유키가 화가 난 듯 계속 말했다.

"할머니가 영혼의 세계에 대해서 뭘 안다고 그래요?"

"십 년 전에 내가 그 죗값을 다 치렀다오. 나는 사람을 죽인 그 남자의 가족이 아니지요. 그런데도 그 죗값을 치렀다오. 고레 므토코 식구들이 소를 열 마리씩이나 내놓으라고 했소. 하지만 할 줄 아는 거라고는 깡패짓뿐인 사람한테 그만한 값을 붙이는 건 가당치도 않은 말 아니오?"

치포 이모가 흐느꼈다.

"엄마, 제발 그만 하세요."

무유키가 차분하게 말했다.

"그러면 할머니는 소 열 마리를 보내 주었나요?"

할머니는 조금 망설이다 입을 열었다.

"그럴 수가 없었다오. 우리 식구들이 당장 먹을 것도 없었으니까……. 그리고 고레 므토코가 죽은 건 프라우드의 잘못만도 아니었다오. 고레가 프라우드를 먼저 숯통으로 두들겨패지만 않았더라면 아무 일도 일어나지 않았을 것이오."

"그러면 할머니는 무얼로 대가를 치렀다는 거지요?"

무유키의 목소리는 몹시 차분했다. 마치 갈대숲을 지나가는 뱀소리 같았다.

"소 두 마리를 주었지요?"

할머니가 그렇다고 대답했다.

"사람의 목숨을 겨우 소 두 마리로 갚을 수 있다고요? 장가를 가서 대를 이을 사람의 목숨을 빼앗은 대가가 겨우 소 두 마리라니요? 그의 영혼이 표범의 모습으로 돌아온 겁니다."

모두가 놀라 입을 다물지 못했다.

무유키가 미소를 지었다.

"할머니, 저에게 숨기는 게 있지요? 나는 다 압니다. 이미 다 봤지요. 할머니 딸이 표범에게 물려 죽었지요?"

할머니가 간신히 대답했다.

"그렇다오."

"표범이 마을로 갔지만 염소나 닭은 안 죽였어요. 어린아이를 그냥 지나쳐 애 엄마한테 달려들었어요. 그렇지요?"

할머니는 대답을 할 수가 없었다.

"그리고 어린아이가 다 크고 나자 표범이 다시 찾아왔어요. 물가에 그 여자아이가 혼자 있을 때 나타났고, 밤에 바나나 숲에 나타나 그 아이한테 말을 걸기도 했지요. 표범 발자국이 무덤가에 뿌려 놓은 모래 위에 보이기도 합니다. 고레 므토코의 토템이 표범이라는 것은 알고 있겠지요? 무슨 수를 써야 합니다."

치포 이모가 땅바닥에 쓰러지면서 비명을 질렀다.

"아아!"

치포 이모는 넘어진 채 이리저리 굴러다녔다. 눈이 허옇게 뒤집혔다.

"아, 당신 왜 날 죽였어? 내가 당신한테 어떻게 했기에? 아악!"

사람들이 놀라 치포 이모를 쳐다보았다. 마스비타는 치포 이모 곁에 있던 나모를 다른 데로 끌고 갔다.

나모는 거의 기절할 뻔했다. 고레 므토코의 영혼이 이모한테 붙은 거였다. 그는 복수를 하려고 이모의 몸 속으로 들어간 것이다.

치포 이모는 뒹굴면서 소리를 질렀다.

"나는 걸칠 옷도 하나 없어. 내 무덤을 만들어 준 사람한테 보답할 염소 한 마리조차 없다고. 내 가족들에게 먹일 것도 하나 없어. 그걸 다 내놔."

쿠파 이모부가 이모 옆에 무릎을 꿇고서 눈물로 범벅이 된 이모의 얼굴을 닦아 주려고 했다. 그러나 이모는 엄청난 힘으로 뿌리쳤다.

"나는 아들 하나 없이 죽었단 말이야! 복수할 거야. 날 죽인 놈의 딸을 내놔! 으으으!"

치포 이모는 심장이 멎는 듯 계속 비명을 지르다가 기절했다. 고레 므토코의 영혼이 떠나간 것 같았다. 이모는 축 늘어졌다. 사람들이 급히 다가와 이모의 팔과 다리를 주물렀다. 쿠파 이모부가 무유키에게 물을 가져다 달라고 했다. 무유키는 자기 아들에게 물을 떠 오게 했다.

마스비타는 눈물을 흘리며 몸을 덜덜 떨었다. 나모는 아무 느낌도 없었다. 돌이 된 것 같았다. 정신을 차리고 있는 건 할머니뿐이었다. 할머니는 무유키를 똑바로 보고 말했다.

"소 두 마리가 사람의 목숨과 비교할 수 없다는 것은 인정하지만 우리 가족이 고통받을 이유는 없잖소? 고레 므토코를 죽인 사람의 가족이 해결해야 할 문제이지. 그 가족들은 짐바브웨에 살고 있다오. 내가 그 사람들한테 여러 번 전갈을 보냈지만 아무 대답도 없었다오."

그때 무유키의 아들이 물을 가지고 왔다. 쿠파 이모부가 치포 이모의 얼굴에 물을 끼얹자 이모가 신음 소리를 내며 눈을 떴다.

무유키가 말했다.

"그럼 살인자의 가족들은 짐바브웨에 단 한 명도 살지 않는단 말이오?"

할머니가 말했다.

"고레 므토코 가족에게 옷과 식량을 보내고 나모를 대신해 소 한 마리를 더 보내겠소. 그러면 가족들이 분명히 마음에 들어할 거요."

무유키가 착 가라앉은 목소리로 말했다.

"하지만 이 일은 가족들하고는 아무 상관없는 일이지요. 원한을 품은 고래의 영혼이 문제입니다. 목숨은 목숨으로 갚는 것입니다."

나모는 다시 긴장했다.

'무유키가 나를 죽이려고 하는 걸까? 안 돼…….'

"아이를 그 집안의 다른 아들에게 보내세요. 할머니도 알겠지만 이 아이는 원한을 품고 죽은 영혼의 아내가 되어야 해요. 결혼을 해서 아들을 낳으면 죽은 사람의 이름을 따서 지어야 합니다."

"말도 안 돼요! 우리 나모를 어떻게 하라고? 이제 그런 관습은 불법이오. 어떻게 그렇게 잔인한 짓을……. 절대 안 돼!"

쿠파 이모부가 할머니를 말렸다.

"장모님, 제발 이러지 마세요. 일을 그르치려고 이러세요?"

"일을 그르쳐? 이제 더 나빠지려야 나빠질 것도 없어. 무유키, 내 말 좀 들어 보시오. 고레 집안 놈들은 다 똑같아. 술주정뱅이에다 여자들도 모두 파렴치하지. 내가 루나코의 딸을 짐승들한테 내주란 말이오? 그렇게 되면 내가 먼저 죽어 버리겠소. 내가 먼저 영혼이 되어 당신들에게 복수를 할 거란 말이오. 아무도 편히 지내지 못하게 할 거라고! 차라리 나를 데려가시오!"

자리에 있던 사람들이 할머니를 붙잡았다. 마을 사람들은 할머니를 진정시켰다. 다들 걱정스러운 표정이었다.

"무유키 님, 할머니가 몸이 좋지 않아서 이상한 말씀을 하시는 거예요. 할머니를 용서해 주세요."

할머니가 버럭 고함을 질렀다.

"나는 멀쩡해! 지금은 옛날과 달라. 여자아이들을 노예로 보내다니……. 무유키, 도대체 당신은 뭐 하는 사람이지? 이런 짓을 하려고 자기 아들까지 죽이고 무당이 된 건가? 당신이야말로 악마 같아!"

치포 이모가 할머니의 말을 막았다.

"엄마!"

쿠파 이모부가 무유키에게 말했다.

"장모님이 편찮으셔서 그래요. 지금 당신이 무슨 말을 하고 있는지도 모르실 겁니다."

나모는 너무 무서웠다. 할머니가 무유키를 악마라고 말하다니. 만약 무유키가 정말 악마면 어떡하지? 표정은 덤덤했지만 무유키는 주먹을 꽉 움켜쥐고 있었다. 할머니 스스로도 어떻게 그런 말을 할 수 있었는지 내심 놀라는 듯했다. 무유키가 단호한 목소리로 말했다.

"만약 지금 악마가 있다면, 악마는 아침에 도착했을 것입니다. 누군가가 나를 해치려고 하면 내 조상들이 그것을 물리칠 수 있는 힘을 줄 거요."

그는 뱀이 새겨져 있는 지팡이로 할머니를 내려치려고 했다.

나모가 비명을 질렀다. 지팡이가 할머니 얼굴을 내려칠 듯하다가 순간 멈췄다. 할머니 머리가 뒤로 젖혀졌다. 할머니는 입을 벌려 허연 이를 드러내며 쓰러졌다.

마스비타가 소리질렀다.

"할머니!"

쿠파 이모부가 다급한 목소리로 외쳤다.

"뒤로 물러서! 숨을 쉬게 해야 해."

이모부가 할머니를 땅바닥에 눕히자 마스비타가 할머니의 손과 발을 주무르기 시작했다. 무유키의 아들이 물을 가지러 달려갔다.

주름살투성이인 할머니 얼굴을 보니 안타까웠다. 한쪽 눈은 뜨고 있었지만 눈동자는 움직이지 않았다. 나모는 할머니의 눈을 감겨 주었다. 할머니의 얼굴을 만지던 나모는 할머니가 아직도 이를 꽉 물고 있다는 것을 알았다.

쿠파 이모부가 무유키에게 애원했다.

"무유키 님, 도와주십시오."

무유키가 말했다.

"나를 악마라고 부르는 사람을 내가 왜 도와야 하지요?"

"장모님은 마을에서 가장 나이가 많은 어른입니다. 손녀를 아끼는 마음 때문에 그러시는 거예요. 하지만 장모님은 나쁜 분이 아니에요. 제 말에 책임을 지지요."

무유키는 잠시 생각에 잠겼다.

"노인을 잘 모시는 것은 훌륭한 일이지요. 당신은 훌륭한 사위군요. 좋소, 할머니에게 약을 만들어 주겠소. 하지만 집에 돌아간 다음에는 돌봐 줄 사람을 다시 찾아야 할 거요. 이런 병을 고치려면 시간이 오래 걸리니 말이오."

"얼마나 오래 걸릴까요?"

"몇 주 만에 나을 수도 있고, 몇 달이 걸릴 수도 있어요."

무유키는 약을 지으러 집 안으로 들어갔다. 쿠파 이모부는 마을 사람들이 가져온 꾸러미에서 무유키에게 바칠 만한 것들을 챙겼다. 새로 만든 괭이 두 자루, 손잡이를 구리철사로 감은 구리 칼, 좋은 옷감과 얼마간의 돈도 꺼냈다. 할머니는 거칠게 숨을 내쉬면서 계속 잠을 잤다. 쿠파 이모부가 말했다.

"나모, 그 가게 주인한테 다녀오너라. 포르투갈 사람 말이야. 할머니를 집으로 싣고 갈 만한 게 있는지 물어 보고 와."

나모는 오솔길을 따라 한참을 걸어갔다. 오후 늦게 문을 연 가게 주인은 시원한 공기를 쐬려고 가게 앞에 앉아 있었다. 나모는 그에게 할머니의 이야기를 해주었다. 주인은 심부름꾼을 시켜 들것을 가지고 오게 했다.

"할머니를 이리 모시고 오너라. 마법을 부린다는 그 무당 옆에 절대로 혼자 두면 안 돼. 할머니를 저녁밥으로 먹어 버릴지도 모르거든."

나모가 깜짝 놀라며 쳐다보자, 주인이 웃으며 말했다.

"요 귀여운 아가씨, 농담이야. 어쨌든 네 할머니가 그 사람한테 너무 심하게 말한 거 같구나."

잠시 후에 마을 사람들이 할머니를 모시고 왔다. 할머니의 한쪽 얼굴과 몸에는 갈색 진흙이 발라져 있었다. 사람들의 이마에는 분필 자국이 있었다. 그건 무유키가 사람들이 가져온 물건이 마음에 들었고, 사람들도 그가 해주는 말을 잘 새겨들었다는 표시였다. 주인은 할머니를 가게 안쪽 침대에 눕히라고 했다.

나모가 주인에게 말했다.

"할머니는 침대에서 잔 적이 없어요. 잘못하면 떨어질지도 몰라요."

"그럼 네가 잘 지켜 드리렴. 난 오히려 바닥에서는 못 자는데……. 지네가 코로 기어 들어와 뱃속에 집을 지을지도 모르잖니?"

나모는 주인의 농담에 웃음을 터뜨렸다.

"귀여운 아가씨, 이게 좋겠다. 네가 할머니 옆에 있으면서 지네가 나타나면 막대기로 내려치는 거야."

쿠파 이모부는 주인이 돈을 받지 않고 할머니를 보살펴 주겠다고 하자 좀 놀라긴 했지만 그러라고 했다. 이모부는 마스비타와 나모에게 서로 번갈아 가면서 할머니를 잘 돌봐 드리라고 했다.

사람들은 할머니의 몸을 따뜻하게 해주고 손과 발을 계속 주물러 주었다. 오후 늦게, 할머니는 몸 한쪽을 움직일 수 있게 되었다. 하지만 다른 한쪽은 여전히 움직이지 못했다. 할머니는 말도 하지 못했다. 할머니가 지금 기운을 회복하지 못하면 앞으로 계속 움직이지 못할지도 모른다. 밤이 되자 사람들은 개울가에 있는 천막으로 갔다. 나모만 혼자 남아서 할머니 침대요를 갈아 주고 물로 할머니의 입술을 적셔 주었다. 하지만 너무 피곤해서 눈을 뜨고 있을 수가 없었다. 침대 위에 머리를 기댄 나모는 두렵고 비참했다. 너무 지친 나모는 꿈도 없는 깊은 잠 속으로 빠져 들었다.

10

다음날 치포 이모, 마스비타와 슈바이 이모의 아기는 마스비타의 고모가 살던 마을로 돌아가기로 했다. 마스비타의 고모부도 따라갔다. 마을 사람들 몇몇은 시장에 남아 있으면서 할머니가 회복되기를 기다렸다. 나모는 마스비타를 끌어안았다. 마스비타는 다시 집으로 돌아가게 되어 기뻤다. 아기는 어디로 가는 것을 알아차렸는지 악을 쓰고 울기 시작했다. 나모가 아기를 토닥거리면서 말했다.

"긴장해 보여. 잘 우는 걸 보니 건강한가 봐."

마스비타가 말했다.

"참 예쁘지? 내가 키우고 싶어."

서둘러 짐을 꾸리고 길을 나섰다. 나모는 마음이 혼란스러웠다. 숲속 길로 내려가는 사람들을 바라보았다. 이렇게 다시 집으로 돌아간다는 게 섭섭하기도 했지만 무유키를 만나 겪었던 일을 말해 줄 사람이 없다는 것이 답답하기도 했다. 이제 쿠파 이모부는 할머니를 보러 매일 시장에 들를 것이다.

아무도 말을 붙이지 않아 나모는 혼자 생각에 빠졌다. 아빠는 사람을 죽였다. 그러자 죽은 사람이 원한을 품고 나모를 찾아와 술주정뱅이인 고래의 형과 결혼하라고 한다. 그 남자는 나모에게 루라를 주지 않을 거다. 나모는 시집을 가도 환영받지 못하고 다른 아내들에게 매를 맞으며 살 것이다. 남편 되는 사람도 자기 동생이 죽은 걸 탓하면서 나모를 때릴지도 모른다. 이제 마스비타도 루바도 할머니도 볼 수 없게 될 것이다.

끔찍했다. 나모는 더 이상 생각하고 싶지 않았다. 대신 포르투갈 사람인 가게 주인의 집에서 산다고 상상해 보았다. 나모가 전에 건너 마을에 가서 하던 놀이처럼 말이다. 엄마와 함께 있다는 상상은 말 그대로 마음에만 그려볼 수 있는 생각이었다. 그저 잡지 사진 속에 있는 여자를 엄마로 그려본 것뿐이었다. 그러나 나모는 마음속에 있는 그 모습이 언젠가 정말 현실이 될 수도 있을 거라고 믿었다. 엄마와 함께 이 땅에서 쫓겨난 동물들과 사람들이 모여 사는 땅 속 나라에서 살 수 있었으면 좋겠다고 생각했다. 그리고 어느 날 드디어 땅 속 나라로 가는 길을 발견할지도 모른다고 생각했다.

나모는 정성껏 할머니를 간호했다. 무서운 생각이 들 때마다 머리를 흔들었다. 그 집에는 나모, 할머니와 할머니가 누운 침대, 나모 앞에 펼쳐진 현실이 있었다.

하루에 세 번 찜질약을 만들었다. 무유키는 벼락 맞은 나무의 껍질을 가루로 약을 만들어 주었다. 발작 증세를 가진 사람에게 가장 좋은 약이라고 했다. 나모는 물에다 그 가루를 넣어 끓였다. 그 물에 천을 푹 적신 다음 할머니의 마비된 팔에 갖다 댔다. 나모는 할머니의 팔과 다리를 문지르며 계속 이야기를 했다. 할머니가 나모의 이야기를 알아듣는지 아닌지는 알 수 없었다. 할머니의 약을 만들 때 사람들이 와서 도와주기도 했다. 하지만 자기네들끼리만 수군거리면서 나모는 무시해 버리기 일쑤였다.

가게 주인은 시장에 나갔고, 그의 아내만 현관 앞에 앉아 있었다. 이름은 로사였다. 로사는 통통하게 살이 쪘는데 아주 친절했다.

“난 원래 내 이름이 있단다. 그런데 결혼을 하면서 조안이라고 성을 바꿨지.”

조안은 포르투갈 사람인 가게 주인의 이름이었다.

“그게 관습이에요? 여자의 성을 바꾸는 게?”

“성당에 나가는 사람들은 다들 그래. 조안하고 결혼을 하면서 성당에 나가게 되었어. 그런데 넌 이야기를 참 잘하는구나. 말재주가 있어.”

“고맙습니다. 할머니가 가르쳐 주셨어요.”

나모는 누군가와 이야기를 할 수 있게 되어 정말 기뻤다. 로사가 만들어 준 간식도 맛있었다. 거의 처음 먹어 보는 것들이었다. 깡통에 담긴 것들도 있었다. 소스를 친 완두콩들은 깡통 속에 들어 있었다. 부엌에는 과자가 들어 있는 봉지와, 꿀이 가득 든 유리병도 있었다. 나모도 이런 가게 주인과 결혼을 하고 싶었다. 남편이 이렇게 먹을 것을 많이 준다면 나모 역시 성당에 나가고 싶을 것이다.

그렇긴 했지만 가톨릭에 대한 이야기들은 이해하기 쉽지 않았다. 로사의 침대 맞은편 커다란 십자가에 한 남자가 못 박혀 있었다. 머리에는 가시로 만든 관을 쓰고 있었다. 로사는 그 남자의 이름이 예수라고 했다. 나쁜 사람들이 그 사람을 죽였는데 사흘 뒤에 다시 살아났다고 했다.

나모가 물었다.

"저 사람은 자기를 죽인 사람들에게 복수했나요?"

"아니, 예수는 그 사람들을 용서했어. 그게 그리스도인의 길이거든."

하지만 나모는 침실 벽에 죽은 사람의 형상을 걸어 둔다는 게 소름끼쳤다. 예수라는 저 사람도 죽은 다음에 그 대가를 받지 못했으면 원한을 품고 복수를 했을지도 모른다. 나모는 아빠가 죽인 사람을 생각하지 않으려고 거칠게 머리를 흔들었다.

할머니는 서서히 회복되었다. 몸도 거의 움직일 수 있게 되었다. 하지만 그동안 몸이 너무 허약해져서 제대로 서지도 못하고 말도 하지 못했다. 눈으로만 의사 표현을 할 수 있었다.

나모가 눈물을 닦으며 물었다.

"할머니, 많이 아프지요?"

할머니는 대답을 못했다. 나모는 자꾸 눈물이 났다.

며칠이 지나자, 쿠파 이모부는 할머니를 집으로 모시고 가겠다고 했다.

"장모님, 바구니 짜는 사람이 의자를 만들어 왔어요. 의자에 가만히 앉아 계시면 저희들이 의자를 어깨에 메고 모시고 갈게요. 이제 집으로 가실 수 있어요."

쿠파 이모부는 나모에게 내일 아침 떠날 수 있도록 준비를 해놓으라고 일렀다.

나모는 이모부가 성큼성큼 걸어가는 뒷모습을 바라보았다. 포르투갈 상인의 집에서 언제까지나 신세를 질 수는 없었다. 나모에게는 아무도 신경을 써 주지 않았다. 나모가 앞으로 어떻게 될지 별로 걱정하는 사람도 없었다. 나모는 정말 나쁜 사람을 남편으로 맞이해야 될지도 모른다. 마을 사람들은 나모가 어디로 시집가든 아는 척도 하지 않을 것이다.

나모는 갑자기 땅바닥에 털썩 주저앉아 엉엉 울음을 터뜨렸다. 로사가 깜짝 놀라 달려왔다.

"나모, 왜 그러니? 어디 아프니?"

로사는 나모를 일으켜 세웠다. 로사는 너무 울어서 지쳐 버린 나모를 집 안으로 데려가 커다란 침대 위에 눕혔다.

"어서 쭉 마셔."

로사는 유리잔에 검붉은 액체를 담아 마시게 했다. 그 액체가 얼마나 달콤한지 마치 혀가 타들어 가는 듯했다. 숨이 막힐 것 같았다.

로사는 나모의 머리를 쓰다듬어 주며 조용히 말했다.

"여기서 한숨 푹 자렴."

나모는 그렇게 잠들었다가 깜짝 놀라 깨어났다. 잠을 깨자마자 눈에 들어온 것은 벽에 걸려 있는 못 박힌 사람이었다. 그의 영혼은 원한을 품고 복수할 사람을 찾는 게 분명했다. 저 사람은 방황하고 있는 거야. 나모는 침대 아래로 내려와 십자가의 예수가 보이지 않게 바닥에 납작 웅크렸다. 밖에서 말소리가 들려왔다. 포르투갈 말이었다.

너무 울었던 탓인지 가슴이 아팠다. 팔다리도 너무 무거웠다. 하지만 나모는 어서 할머니를 보러 가야 했다.

"나모."

나모가 밖으로 나오자 조안이 나모에게 손짓을 했다. 조안과 로사는 할머니 옆에 앉아 있었다. 조안은 밤늦게까지 일을 하는데 오늘은 벌써 집에 와 있었다.

조안이 말했다.

"네가 걱정되어서 집에 와 봤어. 로사가 연락을 했거든. 네가 운다고, 그래서 병이 난 게 아닌지 걱정이 되었어. 로사, 말해 봐. 나모야, 로사가 나보다는 설명을 더 잘할 거야."

로사가 말했다.

"무유키 이야기는 잘 알고 있어. 그 사람은 악마 같은 사람이야."

조안이 거들었다.

"나쁜 놈."

"무유키가 사람들을 빨리 만나지 않고 늑장을 부렸지? 왜 그러는지 알아? 사람들을 기다리게 하고서 몰래 사람들을 풀어 비밀을 캐내려고 그러는 거란다. 그러고 나서 영혼들이 자기한테 다 이야기해 준 척하는 거지. 그건 새빨간 거짓말이야."

조안과 로사는 겁도 없이 무유키를 욕했다. 나모는 걱정이 되었다. 무유키가 화가 나서 조안과 로사를 찾아와 혼을 내줄지도 모르기 때문이다.

로사가 말했다.

"시장에 무유키 일을 봐 주는 사람이 있어. 그 사람이 말을 엿듣고 가서 무유키에게 전하는 거야."

"내가 잘못한 거 같아. 할머니가 그렇게 다 이야기하시게 두는 게 아니었는데……. 무유키가 나모 네 이야기를 다 들은 거야. 틀림없어."

조안은 그렇게 말하고는 할머니를 쳐다보았다. 할머니도 조안과 눈을 맞추었다.

로사가 말했다.

"네 할머니를 처음 본 건 할머니가 집에서 기르던 동물하고 금을 팔려고 시장에 나왔을 때였어. 할머니는 아주 지혜로우신 분이야. 무슨 문제가 생기면 스스로 판단하고 해결할 줄 아는 분이시지. 네 엄마를 학교에 보내신 걸 봐. 할머니는 절대로 널 그렇게 시집 보내지 않으실 거야."

나모는 고개를 푹 숙였다. 조안과 로사가 참 고마웠다. 그러나 마을 사람들은 그렇지 않았다. 사람들은 나모가 어떻게 살든 마을에 생긴 나쁜 일만 얼른 물리치고 싶어했다.

"잘 모르지만 할머니 말씀을 들으니 네 엄마도 결혼을 하면서 가톨릭 신자가 된 것 같더구나. 그러니까 너도 가톨릭 신자나 마찬가지야. 그런 미신을 믿지 마."

나모는 놀란 눈으로 조안을 쳐다보았다.

조안이 말했다.

"우리 딸은 콜레라로 죽었단다. 로사는 늘 마음 아파하지. 이제 다시는 아기를 가지지 못하거든. 로사는 네가 우리 딸이 되었으면 좋겠다고 했어."

나모의 손을 잡은 로사가 눈물을 글썽였다. 가슴이 덜컹 내려앉았다.

'여기서 산다니……. 나한테 이렇게 잘해 주는 사람들과 함께 말이야.'

로사가 말했다.

"할머니도 좋아하실 거야."

나모는 할머니를 쳐다보았다. 할머니는 야윈 두 손을 맞대면서 좋다는 뜻을 보여 주었다.

나모가 낮은 목소리로 말했다.

"아, 할머니."

정말 여기 있을 수 있을까? 여기에 있으면 로사와 하루 종일 이야기도 할 수 있고, 시장에 가서 기타 소리를 듣고 깡통에 든 생선도 먹을 수 있다. 나모는 마당도 깨끗이 치우고 부엌에서 열심히 일할 것이다. 이 부부가 나모를 딸로 삼은 걸 후회하지 않게 하려고 말이다. 하지만 나모가 여기 와서 살면 할머니와 마스비타는 좀체 만나기 힘들어질 것이다. 그리고 엄마도……. 점점 엄마를 잊어버리면 어떻게 하지?

로사가 당황해하는 나모의 표정을 보고 말했다.

"나모, 네가 그런 결혼을 하면 사랑하는 가족들도 만날 수 없어. 넌 노예가 되는 거야. 네 남편이 될 사람은 널 꼼짝도 못 하게 잡아 두겠지. 이렇게 어린 너를 결혼시키려고 하다니……, 정말 기가 막힐 노릇이구나."

나모가 말했다.

"쿠파 이모부가 가만있지 않을 텐데요."

나모는 아무런 희망도 갖지 않으려 했다.

조안이 다짐하듯이 말했다.

"내가 이모부한테 잘 말할게. 이모부한테 이것저것 선물을 많이 해 주면 아마 못 이기는 척하고 우리와 같이 살게 해줄 거야. 나만 믿어."

그러나 조안이 모르는 게 있었다. 쿠파 이모부가 걱정하는 일은 그런 것으로 해결될 문제가 아니었다.

그날 밤 쿠파 이모부가 커다랗게 고함을 질렀다.

"안 돼! 영혼이 복수를 한 거야. 내 가족을 죽였다고! 내 딸은 아이를 갖지 못하게 될 수도 있고……. 죽은 영혼의 한을 풀어 주지 못하면 우리 모두를 죽일 거요."

조안이 말했다.

"고레 므토코 식구들에게도 최대한 성의 표시를 할게요. 집안 형제들도 만족하고, 영혼도 만족할 수 있을 만큼 많이요. 그러면 영혼은 묘지로 편안하게 돌아갈 거요."

쿠파 이모부는 나모와 로사 바로 앞에서 말했다.

"당신은 이해 못 해! 원한을 품은 그 영혼은 아들을 가지고 싶어한다고요. 아들을 낳아 줄 수 있는 사람은 여기 이 나모밖에 없소."

"나모는 시집을 보내기에는 너무 어려요. 저희가 일 년만 데리고 있을게요. 결혼은 그 나중에 해도 늦지 않아요."

쿠파 이모부가 말했다.

"나모가 시집을 가서 결혼한 여자 노릇을 잘 하리라고는 아무도 믿지 않아요. 그래도 그 집으로 가야 하오. 고레의 영혼이 우리의 진심을 알아야 되니까요. 그리고 당신, 당신들 속셈이 뭔지 내가 모를 거 같소? 나모를 여기에 두면 그 다음엔 어쩔 거요? 다음에 내가 나모를 찾으러 오면 이 아이를 숨길 거 아니오?"

나모는 낙심했다. 조안이 다시 부탁을 했다.

"우리, 할머니를 편안하게 해드려야 하는 거 아닌가요? 연로하신 할머니는 손녀를 무척 아끼신다고요."

할머니는 사람들이 다투는 가운데 아무 말도 하지 못하고 누워 있었다. 이 사람 저 사람을 번갈아 쳐다보면서 눈을 깜박일 뿐이었다.

쿠파 이모부가 말했다.

"장모님을 걱정하는 건 나도 마찬가지오. 하지만 고래의 영혼이 우리를 용서하지 않으면 장모님도 회복될 수 없을 거요."

로사가 끼어들었다.

"나모 아빠는 가톨릭 신자였어요."

쿠파 이모부는 얼굴을 치켜들며 말했다.

"하지만 나모는 우리와 함께 우리 마을에서 자라났소. 가톨릭이 아닌 우리 풍습을 따라야 해요."

로사도 지지 않았다.

"나모는 자기 아빠의 딸이에요."

나모는 가슴이 찡했다. 틀린 말이 아니었다. 쿠파 이모부는 나모를 자기 마음대로 시집을 보낼 자격이 없었다.

쿠파 이모부는 여전히 화를 내면서 말했다.

"이 애 아버지가 일을 저질렀으니 어쩔 수 없는 거 아니겠소?"

"나쁜 짓을 한 대가를 딸을 주는 것으로 갚을 수 있다면 보내는 게 당연해요."

다른 사람들도 맞장구를 쳤다.

"맞아."

"사람들이 죽은 건 콜레라 때문이었어요. 당신 가족만이 아니라 수백 명의 사람이 죽었어요. 그 사람들이 다 원한을 품은 영혼 때문에 그렇게 되었다는 건가요?"

"그건 잘 모르오. 그건 무유키한테 물어 봐야 할 거요."

"자기 아들을 죽여서 항아리에 넣어 두었다는 그런 사람한테요? 그런 사람의 말을 믿는 당신들은 바보예요."

조안이 로사의 팔을 잡으며 말했다.

"로사!"

"당신들은 부끄러운 줄 알아야 해요. 그런 사람의 말 한마디 때문에 아이를 버리다니!"

쿠파 이모부가 조안에게 말했다.

"이봐, 당신 아내가 뭘 잘 모르는 것 같군. 우리 풍습과 조상에 대해서 그렇게 함부로 말하지 말라고. 가톨릭에서는 그렇게 가르치는지 모르겠지만……."

이모부는 내내 차가운 말투로 이야기했다. 무슨 말에도 아랑곳하지 않는 이모부 때문에 로사는 점점 더 화가 치밀어 올랐다. 급기야 로사는 쿠파 이모부의 얼굴에 대고 소리를 질러댔다.

"이것 봐요, 당신 내 이야기 안 들려요? 안 들리냐고요!"

얼마나 커다랗게 소리를 지르는지 나모는 귀를 틀어막았다. 조안이 로사의 어깨를 끌어당겼다.

"그만 해, 로사! 이런다고 해결될 문제가 아냐."

쿠파 이모부는 이제 이야기가 끝났다고 말했다.

"동이 트자마자 떠날 수 있게 준비해라."

이모부는 뒤도 한 번 돌아보지 않고 휙 그 자리를 떠났다.

로사가 조안의 손을 뿌리쳤다.

"나모를 그냥 데리고 가게 해서는 안 돼요."

조안이 기운 빠진 목소리로 대답했다.

"여보, 나도 저 사람들을 어떻게 할 수가 없소."

"프렐리무 군인들한테 가자고요. 거기 가서 여자들에게 도움을 청할 거예요. 군인들은 총도 가지고 있으니까요."

"여보, 이제 그만 해요."

"프렐리무 군인들은 그런 결혼을 용납하지 않을 거예요. 그 사람들이 이 미친 짓을 막을 거예요."

"진정해요."

"당신이 가지 않으면 나 혼자라도 갈래요."

조안이 한숨을 내쉬며 말했다.

"알았어, 알았소. 하지만 이 밤중에 어딜 가겠소? 나한테 총을 쏠지도 몰라요. 내가 총에 맞으면 어떻게 하지?"

눈물을 흘리던 로사는 그제야 웃으며 말했다.

"당신은 그렇게 쉽게 당할 사람이 아니에요. 모두들 당신을 좋아할

걸요?"

"그래요. 물론 술을 개울가에 다 쏟아 버리겠다고 가끔 윽박지르긴 하지만……."

프렐리무 군인들은 시장에서 술을 파는 것을 반대했지만 술집을 운영하는 포르투갈 상인과 손을 잡기도 했다. 군인들은 포르투갈 상인들이 장사할 수 있도록 도와주면서 대신 상인들을 통제하고 있었다. 그러나 어떤 상인들은 군인들의 감시를 피해 숲 속에 숨어들어 장사를 해서 문제가 되기도 했다. 조안은 손전등을 들고 밖으로 나왔다.

나모와 로사는 할머니를 씻겨 드리고 닭고기 수프와 묽은 죽을 드시게 했다. 할머니를 다시 침대에 눕혔다.

나모가 로사에게 물었다.

"군대 막사는 얼마나 먼가요?"

"시장 반대편으로 한 시간쯤 걸어가야 해."

"위험하지 않아요?"

"아마 조안 혼자 가지는 않았을 거야. 가게 사람하고 함께 갔을 거야."

두 사람은 잠시 아무 말도 하지 않았다. 나모는 무엇인가가 목을 조르는 것처럼 불편해졌다. 무엇에 희망을 걸어야 할지 알 수 없었다. 로사와 함께 있고 싶었다. 하지만 로사나 조안에게 안 좋은 일이 생길까 봐 걱정이 되었다. 만약 군인들이 총을 들고 나타나면 어떻게 될까? 나모가 고래의 형과 결혼하지 않는다면 고래의 영혼이 정말 가족들을 죽일까?

나모가 침대 옆에 앉아서 할머니의 차가운 손을 잡았다.

"할머니, 어떻게 해요? 제가 로사랑 조안하고 함께 살았으면 하세요? 그러면 제발 손가락을 움직여 보세요."

나모는 할머니에게 간청했다. 그러나 할머니는 말을 알아듣지 못하는 듯했다. 그게 아니면 할머니 역시 어떻게 해야 할지 결정을 내리지 못한 것일 수도 있다. 할머니는 가만히 누워 있었다.

창문 밖 나무 사이로 그림자가 어른거리더니 사람들의 말소리가 들렸다. 사람들이 시장에서 돌아오고 있었다.

나모가 로사를 불렀다.

"로사 아줌마!"

로사가 대답했다.

"벌써 군인들이 올 리는 없는데……."

사람들이 마당에 심은 풀들을 마구 짓밟으며 조안의 집으로 들어왔다. 깜짝 놀란 조안의 얼굴이 백지장같이 하얗게 되었다. 조안의 집에 들어온 사람들은 쿠파 이모부와 마을 사람들, 무유키, 무유키의 아들, 하인들이었다. 사람들은 횃불을 들고 있었다.

로사가 소리를 질렀다.

"조안!"

사람들은 조안과 가게 사람을 마당에 내동댕이쳤다. 두 사람의 손은 등 뒤에 단단히 묶여 있었다.

무유키가 매섭게 말했다.

"감히 나한테 도전하다니……."

그는 허리띠에서 작은 권총을 꺼내어 조안을 겨누었다. 로사가 비명을 질렀다.

"무슨 짓을 하려고 한 거야, 당신? 내 일에 쓸데없이 참견하지 않는 게 좋을 거야!"

조안이 저항을 했다.

"나는 가게를 살피러 가려던 것뿐이오."

"거짓말 마. 프렐리무 군인들한테 가고 있었잖아. 저 사람한테 이야기하는 걸 내가 다 들었어."

쿠파 이모부가 소리를 질렀다.

"당신 같은 가톨릭 신자들이 우리와 싸우고 싶다면 기꺼이 상대해 주지."

무유키가 말했다.

"누가 이기는지 두고 보자고! 십자가 위에 있는 당신들의 신이 이기나, 우리 아프리카 신들이 이기나 말이야!"

무유키가 허공에 총을 쏘아댔다. 나모는 공포에 질려서 숨을 헐떡거렸다.

갑자기 무슨 생각이 들었는지 조안이 말했다.

"군인들한테 브랜디를 가지고 가려고 했소."

무유키가 멈춰 서서 조안을 노려보았다. 두 남자는 오랫동안 서로 뚫어져라 바라보았다. 이제 무유키는 특별히 더 화를 내는 것 같지도 않았고, 조안 역시 그를 두려워하는 것처럼 보이지 않았다.

무유키가 말했다.

"군인들은 술을 마시지 않아."

조안이 대답했다.

"위에 있는 젊은 병사들은 좋아하지 않지만 그 아래에 있는 부하들은 마신단 말이오. 여자들도 그렇고……."

마을 사람 하나가 맞장구를 쳤다.

"그건 그래."

"프렐리무 여군들은 몹쓸 여자들이야. 술을 마시는데다 남자들처럼 바지를 입고 다니잖아."

무유키가 물었다.

"당신이 병사들한테 브랜디를 갖다 주면서 이 여자아이 이야기를 한 거 아니야?"

쿠파 이모부가 말을 가로막았다.

"한밤중에 무슨 술을 가져다 준다는 거요? 말도 안 되는 소리요."

조안이 말했다.

"낮에 가다 들통나면 장교들이 총을 쏠 수도 있단 말이오."

무유키가 총을 거두었다.

"그건 그래."

이상하게도 이제 무유키와 조안은 서로 화해를 하는 듯 보였다. 그들은 이 마을에서 함께 살아야만 했다. 서로를 싫어했지만 둘 다 손님들을 상대하는 장사꾼들이었다. 무유키는 오랫동안 이곳을 거느리면서 가톨릭 신자인 상인들과 친분을 쌓았다. 이번 일로 지금까지 맺어온 관계를 깰 수는 없었다. 조안의 입장에서도 로사를 보호하는 게 먼저였다. 이들 사이에 쿠파 이모부는 그저 구경꾼에 지나지 않았다.

쿠파 이모부가 말했다.

"이 사람을 그냥 둘 겁니까?"

무유키는 쿠파 이모부의 말을 들은 척도 하지 않았다. 무유키는 아들에게 의자를 가지고 오라고 시켰다. 그의 아들은 조안의 집이 마치 제 집인 것처럼 허락도 받지 않고 자기 아버지가 앉을 의자를 끌어왔다. 무유키는 자리를 잡고 앉아 조안과 가게 사람을 풀어 주라고 했다. 로사가 울면서 조안에게 달려갔다.

쿠파 이모부는 눈앞에서 벌어지고 있는 이 미묘한 거래를 이해하지 못했다. 그는 화가 나 어쩔 줄 모르며 두 사람을 쳐다보았다. 쿠파 이모부의 얼굴이 우스꽝스럽게 일그러졌다.

나모는 모든 싸움이 끝났다는 것을 알 수 있었다. 운명은 결정되었다. 나모는 할머니를 집에 모시고 가려는 사람들이 할머니를 의자로 옮기는 것을 덤덤하게 지켜보았다. 로사는 조안의 팔에 안겨서 눈물을 흘렸고, 조안은 할머니를 모신 일행이 어두운 숲 속으로 사라지는 것을 바라보았다. 나모는 흔들거리는 할머니의 의자를 뒤따라가면서 이 모든 것을 담담하게 받아들이리라 생각했다. 시장 상인 조안과 그의 아내 로사가 길을 떠나는 나모의 뒷모습을 보았는지 어쨌지는 알 수 없었다. 하지만 그런 건 문제가 아니었다. 나모가 빨리 떠나면 떠날수록 두 사람은 안전해질 수 있었다.

11

나모는 열린 오두막 문을 물끄러미 바라보았다. 할머니가 잠들어 있는 오두막 안은 서늘하고 컴컴했다. 할머니의 고른 숨소리가 들려왔다.

내일은 나모의 결혼식이다. 술도 잘 빚어 두었고, 마스비타의 고모 마을 은강가도 도착해 있었다. 결혼식을 치르는 동안 은강가는 고레 므토코의 영혼을 데리고 와 그의 영혼이 무엇을 바라는지 알아낼 것이다. 나모는 이제 식을 치르기만 하면 되었다.

결혼식이 끝나면 그 다음날 나모와 가족들 모두 고레의 마을로 갈 예정이었다. 나모는 그 집에 마련해 둔 단지 옆에 가서 앉을 때까지, 머리 위에 빨간 천을 쓰고 있어야 했다.

새벽부터 해가 하늘 높이 뜰 때까지 나모는 태어나서 처음으로 아무런 일도 하지 않았다. 마을 사람 모두가 이미 나모에게 작별 인사를 한 것이나 다름없었다. 마스비타, 타츠비오나와 이웃 사람들이 땔나무를 모아 두었고 지금은 마당에서 잡초를 뽑고 있었다. 나모가 자진해서 할머니의 오두막을 돌보고 있었기 때문에 사람들은 나모를 칭찬

해 주었다. 그러나 사람들과 나모 사이는 이미 어색해졌다. 한 가지 잘된 일은 마스비타에게 다시 생리가 비친 것이었다. 고래의 영혼이 화가 좀 누그러진 것처럼 보였다.

나모의 새로운 삶은 어떻게 될까? 나모는 자기 남편이 될 조로로에게 이미 세 명의 아내가 있다는 것을 알고 있었다. 여자들은 치포 이모보다도 더 나이가 많았기 때문에 나모를 질투할 게 뻔했다. 나모는 조로로를 딱 한 번 본 적이 있었다. 머리는 재를 뒤집어쓴 듯 지저분했고, 흐리멍덩한 눈은 누르스름했다. 쿠파 이모부의 사냥개가 조로로를 보고 짖어대자 그는 사냥개의 배를 발로 걷어차 버렸다. 사냥개가 깨갱거리며 숲 속으로 달아났다. 조로로는 개가 짖는 것도 참지 못하는 사람이었다.

이제 엄마한테는 어떻게 찾아가지? 무유키에게 갔다 돌아온 후에 건너 마을 언덕 위로 올라간 적이 있었다. 나모는 '엄마, 제발 나를 하늘로 데리고 가세요'라고 말했다. 잡지 사진은 바위 구멍 속에 그대로 두고 가는 게 나을 것 같았다. 그러면 언제나 거기서 엄마가 나모를 기다리고 있을지도 모른다.

나모 뒤에서 힘없는 목소리가 들려 왔다.

"내 강아지, 우리 나모."

나모는 너무 놀라서 비명을 지를 뻔했다. 방 안을 둘러보았지만 할머니 외에는 아무도 없었다. 할머니가 나모를 쳐다보고 있었다.

나모의 목소리가 떨렸다.

"할머니……, 할머니가 말씀하신 거예요?"

"이리 오렴."

할머니의 목소리는 나지막했지만 또렷했다.

"이제는 가만히 있을 수가 없구나."

나모는 몸을 떨면서 할머니 옆으로 가 쪼그리고 앉았다.

"며칠 전부터 말을 할 수 있었단다. 그런데 사람들이 무슨 말을 하나 좀더 들어 보려고 말을 안 하고 있었어. 나는 이제 어떻게 해야 할지 생각해 봤단다."

나모는 말을 더듬었다.

"생각을 하다니요?"

"너무 기운이 없어서 네 결혼 문제를 쿠파와 이야기할 수 있을지 모르겠구나."

"할머니가 어떻게 다 알고 계세요?"

"다 알고 있어. 우리가 조안 집에서 나오던 밤에 있었던 일도 알고 있지. 로사가 했던 말을 오랫동안 생각해 봤단다. 나모, 너는 가톨릭 신자라고 말할 수도 있단다."

"전 잘 모르겠어요."

나모는 물 단지에 수건을 담갔다. 날이 아주 더운 오후면 가끔 할머니의 몸을 시원하게 닦아 주곤 했다. 하지만 나모는 지금 자기가 무엇을 하고 있는지조차 몰랐다.

"그래, 사실은 나도 잘 몰라. 그렇지만 그 사람들 생각처럼 네가 가톨릭이라고 생각하면 아주 방법이 없는 것도 아니란다."

나모는 울고 싶었다. 그런 거였다면 할머니는 왜 지금에서야 이런 이야기를 하시는 걸까? 할머니가 도와준다고 해도 이미 때는 너무 늦었다. 나모는 할머니의 얼굴이며 팔을 축축한 수건으로 부드럽게 닦았다.

할머니는 더 이상 아무 말이 없었다. 너무 기운이 없어서 그런지도 몰랐다.

"할머니, 드실 것 좀 가져올까요? 아니면 치포 이모를 오라고 할까요?"

할머니가 소스라치게 놀라면서 말했다.

"안 돼. 나에게는 병들어 죽을 일밖에 없어. 내 강아지 나모야, 내가 너를 아주 많이 사랑한다는 걸 꼭 기억해라. 이제부터 내가 하는 말은 너 혼자만 알고 있어야 한다."

나모를 사랑한다는 할머니의 말에 나모는 대답도 못하고 눈물을 흘리기 시작했다. 지금까지 나모에게 사랑한다고 말해 준 사람은 할머니밖에 없었다.

"너는 성당으로 도망쳐야 해."

나모는 그대로 주저앉았다. 할머니의 말을 제대로 알아들은 건지 귀를 의심했다.

"저 혼자 시장까지 가라고요?"

"아니, 그러면 쿠파와 고레의 형이 너를 금방 찾아낼 거야. 조안과 로사도 이제 너를 보호해 줄 수 없어. 두 사람이 그 많은 사람을 상대로 싸워야 하니까 말이다. 너는 짐바브웨로 가야 한다."

나모는 깜짝 놀랐다.

"짐바브웨요?"

"그래, 줄곧 생각해 봤단다. 너를 어떻게 해야 할지 말이야. 방법이 하나 떠올랐어. 개울물은 강으로 흘러가지. 무센게지 강으로 말이야. 내가 짐바브웨에서 이곳으로 올 때 바로 그 강을 따라왔거든. 그러니 너는 강을 따라가기만 하면 돼."

나모가 말했다.

"할머니, 저는 잘 모르겠어요."

강가에는 숲이 우거져 있었다. 걸어서 그곳에 간다는 것은 힘들 뿐만 아니라 짐승들이 물과 먹이를 구하러 다니는 곳이어서 위험했다. 하루도 지나기 전에 짐승의 밥이 될지도 몰랐다.

"숲 속 길로 갈 수도 있지만…… 그러면 길을 잃을 수도 있고, 혼자 가기는 위험할 거다."

나모도 같은 생각이었다.

"배를 타야 해. 구츠가 죽을 때 남겨둔 배가 아직 강둑에 있어. 지금쯤 누가 그 배를 가져갔는지는 모르겠다만……."

"아직 거기 있어요."

"그래. 나모, 넌 똑똑한 아이야. 구츠가 자기 배를 어떻게 물에 띄웠는지 너라면 알 수 있을 거야."

나모는 가끔 구츠 아저씨가 노 젓는 걸 본 적이 있었다. 나모는 늘 마을 주변의 이런저런 것들을 눈여겨보았다. 특별한 이유가 있어서가 아니었다. 배를 부리는 것을 본 것도 마찬가지였다. 아저씨는 납작한 노를 가지고 이쪽에서 한 번 젓고, 반대쪽에서 또 저으면서 배를 움직였다.

"날이 어두워지면, 배를 끌어내 물에 띄우고 아래쪽으로 내려가거라. 조금만 가면 무센게지 강이란다. 거기서부터는 물이 흐르는 반대 방향으로 노를 저어야 해. 상류로 가야 하니까 말이다. 물이 흐르는 대로 가면 안 돼. 가다가 힘들면 기슭으로 가 배를 묶어 놓고 좀 쉬거라. 배 안에는 아직도 배를 붙들어 매는 동아줄이 있을 거야. 그렇게 가면 짐승들을 만날 위험은 없어."

나모는 머릿속이 어지러웠다. 그것은 모험이었다. 나모는 할머니의 말을 믿을 수가 없었다. 물 위에 배를 띄우고 노를 저어서 정말 마을을 떠날 수 있을까?

"하지만 얼마나 멀리 갔는지 어떻게 알 수 있어요?"

"전깃불이 보이면 알 수 있지. 넌 한 번도 본 적이 없을 거야. 전깃불은 장작불을 아주 많이 때서 불을 밝힌 것처럼 몹시 환하단다. 그래도 국경을 지나갈 때는 아주 조심해야 해. 배 밖으로 몸을 내밀어서는 안 돼. 강바닥에 지뢰가 많을 거다."

할머니는 지뢰가 어떤 건지 설명해 주었다. 나모는 불안했다.

밖에서 치포 이모의 목소리가 들렸다. 할머니는 얼른 자리에 누워 눈을 감았다. 치포 이모가 음식과 옥수수 물을 가지고 왔다. 나모에게는 아주 특별한 대접이었다.

치포 이모가 말했다.

"오늘이 마지막 날이구나."

치포 이모는 할머니의 손을 잡았다. 그러나 치포 이모의 손에서 할머니의 손이 맥없이 툭 떨어졌다. 치포 이모는 한숨을 쉬며 할머니의 손을 이불 안으로 넣어 주었다.

치포 이모가 나간 후, 나모는 할머니와 함께 음식을 먹었다.

"치포에게는 내가 아직 말을 못하는 것으로 해야 해. 만약 내가 한 이야기를 들으면 쿠파는 네가 도망가는 길을 짐작할 수 있을 거야. 네가 그냥 시장에 구경을 나갔다고 생각하게 해야 한다."

음식을 나누어 먹으며 두 사람은 할머니와 손녀라기보다는 친구처럼 이야기를 나누었다. 꼭 시장에 앉아 기타 소리를 듣던 날 오후 같았다.

할머니는 누가 들을지 모르니 문을 꼭 닫으라고 했다.

"자리 밑에 마른풀을 걷어 봐라. 바닥에 구멍이 보이지? 그 속에 상자가 있단다."

나모가 상자를 가지고 오자 할머니는 상자 안에 손을 넣어 보라고 말했다. 손을 넣으니 자그마한 항아리가 만져졌다. 그 항아리 안에 금이 가득 들어 있었다.

"시냇물 바닥에서 주운 거란다. 이걸로 가게 주인한테 가면 필요한 물건을 바꿀 수 있었지. 하지만 이제 내가 밖에 나가기는 힘들 거 같구나."

나모가 말했다.

"제발, 그런 말은 하지 마세요."

"정말 살날이 얼마 남지 않은 거 같다. 내가 죽으면 치포가 이 항아리를 찾으려고 여기저기 들쑤시고 다닐 거야. 치포보다는 너에게 이 항아리를 주고 싶구나."

나모는 금덩이를 손에 쏟았다. 할머니와 나모, 둘 다 마음이 무거웠다.

할머니가 단단히 주의를 주었다.

"이걸 자루에다 넣고 단단히 묶어서 목에 걸어. 그리고 짐바브웨에 도착하면 수녀님들한테 먼저 여쭈어 보고 그것을 팔거라."

나모는 엄마가 학교를 다녔다는 곳을 떠올리면서 물었다.

"은양가까지 가서요?"

"너무 멀어서 그곳까지는 갈 수 없을 거야. 짐바브웨에는 수녀님들이 많아. 가까운 성당을 찾아가서 네가 가톨릭 신자라고 말해. 그 사람들이 네 아빠에게 편지를 보내줄 거야."

나모는 아빠에 대해서는 까마득히 잊고 있었다. 할머니의 무모한 계획은 곧 현실이 될 듯했다. 짐바브웨에는 나모의 또 다른 가족이 있었다. '종웨' 성을 가진 아빠의 가족들. 나모는 삼촌들과 고모들, 할아버지, 할머니가 있는 종웨 가문의 한 사람이었다.

"네 아빠는 믿을 만한 사람은 아니야. 하지만 이제 네게는 아빠밖에 없구나."

할머니는 나모에게 아빠가 어떤 사람인지 사실대로 말해 주었다. 그러나 할머니도 아빠가 거기서 어떻게 지내고 있는지는 몰랐다. 아빠는 지금쯤 다른 가족과 함께 살고 있을 수도 있었다.

"나모, 지금 당장 떠나거라. 창고에서 음식을 좀 가져가렴. 성냥하고, 물을 담아 먹을 수 있는 호리병박도 가져가……. 들고 갈 수 있다면 필요한 건 모두 다 가져가거라."

"창고에서 마음대로 가져가라고요? 그건 도둑질이잖아요."

"그래야 네가 살 수 있어. 너보다 훨씬 오래 산 이 할미가 너한테 말하는 게다. 자, 이제 어서 가거라. 말을 많이 했더니 몹시 힘들어 잠이 오는구나."

할머니는 눈을 감더니 정말 금방 잠이 들었다.

'내 루라는…….'

나모는 쓴웃음을 지으면서 루라를 떠올렸다. 나모는 할머니의 말에 따르기로 결심했다.

모든 일이 순조롭게 진행되었다. 크로커다일 구츠의 배는 여전히 갈대 속에 있었다. 배 안에 있는 밧줄도 아직 쓸 만했다. 나모는 창고에서 곱게 빻아 말린 옥수수 가루를 가져왔다. 치포 이모의 오두막에 가서 성냥과 콩이 든 자루도 가지고 왔다. 여기저기 다니면서 남는 음식들은 다 챙겼다. 도둑질은 나빴지만 할머니의 말을 따르기로 한 것이다. 나모는 이제 모험을 앞두고 있었다. 마을 사람 어느 누구도 나모에게 관심을 갖지 않았다. 나모는 이제 유령이나 마찬가지였다. 사람들은 이미 나모를 고래 영혼의 신부로 생각했다.

하지만 나모는 마스비타 때문에 마음이 편치 않았다.

나모가 슈바이 이모네 아기를 들여다보고 있는데 마스비타가 눈물을 글썽이면서 말했다.

"그 사람이 너한테 나쁜 짓을 하면 다시 돌아왔으면 좋겠어. 그동안

너 때문에 얼마나 마음이 안 좋았는지 몰라. 너를 보내는 일로 아빠랑 많이 다투기도 했어. 하지만 네가 임신을 하면 다시 돌아올 수 있을 거야. 네가 보고 싶을 거야."

나모는 마스비타가 아빠에게 말대꾸를 할 용기가 없다는 것을 잘 알고 있었다. 그러나 마스비타가 그런 생각을 해준 것만으로도 고마웠다. 오히려 나모는 조금 미안한 생각이 들었다. 치포 이모가 마스비타에게 먹이려고 준비해 둔 벌꿀 옥수수 케이크 단지를 챙겼기 때문이다.

나모는 필요한 것들을 가져다 차곡차곡 모았다. 오후 늦게 나모는 건너 마을로 가서 엄마를 불러냈다.

나모는 항아리에 대고 속삭였다.

"엄마는 지금 내가 무슨 짓을 하고 있는지 아마 짐작도 못할 거예요. 나쁜 일이라는 걸 알지만 할머니가 그렇게 하라고 하셨어요."

그림자가 점점 길어지고 있었다. 출발할 시간이었다. 하지만 나모는 다시 생각에 잠겼다. 아까 낮에만 해도 할머니의 계획이 굉장하게 여겨졌다. 할머니는 나모가 해낼 수 있을 거라고 확신했다. 그러나 지금 나모는 자신이 없었다. 그런 일은 어른이라면 모르지만 나모와 같은 어린 소녀에게는 그야말로 목숨을 건 모험이었다.

나모는 구츠의 배를 향해 머뭇거리며 걸어갔다. 숲 사이사이마다 푸르스름한 그림자가 넘실거렸다. 켈리새(떼를 지어 다니는 작은 새로 곡식 농사에 해를 끼친다)들이 갈대 숲 사이로 날아가고 있었다. 어둠이 내리기 전 마지막 햇빛이 숲 속에 깔려 있었다. 물가에는 얼룩영양이 서 있었고, 자두나무 꼭대기에서 원숭이 한 마리가 나모를 물끄러미 내려다보고 있었다. 나모는 엄마 사진을 넣어 둔 진흙 항아리를 들고 잠시 망설였다.

이윽고 빛이 스러지자 얼룩영양이 콧김을 내뿜으며 다른 길로 돌아가고, 원숭이도 어디론가로 사라졌다.

나모는 입을 달싹였다.

"엄마, 무서워요."

배 한구석에 항아리를 내려놓은 나모는 그 위를 풀로 덮었다.

12

나모가 할머니의 오두막으로 들어서자 치포 이모가 투덜거렸다.

"왜 이렇게 늦었니? 뭘 시키면 좀 재빠르게 하면 안 돼? 시집가서도 그럴 거야? 설마 그 집에서 쫓겨나려고 일부러 굼뜨게 움직이는 건 아니겠지? 그래도 네 남편이 널 놓아줄 거라고 기대하지는 마. 그 남자는 네 속셈을 뻔히 알고 있을 테니까……."

치포 이모는 소스를 얹은 싸자 사발을 상 위에 내려놓았다. 마스비타가 할머니에게 조심조심 음식을 떠 드렸다. 마스비타가 말했다.

"할머니가 많이 좋아지셨어. 이제 우리가 하는 말을 거의 다 알아들으시는 것 같은데?"

"불쌍한 우리 엄마, 나모만 아니면 무유키한테 그렇게 화를 내지도 않았을 텐데……. 넌 뭘 보니? 얼른 밥이나 먹어."

나모는 할머니 옆에 앉아 싸자와 소스를 허겁지겁 먹었다.

치포 이모가 나모에게 말했다.

"오늘은 숲으로 내뺄 생각 절대로 하지 마. 준비할 게 많으니 서둘러야 해."

마스비타가 치포 이모에게 졸랐다.

"엄마, 오늘밤에는 나모랑 같이 잘래요. 할머니는 타츠비오나가 간호하면 돼요."

나모는 마스비타의 말에 목이 메었다.

"난 괜찮아. 여기 있을래. 너랑은 또 앞으로 함께 지낼 시간이 많을 거야. 하지만 할머니는 어떻게 되실지 모르잖아."

마스비타가 말했다.

"그럼 나도 오늘밤은 여기 있을래."

치포 이모가 마스비타를 말렸다.

"그 몸으로 잠까지 설치면 안 되지. 네가 먹은 것만 치우고 들어가거라. 나모는 내일 떠날 준비를 해야 되니까……."

치포 이모는 나모가 결혼하는 게 정말 잘되었다는 듯 심술을 부렸다.

마스비타가 치포 이모에게 몇 마디 말대꾸를 하다가 그만두었다.

마스비타가 나모에게 조그만 목소리로 말했다.

"걱정하지 마. 네가 결혼해도 내가 가끔 보러 갈게."

하지만 그럴 일은 없을 것이다. 마스비타는 나모에게 언제나 잘 해 주려고 하지만 이모의 말을 거역할 줄은 몰랐다. 그렇지만 이제는 상관없다. 마스비타가 나모의 집에 놀러 가고 싶어해도, 나모가 살림을 차리고 사는 집은 없을 테니까.

치포 이모와 마스비타가 오두막으로 돌아가자 나모는 서둘러 집안일을 정리했다. 그러고 나서 할머니가 편안하게 앉도록 부축해 드렸다. 오두막 안을 깨끗이 치우고 물 항아리에 물이 채워져 있는지 확인했다. 할머니가 혼자 컵을 들고 물을 마셨다.

나모가 감탄을 하며 말했다.

"할머니, 감쪽같이 속였네요."

할머니가 웃음을 지으셨다.

"하루 이틀 사이에 신기하게도 몸이 회복되는구나."

나모는 캄캄한 문 밖을 내다보면서 말했다.

"할머니, 제가 이렇게 도망가 버리면 고래의 영혼이 사람들에게 벌을 내리지 않을까요?"

할머니는 잠시 생각을 하더니 말했다.

"우리 가족만이 아니라 다른 사람들도 많이 죽었어. 로사 말이 맞아. 고래 때문에 전염병이 돈 건 아니란다."

"그럼 무유키는요?"

할머니가 동그래진 나모의 눈을 보고 말했다.

"무유키 말은 사실이 아니야. 나도 많이 놀라긴 했어. 하지만 너도 알듯이 무유키도 원래는 보통 사람이었단다. 무당들 중에는 정말로 영혼들을 만나는 게 아니라 행세만 하는 사람들도 많아."

할머니의 말은 나모에게 충격이었다.

"나는 아주 오래 살았단다. 나모, 영혼을 만날 수 있는 사람들을 진심으로 존경해. 그 사람들 덕분에 우리가 조상님들이 말하는 것을 들을 수 있는 거야. 그렇지만 사람들을 속이는 무당들도 있지. 아주 나쁜 사람들이야."

"무유키처럼요?"

"그래, 자기 아들을 죽였다고 하지 않니? 가뭄이 오거나 메뚜기 떼가 몰려올 때, 그리고 전염병이 도는 것처럼 마을에 나쁜 일이 생길 때, 그것은 사실 땅의 영혼인 몬도로(맹수의 왕 사자의 영혼이자 땅의 영혼)가 해결해 준단다. 몬도로와 비교하면 무유키의 능력은 정말 아무것도 아니지."

할머니가 그렇게 말하다니……. 어느 누구도 마을의 무당을 의심하지 않았다. 조안과 로사는 가톨릭 신자라 그랬던 것이다. 그래서 조안과 로사가 그렇게 생각하는 것은 별로 중요하지 않았다.

나모는 치포 이모를 떠올렸다.

"하지만 할머니, 치포 이모에게 고래의 영혼이 들어갔잖아요."

"응, 그렇지. 치포……."

할머니는 조금 망설이는 듯하더니 말을 꺼냈다.

"나모, 잘 듣거라. 내 말을 들으면 네가 좀 당황할 거다. 그렇지만 너도 알아야 해. 이모는 네가 태어났을 때부터 널 미워했어. 치포는 나도 싫어했어. 사람들은 모두 루나코만 예쁘다고 했어. 루나코는 학교에서도 잘 지내고 공부도 잘했지. 그리고 치포가 마스비타를 낳기 한 달 전에 루나코가 널 먼저 낳은 거야. 아무래도 모두들 치포한테는 신경을 덜 썼지."

그때 사람들은 나모에게 예쁘다고 했을 거라고 나모는 혼자 중얼거렸다.

"치포는 항상 네가 없어졌으면 했어. 그리고 무유키를 찾아갔을 때 그 기회가 온 게지."

"그럼 이모가 거짓말을 한 건가요?"

"내 그런 일이 생길 줄 알았다."

나모는 눈앞이 깜깜해졌다. 처음에는 무유키가 나쁜 사람이라고 원망했는데, 치포 이모가 자기를 마을에서 내쫓으려고 일부러 그랬다니……. 나모는 믿을 수가 없었다.

할머니가 부드럽게 말했다.

"나모, 어서 서둘러."

"지금요? 하지만 할머니, 저 가기 싫어요."

"그래도 가야 해. 내가 함께 따라갈 수 있다면 좋으련만……."

할머니가 한숨을 쉬었다.

"그렇지만 내 몸이 이렇게 되었으니, 어쩔 수 없지. 고래 형 조로로가 어떤지 알고 있니? 결혼을 하면 며칠 지나지 않아 널 때릴 거다. 그 놈의 여자들도 못살게 굴 거고. 네가 살려면 멀리 떠나야 해. 나는 루나코에게도 그렇게 기회를 주었다. 이제는 너한테 기회를 주고 있는 거야. 네가 나이 들기를 기다린 거란다."

나모는 할머니에게 안겨 흐느꼈다.

"무서워요."

"나도 네 마음 다 안다."

할머니가 나모의 머리를 쓰다듬었다. 나모 머리 위로 무엇인가가 떨어졌다. 할머니의 눈물이었다.

"아마 태어나서 가장 힘든 일이 될 거다. 그러나 참고 이겨내야 해. 너는 네 아빠를 찾을 생각만 하거라. 이틀만 고생하면 짐바브웨에 도착할 거야. 그곳은 국경과 아주 가까운 곳이거든. 무센게지 강 끝에 다다르면 반드시 물 흐르는 방향을 거슬러 가야 한다. 국경 근처로 가면 강줄기가 두 갈래로 갈라지는데 어느 쪽으로 가야 할지는 고민하지 않아도 돼. 양쪽 다 짐바브웨로 간단다."

나모가 물었다.

"무센게지 강을 거슬러 올라가면 어디가 나오는데요?"

"카보라 바사라는 호수가 나오지. 무센게지 강은 포르투갈 사람들이 댐을 만들기 전까지는 잠베지 강으로 흘러갔단다. 그런데 지금은 잠베지 강이 커다란 호수로 변했거든. 넌 한 번도 거길 건너는 것을 본 적이 없을 테지만……."

나모는 고개를 끄덕였다. 나모도 카보라 바사 호수의 이름은 들어보았다. 할머니는 품에 안겨 있는 손녀의 얼굴과 팔을 부드럽게 떼어냈다. 그리고 나모를 문 쪽으로 밀었다. 나모는 나가지 않으려고 버티었다.

"밤에 할머니가 편찮으실지도 모르잖아요."

"괜찮을 거다. 나모, 우리 강아지. 하늘에 있는 네 엄마가 너를 지켜 줄 거야. 위험해지면 네 엄마가 널 구해 줄 테니 염려 마라."

"다시는 할머니를 볼 수 없을지도 몰라요!"

"쉿, 누가 엿들을지 몰라. 우리가 다시 만나기 전에 내가 죽으면, 너를 만나러 네 꿈속으로 찾아갈게. 약속하마."

나모는 너무 가슴이 아팠다. 발이 떨어지지 않았다. 천천히 방을 나왔다. 오두막 안에 있던 작은 기름 등잔을 가지고 마당 울타리까지 나갔다. 할머니가 돌아누우며 내쉬는 한숨소리가 들려 왔다. 마을 곳곳에는 시커먼 그림자를 드리운 오두막이 서 있었고, 서쪽 하늘에는 초승달이 낮게 떠 있었다. 사람들이 모두 잠든 깊은 밤이었다. 나모는 등잔으로 길을 비추며 걸어갔다. 먼 곳에서 사자 울음소리가 들렸다. 그러자 나무 사이로 사자 한 마리가 지나가는 게 보였다. 멀리서 들리는 울음소리를 따라가는 듯했다.

움직일 때마다 주위에서 작은 소리가 계속 들려 왔다. 나모는 빳빳이 굳은 채 진땀을 흘렸다. 바스락거리는 나뭇잎 소리도 너무 무서웠다. 할머니의 팔에 안겨 있으면 좋겠다고 생각했다. 용기가 필요했다. 할머니는 나모가 잘 해내기를 기도하고 계실 것이다.

나모는 소리를 내지 않으려고 발끝으로 걸으면서 기도했다.

"제발 저를 지켜 주세요, 엄마."

마침내 나모는 갈대숲에 도착했다. 갈대를 헤치자 물에 띄워 둔 구츠의 배가 보였다. 나모는 배에 올라탔다. 바람에 흔들리는 나뭇가지처럼 배가 심하게 흔들렸다. 나모는 아직 배를 타 본 적이 한 번도 없어서 어지러웠다. 나모는 배 뒤쪽으로 두 팔을 뻗어 배를 고정해 놓았던 밧줄을 풀었다. 배 바닥에 고여 있던 흙탕물이 나모의 옷을 흠뻑 적셨다. 나모는 구츠가 하던 것처럼 노를 들고 배를 물가로 밀어냈다. 배가 움직였다. 처음에는 조금씩 서서히 움직이더니 물 한가운데로 나가자 빠르게 떠내려갔다. 나모는 양쪽 손에 노를 단단히 거머쥐었다. 이제 초승달은 거의 다 기울었다.

나무들 사이로 하늘이 보였다. 나모는 마을이 보이지 않는 먼 곳까지 왔다.

무서우면서도 기대가 되었다. 가슴이 뛰었다. 나모는 진짜 배를 움직이고 있던 것이다. 조로로와 그의 여자들을 피해 멀리 떠나는 중이었다. 이틀만 지나면 짐바브웨에 도착할 것이고, 그리고 거기 사람들에게 수녀님들을 어디서 만날 수 있는지 물어 볼 것이다. 수녀님들을 만나게 되면 마음씨 고운 수녀님이 모로상가에 있는 아빠에게 편지를 보내 줄 것이다.

나모는 며칠 뒤면 새로 생길 가족들을 생각하면서 흐뭇한 기분에 빠져 들었다. 나모는 무센게지 강으로 미끄러지듯이 나아가며 어두운 물가 풍경을 바라보았다.

13

나모는 소스라치게 놀라며 얼른 일어났다. 그러나 잠이 덜 깨어 그동안 무엇을 했는지, 어디에 있는 건지 잠시 깨닫지 못했다. 배가 심하게 흔들리고 있었고 옷은 온통 젖어 있었다. 그제야 나모는 자신이 배를 타고 있다는 생각이 들었다. 나모는 조심스럽게 자세를 고쳐앉았다. 동쪽 수평선에서 어슴푸레한 빛이 비치고 있었다. 육지가 아주 멀리 보였다.

몰려드는 두려움을 가까스로 누르며 나모는 자신이 지금 어디쯤 와 있는지 보려고 강물을 유심히 살펴보았다. 물살은 지난밤보다 훨씬 더 빠르게 움직이고 있었다.

나모는 큰 소리로 말했다.

"여기가 무센게지 강인가 봐."

구츠가 했던 것처럼 열심히 노를 저으며 물살을 거슬러 나아갔다. 그러나 생각만큼 빨리 나아가지는 못했다. 물살이 거셌다.

햇살이 비쳤다. 하늘에 분홍색 구름이 서서히 드리워졌다. 옷이 젖었기 때문에 몸이 으스스했고 배 안에는 물이 가득 차 있었다. 그러나 나모는 온 힘을 다해 노를 저었다. 팔이 아팠다. 이를 꽉 악물었다. 나모가 없어졌다는 것을 알자마자 마을 사람들이 사방으로 찾아다닐 테니 말이다. 누군가가 나모를 찾아내기 전에 아주 멀리 떠나야 했다.

물 위로 빨간 태양이 떠올랐다. 불그스레한 열기가 수면을 누르고, 이글거리는 빛이 살랑거리는 바람과 뒤섞였다. 나모는 가슴 한쪽이 아파왔다. 잠깐 쉬어야겠다고 생각하고 육지 쪽으로 배를 저었다.

갈 수 있는 한 가장 멀리까지 가야 했다. 마을 사람들이 나모를 찾아낼 수 없게……. 나모는 간신히 강둑 하나를 발견했다. 뜨거운 안개가 물 위로 피어오르자 산꼭대기에 있는 바위말고는 아무것도 보이지 않았다.

나모는 계속 노를 저었다. 멀리 나무들이 보여 안심이 되었다. 배는 더디게 움직였지만 나모는 더 힘차게 노를 저었다. 그러는 사이에 옷이 다 풀어헤쳐져서 배에 고여 있던 흙탕물에 빠지고 말았다. 하지만 지금은 옷을 건질 틈이 없었다. 잠시라도 노를 놓으면 물살이 무섭게 배를 뒤흔들어 놓았기 때문이다.

나모는 있는 힘을 다해 끝까지 노를 저었다. 배를 갈대숲으로 몰고 가서 물가에 드리워진 버드나무 가지를 잡았다. 배가 빙그르르 돌았다. 나모는 겁이 나서 주춤했다. 뱃머리가 강기슭에서 마구 흔들리다가 잎이 수북한 아카시아나무 줄기에 부딪쳐 우두둑 부서지는 소리가 났다.

나모가 소리쳤다.

"안 돼!"

날카로운 가시줄기들이 코 앞을 휙 지나갔다. 배의 몸통이 긁히는 소리가 났다. 흙먼지와 개미, 작은 가지들이 나모의 머리 위로 우수수 떨어졌다. 하지만 배가 나무 사이에 끼여 있으니 물살에 휩쓸려 갈 염려는 없었다. 잠시 머물러도 괜찮을 것 같았다. 아카시아나무에 밧줄을 묶었다. 나모는 젖은 옷을 베고 누웠다. 너무 피곤해서 몸이 부들부들 떨렸다.

짐바브웨로 가는 길은 너무 멀었다.

나모는 나무 아래에서 오랫동안 쉬었다. 강에서 물고기 비린내가 올라왔다. 전에 구츠의 몸에서 났던 냄새가 이제 나모에게서 났다. 어부의 냄새가 나모의 몸에 스미는 것 같았다. 사람들은 구츠를 생각만 해도 비린내가 난다고 했다. 이제는 나모에게 그렇게 말할 것이다. 나모는 조용히 미소를 지었다. 햇볕에 말린 물고기 같은 비린내가 나도 조로로는 결혼을 하자고 할까?

햇볕이 뜨거워졌다. 비린내 때문에 속이 메스꺼워졌다. 손가락은 물에 퉁퉁 불어 주름이 생겼고 입 안은 바싹 말랐다. 그런데도 나모는 몸을 움직이고 싶지 않았다. 멀리서 사람들이 두런거리는 소리가 들려 왔다. 소리가 가까워지다가 점점 멀어졌다. 사람들이 아카시아나무 속을 뒤져 볼 것 같지는 않았다. 게다가 마을에는 배가 한 척밖에 없지 않은가? 사람들이 배를 타고 나모를 찾으러 나오기는 어려울 것이다.

전에는 마을에 배가 많았다. 옛날에는 무센게지 강으로 가는 물길이 좋아 사람들이 배를 많이 타고 다녔다. 나중에 포르투갈 사람들이 잠베지 강에 댐을 만들었는데, 그 댐 때문에 강물이 무센게지 강 입구로 역류해 들어오면서 강폭이 넓어지고 물살이 거세져서 배를 띄울 수 없게 되었던 것이다. 내전 동안에는 포르투갈 병사들이 마을로 쳐들어와 모잠비크 프렐리무 군인들이 이동할 수 없도록 마을의 배를 모두 다 부수었다. 하지만 구츠는 자기 배를 잘 숨겨 놓았다. 그래서 나중에 프렐리무 정부가 들어섰을 때, 배를 타고 나가 물고기를 잡을 수 있는 사람은 구츠 한 사람만 남았다.

나모는 그늘 아래에 누워 있었다. 아카시아나무 가지 위로 부산하게 오가는 개미들을 지켜보면서 이런저런 생각을 해보았다. 프렐리무 군인들은 이미 몇 년 전에 포르투갈 사람들을 물리쳤다. 그런데 왜 사람들은 다시 배를 만들지 않았을까? 거센 물살을 타고 배를 다루는 건 구츠밖에 못하는 일일까? 물살이 빨라지면 강가에 닿기가 쉬워지는데 그 거센 물살을 제대로 이용할 줄 아는 사람이 없었나?

구츠가 노를 젓는 것은 아주 쉬워 보였다. 할머니도 그렇게 봤을 것이다. 할머니는 이틀이면 짐바브웨에 도착할 수 있을 거라고 말했지만 그건 구츠나 할 수 있는 일이 아닐까?

"어머!"

어느새 배에 물이 가득 차 몸이 물 속에 반쯤 잠겼다. 배가 가라앉고 있었다. 먹을 것을 넣어둔 자루도 물에 젖을 것 같았다. 항아리도 배 안에 가득 찬 물 위에서 둥둥 떠다니고 있었다. 나모는 배에 무릎을 꿇고 앉았다. 아카시아나무 가지에 긁혀 온몸에 상처가 났다. 무릎 사이에 물건들을 끼워놓고 호리병박으로 물을 퍼내기 시작했다.

나모는 배에 이렇게 물이 찰 거라고는 미처 생각하지 못했다. 예전에 구츠가 배에서 물을 퍼내던 모습을 떠올렸다. 아침에 배를 띄우기 전, 그는 밤새 배 안에 고인 물을 퍼냈다. 그 일이 떠오르자 마음이 놓였다. 배에서 물을 퍼내는 건 흔히 있는 일이다. 배는 물이 잘 샜지만 구츠는 그때마다 손질을 해서 오랫동안 배를 탔다.

나모는 물을 깨끗이 퍼내고 나서 벌꿀 옥수수 케이크를 조금씩 떼어 먹었다. 케이크를 먹자 기분이 나아졌다.

항아리에서 잡지 사진을 꺼내 옥수수 자루에 기대 세웠다. 나모는 엄마를 불렀다.

"엄마, 우리 함께 짐바브웨로 가요. 엄마가 다니던 학교에 가서 수녀님을 찾을 거예요. 엄마도 좋지요? 엄마가 살던 데도 찾아가 엄마 친구들과 이야기를 나눌 거예요. 친척들도 만날 거고요. 그 분들이 나를 좋아했으면 좋겠어요."

나모는 엄마가 어떻게 대답하는지 귀를 기울였다.

"그럼요, 모로상가에도 갈 거예요. 제 생각에는요, 아빠가 그곳에서 멋진 집을 짓고 살 거 같아요. 아빠가 훌륭한 저택을 갖고 싶어했다고 할머니가 말씀하셨거든요."

나모는 다시 엄마에게 물었다.

"아빠는 크롬 광산에서 돈을 많이 벌었을까요? 아빠 집이 조안 아저씨의 집처럼 멋있으면 좋을 텐데……."

엄마가 너무 기대하지 말라고 하는 것 같았다.

"엄마, 저는 금도 가지고 있어요."

나모는 목에 두르고 있던 작은 자루를 가볍게 흔들었다. 나모는 잡지 사진을 다시 항아리에 넣어 두고 강물에 옷을 헹궜다. 옷을 길게 펼쳐 말렸다. 나모는 배에 누워 아롱거리는 햇살 아래 벗은 몸을 쭉 뻗어 보기도 하면서 해가 지길 기다렸다. 나모는 숲에 사람들의 기척이 완전히 없어질 때까지 기다렸다가 다시 길을 나서기로 했다.

나모는 물가로 가서 오줌을 눴다. 아카시아나무에 둘러싸여 있자, 몹시 더웠다. 개미들도 너무 더워서 정신을 차리지 못하는 것처럼 보였다. 개미들은 더듬이를 천천히 움직였다. 자그마한 녹색 뱀이 가지를 타고 스르르 미끄러져 내려왔다. 가슴이 두근거렸다. 하지만 뱀은 순식간에 나무껍질 사이로 사라졌다. 네필리아 거미가 나뭇가지 사이를 느릿느릿 오가면서 황금색 거미줄을 쳤다. 아름다운 무늬의 거미줄을 다 만든 다음 거미는 푸르스름한 털이 달린 다리를 쫙 벌리더니 가운데로 가서 자리를 잡았다.

해가 서쪽으로 점점 기울었다. 이제 출발해야 했다. 하지만 나모는 험난한 강을 타고 다시 모험을 시작한다는 게 두려웠다. 켈리새들이 잠잘 자리를 찾아 떼를 지어 날아갔다.

나모는 항아리를 바라보며 엄마를 생각했다.

"지금이라도 집으로 돌아가 조로로와 결혼을 할 수도 있을 거예요. 그런데 그건 정말 싫어요. 그러니까 짐바브웨까지 빨리 가야 해요. 쉴 시간이 없어요……. 빨리 가는 방법을 알면 좋겠어요."

나모는 옷을 입고 밧줄을 풀었다. 그리고 노를 꼭 쥐었다. 나모가 쉬고 있는 동안에도 강물은 나모를 압도하는 듯 도도하게 흐르고 있었다. 나모는 힘차게 노를 저었다. 배를 움직이는 게 이제 조금 익숙해져서 가고 싶은 방향으로 뱃머리를 조절하기가 훨씬 수월해졌다. 그렇지만 노를 젓는 일은 여전히 힘들었다.

나모는 강기슭에 있었다. 태양이 수면 위에 붉은빛을 내뿜었다. 하마 한 마리가 강 한가운데에서 소리를 질렀다. 무서웠다. 하마들이 배를 보고 무슨 생각을 하는지 알 수 없었다. 하마는 물가를 둥둥 떠가는 배를 물끄러미 바라보았다. 하마는 무척 영리하고 호기심 많은 동물이었다. 하마들은 계속 나모를 쳐다보았다. 자기들의 영역에서 무슨 일이 일어났다고 생각하는지도 몰랐다.

하지만 다행히 하마들은 나모를 등진 채 헤엄쳐 갔다. 이윽고 하마의 머리가 불그스레하게 물든 강에 떠 있는 볼록한 검은 자루처럼 보였다.

빛은 금방 사라졌다. 밤하늘의 달은 어제보다 조금 더 커 보였다. 그렇지만 달빛은 그다지 밝지 않았다. 나모는 왼쪽의 컴컴한 강가를 계속 살폈다. 강가로 배를 붙이면서 팔이 아팠지만 쉬지 않고 노를 저었다. 숨이 찼다. 얼마만큼 멀리 와 있는지 도무지 알 수 없었다. 강가는 컴컴했다. 불빛 하나 보이지 않았다. 할머니가 설명해 준 전깃불은 찾아볼 수 없었다.

나모는 배를 멈추고 조금 더 쉬기로 마음먹었다. 그래서 물살이 느린 뒤쪽으로 들어갔다. 버드나무 가지에다 배를 묶은 나모는 호리병박에 채운 물을 마시고 벌꿀 옥수수 케이크를 먹었다.

나모는 생각했다.

'짐바브웨까지는 아직 한참 더 가야 할 거야. 안전한 곳으로 가서 불을 좀 피워야겠어.'

이런 어둠 속이라면 불을 피워도 괜찮지 않을까? 그러나 나모는 불을 피우지 않았다.

나모는 배에서 물을 퍼냈다. 지금 처한 상황을 생각하니 기분이 썩 좋지 않았다. 병이 나는 게 아닐까? 그리고 이 병은 몸이 아픈 게 아니라 마음에서 오는 병이 아닐까? 지금까지 나모는 이렇게 오래 혼자 있어 본 적이 없었다.

물론 건너 마을에 놀러 갔을 때는 혼자였다. 치포 이모가 나모를 오두막에 가두었을 때도 혼자였고, 혼자서 멀리 도망을 간 적도 있었다. 그러나 이번에는 다르다. 마을 사람들과 이모 모두 나모를 기다리지 않을 것이다. 마을 사람들은 나모가 죽었다고 생각할 거고 마스비타는 나모가 영혼이 되어 죽음으로 가는 어두운 길에서 방황하고 있다며 울고 있을지도 모른다.

나모는 배 안에 누워 마을 사람들을 떠올렸다. 밤은 쌀쌀했다. 가지고 온 옷을 있는 대로 다 꺼내 몸을 감쌌다.

나모는 손을 더듬어 항아리를 찾았다.

'나는 혼자가 아니야. 엄마가 함께 있어.'

그러나 그렇게 마음을 먹어도 밤은 무서웠다. 강에서 시끄러운 소리가 들려 왔다. 악어가 헤엄을 치며 다가오고 있는 걸까? 부스럭거리는 여우원숭이들의 기척도 느껴졌다. 강바닥에 있는 코뿔새도 시끄러운 소리로 울었다.

위험하다는 불안감보다 외롭다는 느낌이 더 싫었다. 밤에 혼자 지낸 적은 한 번도 없었다. 매일 여자아이들 사이에 끼어서 잠을 잤다. 밤새도록 아이들의 숨소리를 들었다. 더위와 이상한 잠버릇을 가진 아이들 때문에 간혹 잠을 설치기도 했지만 그때가 그리웠다. 나모는 갑자기 울음을 터뜨렸다. 강가에 있는 짐승들이 울음소리를 들을까 봐 또 걱정이 되었다. 눈물이 옆으로 흘러내려 머리카락 속으로 스며들었다.

옥수수 가루가 든 자루를 베고 잠이 들었다. 먼지투성이 옷 속으로 얼굴을 파묻은 채…….

나모는 동이 트기도 전에 출발 채비를 했다.

"어제는 쓸데없이 시간을 다 낭비했어."

지금부터 열심히 가면 어두워질 무렵엔 짐바브웨에 도착할 수 있을 거라는 확신이 들었다. 더는 혼자서 밤을 지내고 싶지 않았다. 배에서 밤을 홀로 보내는 건 정말 힘들었다. 노를 젓기 시작하자 슬픈 마음도 어디론가 사라져 버렸다. 햇볕에 옷이 마르자 기분도 좋아졌다.

벌꿀 옥수수 케이크도 거의 남지 않았다. 낮이 되자 나모는 배를 강가에 대고 무화과나무 줄기에 묶었다. 나모는 육지 위로 기어 올라갔다. 불을 피우고 옥수수 가루를 끓여서 말린 생선에 끼얹었다. 간을 맞추려고 소금을 조금 뿌렸다. 먹을 것을 제대로 먹었더니 기운이 솟아나는 듯했다. 나모는 포만감 때문에 잠시 졸다가 다시 배에 올라탔다.

강을 따라 내려가는데 하마 한 마리와 마주쳤다. 하마는 배 바로 옆에서 불쑥 튀어나오더니 입을 크게 벌렸다. 하마가 악을 쓰며 입을 벌리자 분홍빛 목젖까지 다 보였다. 하마는 나모를 쳐다보며 입을 다물었다. 나모는 배 안에 납작 엎드렸다. 첨벙하는 소리가 들리자 나모는 하마가 물 속으로 들어갔다는 것을 알고 고개를 돌렸다. 그런데 조금 후에 배가 요동쳤다. 하마가 배 아래쪽에서 머리를 쿵쿵 들이박고 있었다.

나모는 노를 꽉 붙잡고 급히 강기슭으로 배를 몰았다. 다른 하마들도 나타났다. 하마들은 물 위로 고개를 내밀고 서로 보조를 맞췄다. 수놈이 무시무시하게 입을 벌리고 하품을 했다. 하마의 입을 그렇게 가까이서 보기는 난생처음이었다. 두툼한 날고기에 이빨이 박혀 있는 것 같았다. 하마들이 하늘로 머리를 쳐들고 마구 소리를 질러댔다. 나모의 배를 두 동강이 내겠다는 태세였다.

새끼 하마들도 보였다. 새끼 하마들을 보호하고 있는 하마들은 신경이 날카로웠다. 나모는 온 힘을 다해 노를 저었다. 얼마나 빠르게 저었는지 나모 스스로도 놀랄 정도였다. 나모는 모든 신들에게 기도를 드렸다. 심지어는 한 번도 본 적 없는 증조할아버지에게도 살려 달라고 빌었다. 물이 점점 얕아져서 배로는 더 이상 갈 수가 없었다. 배가 바위에 걸려 부서지는 소리가 나자 하마들은 다시 깊은 물 속으로 들어갔다. 물 위에 하마들의 머리가 둥둥 떠 있었다.

나모는 물 속으로 첨벙 뛰어들었다. 물이 허리까지 찼다. 배는 가벼워져 빙글빙글 돌면서 강 아래쪽으로 흘러갔다. 나모는 배를 붙잡았다. 발끝으로 강바닥을 꽉 누르고 배를 나무 있는 쪽으로 잡아끌었다.

나모는 오후 내내 강가에 앉아 있었다. 하마들은 아직도 물 위에 떠 있었다. 그러다가 종종 나모를 살피러 왔다. 온 힘을 다해 가고 있었지만 짓궂은 하마들 때문에 계속 시간이 지체되었다. 어둠이 내리자 숲 속에는 빛 한 점 들지 않았다. 나모는 또 혼자서 밤을 보내야 했다. 짐바브웨에 다다르면 볼 수 있다는 전깃불을 떠올려 보았다.

하마들은 울음소리로 신호를 주고받았다. 물 속에 있는 이 커다란 동물들이 조용해지자 숲 속은 온통 침묵에 휩싸였다. 나모는 배 위로 올라가 다시 괴로운 밤을 보냈다.

잠이 오지 않았다. 주변은 조용해졌지만 나모는 나무 근처로 어슬렁거리며 다가오는 하마의 모습이 자꾸 떠올랐다. 동이 틀 무렵이었다. 툴툴거리는 소리가 났다. 붉은 해가 비치자 물 위에서 반짝이는 하마들의 머리를 볼 수 있었다. 하마들은 물 속에 들어갔다 다시 떠오르기를 반복했다. 하마는 스무 마리였고 새끼는 여섯이었다.

온몸이 쑤셨다. 습기 때문에 피부도 근질근질했다. 낮에는 남은 벌꿀 옥수수 케이크를 다 먹어 치웠다. 이제는 먹을 것을 만들기 위해서라도 육지로 올라가야 한다. 그러나 사람들과 마주칠까 봐 두려웠다. 그냥 배 안에 누워 이야기를 하나씩 떠올려 보기로 했다. 할머니한테 들은 이야기와 다레에서 몰래 주워들은 이야기들을 떠올렸다.

나모는 항아리를 안고 엄마에게 말을 걸었다.

"엄마, 어느 날 하늘에 사는 신이 자기가 만든 것들을 생각하고 있었대요. 신은 해와 달 그리고 별들을 바라봤어요. 하늘을 보고 구름도 봤지요. '아름다운 것들을 좀더 만들어야겠어' 하면서 '어머니 지구'

를 만들었대요. 므와리 신은 어머니 지구를 키 모양으로 만들었어요. 그리고 구름에게는 물을, 태양에게는 불을 주었지요. 어머니 지구를 감싸려고 나무와 덤불, 풀도 만들어 주었지요. 그러고는 어머니 지구에게 말했어요. '당신에게 이것들을 잘 자라게 할 힘을 주겠소.'

신이 아름다운 어머니 지구랑 자주 이야기를 하니까 해와 달은 샘이 났어요. 해는 점점 뜨거워져서 지구를 태워 버리려고 했고, 달은 구름을 내쫓아 지구를 말려 버리려고 했어요. 그런데 나무와 풀들이 자꾸 자라는 거예요. 해의 기운이 뜨거워지자 꽃이 더 많이 피었어요.

해와 달은 불평을 했어요. 신은 그 말을 듣고 빨리 자라나는 식물들을 없앨 방법을 생각했어요. 어머니 지구도 예전보다 그렇게 예뻐 보이지 않았어요. 신은 진흙으로 동물들을 만들었어요. 아주 급하게 만들었지요. 그래서 어떤 동물들은 뿔과 꼬리를 다는 것도 잊어버렸어요. 또 어떤 동물들은 귀가 너무 크고, 어떤 것들은 아예 귀가 달리지도 않았어요. 시간이 흐르고 해가 졌어요. 신은 무척 피곤했어요. 그래서 남은 진흙 덩어리를 하나로 크게 뭉쳐 구멍을 뚫어 눈을 만들고 엉덩이에 털만 붙이고 그만두었지요. '휴! 이젠 너무 힘들어. 그만 만들래' 하고 신이 말했어요.

그렇게 해서 마지막으로 만든 동물은 다 완성하지 못했어요. 그 동물은 아주 못생긴데다 성질도 나빠요. 그게 바로 하마예요."

나모는 강에다 대고 소리를 질렀다.

"하느님도 널 싫어해! 너를 쳐다보고 싶지 않아서 물 속에 숨어 살게 한 거라고!"

하마들은 물 밖으로 코를 내밀고 꾸벅꾸벅 졸고 있었다. 나모는 이야기를 계속했다.

"다음날 물이 불평을 했어요. '땅은 동물들로 가득하잖아요, 저에게도 동물을 주세요.' 그러자 신은 진흙으로 물고기를 만들었어요. 물고기한테는 이것저것 달아 주지 않았어요. 그래서 다리가 없어요. 신은 생명이 있는 모든 것을 데리고 오겠다고 어머니 지구에게 약속했어요."

커다란 메기 한 마리가 헤엄을 치며 먹이를 찾고 있었다. 나모는 모파인나무로 불을 피워 메기를 굽는 방법을 알고 있었다. 메기를 맛볼 수 있게 되다니, 나모의 입 안에 침이 고였다. 강물에 살짝 손을 집어넣고 천천히 손가락을 흔들며 메기 옆으로 다가갔다. 메기는 지느러미를 흔들며 나모의 손가락을 가만히 보고 있었다.

나모가 두 손으로 몸통을 붙잡으려고 했지만 메기가 더 빨랐다. 메기는 얕은 물 쪽으로 쏜살같이 나아가더니 물풀더미 아래로 사라졌다. 나모는 꼬르륵 소리가 나는 배를 톡톡 두들기며 돌아앉았다.

나모는 이야기를 계속했다.

"신은 모든 동물들에게 주인을 만들어 주기로 했어요. 신은 어머니 지구의 깊은 자궁에서 진흙을 꺼내 남자 한 명을 간신히 만들었어요. 그런데 어머니 지구가 '창조주시여, 정말 멋진 것을 만들었습니다. 그런데 이건 내가 아니라 당신처럼 보여요. 제 모습과 닮은 걸 하나 더 만들어 주세요' 하는 거였어요.

신은 진흙을 떼어내서 여자 한 명을 더 만들었어요. 그러고 나서 조그마한 강과 산, 풀과 꽃도 만들었어요. 여자는 예쁘게 만들려고 진흙을 더 붙였어요. 심장에는 불을 집어넣고 자궁에는 물을 한 움큼 집어넣었어요. 그래서 여자는 자궁 속에 아기를 키울 수 있게 되었대요.

여자를 만들고 난 뒤에 신은 자신의 그림자로 여자와 남자를 덮었어요. 동물들은 어머니 지구에게서 영혼을 한 개씩 받았고, 여자와 남자는 어머니 지구에게서 하나, 신에게서 하나, 이렇게 두 개를 받았지요."

이야기를 하던 나모가 갑자기 소리를 꽥 질렀다.

"그런데 왜 재들은 안 가는지 모르겠어요. 하마들 때문에 도대체 꼼짝을 할 수가 없잖아요! 여기서 죽을지도 모르겠어요. 여기까지 온 게 잘못이었나 봐요."

나모는 화가 나 씩씩거리다가 몸을 웅크렸다. 배 밑바닥에 고여 있던 물이 옷에 스며들었다. 젖은 옷은 나모를 못살게 구는 귀신처럼 몸에 착 달라붙어 떨어지지 않았다. 나모는 너무나 외로워서 미칠 것만 같았다.

나모는 슬픔에 북받쳐서 두 눈을 꼭 감은 채 누워 있었다. 숲 속에서 바람이 불어왔다. 바람에 뒹구는 나뭇잎 소리도 들렸다. 숲 속에서 불어오는 바람에 야생 치자나무의 향기가 배어 있었다. 바람은 나모의 머리카락을 어루만지는 손길 같았다. 나모는 눈을 동그랗게 떴다.

가끔 나모가 건너 마을에 갔을 때, 낮이 밤으로 옮아가던 저녁 무렵이면 꼭 이런 바람이 불었다. 여느 바람과는 달랐다. 부드러운 산들바람이었다. 푹푹 찌는 한낮의 햇볕 사이로 부는 바람과는 그 느낌이 달랐다. 멀리서 두런두런하는 사람들의 목소리가 들려 오는 듯했다. 나모는 이제 아무 말도 하지 않았다. 분명히 무슨 소리가 들렸다.

나모의 이름을 부르고 있었다. 바람 소리를 잘못 들은 건지도 몰랐다. 하지만 귀를 기울이자 '나모' 하는 소리가 분명히 들렸다.

나모가 소리쳤다.

"엄마?"

바람이 지나가면서 잔물결을 일으켰다.

나모는 벌떡 일어섰다. 하마들은 여전히 강 한가운데 떠 있었다. 태양은 흔들거리는 배 위에 남은 빛을 쏟아 부으며 숲 사이로 기울었다. 나모의 마음 깊은 곳에서 무엇인가가 움직였다. 나모는 배 안에 다시 드러누웠다. 그러고선 여자아이들이 잠자던 오두막에서 고른 숨소리를 들으며 잠들었던 때처럼 깊은 잠에 빠져 들었다.

14

나모는 동이 틀 때까지 잠을 푹 잤다. 그리고 다시 일어나 용기를 냈다.

"내가 잘못 생각했어. 하마는 한 곳에 그리 오래 머물지 않아. 먹이를 다 먹으면 다른 곳으로 갈 거야."

나모는 강을 살폈다. 목욕을 하려고 물에 몸을 담갔다. 기분이 좋았다. 하지만 물에 들어갈 때는 조심해야 했다. 악어가 달려들 수 있기 때문이다.

나모는 수영을 배울 수도 있겠다는 생각이 들었다. 악어들이 없는 곳에서 사람들은 수영을 했다. 악어를 생각하자 몸이 오싹해졌다. 무센게지 강 한구석인 이곳은 나무들이 무성했고 군데군데 물 속에 바위가 보였다. 여기가 원래 육지였다는 흔적이었다. 잠베지 강에 댐을 쌓으면서 강물이 밀려들어 땅이 물에 잠긴 것이다.

나모는 낮게 드리워진 나뭇가지 하나를 잡고 바닥에서 발을 떼어 보았다. 가지가 움직였다. 나모는 재빨리 발을 바닥에 내디뎠다.

몸이 아래로 가라앉으면 숨은 어떻게 쉬어야 하지? 나모는 물이 무릎까지만 닿는 얕은 곳을 찾았다. 바위를 잡고 몸이 둥둥 뜨도록 연습을 했다. 헤엄을 조금씩 치려고 했다. 하지만 바위에서 손을 떼는 것은 아직 무서웠다.

그래도 나모는 즐거웠다. 배가 고파 아침 먹을 준비를 했다. 배에서 먹을 것을 챙기려고 갑판 위로 올라갔다. 나모는 나뭇잎이 덮여 있는 둥근 바위 옆에서 불을 피우기 시작했다. 가까운 곳에 비파나무 숲이 있었지만 아직 열매가 익지 않았다. 땅 위에 흩어진 마른 낙엽 사이에서 무슨 소리가 들려 왔다. 나모는 한껏 몸을 움츠렸다.

나뭇잎들이 바람에 이리저리 굴러다녔다. 가슴이 뛰었다. 배는 숲 속 저쪽 너머에 있었다. 나모는 비파나무를 올려다보았다. 나뭇가지가 그림자를 짙게 드리우고 있었다. 나뭇가지 사이로 비치는 햇살 때문에 눈이 따가웠다. 방금 불을 지핀 마른 나무에 불이 붙어 연기가 피어올랐다. 나모는 고개를 들어 나무 위를 계속 살폈다. 불꽃은 순식간에 타오르다가 꺼져 버렸다. 바람에 나뭇잎들이 공중을 맴돌았다.

뭐가 있는지 눈에 띄지 않았다. 하마라면 몸집이 아주 클 테고, 도마뱀이라면 몸집은 작겠지만 소리가 나 금방 알아차렸을 텐데…….
다시 이상한 소리가 났다.

나모는 놀라 도망쳤다. 평소 같으면 놀림을 받을까 봐 놀란 척하지 않으려고 했을 텐데 이번에는 기겁을 하며 도망쳤다. 나모는 비명을 지르며 커다란 바위 위로 올라갔다. 나모는 발밑을 조심스레 살폈다.

나뭇잎이 날리는 소리가 계속 들렸다. 이윽고 나무 그늘 아래로 통통한 뿔호로호로새(벗겨진 머리, 붉은빛의 부리와 푸른빛이 도는 늘어진 볏이

특징인 새이다. 귀에 거슬리는 소리로 시끄럽게 우는 새로 유명하다)가 날아왔다. 또 한 마리가 날아오더니 뿔호로호로새들이 연거푸 날아들었다. 갑자기 뿔호로호로새들 천지가 되어 버렸다. 뿔호로호로새들은 숲 속에서 열심히 먹이를 찾았다. 나모는 뒷걸음질치며 큰 돌을 집어 들었다.

뿔호로호로새들이 불 가까이 다가갔다. 그곳에는 이미 잿더미만 남아 있었다. 그러나 그 새들은 옥수수 가루를 담은 자루를 발견했다. 자루가 단단히 묶여 있긴 했지만 뿔호로호로새들은 벌써 그게 먹이임을 알아차렸다. 뿔호로호로새들은 자루 위로 올라가 마구 쪼아댔다. 한 마리가 바위 아래쪽에서 어슬렁거렸다. 나모는 돌을 높이 들어올렸다. 무거워서 팔이 부들부들 떨렸다.

돌을 옮기다 너무 무거워 그만 손이 풀리고 말았다. 돌은 나모가 올라서 있는 바위 아래로 떨어졌다. 아래쪽에서 어슬렁거리던 뿔호로호로새들은 갑작스러운 공격에 우왕좌왕했다. 떨어진 돌이 뿔호로호로새 한 마리를 맞혔다. 다른 뿔호로호로새들은 도망을 치다가 나뭇가지에 부딪치기도 했다.

나모는 바위 아래로 내려갔다. 돌을 맞은 뿔호로호로새는 마스비타가 먹던 벌꿀 옥수수 케이크처럼 납작하게 찌부러졌다. 나모는 쿠파이모부가 쓰던 부러진 칼로 몸통을 깨끗하게 다듬었다. 불을 피우고 끓는 물에 뿔호로호로새를 집어넣었다. 요리를 하면서 나모는 노래를 흥얼거렸다. 마치 남자아이들이 뭔가를 자랑하고 싶을 때 흥얼거리는 모습 같았다. 나모의 모습은 보통 여자아이의 모습이 아니었다. 뿔호로호로새를 잡은 나모는 의기양양해졌다.

나는 산을 드는 아이
사냥을 나갈 때
맘바(아프리카에서 가장 길고 무섭다고 알려진 뱀) 껍질로 만든 머리띠를 두르고,
사자 가죽으로 만든 허리띠를 차지.
조심해!
나는 코끼리를 통째로 삼킬 수 있어.
코뿔소를 물어뜯고
하마처럼 강물을 마셔.
하마들에게 내 이야기를 해주렴.
나모가 간다고
나모가 배가 너무 고프다고.

나모는 노래를 부르고 또 불렀다. 나모는 배로 뿔호로호로새 요리를 가지고 와 뼈를 다 발라내고 맛있게 먹었다. 나모는 고기를 배부르게 먹고 잠을 자다가 일어나 또 먹었다. 고기를 따로 보관해 둘 데가 없었다. 나모의 뱃속에 가득 채우는 게 유일한 저장 방법이었다.

하마들은 아직도 둥둥 떠다녔다. 나모가 무얼 하든 하마들은 꿈쩍도하지 않았다. 배에도 관심이 없었다. 오후 늦게 나모가 물가에 나와 수영 연습을 할 때도 신경 쓰지 않았다.

날이 저물자 나모는 문득 이런 생각이 들었다.

'사람들이 보고 싶어.'

나모는 축축한 배 안에 들어가 누웠다.

"배도 부르고 편안해. 위험하지도 않고……. 곧 짐바브웨에 도착할 거고. 그런데 왜 치포 이모가 보고 싶지? 조로로까지 보고 싶네. 내가 왜 이럴까?"

할머니나 마스비타가 보고 싶은 건 이루 다 말할 필요도 없었다. 그리움을 견디기가 힘들었다. 나모는 옥수수 자루를 팔에 꼭 끌어안고 잠을 청했다. 나모는 엄마에게 말했다.

"이걸 다 먹으면 자루 안에 풀을 가득 채울 거예요. 꼭 껴안고 잘 수 있게요."

나모는 이곳을 '뿔호로호로새의 보금자리' 라고 부르기로 했다. 나모는 여기서 며칠 더 지내기로 했다. 이제는 손으로 뿔호로호로새를 잡지 않았다. 돌로 그 새를 잡으면 몸통이 찢어지거나 창자가 밖으로 튀어나와 징그러웠다. 나모는 뿔호로호로새를 돌로 때려잡는 대신에 함정을 만들어 잡았다. 땅을 파 그 안에 콩을 떨어뜨렸다. 그러고 나서 나모는 근처 풀숲에 숨었다.

얼마 후에 먹이를 발견한 뿔호로호로새가 작은 눈을 말똥말똥 뜨고 함정으로 다가갔다. 뿔호로호로새가 땅에 파놓은 구멍으로 머리를 쑥 집어넣을 때 나모는 재빨리 뛰어가 새의 목을 낚아챘다. 뿔호로호로새는 몸이 둔해서 잡기가 쉬웠다.

나모는 매일 뿔호로호로새를 한 마리씩 잡아먹었다. 나모가 살던 마을에서는 새나 야생 닭을 잡기가 어려웠다. 사냥할 만한 것들이 그리 많지 않았다. 그리고 무엇보다 새들이 영리하고 눈치가 빨랐기 때문이다. 나모는 무성하게 자란 참나무 잎을 따다가 삶아 먹기도 했다.

시장에서 본 통발도 만들어 보았다. 무사사나무 껍질을 벗긴 다음 입에 넣고 꼭꼭 씹어서 늘리면 실이 되었다. 이렇게 만든 실로 갈대줄기를 원뿔 모양이 되도록 엮었다. 나모는 무센게지 강을 향하도록 통발을 놓고 쐐기를 박았다. 통발 한쪽에는 물고기를 잠시 가둘 수 있도록 돌을 높이 쌓아 웅덩이를 만들었다. 그리고 웅덩이 쪽으로 통발의 좁은 부분이 들어가도록 했다. 작은 물고기는 통발의 넓은 부분으로 헤엄쳐 들어와 웅덩이까지 들어가면 다시 빠져 나갈 수 없었다. 웅덩이 속에서 물고기들이 빙글빙글 돌면서 헤엄을 치면 나모는 그것을 바구니로 건져냈다.

잡은 물고기는 창자를 빼내고 소금에 절여 불에 구웠다. 잡은 뿔호로호로새를 어떻게 할까 고민하다가 나무 아래에 그냥 두고 나중에 먹기로 했다. 나모는 엄마에게 말했다.

"엄마, 저 진짜 구츠 아저씨랑 닮아 가는 거 같아요. 아저씨한테서 나던 냄새도 나고 아저씨처럼 물고기도 잡아요. 조금 있으면 자리에 가만히 앉아서도 고기를 잡을 수 있을 거예요."

크로커다일 구츠는 몸에 벌레가 꾀는 것도 신경 쓰지 않았다. 마을 사람들은 그것을 아주 역겹게 여겼지만 뱃사람인 구츠는 신경 쓰지 않았다.

나모는 하루에 몇 번씩 수영 연습을 했다. 나모가 물을 무서워했던 것은 순전히 악어 때문이었다. 이곳에는 악어가 없었다. 악어 발자국도 없었고 진흙 위로 미끄러져 다닌 흔적도 전혀 없었다.

"악어는 하마를 싫어하는지도 몰라. 그게 아니라면 하마가 악어를 싫어하든가."

나모는 전에 마을 근처 진흙 구덩이에서 두 동강난 악어를 본 적이 있었다. 머리와 꼬리가 따로 떨어져 있었다. 그 사이에서 하마 한 마리가 몸부림을 치고 있었다. 악어와 하마가 한판 싸움을 벌인 후였다. 하마와 악어는 서로 사이가 좋지 않은 게 분명했다.

악어가 없어 물에 들어갈 수가 있었다. 주변에 잡을 만한 바위가 있으면 당장 수영을 할 수 있을 거 같았다. 몸을 둥둥 띄우고 물 속에서 발을 움직였다. 몸을 뒤집을 수도 있었다. 그러나 어떻게 앞으로 나아가야 할지 상상이 되지 않았다.

다음날 아침, 배 안에 깔아 놓은 풀 위에서 잠이 깨었다. 강이 쓸쓸하게 보였다. 외로움이 몰려왔다. 나모는 하마가 어디론가 가 버리길 바라고 또 바랐지만 하마가 갑자기 사라지자 서글퍼졌다. 어두워진 뒤에도 하마들의 코고는 소리는 어느 곳에서도 들려 오지 않았다. 어느새 나모는 하마들을 기다리고 있었다. 그러나 하마들은 돌아오지 않았다. 그날 밤은 이상하게도 허전한 느낌이 들었다. 나모가 옥수수 자루를 베고 막 잠을 자려는데 오두막에서 자던 사촌들의 숨소리만큼이나 하마들의 소리가 그리워졌다.

나모는 아침 일찍 일어나 배를 묶어 두었던 밧줄을 풀었다.

"엄마, 오늘은 짐바브웨에 도착할 거예요."

물살이 거셌지만 나모는 익숙하게 노를 저었다. 나모는 이제 배에 대해서 많은 것을 알게 되었을 뿐 아니라 물에 대한 두려움도 줄어들었다. 뿔호로호로새를 구워 먹은 덕에 배도 든든했다. 나모는 노래를 불렀다.

나는 창 대신에
통나무를 던져요.
내 베개는 타조,
내 발받침은 코끼리예요!
나는 강 위를 달리는 나모랍니다.
악어들은 겁이 나 갈대 숲으로 도망쳐요.

나모는 먹을 때를 빼고는 온종일 노만 저었다. 석양으로 붉게 물든 강을 따라 계속 나아갔다. 붉은빛이 사라지고 어느새 하늘에 달이 걸려 은은한 빛이 사방을 비추었다. 숲은 흐릿한 그림자에 휩싸여 있었다. 물이 흐르는 방향과 배가 수직이 되면 배가 쉽게 떠내려가지 않는다는 것을 알았다. 하지만 배는 나모의 마음대로 움직여주지 않았다. 결국 노 젓기를 포기하고 강기슭으로 갔다. 혹시 짐바브웨에 도착한 게 아닐까 하는 생각이 들었다.

강둑을 발견했다. 그런데 배가 끽끽 소리를 내며 뒤로 밀려났다. 심상치 않은 소리였다. 나모는 힘겹게 배를 물 한가운데로 끌고 나왔다.

배를 가볍게 해야 했다. 그러나 배 안에 있는 먹을 것을 버릴 수는 없다. 배가 많이 망가지지 않을까 걱정이 되었다. 나모는 숨을 헐떡였다. 지친데다 무서웠다. 배에서 나는 소리는 누가 배를 잡아 찢는 것처럼 들렸다. 깊은 곳으로 가자 배의 움직임이 부드러워졌다. 나모는 그제야 안심이 되었다. 그런데 무슨 문제가 생겼는지 배가 또 삐걱거리기 시작했다. 무엇인가가 나모의 얼굴을 찰싹 때렸다. 뾰족한 잎이 달린 갈대였다.

이곳에 배를 대기로 했다. 어둠 속에 손을 뻗으니 갈대가 만져졌다. 주변이 모두 갈대로 둘러싸여 있다는 느낌이 들었다. 나모는 갈대를 거머쥐고 밧줄을 단단히 맸다. 주위는 모두 물이었다. 여기가 물 한가운데에 있는 갈대섬이구나. 팔이 너무 아파 밧줄을 놓고 그 자리에 풀썩 주저앉았다. 강에서 너무 오랫동안 버텼다는 생각이 들었다. 열에 들뜬 것처럼 몸을 떨다가 먹은 것을 다 토해냈다. 머리가 어지러워 뺨을 나뭇가지에 기댔다. 멀리 보이는 수평선 위로 별이 반짝이고 있었다.

낮게 떠 있는 별을 보자 무서운 생각이 들었다. 하지만 나모가 본 것은 별빛이 아니라 전깃불이었다.

나무들 사이로 전깃불이 보였다. 짐바브웨야!

"엄마, 다 왔어요. 한밤중에 도착했으면 정말 멋졌을 텐데……."

나모는 아쉬웠다.

나모는 얼른 가야겠다는 마음에 노를 다시 들어올렸다. 하지만 손에 힘이 없어 노는 금방 미끄러졌다. 노가 배 바닥에 부딪쳐 소리를 냈다. 하는 수 없이 나모는 가만히 앉아 저 멀리 나무 사이로 깜빡이는 불빛을 바라보기만 했다. 다시 몸이 떨리기 시작했다. 나모는 옆에 있던 항아리를 안고 누웠다. 나모는 정말 짐바브웨가 맞는지 확인하려고 다시 머리를 들었다. 바람결에 희미한 음악 소리가 들려 왔다.

15

나모는 낯선 곳을 걷고 있었다. 길가 나무에는 과일이 주렁주렁 달려 있었다. 들판에서 소는 무성하게 자라난 풀들을 뜯어먹고, 젖이 통통한 암염소는 목에 방울을 딸랑거리며 이리저리 돌아다녔다. 길 양쪽으로는 호박 덩굴이 뒤덮여 있는 야트막한 언덕이 펼쳐져 있었다. 언덕 위에는 잘 익은 옥수수가 줄줄이 서 있었다.

불빛을 본 나모는 기대감에 발걸음이 가벼워져 발이 땅에 닿는 느낌조차 없었다. 뛰어갈 때면 꿈속에서처럼 몸이 둥둥 떠올라 공중을 나는 기분이었다.

여기가 짐바브웨일까? 하지만 항아리를 두고 온 것이 꼭 엄마를 두고 온 것 같아 미안한 마음이 들었다. 나모는 야트막한 언덕을 지나 구불구불한 오솔길을 따라갔다. 밟고 있는 흙이 아주 부드러웠다. 조금 지나자 숲 속에 여러 채의 오두막이 늘어서 있었다. 오두막은 새로 지은 것처럼 깨끗했다. 지붕에는 이엉을 올려 깔끔하게 손질했고, 갓 칠한 듯 벽도 아주 깨끗했다. 땅에는 사람 발자국 하나 없었다.

여자아이 둘이 나무 의자에 앉아 있었다. 나모는 사람들을 다시 보게 되어 너무 기뻤다. 아이들은 마스비타만큼이나 예뻤다. 기름을 바른 얼굴에서 윤기가 흘렀다. 머리모양도 예뻤다. 물고기 비늘모양으로 머리를 따서 묶었다. 아이들은 나모를 보고 새하얀 이를 드러내며 미소를 지었다.

나모가 말했다.

"마시카티, 안녕하세요!"

아이들도 인사를 했다.

"마시카티, 안녕하세요!"

아이들은 흑진주 목걸이와 팔찌를 하고 있었다. 흑진주가 움직일 때마다 찰랑찰랑 소리를 냈다.

나모는 어떻게 말을 건네야 할지 몰랐다.

"마을이 참 예쁘네요."

아이들이 말했다.

"저희 집에 가서 뭐 좀 드시고 가세요."

나모는 그러겠다며 아이들의 손에 이끌려 갔다. 나모는 식탁에 앉았다. 아이들은 치자나무 꽃같이 하얀 접시에 싸자를 내오고 김이 모락모락 나는 항아리를 가지고 왔다. 나모는 고맙다고 인사를 했다. 싸자에 양념을 뿌려서 입으로 가져가다가 나모는 갑자기 벌떡 일어섰다. 음식이 바닥에 다 쏟아졌다. 오두막 문 앞에 구츠가 서 있었다.

나모가 외쳤다.

"귀신이야!"

아이들이 나모에게 다가와 팔을 잡았다.

나모가 울면서 말했다.

"제발 살려 주세요."

구츠는 다정하게 물었다.

"왜 그러니? 나모."

구츠는 의자에 앉아서 음식을 먹었다. 입맛을 다시며 길고 더러운 손가락으로 목을 긁었다. 죽은 사람인데도 그의 머리에는 이가 득실거렸다.

구츠가 기분 좋게 트림을 했다.

"나모, 바깥에 보니까 네가 내 배를 가지고 있더구나. 꽤 쓸 만하지? 그래도 배를 타기 전에는 물을 잘 퍼내야 해. 바닥에 틈이 좀 있거든."

구츠는 이미 죽은 사람이었다. 나모는 차마 말이 나오지 않았다.

"무콰나무(금빛 가지에서 꽃이 핀다. 흰개미들이 달려들지 않아 가구나 배를 만드는 데 좋다)로 만든 배야. 배 만드는 데는 그게 최고지. 그래야 흰개미들이 건드리지 않는단다. 그렇지만 시간이 지나면 아무리 좋은 배라도 구멍이 날 수밖에 없어. 나는 고무나무에서 나오는 수액을 가져와 틈새를 땜질했어. 그래도 물은 매일 퍼내야 해."

나모는 의아해하며 말했다.

"아저씨……."

"나모, 왜 그러니?"

"아저씨는 돌아가셨잖아요?"

구츠가 웃음을 터뜨렸다.

"그래, 네 말이 맞아. 그런데 내가 어떻게 예쁜 물의 요정들하고 여기에 살아 있냐고?"

물의 요정이라니? 쌍둥이 같은 두 아이 모두 팔이 길었다. 아니면 나모가 생각하는 팔은 진짜 팔이 아닐 수도 있었다. 나모는 다시 아이들을 쳐다보기가 두려웠다.

아저씨가 설명을 해주었다.

"죽은 사람들은 이 세상을 떠돌아다니다가 다시 가족들을 찾아 집으로 간단다. 가족들이 죽은 사람을 반갑게 맞아 주는 의식인 쿠카제라를 치러 줄 때까지 계속 여기저기 방황하며 떠돌아다니지. 나는 살아 있을 때 물에 있는 걸 좋아했기 때문에 여기 있는 거야."

"그럼 아저씨는 정말 이 세상 사람이 아니에요?"

구츠가 고개를 끄덕였다.

아저씨의 모습이 흐릿해졌다. 갑자기 바람이 불더니 잔물결 같은 구름이 몰려왔다. 나모의 머리 위에서 작고 검은 물체가 맴을 돌았다.

나모가 아이들을 밀치면서 커다랗게 소리를 질렀다.

"배!"

아이들이 작은 목소리로 속삭이면서 나모에게로 스르르 미끄러져 왔다. 아이들은 몸이 시커먼 긴 뱀이 되었다. 나모는 비명을 질렀다. 물의 요정들이 몸을 뒤틀자 갑자기 물살이 일었다. 아이들은 구츠에게 다가갔다.

"나모, 물의 요정을 두려워하지 마라. 요정들이 나에게 물에 대한 모든 것을 가르쳐 주었단다."

그래도 나모는 비명을 지르며 배로 팔을 뻗었다.

"물에 빠지고 있어요!"

나모가 소리를 지르며 팔을 휘두르자 하늘이 앞뒤로 흔들렸다. 나모의 항아리가 데구르르 굴러갔다. 겨를이 없는데도 나모는 항아리를 붙잡으려고 정신없이 버둥거렸다. 결국 나모는 항아리와 함께 강물에 빠지고 말았다.

그러나 나모는 아직 배 안에 있었다. 이상한 꿈이었다. 나모는 그제야 정신을 차렸다. 밤새 스며든 물에 몸이 다 젖었다. 악몽을 꾼 것 같았다. 나모는 엄마에게 이야기를 했다.

"진짜 같았어요, 엄마. 여자아이들도 그렇고 구츠 아저씨도."

태양이 바로 머리 위에 떠 있었다.

나모는 눈이 부셔서 손으로 햇빛을 가리며 말했다.

"엄마, 깊이 잠들었나 봐요."

나모는 축축한 배 안에 누워 꿈속에서 본 물의 요정을 떠올렸다. 그 요정들에 대해서는 마을에서도 여러 이야기들을 들었다. 요정들은 몸에 물기가 마르지 않도록 애쓰는데, 사람들보다 훨씬 똑똑해 무당들에게 자기들의 재주를 가르쳤다. 가끔 말을 듣지 않는 사람이 있으면 물웅덩이로 끌고 와 빠뜨리기도 했다. 사람의 모습이었다가 뱀이나 물고기의 모습으로 변했다. 물의 요정들은 여러 가지 모습으로 계속 변할 수 있었다. 물의 요정이 준 음식을 먹으면 물의 세계에서 영원히 살아야 했다. 그런 생각을 하니 나모는 등골이 오싹해졌다. 꿈에서 나모는 양념을 한 맛있는 싸자를 입에 넣으려다 말았다.

나모는 벌떡 일어나 주위를 둘러보았다. 안개가 자욱했다. 강 위에 아지랑이가 피어나 모든 게 다 흐릿했다. 강에 호리병박을 담가 물을 떠먹었다. 보통 물맛과는 달랐다. 나모가 살던 마을에 흐르는 개울물은 깨끗했고, 무센게지 강의 물빛은 찻물처럼 뿌옇지만 맛은 깔끔했다. 호리병박에 담긴 물은 청녹색이었다.

나모는 지난밤 배를 갈대에 묶었던 기억이 났다. 배 뒤로 엉금엉금 기어가서 밧줄을 끌어당겼다. 이상하게도 밧줄이 쉽게 딸려왔다. 밧줄 끝에 부러진 갈대 한 움큼이 매달려 있었다.

나모는 강물을 쳐다보았다. 배가 떠내려가고 있었는데도 움직임이 느려서 눈치채지 못한 거였다. 배를 세울 수 있는 강기슭을 찾아야 했다. 흐르는 물을 거슬러 올라가려고 노를 젓기 시작했지만 쉽지 않았다. 대체 어디까지 온 걸까? 멀리까지 온 것은 분명한데 짐바브웨 쪽은 분명히 아니었다.

"강기슭이 나올 때까지 차라리 기다리자."

나모는 그냥 배가 떠내려가도록 내버려 두었다.

나모는 물을 마시고 뿔호로호로새의 보금자리에서 잡아 말려 놓았던 물고기를 조금 먹었다. 하지만 한참을 가도 강기슭은 보이지 않았다. 새소리가 나는가 했는데 그것은 뱃전에 부딪치는 물결 소리였다. 풀이나 꽃 냄새도 나지 않았다. 나모는 불안해졌다.

바람이 살랑거렸다. 안개가 사라지고 나니까 나모가 상상했던 것보다 상황이 더 좋지 않았다. 나모는 물 한가운데에 있었다. 사방을 둘러보아도 육지는 보이지 않았다. 여기는 나모가 찾는 물길이 아니었다. 무섿게지 강도 아니었다. 배는 하염없이 강물에 떠내려갔다. 물의 요정이 사는 나라로 가는 느낌이었다.

나모는 물의 요정에게 말했다.

"하지만 난 아무것도 먹지 않았어. 아무것도……."

물의 요정들이 차려 준 음식 그릇을 만진 것뿐인데 나모는 요정들의 힘에 이끌려 가고 있었다.

바람이 쌀쌀해지자 잔물결이 일었다. 잔잔히 흐르던 물살이 점점 거세졌다. 나모는 배를 꼭 붙잡았다.

나모는 울면서 빌었다.

"아, 물의 요정님. 저의 무례함을 용서해 주세요."

나모는 거센 물살에 휩쓸려 가는 배에 필사적으로 달라붙었다.

배가 기울 때 나모는 물 속을 살짝 들여다보았다. 물은 매우 깊었다. 물의 요정들이 깊은 물 속에서 꼬리를 똘똘 감고 나모의 눈을 바라보고 있었다. 나모의 항아리가 배 위에서 뒹굴고 옥수수 자루가 쓰러졌다. 나모는 한 손으로는 배를 잡고 다른 손으로 자루를 열었다. 항아리를 간신히 붙잡아 자루 속에 집어넣었다.

"당신의 강은 정말 아름다워요. 물의 요정님, 강을 볼 수 있어서 참 좋았어요. 그러니 제발 저를 빠뜨리지 마세요. 구츠 아저씨, 제가 허락도 없이 배를 가져왔어요. 하지만 어쩔 수 없었어요."

'나모, 물의 요정을 두려워하지 마라. 요정들이 나에게 물에 대한 모든 것을 가르쳐 주었단다.'

나모가 울며 소리쳤다.

"아저씨는 이미 돌아가셨잖아요? 그러니까 두려워할 게 아무것도 없잖아요!"

나모는 이 위험한 상황에서 어떻게 빠져 나갈 수 있을지 계속 생각했다.

'아저씨라면 어떻게 했을까? 아저씨도 이런 일을 겪었을 거야.'

사람들은 구츠가 가 보지 않은 곳이 거의 없을 거라고 말했다. 카보라 바사 호수에 가 본 적도 있다고 했다. 나모는 노를 꽉 붙잡았다. 배가 기울어지면 다시 배를 똑바로 세우려고 안간힘을 썼다. 물결이 심한 쪽으로 뱃머리를 두면 배가 덜 흔들리는 것도 알아냈다.

나모는 이제 물살에 시달리지 않고 나아갈 수 있었다. 하지만 힘이 많이 드는데다 배가 흔들리기 때문에 속이 메스꺼웠다. 잠시 쉬려고 하면, 배가 위아래로 무시무시하게 요동을 쳤다. 나모는 여기가 어딘지, 얼마나 시간이 지났는지도 모른 채 그저 앞으로 가기만 했다. 계속 앞으로 떠내려가거나 그렇지 않으면 강물에 빠져 죽는 일만 남았다. 나모는 너무 피곤해서 머리가 빙빙 돌았다. 물 위로 반사되는 햇빛 때문에 눈도 아팠다. 그때 저 멀리 하얀 점 같은 게 보이는 듯했다.

물살이 일 때마다 물 속의 바위 꼭대기가 보였다. 나모는 바위에 부딪히지 않으려고 이리저리 배를 돌렸다. 하얀 거품을 내뿜는 물결 사이로 바위들이 여기저기 솟아 있었다. 위험했다. 하얀 거품이 흩어지자 눈부신 햇살 속에 빛나는 얕은 모래톱이 보였다. 섬이다!

나모는 온 힘을 다했다. 노를 놓고 배에서 내려 배를 해안으로 끌어당겼다. 배를 끌 만한 힘이 어디서 나왔는지 스스로 생각해도 놀라웠다. 나중에 나모는 그땐 너무 무서웠기 때문에 그런 힘이 나올 수 있었던 거라고 생각했다. 나모는 햇볕으로 데워진 따스한 돌 위에 배를 엎어 놓았다. 그러고 나서 정신을 잃고 쓰러졌다. 다시 눈을 떴을 때는 해가 서쪽으로 기울고 있을 때였다. 사방에서 철썩철썩 파도치는 소리가 들려왔다.

"고맙습니다, 아저씨. 정말 고마워요."

구츠 아저씨와 물의 요정들이 살려준 것인지는 잘 몰랐지만 나모는 그렇게 생각하기로 했다. 햇빛에 배 그림자가 길게 늘어지더니 날이 어두워졌다.

섬은 아주 작았다. 어디를 둘러보아도 육지가 있을 만한 곳은 보이지 않았다. 나모가 도착한 섬은 숲도, 나무도, 풀도 없는 이상한 섬이었다.

16

나모는 자루를 베고 누워 기지개를 켰다. 금이 간 항아리가 옆에 놓여 있었다. 섬에는 아무것도 없었다. 안전한 장소라는 생각이 들었다. 표범이 숨어 있을 만한 숲도 없었고 하마들이 풀 한 포기 없는 바위 위에 올라올 리도 없었다.

밤바람이 조용히 불어와 물 위에 잔잔한 물결을 일으켰다. 반짝이던 별들이 희미해지고 날이 밝아오자 하늘은 엷은 분홍빛으로 변했다. 안개 사이로 햇살이 비쳤다.

나모는 몸을 일으켜 동쪽 하늘에 떠오르고 있는 둥근 태양을 바라보았다. 아침 공기는 이미 햇볕에 데워져 훈훈했다. 나모는 일어나 다시 기지개를 켰다. 작은 섬은 반대쪽 끝까지 가는 데 겨우 스무 걸음 정도면 되었다. 폭은 열다섯 걸음이었다. 나모는 쭈그리고 앉았다.

나모는 짐바브웨의 모습을 상상했다. 강물은 사방으로 흘러갔다. 때마침 배가 떠내려가고 있는 걸 알아채지 못했으면 물살에 쏜살같이 휩쓸려 떠내려갔을 것이다. 그랬으면 뿔호로호로새의 보금자리를 지나 마을로 되돌아갔을지도 모른다.

할머니가 뭐라고 말씀하셨는지 기억해내려고 애를 썼다. 포르투갈 사람들이 강을 막기 전에는, 무센게지 강이 잠베지 강으로 흘러갔다고 했다. 그러나 댐이 생겨난 후 잠베지 강은 카보라 바사라는 커다란 호수가 되었다고 했다.

사람들은 카보라 바사 호수 근처에 가지 않았다. 구츠도 거친 물살 때문에 호수에 갈 때면 조심조심 접근했다. 호수가 기괴한 요정의 세계여서 그런 것은 아니었다. 큰 호수이기 때문에 당연한 일이었다. 나모는 이곳에도 물의 요정들이 살고 있을 거라고 믿었다.

이 조그만 바위섬에서 오래 버틸 수는 없었다. 물이 깊어 통발로 물고기를 잡을 수도 없었다. 새들도 강가에서 멀리 떨어진 이곳까지 날아오지 않았다. 무조건 떠나야 한다는 생각이 들었다. 지금은 호수가 고요하지만 그게 얼마나 갈는지도 알 수 없었다. 나모는 등이 배에 붙은 것처럼 배가 고팠다. 말려 둔 물고기를 먹고 물도 많이 마셨다. 그러면 잠시 배가 불렀지만 금세 또 배가 고파졌다. 날것으로라도 옥수수 가루를 좀 먹기로 했다. 생으로 먹기에는 좀 겁이 났지만…….

나모는 성냥을 말리려고 햇볕에 널어놓았다. 항아리에서 잡지 사진을 꺼내 놓고 사진이 젖어 망가지지 않았는지 살펴보았다.

"엄마, 여기는 물의 요정말고는 아무도 없어요. 요정들이니까 괜찮겠지요? 차를 만들어 드릴 테니 같이 마셔요."

나모는 엄마와 함께 있다고 상상했다. 차를 끓여 찻잔에 부었고 빵은 자르지 않고 그냥 먹었다. 마가린도 바르지 않았다. 나모는 통발로 엄마 머리 위에 내리쬐는 햇볕을 가려 주는 시늉을 했다.

"할머니가 해주신 이야기예요. 한 남자가 있었어요. 남자에게는 아들이 여러 명 있었는데 딸이 없었대요."

나모는 정말 뜨거운 것처럼 차를 호호 불며 조금씩 마셨다.

"남자는 죽을 때가 되자 아들들을 불러 모았어요. '나는 너희들한테 아내를 사 줄 돈도 없고, 또 루라를 받고 시집보낼 딸도 없다. 내가 가진 것이라고는 검은 소 한 마리와 강에서 사는 물의 요정과 맺은 우정뿐이다.'"

나모는 꿈에서 봤던 물의 요정들에게도 말해 주었다.

"너희들도 들었을 거야. 물의 나라 사람들 이야기니까."

나모는 이야기를 이어 갔다.

"그 노인은, '아들아, 중요한 일을 하기 전에는 꼭 검은 소의 머리 위에 옥수수 가루를 뿌려 보거라. 만약 검은 소가 머리를 끄덕이면 일을 계속 밀고 나가라. 내가 그 검은 소를 통해서 말을 하는 거니까. 그리고 루라를 많이 벌고 싶으면 깊은 강으로 뛰어내려라'는 유언을 남기고 죽었어요. 자식들은 아버지가 자기들을 놀렸다고 생각했어요. 자식들은 곡식을 심고 들에 나가 열심히 일을 했어요. 하지만 형제들 그 누구도 장가갈 돈을 모으지는 못했어요.

어느 날이었어요. 형제들은 아버지가 남긴 말이 무슨 뜻인지 의논했어요. 그런데 막내가 말했어요. 막내 이름은 '쓸모없는 녀석'이었어요. '형들도 기억나지요? 아버지가 우리한테 강으로 뛰어들라고 하셨잖아요.' 맏형이 대답했어요. '쓸모없는 녀석, 강에 뛰어들면 넌 물에 빠져 죽어.' 쓸모없는 녀석은 검은 소한테 가서 머리에 옥수수 가루를 뿌렸어요. '조상이신 검은 소님, 지금 제가 강에 뛰어들려고 합니다. 어떻게 할까요?' 라고 물었지요. 그랬더니 검은 소가 고개를 끄덕였어요. 막내가 외쳤어요. '그렇게 하라는 뜻이에요!' 맏형이 대답했어요. '그건 네가 죽어서 먹는 입이 하나 줄어든다는 뜻이야.'

형제들은 강으로 가는 쓸모없는 녀석을 따라갔어요. 물에 뛰어든 그는 돌처럼 가라앉았지요. 남은 형제들은 막내가 다시 물 위로 나오기를 기다렸어요. 하지만 쓸모없는 녀석은 그렇게 사라졌어요. 형제들은 막내의 친어머니에게 가서 그 일을 이야기했어요. 막내의 어머니는 슬피 울었어요. 장례식을 치를 때처럼 나무껍질로 만든 새끼줄을 몸에 감고, 그때부터 머리카락도 자르지 않았대요. 형제들은 부잣집에 가 일꾼으로 일했어요. 열심히 일을 한 형들은 농부의 딸과 결혼할 수 있을 만큼 돈을 벌었지요. 형제들이 말했어요. '아버지 말을 듣지 않은 게 다행이야. 막내의 뼈는 지금쯤 진흙 구덩이를 굴러다니고 있을 거야.'

그러던 어느 날 쓸모없는 녀석의 어머니가 물을 길으러 강으로 갔어요. 그런데 바위 위에 아름다운 여자가 앉아 있는 게 아니겠어요?

'당신의 머리카락을 잘라서 옷을 만드세요. 그럼 제가 기름이 가득 든 뿔을 드릴게요.'

어머니는 그 여자의 말을 이해할 수 없었지만 여자가 시키는 대로 했어요. 그러자 얼마 후에 소와 염소, 양 떼를 이끌고 하인들이 나타났어요. 그런데 이들을 이끌고 온 잘생긴 젊은 남자가 있었어요. 사자 가죽옷을 멋들어지게 차려 입고 갈대로 만든 관을 쓰고 있었지요. 오른쪽에는 칼을 차고, 왼쪽에는 가방을 멨어요. 그 남자 뒤에는 지난번 개울가에서 본 여자가 따라오고 있었어요. 남자가 외쳤어요.

'어머니! 저를 잊지 않으셨겠지요? 어머니의 아들, 쓸모없는 녀석이에요!'

'아이고, 내 아들아! 이게 도대체 어떻게 된 일이니?'

강으로 뛰어들고 나서, 쓸모없는 녀석은 작은 물고기로 변했대요. 그러고는 바위 사이로 들어갔는데 그곳에는 이 세상만큼이나 큰 땅 속 세계가 있었대요. 들판도 있고, 가축도 있고, 집도 있었대요.

'어머니, 전 거기서 강처럼 긴 뱀하고 살았어요. 풀들도 얼마나 쑥쑥 잘 자라는지 뱀 몸뚱이처럼 길었어요. 거기서 전 잡초 뽑는 일을 했어요. 그곳에 사는 뱀은 아버지가 우리에게 말했던 물의 요정이었어요. 그 뱀이 저한테 진흙만 먹고 옥수수 가루 같은 것에는 손도 대지 말라고 했어요. 음식을 먹으면 땅 속 나라에서 영원히 나가지 못할 거라고 했죠. 나중에 뱀은 사람들을 치료하는 뿔기름과 약 가방을 주었어요. 갈대관을 씌워 주고 형제들을 다스릴 칼도 주었지요. 또 이렇게 물의 요정인 아내도 주었어요.'

물의 영혼에게 무당이 되는 법을 배운 쓸모없는 녀석은 훌륭한 추장이 되었대요. 사람들한테 미움을 받던 어머니도 그때부터는 여왕처럼 잘 살았대요."

나모는 바닥에 배를 깔고 누워서 수면에 이는 물결을 바라보았다. 바람이 불었다. 작은 배를 타고 짐바브웨까지 가기로 한 건 무모한 짓이었을까? 나모는 바람에 성냥이 날아가지 않도록 얼른 끌어 모으고 잡지 사진을 도로 항아리에 넣었다. 이야기를 끝내고 나자 다시 절망스러워졌다.

나모는 먼 곳으로 가고 있었다. 흐르는 물은 나모가 해주는 물 속나라 이야기에 귀를 기울이는 듯했다. 엄마도 어디선가 나모의 이야기를 들었을 것이다. 그러나 이 작은 섬에는 나모 혼자였다. 하얀 거품이 강가로 몰려오고 거품을 쓴 바위들은 가만히 엎드려 있었다.

나모는 다시 이야기를 만들었다.

"내가 강물에 뛰어든다면……."

이번 이야기는 결국 나모가 물 속에 빠진 영혼이 되어 가족들을 만날 희망조차 없이 여기저기 떠돌아다닐 거라는 슬픈 내용이었다.

물보라가 일어 몸이 축축해지자 짜증이 났다. 물을 머리에 덮어쓰면서 목욕하는 것을 좋아했는데 이젠 하나도 좋지 않았다. 나모는 물가에 쪼그리고 앉아 호리병박으로 물을 떠 온몸에 끼얹었다. 그러고 나서 배로 돌아가서 자신의 보물들을 챙겨 가지고 나와 하나하나 살펴보았다.

성냥 한 갑, 항아리 다섯 개, 호리병박, 치포 이모가 쓰던 낡은 머릿수건 그리고 빨간 머릿수건은 결혼식 날 쓸 것이었다. 그리고 쿠파 이모부의 부러진 칼, 오두막에서 가지고 나온 램프, 나무 숟가락 네 개, 유리구슬 몇 개, 소금 한 봉지, 말린 고추, 옥수수 가루 자루, 바구미가 안 생기도록 재를 섞은 작은 콩 자루, 또 구츠 아저씨가 배 안에 남겨 놓았던 튼튼한 밧줄도 있었다.

목에 건 자루에는 할머니가 준 금덩이가 들어 있었다. 나모는 꿈을 꾸듯 말했다.

"만약 내가 마을에 있다면……. 아니야, 마을을 떠났겠지. 지금쯤 조로로 집에 가 있을 거야. 조로로의 세 아내가 시키는 대로 옥수수를 쾅쾅 찧고 있을 거야. 그 여자들은 옥수수 물을 마시면서 편안히 앉아 있겠지."

나모는 시큼하고 맛있는 옥수수 물을 떠올렸다. 입 안에 침이 가득 고였다.

"나한테는 옥수수 물도 안 주고 일만 시켰겠지. 냄새나는 죽이랑 벌레 먹은 과일이나 먹으라고 하면서."

눈을 감은 나모는 화를 내는 세 여자를 상상했다. 여자들은 병에 걸려 피부가 얼룩덜룩해진데다 머리는 다 빠지고 없다.

'게다가 자식들은 버릇도 나쁜데다 멍청하지.'

나모는 생각을 이어 갔다. 정말 그런지 아닌지는 나모도 모른다. 하지만 마음대로 상상하는 게 즐거웠다.

'여자들은 자기네들끼리 매일 싸워. 조로로는 그런 여자들이랑 사는 게 정말 힘들 거야. 여자들은 조로로만큼 못생겼어. 조로로는 온 동네 술집을 들락날락해. 조로로가 술에 취해 들어오면 여자들은 음식에 독을 탈 생각도 하지만 감히 그러지는 못하지.'

나모는 혼자 상상하며 흐뭇해했다.

"그곳에 가지 않았으니 정말 다행이야. 나는 물의 요정의 나라를 구경하고 있어. 물의 요정들이 나한테 비밀을 말해 주고, 소와 염소들을 주면서 집으로 돌려보내 줄 거야."

눈을 떠 보니 나모는 여전히 넓은 호수 한가운데 혼자 떠 있었다. 다시 무서움과 외로움을 물리치려고 관자놀이를 주먹으로 꽉 눌렀다.

'나모, 물의 요정을 두려워하지 마라. 요정들이 나에게 물에 대한 모든 것을 가르쳐 주었단다.'

나모가 외쳤다.

"구츠 아저씨, 그럼 저한테는 무얼 가르쳐 주실 거예요?"

'헤엄치는 걸 가르쳐 줄게.'

어디선가 소리가 들려왔다. 사람의 목소리가 그리웠던 탓에, 누군가가 실제로 말을 하는 것인지 상상이 만들어낸 것인지는 확실하지 않았다. 전에 배를 끌고 들어왔던 곳은 물이 얕았다. 나모는 바로 거기에 서 있었다. 주변은 바위투성이였다. 나모는 바닥을 살피며 조심스럽게 물가로 걸어 들어갔다. 천천히 앞으로 가다가 산더미 같은 파도가 밀려들면 허겁지겁 뒤로 도망치기를 여러 번 했다. 나모는 물이 가슴 언저리까지 차는 꽤 깊은 곳에 가서 우뚝 멈춰 섰다가 두려워서 다시 섬으로 돌아왔다. 무얼 좀 먹으려고 자리를 잡고 앉았다. 말린 고기에다 매운 고춧가루를 뿌려서 먹었다.

물의 요정은 뱀이나 물고기, 아니면 악어의 모습을 하고 있을지도 모른다. 물의 요정은 어떻게 움직일까? 나모는 물의 요정이 뱀이라고 생각하며 꿈틀거리는 시늉을 했다. 잘 되지 않았다. 나모는 뱀처럼 길지도 않고 가늘지도 않으니까. 이번에는 요정이 악어로 변해 물에 둥둥 떠 있는 것을 상상했다. 나모도 그렇게 할 수 있을 것 같았다. 하지만 나모는 꼬리가 없으니 악어들처럼 이쪽저쪽으로 꼬리를 휙휙 휘두르는 것을 흉내낼 수는 없었다.

나모는 다른 동물들이 어떻게 헤엄을 치는지 곰곰이 생각해 보았다. 보통은 동물들을 피해 다녔기 때문에 자세히 관찰해 본 적이 거의 없었다. 하마나 코끼리 같은 동물들은 사납고 위험해서 몰래 엿보기조차 힘들었다. 쿠파 이모부가 시냇물에 막대기를 던지고서 개한테 물어 오라고 시키는 것은 본 적이 있었다. 개는 들판을 가로지르는 경주마처럼 달려갔다. 막대기를 찾으러 물에 들어갔던 개는 땅 위로 급하게 다시 올라왔다. 개도 물에 사는 악어를 무서워했다. 그런데 물에서 수영하는 게 즐겁기만 한 동물이 하나 있었다. 그건 바로 수달이었다.

나모는 종종 개울에서 사냥하고 있는 수달을 지켜보았다. 수달은 물 속으로 미끄러지듯 내려갔다가 개구리나 물고기를 낚아채 바위 위로 되돌아왔다. 수달은 수면으로 불쑥 올라와서 헤엄을 쳤으며 먹이도 사람처럼 손으로 잡고 먹었다. 배를 다 채우고 나서는 물 밖으로 머리를 내밀고 까닥까닥 흔들었다.

수달은 생긴 건 예쁘지만 아주 위험한 동물이다. 화가 잔뜩 오른 수달은 덩치가 훨씬 큰 동물한테도 덤벼든다. 새끼를 지키고 있던 어미 수달이 쿠파 이모부가 데리고 있던 사냥개를 물어 죽이기도 했다.

어쨌든 수달은 수영 도사였다.

나모는 물이 얕은 곳으로 천천히 걸어갔다. 먼저 악어처럼 물에 둥둥 뜨는 연습을 했다. 수달처럼 다리를 차면서 앞으로 나아갔다. 수영을 하면서 나모는 물 속 동물들이 물에서 사는 방법을 조금씩 이해했다. 날이 어두워질 때까지 몸이 지치도록 수영 연습을 했다. 저녁으로는 물고기 두 마리에 고춧가루를 뿌려서 먹었다. 그리고 물은 여러 잔 쭉 들이켜 배를 채웠다.

여러 날이 지났다. 하지만 정확히 며칠이 지났는지는 알 수 없었다. 마른 고기가 다 떨어져 나모는 하루 종일 굶고 있다가 새로운 계획을 세웠다. 할머니는 익히지 않은 옥수수 가루와 콩은 먹지 말라고 했다. 하지만 나모는 너무 배가 고팠다. 물을 담은 항아리에 옥수수 가루를 한 움큼 넣었다. 물에 가루를 잘 녹여 먹으면 위 속에서 가루가 부풀어올라 배가 터지는 일은 없을 것이다.

콩은 먹을 것을 해결하는 데 안성맞춤이었다. 콩을 어떻게 요리할지 고민하다가 물에다 콩을 넣었다. 물을 빨아들인 콩은 점점 불어나 먹기에 좋았다.

옥수수 가루에 물을 넣었다 따라 내기를 여러 번 했다. 하지만 옥수수 가루는 도무지 먹을 수가 없었다. 손가락을 대자 끈적끈적한 줄이 되어 쭉 딸려 올라왔다. 나모는 맛을 보고는 금방 내뱉어 버렸다. 썩은 냄새가 나는 가루 반죽을 멀리 내던졌다.

콩에서 싹이 나왔다. 나모는 싹이 난 콩을 먹었다. 남은 콩은 다시 물에 담가 싹이 트도록 두었다. 앞으로 어떻게 해야 할지 머리가 복잡했다. 그래서 생각을 그만두기로 했다. 대신 조안의 집에서 할머니와 함께 있던 때를 생각했다. 나모는 엄마와 물의 요정들에게 그 이야기를 들려주며 시간을 보냈다. 땅 속 세계에 있는 구츠를 떠올리고는 아저씨한테도 이야기를 해주었다.

그래도 기분이 나아지지 않으면 나모는 청녹색 물에 다시 뛰어들었다. 가만히 앉아 절망하고 있는 것보다는 물 속에서 수영을 하는 게 훨씬 나았다. 나모는 멀리 헤엄쳐 나갔다. 바위를 잡고 물 밖으로 머리를 쳐들었다. 더 멀리 가도 될 것 같았다. 얕은 곳을 넘어 멀리까지 헤엄쳐 갔다. 수달처럼 잠수도 했다. 정신없이 헤엄을 치다 보니 아무 생각도 나지 않았다. 그렇지만 밤이 되면, 다시 절망에 빠져 새벽녘까지 울었다.

어느 날 수영을 하러 나갔는데 너무 지쳐 다시 섬으로 되돌아올 기력이 없었다. 나모는 숨을 쉬려고 몸을 뒤집었다. 물이 흘러가는 소리가 들리고, 물결이 햇빛에 반짝거렸다. 온 힘을 다해 섬에 다시 도착했을 때, 나모는 어지러워 꼼짝할 수도 없었다. 다시 기운을 되찾을 때까지 오랫동안 쓰러져 있었다.

스스로를 위로하는 일도 이제는 너무 힘들어졌다. 배도 너무 고팠다. 점점 허약해져 팔다리를 움직일 힘도 없었다. 나모는 이러다가 곧 죽게 될 거라고 생각했다.

17

나모는 배를 천천히 끌어당겼다. 짐바브웨에 가고 싶다는 생각도 시들해졌다. 하지만 오랫동안 쉬었으니 이제는 정말 길을 나서야겠다고 다짐했다.

나모는 바위 위에 엎어 놓은 배를 간신히 뒤집어 놓고 쓴웃음을 지었다.

"물의 요정들아, 얼른 물가로 나오라고 나를 부르는 거니?"

이른 아침 수면은 고요했다. 나모는 배를 띄우고 물가로 걸어 들어갔다. 섬 한쪽으로는 위험한 바위가 넓게 퍼져 있고, 다른 쪽은 맑은 물과 바로 맞닿아 있었다.

나모는 얼른 배에 올라탔다. 배가 흔들리지 않을 때까지 조용히 기다렸다가 출발했다. 섬은 돌아보지 않았다. 나모는 그동안 콩에서 난 싹과 남아 있던 소금 한줌으로만 버텼다.

물살이 심하지는 않았다. 하지만 바람이 불지 않아 안개가 가득 차 있어 앞이 보이지 않았다. 나모는 배를 타고 가면서 콩을 먹었다. 콩을 먹어도 배가 고파 뱃속이 꾸르륵거렸다. 벌써 날이 어두워졌다. 나모는 너무 지쳐서 노를 안쪽에 들여놓고 치포 이모가 쓰던 낡은 머릿수건을 꺼냈다.

나모가 엄마에게 물었다.

"엄마, 내 몸이 호수 바닥에 가라앉아도 내 영혼은 마을로 돌아갈 수 있을까요?"

엄마는 빵에 마가린을 바르면서 하얀 식탁보 너머로 나모를 바라보았다.

"금방 집에 갈 수 있을 거예요. 그렇죠? 몸은 마을에 갈 수 없어도 내 영혼은 다시 마을로 돌아갈 수 있겠지요?"

그러자 의자에 느긋하게 앉아 있던 구츠가 말했다.

'걱정하지 마라, 나모. 넌 내 배를 가지고 있잖아. 그 배는 무콰나무로 만들어졌단다. 그 배에는 흰개미들도 얼씬하지 못해."

아저씨가 머리를 긁적이자 아저씨의 손가락 위로 이가 슬금슬금 기어 나왔다. 물의 요정인 두 아이가 식탁 다리에 발을 감고 엄마가 부어 준 차를 슬쩍 내려다보았다. 그러고선 양쪽으로 갈라진 혀로 찻잔을 핥았다.

한밤중에 나모는 잠에서 깨어났다. 눈앞에 므와리 신의 나라가 펼쳐진 듯했다. 므와리 신의 나라가 어떤지는 잘 몰랐다. 밤에는 위험해 그 누구도 편안하게 하늘을 바라볼 수도 별을 관찰할 수도 없기 때문이다. 므와리 신은 어디에나 있었지만, 그가 사는 집은 바로 하늘 위에 있었다.

잔잔한 바람결이 배를 부드럽게 밀어 주었다. 나모는 꿈에 대해서 생각했다. 나모는 잠들어 있을 때 자신의 영혼이 조상들을 만났다는 생각이 들었다. 꿈에 엄마가 나모에게 말을 건 것은 틀림없었다. 하지만 구츠가 왜 나타났는지는 수수께끼였다. 구츠는 나모의 가족이 아니었다. 어쩌면 자기 배가 궁금해서 나모를 찾아온 것일 수도 있다. 나모는 뱀으로 변하는 요정들은 꿈에 나오지 않았으면 좋겠다고 생각했다.

날이 샜다. 나모는 계속 누워 있었다. 일어나 앉아 노를 젓는 것이 너무 힘들었다. 이제 어디로 가야 할까? 해가 머리 바로 위로 올라왔기 때문에 온몸에 뜨거운 빛이 쏟아졌다. 바람은 불지 않았다. 나모는 치포 이모의 머릿수건으로 두 눈을 가렸다. 덮어쓴 머릿수건 사이로 구슬처럼 반짝거리는 햇살이 보였다.

오후에 다시 노를 저었다. 그러나 노가 손가락에서 자꾸 미끄러졌다. 나모는 어쩔 수 없는 일이라고 포기했다. 이따금 물을 마시면서 남은 콩과 소금을 조금씩 씹어 먹었다. 밤이 이슥하자 다시 혼란스러운 꿈속으로 빠져 들었다. 얼마나 오랫동안 배를 탔지? 태양은 머리 위를 몇 번이나 지나갔을까? 나모는 하늘을 보고 있으면서도 동이 트는지조차 몰랐다.

나모는 배가 내내 한 방향으로 떠내려가고 있다는 것을 깨달았다. 배는 해가 뜨는 쪽으로 움직이고 있었다. 그렇다면 물이 동쪽으로 흐르고 있다는 뜻이다. 그러나 서쪽으로 가야만 짐바브웨에 도착할 수 있다.

나모는 일어나 앉았다. 물결이 눈앞에서 어지럽게 반짝거리고 있었다. 나모는 생각했다.

'짐바브웨로 노를 저어야 하는데 이제 더는 힘이 없어…….'

나모는 현기증이 나서 비틀거렸다. 거무스름한 얼룩이 물 위로 둥둥 떠다니는 게 보였다.

눈을 비볐다. 그러나 검은 얼룩은 사라지지 않았다. 배가 그 얼룩을 따라 흘러가고 있었다. 하늘에서 내려온 빛줄기가 검은 얼룩을 호수에서 멀리 떨어뜨려 놓았다. 어느새 그 얼룩은 나무가 있는 땅으로 변했다. 나모의 몸이 떨려 왔다. 땅이 물 위를 떠다니고 있었다. 그 땅은 영혼의 세계와 연결되어 있는 듯 보였다.

배가 가까이 다가가자 하늘에서 내려온 빛줄기가 잠시 흔들리더니 사라졌다. 나모는 다시 현기증이 났지만 꾹 참고 노를 저었다. 아지랑이 사이로 흐릿하게 섬이 드러났다. 그러나 섬에는 배를 댈 만한 곳이 없었다. 강기슭이 가팔랐다.

바위에 부딪히면서도 나모는 계속 앞으로 나아갔다. 배를 무사히 댄다고 해도 벼랑을 타고 올라갈 수 있을지 막막했다. 나모는 쉴 만한 곳을 찾게 해달라고 조상들과 요정들에게 빌었다. 이 땅은 기이한 동물들이 사는 곳일지도 몰랐다.

섬을 거의 지나쳐 가는데 굵은 뿌리들이 물 아래에서 꿈틀거리는 것이 보였다. 나모는 큼지막한 무화과나무 뿌리에 배를 단단히 묶고는 배 안에 드러누웠다.

뿌리는 물에서부터 땅 위 높은 곳까지 비틀린 채 얽혀서 사다리처럼 길게 이어져 있었다. 나모는 한숨을 돌렸다. 다행이었다. 이제는 불도 피울 수 있고 먹을 것도 구할 수 있었다. 모두 나모를 지켜 주는 영혼들 덕분이었다. 나모는 그 영혼들에게 보답을 해야 했다.

'엄마, 할머니 감사합니다. 증조할아버지 감사합니다. 물의 요정님, 구츠 아저씨 모두 고마워요. 아저씨의 배가 없었다면 여기 올 수 없었을 거예요.'

조상에게 술을 올려야겠다고 생각했다. 하지만 술을 어떻게 만드는지 몰랐다. 그래도 옥수수 물을 만드는 방법은 알고 있었다. 옥수수 가루로 음료수를 만들어 조상님에게 올리기로 했다.

물의 요정에게도 무언가 보답하고 싶었다. 나모의 꿈속에 나타난 물의 요정들은 맛있는 음식을 많이 먹었다. 집도 있고 가축도 가지고 있었다. 요정들은 그렇게 풍족했기 때문에 필요한 게 없을 것 같았다. 그런데 물의 요정들은 보석을 좋아했다. 뱀이 된 요정은 구슬로 뒤덮여 있었다.

나모는 물건을 뒤져 슈바이 이모의 팔찌에 달려 있던 구슬들을 찾았다. 그것을 보니 갑자기 슬퍼졌다. 이모가 집어던졌던 그 구슬들을 주워 모아 두었던 게 생각났기 때문이다. 구슬은 마을을 떠올릴 수 있는 물건 중 하나였다. 그러나 나모는 망설이지 않았다. 물의 요정이 나모를 이 섬으로 데려왔으니 그 은혜를 꼭 갚아야 했다.

나모는 눈을 감고 호수에 구슬을 던졌다. 구슬들은 물에 떨어지면서 소리를 냈다.

"마음에 들면 좋겠어요. 정말 예쁜 구슬들이거든요."

나모는 커다란 무화과나무 뿌리를 잡고 섬 위로 올라가기로 마음먹었다. 음식을 만들 때 쓰는 항아리와 옥수수 가루를 챙기고 통발에다 가 성냥을 넣었다. 그것들을 등에 단단히 졌다. 그러고 난 나모는 호리병박에 물을 가득 담았다.

천천히 한 발 한 발 꼭대기로 올라갔다. 호리병박에 든 물이 쏟아질까 봐 조심조심하면서……. 물을 다른 데에 담을 걸 하는 후회가 들었다. 몹시 어지러웠지만 이제 곧 무얼 먹을 수 있다는 생각으로 현기증을 꾹 참고 올라갔다. 드디어 벼랑 위로 몸을 끌어올렸다.

벼랑 위로 올라간 나모는 입을 쩍 벌렸다.

섬은 온통 푸른 잎으로 뒤덮여 있었다. 흔한 숲 속 식물뿐만 아니라 토마토, 옥수수, 바나나도 있었다. 도무지 믿을 수 없는 그 광경에 나모의 눈이 점점 더 커졌다.

나모는 커다란 소리로 외쳤다.

"아, 정말 감사합니다."

나모는 잘 익은 바나나를 따서 까먹었다. 배가 불렀지만 천천히 많이 먹었다. 할머니는 굶은 뒤에 한꺼번에 음식을 먹으면 위험하다고 했다. 나모는 조금 먹고 참았다가 다시 조금씩 또 먹었다. 나모는 달걀처럼 생긴 토마토도 먹었다. 마을에서 자란 토마토와는 다르게 생겼지만, 조안의 집 마당에서 이것처럼 생긴 토마토를 본 적이 있었다.

배를 채운 나모는 나무 그늘 밑에 몸을 웅크린 채 잠이 들었다. 섬을 살펴보지도 못하고 실컷 잠을 자고 일어났다. 나모는 풀 위에 뒹굴면서 이곳은 보통 사람들이 올 수 없는 특별한 곳이라고 생각했다.

해가 지자 나모는 불을 피울 바위를 찾아 저녁을 준비했다. 맛을 내기 위해 토마토를 넣었다. 날이 더 어두워지기 전에 물을 끓이고 그 물에 남은 옥수수 가루를 풀었다.

나모가 말했다.

"조상님을 위해서 음료수를 준비하고 있어요. 저를 도와주셔서 감사합니다."

밥을 먹은 나모는 무화과나무 뿌리 아래로 내려가 배 안에서 밤을 지냈다. 바람이 불어와 배를 뒤흔들었지만 나모는 깊은 잠에 빠졌다.

무화과나무는 컸지만 섬에 있는 나무들은 거의 다 자그마했다. 키가 들쭉날쭉한 옥수수와 마구 뒤엉켜 있는 호박 줄기들, 고구마들이 여기저기 자라고 있었다. 나모는 띄엄띄엄 자라고 있는 파파야, 오크라, 칠리, 양파 그리고 땅콩도 찾아냈다. 옥수수는 사람이 심은 게 아니라 저절로 떨어진 씨앗에서 싹이 난 것처럼 드문드문 무리 지어 자랐다. 하지만 어떤 곳에서는 농사를 지은 흔적이 보였다. 섬 가운데에는 레몬나무가 있었고, 그 뒤에는 다 허물어진 집이 한 채 있었다.

나모는 이리저리 집을 살펴보았다. 그 집은 네모반듯한 포르투갈식 집과 비슷했다. 조안과 로사의 집만큼 크지는 않았지만 그렇다고 작지도 않았다. 창문은 판자로 막아 놓았는데 창문 틈이 지저분했다. 문틈으로 들여다보니 안은 어두웠다. 문은 잠겨 있었다. 나모는 안으로 들어가지 못하고 옥수수 물을 가지고 와 레몬나무 아래쪽에 앉았다.

옛날에는 잠베지 강 외에는 모든 곳이 땅이었다고 할머니에게 들은 적이 있었다. 포르투갈 사람들이 강을 막아 계곡을 온통 물에 잠기게 만들었던 것이다. 지금은 높은 언덕인 곳만 물 밖으로 나와 있었다.

짐바브웨 계곡에 살고 있던 사람들은 조상들의 뼈를 파서 호수 너머 다른 곳으로 가지고 갔다. 뼈를 남겨 두고 떠날 수는 없었다. 조상들은 새로 태어난 아이들과 마찬가지로 죽은 사람도 영원히 가족이라고 생각했기 때문에 뼈를 버리는 건 불경스런 짓이었다.

마을 사람들이 살던 진흙 오두막은 우기가 몇 번 지나고 난 뒤에는 힘없이 무너져 내렸다. 그러나 포르투갈 사람들의 집은 튼튼한 재료를 썼기 때문에 오래 남아 있었다. 이 집도 마찬가지였다.

이 섬은 나모가 엄마와 함께 차를 마시던 마을처럼 지금은 아무도 살지 않는 섬이었다. 개코원숭이도 없고, 호저(아프리카에 사는 가시가 있는 돼지)나 사람들의 식량을 훔치는 사나운 돼지들도 없었다. 몸집이 큰 동물이 살지 않는 섬이었다. 강기슭이 가팔라서 하마도 올라올 수 없었다. 그래서 이곳에는 이렇듯 먹을 게 많이 남아 있는 것이다.

이 섬은 영혼의 힘이 있는 특별한 곳은 아니었다. 나모는 이러한 사실을 깨닫고 마음이 놓였다. 나모가 조상님들의 영혼을 의심한 것은 아니다. 너무 힘들어서 배를 그대로 내버려 두었을 때 배를 제대로 이끌어 준 건 물론 영혼의 힘이 분명했다.

옥수수 물에서 맛있는 냄새가 났지만 마시고 싶은 생각은 들지 않았다. 조상들에게 드려야 되는 것이기 때문이었다. 나모는 레몬나무 아래에서 무릎을 꿇고 공손하게 박수를 치며 조상님께 감사를 드렸다.

"조상님을 위해서 준비했습니다. 짐바브웨에 도착하면 무당을 불러 진짜 술과 코담배를 마련하고 기도 드릴게요. 그때까지만 기다려 주세요. 저를 도와주셔서 고맙습니다."

나모는 땅 위에 옥수수 물을 천천히 부었다. 음료수가 땅에 스며들었다. 의식을 마치고 나자 나모는 돌아앉아 아름다운 녹색의 섬을 바라보며 미소지었다. 외로움은 잠시 멀리 사라진 듯했다. 나모의 마음은 조상들의 영혼으로 가득 찼다. 몸은 한 곳에 머물러 있지만 영혼은 어디든지 갈 수 있다. 조상님은 나모가 드린 옥수수 물을 받고 방랑하고 있는 이 여자아이를 보호해 주기로 약속한 것 같았다.

18

나모는 섬을 살펴보았다. 위험한 동물은 보이지 않았다. 고인 물을 다 퍼낸다면 몰라도 습기가 가득한 배에서 잠을 자는 것이 내키지 않았지만 배로 갔다. 섬에 있는 오래된 집의 느낌이 좋지 않았기 때문에 밤이 되면 너무 무서워질 것 같아서였다. 누군가가 문을 열고 나올까 봐 밤새도록 안절부절못할지도 몰랐다.

나모는 물 속에 있는 무화과나무 뿌리에 배를 움직이지 않도록 꼭 묶었다. 바위에 부딪히지 않게 조심하면서. 물살에 배가 거칠게 흔들리고 있었다.

나모는 물건들을 섬으로 옮겼다. 기다란 나무 두 개를 세워 오두막처럼 뼈대를 만들고 나뭇가지로 옆을 막은 뒤 가느다란 줄기를 가지고 와 단단히 붙들어 맸다. 그렇게 만든 간이 오두막 그늘에 누워 한쪽에 쌓아 놓은 물건들을 바라보니 마치 새 집을 가진 것 같았다.

짐바브웨에 도착할 때까지 먹으려고 옥수수 가루를 가지고 왔지만 이곳에서는 옥수수 가루 대신 섬에서 나는 맛있는 먹을거리를 마음껏 먹을 수 있었다. 잘만 하면 몇 년이라도 이곳에서 살 수 있을 것 같았다. 우기가 시작되면 농작물을 심고 나중에 수확을 하면 된다. 하지만 나모는 몇 년씩 이곳에서 살고 싶은 마음은 없었다. 짐바브웨로 아빠를 만나러 가야 하니 말이다. 그곳에서 나모를 기다릴 가족을 생각하자 기운이 솟았다.

고추를 말리고 땅콩을 튀겼다. 고구마와 호박은 몇 주나 몇 달 동안 오래 저장할 수 있다. 다음 여행길에 먹을 음식은 충분했다. 그러나 배에 실을 수 있는 양은 한계가 있었다. 나모는 물건을 머리에 일 때 쓸 수 있도록 풀을 엮어 동그란 받침을 만들었다. 그러자 호수에서 물을 가져오는 것도 훨씬 수월해졌다. 무화과나무 뿌리로 내려가 물을 떠서 머리 위 받침에 단지를 얹으면 힘이 들지 않았다. 손으로 항아리를 쥐지 않아도 물이 쏟아지지 않았다. 집에서 몇 년 동안 이 일을 하면서 한 방울의 물도 떨어뜨리지 않도록 훈련했기 때문이다.

날이 더워졌다. 나모는 섬 꼭대기에 있는 레몬나무 아래 앉아서 새끼줄을 꼬았다. 어린 무푸티나무(회색의 거친 껍질의 나무. 우기가 시작될 즈음에는 잎이 붉은색을 띤다)가 보였다. 윗가지를 조금 꺾어 나무껍질을 길게 벗겨냈다. 이것을 하나씩 씹어서 허벅지 위에 놓고 손바닥으로 꼬았다. 배에 있는 밧줄보다 튼튼하지는 않았지만 모양은 제법 그럴듯했다. 이렇게 만든 줄로 짐승을 잡는 덫을 만들 수도 있고 물건을 묶거나 지붕을 이는 이엉을 엮을 수도 있었다.

밧줄을 꼬면서 나모는 여기 살았던 사람들의 모습을 상상했다. 저 오래된 집주인은 오후가 되면 산들바람을 맞으며 문 앞에 앉아 있었을 것이다. 집 앞에 나무로 만든 현관의 흔적이 있었다. 레몬나무 바로 뒤에는 이름 모를 꽃들도 피어 있었다. 조안과 로사의 마당에도 예쁜 꽃이 피어 있었는데…….

나모는 눈을 감고 그 정경을 떠올렸다. 부모와 아이들 몇 명이 함께 식탁에 둘러앉았는데 아이들은 세 명이었다. 아니, 여섯 명이었다. 나모는 더 행복한 가족을 상상하려고 아이들의 수를 자꾸 더 늘렸다. 가족은 깡통에 든 고기를 먹고 있었다. 음식을 먹을 때도 꼭 나이프와 포크를 사용했다. 음악 소리가 나오는 멋진 라디오가 있고, 앵무새를 기르는 새장도 가지고 있다.

그러나 지금 이곳에는 아무것도 없다.

나모는 눈을 떴다. 오후의 산들바람이 조금 열린 문틈 사이로 들어와 가느다란 휘파람 소리를 냈다.

나모는 확신했다.

"여기 살던 사람들은 분명히 포르투갈로 돌아갔어!"

10년 동안 독립전쟁을 치렀기 때문에 짐바브웨 사람도 포르투갈 사람도 많이 죽었다. 전쟁이 끝났을 때 포르투갈 사람들은 거의 조국으로 돌아갔다. 나모는 다시 이 집에 살던 사람들이 포르투갈로 돌아가 사는 모습을 떠올렸다. 하지만 나모는 포르투갈에 대해 아는 게 하나도 없었다.

부드러운 바람이 간간이 세찬 바람으로 바뀌었다. 나무가 흔들리고 물결이 바위에 부딪쳐 넘실거렸다. 나모는 배를 물 한가운데로 조금씩 움직였다. 그동안 섬에서 쉬면서 기운을 다시 차렸지만 배는 여전히 무거웠다. 물살을 헤치고 앞으로 나가기가 아주 힘들었다. 나모는 다시 돌아와 배를 무화과나무 뿌리에 깊숙이 밀어 넣었다. 나모는 배 안에 드러누웠다. 배 안에서 잠자는 것은 안전했지만 불편했다. 날씨가 사나운 날에는 요동이 심해 가만히 누워 있을 수 없었다.

나모는 돌돌 말려 있는 나무뿌리 하나를 잡았다.

"어머!"

물보라가 얼굴을 덮쳤다. 나모는 눈을 비볐다. 저녁놀은 금방 사라졌고 호수는 이미 검푸르게 변했다. 석양빛이 사라지자 첫 별이 떴다.

나모는 구츠의 밧줄과 직접 만든 작은 밧줄을 다시 살펴보았다. 배를 잘 묶었는데도 배에 올라타자 나모의 무게 때문에 나모가 만든 밧줄이 끊어졌다.

"날이 더 어두워지기 전에 잠잘 데를 찾아봐야지."

한숨을 푹 내쉬었다. 나모는 밥을 해 먹던 자리로 다시 올라왔다. 남은 불씨에 입김을 불어 불을 되살렸다. 바람에 불이 번지지 않게 불길 주위에 돌을 쌓아 바람막이를 만들어 주었다. 항아리와 반쯤 남은 성냥을 잘 챙겨 둥근 돌 사이에 밀어 넣었다.

나모는 풀로 덮개를 만들어 나무 사이에 단단하게 맨 다음 그 안쪽으로 깊숙이 기어 들어갔다. 기분이 썩 좋지 않았다. 세찬 바람이 나모가 숨어 있는 곳까지 쫓아 들어와 나모를 밖으로 끌어내려는 것처럼 보였다. 물의 요정이 가끔 회오리바람으로도 변신하던 것을 떠올리며 나모는 열심히 기도를 드렸다.

"제발, 저를 데려가지 마세요."

멀리서 물결이 부서지는 소리가 들려 왔다. 귀를 기울이면 물 속에서 일을 하고 있는 요정의 소리를 들을 수 있을 것 같았다. 나모는 깊이 잠들지 못하고 그냥 누워 있었다.

나모는 마을 여자아이들의 오두막에 있었다. 타츠비오나가 기름 램프를 치켜들자 희미한 불빛 사이로 아이들의 얼굴이 보였다. 마스비타, 루바, 다른 여자아이들이 둥글게 앉아 있었다. 그들은 다음 이야기를 기다리고 있었다. 마스비타가 낮은 목소리로 말했다.

"나모야, 계속 이야기해 줘."

타츠비오나가 말했다.

"무서운 걸로……."

나모는 두 손을 가볍게 맞잡았다.

"숲 속에, 아주 깊고 깊은 숲 속에 나이 많은 할머니가 살았대."

아이들이 말했다.

"그래서?"

"할머니는 옷을 입지 않았어. 그럴 필요가 없었거든."

"왜?"

"할머니는 가슴이 너무 길어서 그걸로 몸을 둘둘 말았어. 담요를 둘둘 마는 것처럼……."

아이들은 무서워서 소리를 질렀다.

"그 할머니의 이름은 '긴 젖꼭지'야. 할머니는 시집을 가서 임신을 했는데, 글쎄, 아기 대신에 메뚜기 떼를 낳았대."

"그래서?"

"메뚜기들은 뭐든지 다 먹어 치우잖아? 풀, 집, 창고에 쌓아 둔 곡식, 소에게까지 달라붙어서 젖도 빨아먹었어."

"아, 끔찍해!"

나모는 아이들을 잡아먹으려고 돌아다니는 긴 젖꼭지 할머니의 이야기를 하고 있었다. 루바는 마스비타의 무릎에 얼굴을 파묻었다.

이야기가 끝나자 나모는 밖으로 나왔다. 그런데 이상하게도 마을이 보이지 않았다. 나모 혼자 세찬 바람에 나무가 이리저리 흔들리고 있는 이상한 곳에 서 있었다. 바람은 '우우' 하는 소리를 내며 울부짖고 있었다. 나모는 오두막으로 되돌아가려고 했다. 그런데 마을은 아무리 찾아도 보이지 않았다. 대신 네모반듯한 검은 물체가 눈에 띄었다. 포르투갈 사람의 집이었다. 문에 달린 경첩이 녹슬어 끽끽 소리가 났다.

집 안에서 뭔가가 움직이고 있었다. 누군가가 녹슨 문을 왈칵 열었다. 긴 젖꼭지였다. 긴 젖꼭지는 밖으로 뛰어나와 커다란 칼인 팡가(아프리카 사람들이 나무를 베는 데 쓰는 날이 넓은 긴 칼)를 휘둘러댔다.

"다음엔 누굴 먹을까? 이번 요리는 무얼로 하지?"

나모는 비명을 지르면서 호수 쪽으로 달려갔다. 그러나 호숫가에 대 놓은 배는 이미 부서져 있었다. 물의 요정이 거센 파도 속에서 헤엄을 치고 있었다.

나모가 비명을 질렀다.

"아악!"

세찬 바람이 나모가 덮고 있는 풀덮개를 잡아 뜯었다. 풀덮개는 날아가고 나모만 덩그러니 남았다. 나모는 불붙은 나뭇가지를 들고 물건들을 가져다 놓은 나무 틈으로 갔다. 불꽃이 너울너울 춤을 췄다. 나무들이 웅웅 신음 소리를 냈다.

"엄마, 저를 지켜 주세요! 할머니, 도와주세요!"

나모는 표범과 마주친 송아지처럼 벌벌 떨었다.

'거기 누구야?'

바람이 씽씽 불었다. 나모가 훌쩍거리면서 말했다.

"여기가 당신 섬인지 몰랐어요. 당신이 가꾼 채소들을 먹어서 미안해요. 이제 더는 먹지 않을게요. 긴 젖꼭지님."

나모는 웅크리고 앉았다. 귀신을 물리치려고 마스비타가 팔에 맸던 부적이 떠올랐다. 마스비타는 목욕을 하거나 물에 들어갈 때는 부적을 벗어 놓았다. 피부가 다 마르고 보송보송해지면 그때 다시 부적을 찼다. 물건을 뒤적거리던 나모는 그 부적을 찾아냈다. 그 부적은 강한 주술적 힘을 나타내는 생김새로, 동물들의 잔뼈와 깃털이 빽빽이 달려 있었다.

"저는 조상님의 후손인 나모입니다. 조상님이 저를 안전하게 이곳으로 보내 주셔서 정성껏 옥수수 물을 바쳤습니다. 긴 젖꼭지님께 저를 살려 주라고 말씀 좀 해주세요."

바람이 방향을 바꾸었다. 호수에서 멀리 떨어진 어린 나무가 있는 쪽에서 바람이 거세게 불어왔다. 치자나무 꽃향기가 묻어 왔다. 할머니가 치자나무에 대해서 말해 준 적이 있었다. 치자나무는 사람들을 표범으로부터 지켜 주고, 귀신들을 막아 사람들의 무덤에서 시체를 빼앗아 가지 못하게 했다. 그래서 쿠파 이모부는 치자나무 가지를 마스비타의 고모 무덤 가에 심었다.

나모는 조상들이 긴 젖꼭지에게 더 이상 힘을 쓰지 못하게 하려고 치자나무 꽃향기를 흘려 보내는 거라고 생각했다. 그 늙은 귀신은 발을 헛디뎌 벼랑 아래로 떨어졌을 거라고 생각했다.

숲 속에서 바람이 다시 불어왔다. 그러다가 차츰차츰 잦아들었다. 시커멓던 하늘이 점차 푸른빛으로 변했다. 나모는 바위틈으로 기어들어갔다. 좁은 틈으로 억지로 파고들어 가느라 엉덩이에 멍이 들었다. 나모는 새벽이 되었을 때에야 간신히 바위에서 빠져 나와 저린 몸을 폈다.

날이 밝았다. 이윽고 초록색 나뭇잎과 갈색 나무줄기들이 보였다. 나모는 부적을 손에 쥐고 허겁지겁 불가로 달려갔다. 햇빛이 비치자 나모는 무화과나무로 갔다.

배는 무사했다. 모든 것이 그대로 다 있었다. 나모는 중얼거렸다.

"꿈일 뿐이야."

하지만 꿈은 항상 어떤 뜻이 담겨 있다고 믿고 있었다. 조상들이 나모에게 뭔가가 잘못되었다고 말하는 것일지도 모른다. 아니면 얼른 짐바브웨로 향하기를 바라는 뜻일 수도 있다.

나모는 배를 묶은 밧줄이 튼튼한지 확인했다. 파도가 높았지만 수영은 할 수 있을 것 같았다. 무화과나무 뿌리를 잡고 물로 내려가 수영을 하면서 기운을 차렸다.

19

"이제 떠나야겠어."

나모는 바나나를 먹었다. 고구마를 불에 굽고 있는데 나무 그늘 아래 앉아 있던 엄마도 어서 여기서 떠나라고 말했다.

"하지만 엄마, 너무 무서워요. 물에 나갔을 때 바람이 세게 불면 어떻게 해요?"

바위 위에 앉아 있던 구츠가 자랑스럽게 말했다.

'넌 훌륭한 배를 가지고 있잖아. 그 배는 무콰나무로 만들었어. 물의 요정도 그 배를 가라앉히지 못해.'

"물의 요정은 아저씨만 좋아하고 나는 별로 좋아하지 않아요."

나모는 그렇게 말했지만 물의 요정들이 긴 젓꼭지보다는 나을 거라고 생각했다.

아침을 먹고 나서 배에 싣고 갈 물건들을 고르기 시작했다. 차근차근 계획을 세웠다. 얼마나 멀리 가야 할지 몰라 짐을 너무 많이 싣지 않기로 했다. 오후에는 바람이 다시 거세졌다. 배 위에서 잠을 잘 수가 없었다. 섬에서 하룻밤을 더 보내야 한다고 생각하니 기운이 쭉 빠졌다.

나모는 생각했다.

'치자나무 가지로 바람막이를 해야겠어."

나모는 섬을 가로질러 포르투갈 사람들의 집 앞을 지나갔다. 나모는 그 길이 마음에 들지 않았지만 그 길은 숲으로 가는 지름길이었다. 나모는 잔뜩 긴장하여 집 쪽을 흘깃 바라봤다. 갑자기 현기증이 났다. 문이 활짝 열려 있었다.

나모는 비명을 삼켰다. 여기에서 밤을 지내면 내일 아침에는 뼈다귀만 남을 것 같았다.

나모가 끙끙거렸다.

"못 지나가겠어. 어떡하지?"

엄마가 속삭였다.

'어서 문을 닫아.'

엄마 말이 맞다. 오후의 햇살이 컴컴한 입구를 바로 비추었다. 나모는 정말 무서웠다. 하지만 문으로 다가가지 않고서 문을 닫을 수는 없는 노릇이었다.

"파도가 아무리 심해도 오늘은 배에서 잘 거야. 누가 나를 데려가려고 하면 밧줄을 풀면 돼."

그러자 구츠가 경고했다.

'나모, 날씨가 좋지 않을 때는 배를 가지고 나가는 게 아냐.'

나모는 문을 노려보면서 한 발짝 한 발짝 다가갔다. 날이 어두워지면 더 무서워질 거니까 빨리 서둘러야 했다.

"왜 하필 이 집이 치자나무 숲을 가로막고 있는 거지? 치자나무가 앞에 있으면 얼마나 좋아?"

뱀으로 변한 물의 요정들이 낮은 소리로 말했다.

'어서 문을 닫아.'

나모는 쿠파 이모부의 칼을 앞으로 쑥 내밀고 천천히 집을 향해 걸어갔다. 그 칼이 긴 젓꼭지를 두렵게 할 수 있을는지는 잘 모르지만 칼을 꼭 쥐었다.

나모는 컴컴한 집 안쪽을 엿보았다. 작은 나뭇가지들과 진흙 범벅이 된 쓰레기가 잔뜩 쌓여 있었다. 나모는 문을 꽉 붙잡고 고개를 비스듬히 들이밀고 안을 살펴보았다.

바닥에는 나뭇가지가 놓여 있었다. 그런데 자세히 보니 그건 사람의 뼈였다.

뼈들이 가지런히 놓여 있었다. 검정색 팬티와 셔츠 사이로 갈비뼈와 다리뼈가 보였다. 해골이 흩어지지 않고 금속 틀 위에 가지런히 놓여 있었다. 그 금속 틀은 조안과 로사네 집에서 본 것과 같은 포르투갈식 침대였다. 나모는 한 손으로는 문을 잡고 다른 손으로는 쿠파 이모부의 칼을 쥔 채 우두커니 서 있었다.

다시 바람이 불었다. 나모의 옷자락이 펄럭였다. 놀란 마음을 가라앉힌 나모는 이 집 사람들이 아주 평화롭게 살았을 거라고 생각했다. 나모는 한참 동안이나 꼼짝 못 하고 서 있었다. 작은 테이블 위에는 먼지를 푹 뒤집어쓴 접시와 유리컵이 놓여 있었다. 깔개는 갈색이었고 창문 아래에는 나무로 만든 장롱이 있었다. 이곳은 귀신의 은신처가 아니었다. 조상들에게 옥수수 물을 올린 곳이 여기서 멀지 않았다. 조상들이 가까이 와서 보라고 이 집으로 나모를 이끌었던 것이다. 조상들은 이곳에 사악한 영혼이 있을 거라 생각하고 나모를 보낸 것이었다.

나모는 칼을 낮추고 깊이 숨을 들이마셨다가 한꺼번에 내쉬었다. 지금까지는 별 일이 없었지만 갑자기 무슨 일이 생길 수도 있었다. 죽은 사람들이 나모가 집 안으로 들어오는 것을 쉽게 허락하지 않을 수도 있었다.

나모는 문 앞에 쪼그리고 앉았다.

나모가 본 것은 포르투갈 사람의 시체였다. 침대 위에 고요히 눕혀 있는 시체는 누가 죽인 흔적은 없었다. 포르투갈 사람들은 사람이 죽었을 때 어떻게 하는지 잘 모르지만 나모의 마을 사람들이 하는 식으로 시체를 그냥 집 안에 두는 것 같았다. 그러고서 오두막 전체가 썩게 내버려 두는 것이다. 순간 바람이 문을 활짝 열어젖혔다. 안쪽에 누워 있는 시체는 남자 옷을 입고 있었다.

귀신이 이 시체를 괴롭히고 있는지도 모른다. 남자의 영혼이 하소연을 하려고 나모의 꿈에 나타난 것일지도 모른다. 나모는 문득 자기가 무슨 일을 해야 하는지 깨달았다. 나모는 방 안으로 들어가면서 말했다.

"죄송해요. 저는 그냥 당신의 걱정을 덜어 드리려고요."

나모가 들어간 방 너머에 또 다른 방이 있었지만 거기까지는 차마 들어갈 용기가 나질 않았다. 나모는 창문 아래에 있는 서랍장을 열고 안을 살폈다.

검은색 옷들과 십자가가 달려 있는 구슬 목걸이가 있었다. 나모는 예수의 초상을 들었다가 깜짝 놀라 떨어뜨렸다. 나모가 전에 본 잡지와는 다르게 그림이나 사진이 한 장도 없는 책들이 있었고, 담배 파이프, 구슬이 가득 든 병도 있었다. 그러나 나모가 요긴하게 쓸 수 있는 건 아무것도 없었다.

나모는 낡은 깔개 밑에서 반짝 빛나는 금속 막대기를 발견했다. 녹하나 슬지 않고 깨끗했다. 아주 큼직하고 튼튼해서 치자나무 가지를 자르기에는 더없이 완벽한 칼이었다.

나모는 해가 더 기울기 전에 서둘러 숲으로 달려갔다. 칼을 돌에 갈아 날을 세우고 치자나무 가지를 쳐내기 시작했다. 나모는 가시에 긁히면서도 무언가에 홀린 듯 가지를 쳐냈다. 정말 무언가에 사로잡혔는지도 모른다. 하지만 이 느낌을 정확히 설명할 수는 없었다.

나모는 살라낸 가지를 옮기느라 그 집과 숲 사이를 여러 차례 왔다갔다했다. 나모는 자기 자신을 스스로 지킬 수 있기를 빌었다. 노란 꽃으로 뒤덮여 있는 어린 무제제나무(노란색 꽃무리가 달린 아름다운 나무. 나무껍질과 뿌리, 잎은 배와 목이 아플 때 치료제로 쓴다)를 발견하고 그것을 뿌리째 뽑아 두었다.

나모는 집으로 들어가 해골 맞은편에 치자나무 가지를 놓고 그 위에 예수의 초상을 올려 놓았다. 그렇게 하면 긴 젖꼭지가 깜짝 놀라 다가오지 못할 것이다. 나모는 문을 단단히 잠그고 문 앞에 치자나무 가지를 수북하게 쌓았다. 마지막으로 치자나무 뿌리에 물을 적셔 벽

주위에 뿌렸다. 할머니가 마스비타의 고모 시신을 옮기고 난 뒤 치포 이모의 오두막에 이렇게 하는 것을 본 적이 있었다. 그것은 방황하는 영혼이 편히 쉬게 하려는 배려였다.

남은 치자나무 가지를 가지고 가서 잠자리로 보아 둔 곳에 울타리를 쳤다. 거기도 치자나무 뿌리에 물을 적셔 뿌렸다. 해가 지고 바람이 다시 나무를 뒤흔들기 시작했다.

나모는 불을 피워 고구마와 옥수수를 구워 먹었다. 모든 것을 제대로 해냈다는 흡족함을 느끼며 치자나무 가지로 둘러친 자리에 누웠다. 마음이 편안해졌다.

"할머니가 하시던 걸 잘 보아 둔 게 다행이야. 미리 이렇게 귀신을 물리쳤다면 매일 밤 편히 잘 수 있었을 텐데……."

나모는 그 집에서 가지고 나온 칼을 제자리로 가져다 놓지 않았다는 것을 깨달았다.

칼은 레몬나무 아래에 두었다. 긴 젓꼭지가 칼을 찾아낼 수도 있었다. 나모가 한숨을 내쉬었다.

"그걸 왜 잊어버렸지? 이 바보."

그러자 엄마가 다정하게 말했다.

'걱정하지 마. 치자나무가 긴 젓꼭지를 가까이 오지 못하게 할 거야. 긴 젓꼭지는 벼랑 너머로 곧장 떨어져 바람에 멀리 날아가 버릴 거야.'

나모가 대답했다.

"제발 그랬으면 좋겠어요."

잠자리가 불편했다. 발을 쭉 뻗으면 발가락이 치자나무 가시에 찔렸다. 그런데도 나모는 꿈도 꾸지 않고 깊이 잠들었다. 호숫가에 해가 떠오르고 나서도 한참 뒤에야 잠에서 깨어났다.

바람은 더 심하게 불고 있었다. 나모는 바람이 고요해질 때까지 이틀만 더 기다리기로 했다. 나모는 육지의 흔적을 찾으려고 강물 너머를 꼼꼼히 살펴보았다. 바람이 불어와 안개가 걷히는 순간 얼핏 동쪽에서 어떤 그림자를 본 듯했다. 하지만 이내 수면 위로 짙은 안개가 피어올랐다. 근처에 다른 섬이 있을 수도 있고 없을 수도 있었다. 어쨌든 지금 눈앞에는 아무것도 보이지 않았다.

나모는 이제 나쁜 꿈에 시달리지 않았다. 해골을 본 뒤에 기분이 좀 오싹해졌지만 별 일은 없었다. 칼은 나모가 둔 자리에 그대로 있었다. 칼날은 둥근 모양이었고 칼 길이는 나모 두 손을 합친 것보다 더 길었다. 쿠파 이모부도 이렇게 멋진 칼을 가져 본 적이 없었다. 하지만 이 칼을 가져갈 수는 없었다. 그 칼은 포르투갈 사람의 영혼이 소유한 물건이었다.

그 집 안에 다시 갖다 두어야겠다고 생각했다. 그러나 나모는 무덤 같은 그 집에 다시 가고 싶지 않았다. 귀신을 쫓아내는 의식은 할 만큼 했다. 다시 일을 만들 필요는 없어……. 나모는 칼을 돌에 갈고 축축한 나뭇잎으로 정성껏 닦았다. 반짝거리는 칼은 정말 멋졌다. 나모는 불가에 칼을 놓아두었다.

나모는 다음날 배에 바로 실을 수 있도록 물건들을 잘 챙겨 놓고 저녁을 먹은 뒤 잠이 들었다. 나모는 포르투갈 사람의 영혼에게 말했다.

"당신이 찾을 수 있는 곳에 칼을 두고 갈게요. 그런데 당신이 괜찮으시다면 제게 선물로 주실 수는 없나요? 긴 젓꼭지가 당신의 집에 해를 끼치지 못하도록 제가 치자나무를 가져다 놓았어요. 무얼 바라고 그런 건 아니에요. 당신은 이미 제가 이 섬에 머물 수 있도록 허락해 주셨잖아요? 제가 은혜를 모른다고 생각하지는 마세요. 다만 혹시라도 그 칼이 필요 없으시다면 제가 쓸 수 있을까 해서요."

간밤에 바람이 완전히 그쳤다. 멀리서 물이 철썩이는 소리가 들려왔다. 긴 젓꼭지는 멀리 날아가 다른 무덤을 찾고 있을 게 분명했다. 물의 요정은 자기들의 집인 호수에서 몸을 똘똘 말고 있을 것이다.

이튿날 아침, 나모는 벌떡 일어나 앉아 주위를 빙 둘러보았다. 날씨는 쌀쌀했지만 하늘은 은푸른빛이었다. 나무들이 바위 위로 그림자를 드리웠다. 귀신을 피해 숨어 있던 바위틈도 눈에 들어왔다. 나모는 임시로 준비한 바구니에 불에 익힌 음식들과 날음식들을 한꺼번에 다 넣었다. 이 섬에는 바구니를 만들 수 있는 재료가 없었기 때문에 임시로 담을 데를 만들었다.

은은히 빛나는 칼은 땅에 놓여 있었다. 그런데 칼날 중간이 이상했다. 나모는 눈을 비볐다. 칼이 부러진 것일까? 칼과 색깔이 비슷한 무언가가 칼을 뒤덮고 있었다.

기이한 소리가 들려 왔다. 나모는 얼른 그쪽으로 눈길을 돌렸다. 생쥐가 땅콩 바구니를 뒤지고 있었다. 생쥐는 앞발로 땅콩을 들고 앉아 부지런히 갉아먹었다. 가끔은 주변을 경계하느라 잠시 동안 가만히 멈췄다. 햇볕이 강하게 내리쬐고 있었다. 생쥐의 검은 눈과 수염이 반짝거렸다.

그때 갑자기 번개처럼, 칼 위에 있던 무언가가 생쥐를 덮쳤다. 생쥐는 찍찍 불쌍한 소리를 냈다.

살무사였다. 노랑과 갈색이 섞인 몸통이 바위 사이로 쏜살같이 사라졌다. 살무사는 영혼의 세계로 들어간 것이다. 나모는 깜짝 놀랐지만 그 모습이 무척 인상적이었다. 살무사는 잘못 건드리면 위험하지만 원래 성질이 온화했다. 자신의 영역을 보호하며, 쥐를 없애 사람들에게 풍년을 가져다주는 뱀이었다.

방금 전에 일어난 그 일이 무슨 뜻인지 생각해 보았다. 나모는 모아 둔 땅콩으로 생쥐를 끌어들였다. 뱀에 들어 있던 영혼은 생쥐를 선물로 받고 그 보답으로 나모에게 칼을 준 것이다. 나모는 감사의 뜻으로 손뼉을 치며 큰 소리로 외쳤다.

"고맙습니다."

칼은 살아 있는 사람과 죽어 영혼이 된 사람 사이를 연결해 주는 역할을 했다.

나모는 섬에서 마지막으로 아침밥을 차려 먹었다. 조상들을 향해 귀한 옥수수 가루도 조금 흩뿌렸다. 특별히 나모를 도와준 포르투갈 사람의 영혼에게도 말했다.

"당신도 좀 드세요."

그러고 난 나모는 재빠르게 배로 내려가 물을 퍼내고 물건을 실었다. 밧줄을 풀어서 해가 뜨는 반대 방향으로 노를 저었다. 이따금 뒤를 돌아보았다. 서운한 마음도 들었다. 저 섬은 지내기가 정말 편했다. 어쩌면 거기서 영원히 살 수도 있었다. 나모는 비를 피할 수 있는 오두막을 지을 수도 있었고 물고기를 낚는 낚싯줄을 만들 수도 있었다. 하지만 친구들은 만날 수 없었다. 물론 이 섬에는 영혼들이 있지만 살아 있는 사람들은 아니었다. 영혼들은 아무런 소리도 내지 않았고 숨도 쉬지 않았다. 나모를 안아 줄 수도 없었다. 엄마 역시 그랬다.

섬은 서서히 작아지다가 가물거리는 햇빛 속으로 사라졌다. 나모는 다시 물 위에서 완전히 혼자가 되었다. 육지의 흔적은 찾을 길이 없고, 얼마나 가야 할지도 알 수 없었다.

그러나 나모는 용기를 내 짐바브웨를 향해서 노를 저었다.

20

나모는 하루 종일 먹지도 않은 채 쉬지 않고 부지런히 노를 저었다. 노를 손에서 내려놓으면 배가 느릿느릿 동쪽으로 떠내려갔기 때문이다. 햇볕이 뜨거워 머리에 바구니를 뒤집어썼다. 시간을 보내려고 노래를 부르기도 하고 엄마, 구츠, 물의 요정에게 이야기도 하면서 계속 나아갔다. 하지만 나중에는 너무 지쳤다. 그래도 왼쪽으로 한 번, 오른쪽으로 한 번 끈질기게 노를 저었다.

나모는 해가 지기 전에 육지에 닿았으면 싶었지만 사방은 온통 물뿐이었다. 나모는 투덜거렸다.

"바위로 올라갈 수 있으면 좋을 텐데……."

물에 반사되는 햇살에 눈이 아팠다. 가끔은 수평선이 반짝이는 빛 속으로 사라져 물도 아니고 하늘도 아닌 듯이 보였다. 이상한 느낌이었다. 나모가 엄마에게 말했다.

"이건 물의 요정이 사는 나라로 들어가는 길 같아요. 구츠 아저씨가 요정의 나라에서 떠날 거라고 말했지만…… 이젠 믿어지지 않아요."

그러나 다행히 요정의 나라로 들어가지는 않았다. 날이 너무 어두위 방향을 가늠하기가 어려웠다. 나모는 노를 내려놓고 바구니를 뒤졌다. 땅콩과 불에 구운 고구마, 토마토를 먹었다. 나모가 음식을 먹는 동안 배는 왔던 길로 다시 유유히 떠내려갔다.

동이 트기 직전 나모는 다시 노를 젓기 시작했다. 아침에는 수면 위로 비죽비죽 서 있는 나무들을 발견했다. 나무들은 강이 생기기 전 언덕 꼭대기에서 자라던 것들로 보였다. 나모는 오후 내내 거기에 머물면서 쉬기도 하고 몸도 씻었다. 그때 막 북쪽에서 그림자 하나가 나타났다.

그림자는 아주 멀리 있어서 수평선 위로 흐릿한 윤곽만 보였는데 분명히 물과는 다른 물체였다. 나모는 그게 무얼까 오래도록 생각했다.

'저건 호수 북쪽에 있는 육지가 분명해. 하지만 난 서쪽으로 쭉 가야 하는데……. 북쪽 해안을 따라가든 남쪽 해안을 따라가든 별 차이는 없을 거야. 어차피 짐바브웨 쪽으로 가게 될 테니까.'

엄마도 맞장구를 쳤다.

'육지를 먼저 찾고 강가를 따라가는 게 안전하단다.'

구츠가 불평을 했다.

'배에 고인 물을 퍼내는 걸 잊었구나. 다른 사람에게도 또 배를 빌려 줘야 하는데.'

나모는 아저씨를 달랬다.

아침 안개 속으로 사라졌던 강기슭이 다시 나타났다. 멀리 육지가 선명한 띠가 되어 나타나는 것을 보면서 나모는 주먹을 꽉 쥐었다. 그러나 이미 해질 무렵이어서 오늘 안에 닿을 수는 없었다. 나모는 물을 향해 고함을 질렀다.

"멍청한 강물아! 왜 방향을 바꿔 저쪽으로 흘러갈 수 없는 거니?"

단단한 땅을 밟지 못하고 흔들리는 배 위에만 있었더니 다리가 저렸다. 몸은 끈적끈적하고 하루 종일 열기에 지친 나모는 거의 제정신이 아니었다.

나모는 밤에 잠을 자느라 놓친 거리를 다시 따라잡는데 다음날의 절반을 보냈다. 곶은 멀리 뻗어 나왔고, 키 큰 나무들로 덮여 있었다. 다음날 석양이 질 무렵까지도 눈앞에 보이는 육지에 도착하지 못한 나모는 기어이 울음을 터뜨렸다.

"짐바브웨로 가지 못하게 하려나 봐. 나한테 무슨 일이 생기든 아무도 신경 쓰지 않잖아!"

나모는 엉엉 목놓아 울었다. 차갑게 식은 고구마와 땅콩을 먹었지만 이제 그것도 지겨워지기 시작했다. 벌레 먹은 땅콩도 있었다. 그런 줄도 모르고 나모는 땅콩을 우적우적 씹었다. 그러다 벌레와 뒤범벅이 된 땅콩을 내뱉었다.

"끔찍해! 죽고 싶어!"

나모는 주먹으로 배를 쾅쾅 두들기며 호수를 향해 악을 쓰고 욕을 하다가 쓰러지듯 누웠다. 먹다 남은 토마토 바구니 옆에서 잠이 든 탓에 옷이 토마토 즙에 푹 젖었다. 그러나 한밤중에 눈을 떴을 때는 이상하게 평화로운 느낌이 들었다.

"사실 진짜 호수가 심술궂다고는 생각하지 않아요."

나모는 물의 요정을 안심시켰다. 나모는 강물을 고요하게 지키고 있는 물의 요정에게 화를 내고 싶지 않았다.

해가 뜰 무렵, 배는 육지에서 더 멀어져 있었다. 그렇지만 육지와의 거리가 그렇게 멀어 보이지는 않았다. 그런데 어떻게 해야 할지 모르는 아주 중요한 일이 생겼다. 다리 사이로 피가 흐르고 있었다. 밤사이에 나모는 생리를 시작했던 것이다. 엄마에게 말했다.

"마스비타처럼 나도 이제 여자가 되었어요."

나모는 반짝반짝 빛나는 강물과 애를 태우게 하는 육지를 바라보면서 미소지었다. 이제 나모는 중요한 사람이 되었다. 나모는 아기를 낳을 수 있다! 마을 잔치를 열 수 없다고 해서 이제 막 시작된 나모의 생리가 무의미한 것은 아니다. 여자아이가 처녀가 되면 마을 사람들은 그 아이가 여자의 삶으로 가는 강을 건넜다고 말했다.

"저는 이 커다란 호수를 처음으로 건넌 여자아이예요."

나모가 자랑스럽게 말했다. 나모는 생리대로 쓰려고 빨간 예단 천을 크게 세 조각으로 찢었다. 잠잘 때 쓰려고 가지고 온 풀을 천 조각에 넣은 다음 곱게 접었다. 그러고 나서 실로 허리에 단단히 묶었다. 아래쪽에 그것을 차고는 나중에는 풀 대신 사용할 빳빳한 면을 구하러 사냥을 나가야겠다고 생각했다. 나모는 다시 새로운 마음으로 노를 젓기 시작했다. 노를 저으며 노래까지 지어 불렀다.

나는 나모야. 과일이 풍성한 한 그루 나무지.
나는 잡초가 아니야.
잘 봐, 나는 나모야.

나는 여자야.

너를 혼내 줄 거야.

내 항아리들은 더 단단해졌어.

내 바구니도 더 예뻐질 거야.

우리 집 지붕은 무너지는 법이 없지.

나는 나모야. 힘센 여자야.

강을 건너는 일은 내게 너무 시시해.

한낮이 되자 육지가 아주 가까워졌다. 나모가 생각하기로는 동쪽과 서쪽으로 길게 뻗어 있어야 하는데 오히려 북쪽으로 이어져 있었다. 남쪽은 곶 때문에 잘 보이지 않았다. 참으로 이상했다.

"강 입구인지도 몰라."

나모는 그렇게 생각하고 작은 섬에 배를 세웠다. 나무에 배를 단단히 묶었다.

배에서 내리자 다리를 뻗을 수 있어서 기분이 좋았다. 나모는 호리병박으로 물을 떠 몸에 끼얹고 옷도 헹궜다. 발가락을 주무르고 뻣뻣해진 몸을 풀려고 이리저리 어깨를 비틀었다. 나모는 오후 내내 나무 그늘에서 쉬면서 시간을 보냈다. 날이 어두워지기 전에 잠잘 만한 데를 찾아다녔다. 섬의 한쪽은 가파르게 경사가 져서 하마가 올라오지 못할 것 같았다. 그러나 옆쪽은 완만하게 비탈이 져 있었다. 바위 등성이로 올라가는데 땅에서 뭔가가 불쑥 솟아올랐다가 급히 호수로 뛰어드는 것을 보았다. 나모는 급히 되돌아갔다. 물이 깊어서 안전할 거라고 생각했지만 그게 아니었다. 목욕 중에 악어를 만나지 않은 게 천만다행이었다.

나모는 또다시 불안한 밤을 보내야 했다. 고구마에 곰팡이가 피었다. 땅콩도 질렸지만 나모는 섬에 닿았고, 이제 여자가 되었다.

나모는 엄마에게 말했다.

"엄마, 오늘은 그래도 그렇게 나쁜 날은 아니었어요."

21

나모는 곶을 돌아보다가 육지가 서쪽으로 이어지고 있다는 것을 알았다. 이제 마음이 놓였다. 이른 아침, 행여 사람이 있나 없나 살펴보고는 나모는 힘차게 노를 저어 나왔다. 혹시 불을 피우는 냄새가 나는지 코를 킁킁거렸다. 육지에서는 개코원숭이들이 나모를 살피느라 바쁘게 돌아다녔다. 수컷들이 위협하는 소리를 질렀다. 영양들은 무사사나무 그늘 속으로 숨었다. 긴꼬리원숭이가 나무 사이를 껑충껑충 뛰어다녔다.

하지만 사람은 그 어디에도 없었다. 한낮이 되었을 때 불을 피우고 토마토와 옥수수 가루를 끓였다. 나모는 낙담하지 않았다. 쉬지 않고 가다 보면 마침내 오두막, 들판 그리고 짐바브웨의 불빛이 보일 것이다. 나모는 항아리에 불이 붙은 숯을 가득 채우고, 물이 고인 배 밑바닥에 놓았다. 앞으로 얼마나 더 가야 할지 모르니까 성냥을 아껴 써야 했다.

나흘 동안 다시 배를 몰았다. 육지 끝에 도착한 나모는 갑자기 두려웠다. 물가에 꼭 무슨 일이 생긴 것 같았다. 그곳은 잔잔한 수면만 끝없이 이어져 있었다. 나모는 육지를 따라 동쪽으로 노를 저어 가기 시작했다. 나모는 멀리 북쪽 강기슭까지 나무와 바위, 그리고 동물이 있는지 애타게 찾아다녔다. 하지만 아무것도 보이지 않았다. 나모는 미끄러지듯이 배를 몰며 중얼거렸다.

"그래도 물살이 심하지 않아 다행이야."

나모는 다시 섬으로 가 짐을 내렸다. 가지고 있는 음식은 그냥 두고 다른 먹을 것을 찾아보려고 했다. 서둘러 떠날 채비를 했다. 하지만 앞으로 가야 될 방향에 대해서는 애써 생각하지 않았다. 불안했기 때문이다.

나모는 파도가 치고 있는 바위 사이를 요리조리 빠져 다니다가 다시 끝없이 물이 펼쳐진 곳에 이르렀다. 나모는 가슴을 졸이며 남쪽으로 방향을 바꾸었다. 나모는 곧 끄트머리에서 자그마한 섬을 발견했다. 나모는 눈앞에 닥친 현실을 인정해야 했다. 그곳은 바로 나모가 전에 목욕을 했던 곳이었다. 나모가 배를 묶어 놓았던 나뭇가지도 그대로 있었다. 낮게 드리워진 나무는 전에 나모가 보았던 나무가 분명했다. 노란 눈이 옆으로 쭉 찢어진 악어를 봤던 기억도 났다.

나모는 실망스러웠다.

"여긴 육지가 아니었어……."

카보라 바사 호수는 너무 커서 나모는 영영 육지에 닿지 못할지도 모른다.

나모는 섬에 대고 소리쳤다.

"난 네가 싫어! 넌 도대체 뭐야? 왜 너는 짐바브웨가 아닌 거야?"

그때 끼익 소리를 내며 배가 심하게 흔들렸다. 노 젓는 데만 신경 쓰느라 미처 바위를 보지 못했던 것이다. 물 위로 뾰족하게 튀어나온 바위에 배가 부딪쳤다. 배 안에 물이 들어오기 시작했다. 막아 보려고 온 힘을 다했지만 금방 물이 차올랐다. 틈새가 더 벌어졌다. 나모는 섬 나지막한 데에 자라난 나무 쪽으로 부랴부랴 배를 몰고 갔다. 나모가 가까이 가자 악어들이 물 속으로 도망갔다. 나모는 위험한 순간을 넘기자 배 바닥에 털썩 주저앉아 숨을 내쉬었다.

"섬한테 욕을 하면 안 되는 거였어."

치포 이모는 종종 나모에게 아무 이유도 없이 화를 냈다. 하지만 낯선 곳에서 치포 이모처럼 생각 없이 화를 내는 것은 위험했다. 영혼들이 듣고 있을지도 모르니까. 나모는 엄마에게 말했다.

"엄마, 이번엔 정말 큰일이에요. 배도 망가졌어요. 짐바브웨로 가는 길이긴 하지만 여기가 어딘지 도무지 알 수가 없고요. 게다가 제 옆은 악어들이 득실거리고 있어요."

악어말고도 다른 동물이 또 있는 듯했다. 섬에 짐을 내려놓을 때 덤불 속에서 뭔가 슬쩍 움직이는 것을 보았다. 나모는 가슴이 두근거렸다. 칼을 움켜쥐고 그늘 속을 지켜보았다.

잠시 후에 덤불 속이 다시 흔들리면서 날카로운 소리가 들려 왔다. 나모는 칼을 세우고 뒤로 물러섰다. 그러자 혼잣말을 하는 것처럼 낮게 중얼거리는 소리가 들렸다.

나모가 고함을 질렀다.

"저리 가!"

그 동물은 네다섯 번 따따따따 소리를 내더니 멀리 가 버렸다. 개코원숭이었다.

개코원숭이는 나모가 가지고 있는 음식에 손을 댈지도 몰랐다. 배에 물건들을 실어 강에 띄워 놓으면 좋을 텐데 배 바닥에 틈이 벌어지는 바람에 그럴 수도 없었다. 나모는 생각했다.

'작은 섬에 있을 때는 원숭이를 못 봤는데…….'

개코원숭이가 나무 뒤에 숨어서 나모를 지켜봤던 게 확실했다.

아침을 먹으려고 불을 피웠다. 나모는 불 위에 단지를 올리고 고구마를 구웠다. 생각을 정리해 보았다. 개코원숭이들은 물에 가까이 가는 것을 싫어한다. 사람들이 물가에 가기 무서워하는 것과 같다. 악어 때문이었다. 악어들은 남의 눈에 띄지 않게 물 밑에서 슬금슬금 돌아다녔다.

나모가 큰 섬으로 오는 길에 바위들이 죽 늘어서 있다는 것을 떠올렸다. 개코원숭이라면 이 바위들을 겅중겅중 뛰어넘을 수 있었다. 그런데 왜 원숭이들이 작은 섬에 머무르는지 알 수 없었다. 사실 작은 섬은 개코원숭이 무리가 먹고 살기에는 너무 좁았다.

나모는 원숭이가 자기를 보고 있다는 느낌이 들어서 고구마조차 편안하게 먹지를 못했다. 나모는 잽싸게 돌아앉았다. 그러자 뭔가가 움찔하는 것처럼 덤불이 움직였다. 나모는 돌을 집어던졌다.

돌을 던지고 나니 원숭이의 기척이 없어졌다. 나모가 앉아 있는 곳에서 좀 떨어진 곳에 흰개미 집이 봉긋하게 솟아 있었다. 나모는 생각했다.

"진흙으로 배에 생긴 틈을 메울 수 있을지도 몰라."

엄마가 대답했다.

'그래, 그럼 그렇게 해봐.'

"해 볼게요. 항아리처럼 배를 단단하게 구울 수 있다면 더 좋을 거예요."

그러나 구츠가 소리를 질렀다.

'내 무화나무를 태우지 마라.'

아저씨는 걱정스러운지 배 앞에 서 있었다.

나모는 흰개미 둥지에 맘바(남아프리카에 사는 큰 독사)가 있을까 봐 주위를 세심히 살피면서 칼로 흰개미 둥지를 조금 잘라냈다. 바위 사이에 있는 진흙을 가져다 물을 뿌리고 두툼하게 반죽을 했다. 그리고 반죽을 배 바깥에 발랐다. 그렇게 틈을 메운 배를 말리는 데 한참 걸렸다. 나모가 음식 앞으로 다가온 개코원숭이에게 돌을 던졌다.

"저리 가!"

나모가 돌멩이를 계속 던지자 개코원숭이가 시끄럽게 소리를 지르며 나무 위로 허겁지겁 달아났다. 개코원숭이는 나뭇가지 위로 기어올라가 얼굴을 찌푸린 채 나모를 향해 소리를 질렀다.

"나도 네가 싫어!"

나모도 지지 않았다. 꼬리 끝이 울퉁불퉁한 것을 보니 피부병에 걸린 원숭이 같았다. 꼬리 끝이 잘라진데다 타츠비오나의 발처럼 한쪽 다리가 뒤틀려 있었다. 그건 다친 게 아니라 태어날 때부터 그랬던 것처럼 보였다. 혹시 나쁜 마법에 걸린 것은 아닐까?

'개코원숭이도 마법에 걸릴 수 있을까?'

흉물스럽게 생긴 원숭이는 혼자 지내는 것처럼 보였다. 이런 원숭이는 신경질적이어서 다른 원숭이들과 어울리지 못할 게 뻔했다. 다른 원숭이들의 기척이 없는 것을 봐도 그랬다.

개코원숭이는 무엇인가에 쫓겨 물을 건넌 게 틀림없었다. 개코원숭이 한 마리가 어떻게 여기까지 오게 되었을까? 이 원숭이는 원래 살던 곳으로 돌아가지 못하면 결국 굶어 죽을 게 뻔했다. 나모는 돌아서며 말했다.

"굶어 죽든 말든 나랑은 상관없어."

배에 보이는 틈을 다 메운 나모는 흰개미 진흙을 다른 데도 바르려고 배를 뒤집었다. 그런데 생각했던 것보다 배의 상태는 훨씬 더 심각했다. 바위에 긁힌 곳을 살펴보다 깜짝 놀랐다. 겉표면에 생긴 틈은 작았지만 안쪽으로 들여다보니 손가락만한 굵기로 점점 커졌다. 그 부분도 진흙으로 단단히 메웠다.

개코원숭이 한 마리는 그리 대수롭지 않았다. 더구나 그 녀석은 겁이 많았다. 원래 개코원숭이는 밤중에는 사람을 공격하지 않는다. 악어는 어두워진 뒤에도 활동할 수 있지만 악어는 나모가 있는 데까지 올라올 리 없다. 나모는 개코원숭이를 생각하며 말했다.

"신경 쓰지 않아도 돼."

나모는 절벽 앞에 반원 모양으로 자리를 잡고는 불을 피웠다. 뜨거운 불가로는 악어들이 기어올 수가 없다. 개코원숭이도 나무 근처에서 움츠리고 밤을 보낼 것이다. 나모는 편안한 마음으로 반쯤 줄어든 옥수수 자루를 베고 누웠다. 나모는 엄마에게 들려줄 이야기를 생각하면서 밤하늘의 별을 바라보았다. 잡지 사진이 들어 있는 항아리는 다른 물건들과 함께 섬으로 올라오는 길에 놓아두었다.

"옛날에 한 남자가 있었는데 아내가 둘이었대요. 개코원숭이를 토템으로 하는 집안에서 데려온 첫째 아내는 딸을 많이 낳았어요. 그런데 얼룩말이 토템인 둘째 아내는 아들을 많이 낳았어요. 사람들은 아들을 낳은 둘째 아내한테만 친절하게 대했어요. 그러자 첫째 아내는 속이 상해 몸이 점점 야위었어요."

나모는 엄마에게 자기 생각을 들려주었다.

"할머니도 딸만 낳았잖아요? 그래도 할머니에게 불만을 품은 가족들은 없었어요."

할머니를 생각하자 나모는 할머니가 보고 싶어 견딜 수 없었다. 큰 소리로 울고 싶은 것을 몇 번이나 꾹꾹 눌러 참았다. 마음을 간신히 추스르고 나서 나모는 다시 이야기를 시작했다.

"어느 날, 둘째 아내의 암탉이 첫째 아내의 오두막 안을 어슬렁거리다가 항아리를 깨뜨렸어요. 그것도 세 개씩이나요. 그러자 첫째 아내가 소리를 질렀어요.

'이런! 당신네 짐승이 해 놓은 짓 좀 보라고! 보통 닭이라면 내 물건을 이렇게 깨뜨리거나 망가뜨리진 않을 거야. 마녀가 닭을 부리고 있는 게 틀림없어.'

그러자 둘째 아내가 첫째 아내한테 쏘아붙였어요.

'흥, 트집 잡지 마. 당신, 날 질투하는 거지? 당신 아버지는 비렁뱅이고 당신 루라는 곰팡이가 퍼진 썩은 옥수수 한 바구니뿐이었어. 나는 시집올 때 황소 떼를 몰고 왔어, 알았어?'

두 아내가 싸움을 하자 마을에서 가장 나이 많은 어른이 야단을 쳤어요.

'조용히 해요! 당신들이 싸우는 통에 시끄러워 못 살겠소.'

두 아내는 뾰로통해서 자기들의 오두막으로 갔어요. 그런데 다음날 첫째 아내가 옥수수를 빻으면서 노래를 불렀어요.

왜 나를 괴롭히는 거야?
당신 엄마는 마녀.
당신은 하이에나 꼬리를 감추고 있어.
당신 귀는 접시처럼 둥글넓적 못생기고,
피부는 나무껍질처럼 거친 나쁜 여자야.

둘째 아내는 그 노래를 듣고 화가 치밀었어요. 다음날 그 아내도 옥수수를 빻으면서 이렇게 노래를 지어 불렀어요.

그 여자는 생각이 없어.
입은 항아리처럼 늘 헤벌어져 있고,
머리카락은 바싹 마른 풀처럼 뻣뻣하지.
피부는 다 타 버린 통나무 같고,
하품할 때의 콧구멍은 늙은 멧돼지 동굴처럼 커다래.

하루는 이 사람, 또 하루는 저 사람 이야기라고 사람들한테는 발뺌을 하면서 두 아내는 날마다 노래를 부르며 서로를 욕했어요. 마을 사람들은 이들의 모습을 비웃으면서도 은근히 즐거워했어요. 남편만 무슨 일이 벌어지고 있는지 몰랐지요. 결국 너무 화가 난 둘째 아내는 첫째 아내의 오두막으로 가서 음식을 만드는 항아리에다 개코원숭이의 고기를 넣었어요.

그날 밤, 항아리에 있는 고기를 먹은 첫째 아내는 머리가 갑자기 길어지기 시작했어요. 꼬리가 생기고 코도 앞으로 비죽 길어졌지요. 여자는 개코원숭이처럼 소리를 지르면서 숲으로 달아났어요. 사람들은 무서웠어요. 누가 여자를 원숭이로 만들었는지 궁금했지요.

첫째 아내의 딸들은 다음날 들로 일하러 나갔어요. 아직 아기였던 막내까지 데리고 나갔지요. 아기가 먹을 것을 달라고 울자 개코원숭이가 숲에서 튀어나와 아기를 데리고 갔어요. 개코원숭이는 아기한테 젖을 먹이고 곧 달아났지요.

그 뒤로 딸들은 아기에게 젖을 먹이려고 날마다 개코원숭이를 찾아다녔어요. 하지만 개코원숭이가 아기를 데리고 도망가면 어쩌나 항상 걱정을 했어요. 나중에 딸들은 아버지한테 그동안 일어났던 일들을 모두 다 이야기해 주었어요. 아버지는 무당을 찾아갔어요. 무당은 바나나에 독약을 묻혀 개코원숭이가 먹도록 했지요. 개코원숭이는 바나나를 먹었어요. 그러나 이내 먹은 것을 다 토했지요. 그런데 이게 웬 일인가요? 바나나를 다 토하자 다시 사람으로 변한 거예요.

그제야 사람들은 둘째 아내가 벌인 간교한 짓을 알게 되었어요. 남편은 둘째 아내를 친정으로 돌려보내고 둘째 아내가 가지고 있던 보석을 모두 첫째 아내에게 주었어요."

나모는 모닥불에 나뭇가지를 더 집어넣고 잠자리를 다시 매만졌다. 그러나 신경이 날카로워져서 쉽사리 잠을 이룰 수가 없었다. 나모가 가지고 있는 토템은 사자 숨바였다. 할머니가 알려 주었다.

'어쨌든 네 아비가 그렇게 말했단다. 내 생각엔 하이에나인 것 같지만……. 나모야, 당황하지 마라. 그렇다고 네가 하이에나와 상관이 있다는 건 아니야.'

나모의 씨족 이름은 그룬도로('은도로를 쓴 사람들'이라는 뜻으로 나모 씨족의 이름이다. 왕과, 영혼을 만나는 무당은 나선형의 원반으로 된 '은도로'라는 모자를 쓴다)이다. 할머니는 그룬도로는 은도로를 쓴 사람들이라는 뜻이라고 설명해 주었다. 은도로는 왕들이 쓰는 둥근 모자이다. 나모는 그게 왕족을 뜻하는 거라면 좋겠다고 생각했다. 그렇지만 할머니의 말씀은 그게 아니었다. 옛날 왕은 아내를 수없이 많이 거느렸기 때문에 그렇게 낳은 자식들이 무척 많았으며, 그 자식들 중 몇몇은 훌륭하게 자라기도 했지만 게으른 자식들은 다른 형제들에게 구걸을 하며 살았다는 것이다. 할머니가 덧붙였다.

"네 아빠처럼……."

나모의 토템은 사자였기 때문에 사자를 사냥하거나 먹으면 안 되었다. 나모는 항아리를 바라보며 엄마를 생각했다.

'만약에 사자를 사냥하면 어떻게 될까?'

자기가 가지고 있는 토템과 같은 동물을 먹은 사람들은 이가 빠지거나 장님이 되고, 여자일 경우에는 아기를 가지지 못했다. 또 동물로 변하기도 했다. 하지만 나모는 그런 일을 걱정할 필요가 없었다.

할머니의 토템은 '모요' 였다. 그건 심장이라는 뜻으로, 할머니는 어떤 동물의 것이든 심장을 먹으면 안 되었다. 치포 이모와 슈바이 이모, 엄마의 토템은 새였다. 그런데 그게 모든 새들이었다면 아마 커다란 문제였겠지만 다행히 먹으면 안 되는 새는 물수리뿐이었다. 쿠파 이모부와 이모네 아이들은 황소의 다리를 먹으면 안 되었을 뿐 다른 부위는 먹을 수 있었다. 하지만 소는 귀했기 때문에 먹을 기회조차 거의 없었다.

나모는 마을 사람 각각의 토템과 씨족 이름을 다 외우고 있었다. 토템이 같은 친척과는 결혼할 수 없기 때문에 이것을 기억해 두어야만 했다. 타츠비오나의 토템은 개코원숭이였다. 만일 타츠비오나가 개코원숭이 고기를 한 조각이라도 먹는다면 동물로 변할 것이다. 게다가 그 아이는 발도 뒤틀려 있었다.

나모는 일어나 컴컴한 하늘로 뻗어 있는 나무들을 뚫어지게 쳐다보았다.

'저 개코원숭이가 설마 타츠비오나일까? 설마……. 저건 그냥 바보 같은 짐승일 뿐이야.'

그러나 나모는 추하게 생긴 개코원숭이가 계속 떠올랐다.

"벌써 죽었을 거야. 신경 쓸 거 없어."

나모는 개코원숭이 생각을 머리에서 지우려고 애썼다. 나모는 한참 뒤척거리다가 겨우 잠이 들었다.

22

배를 물에 띄웠더니 틈새를 막은 진흙에 물이 닿아 다시 틈새가 벌어졌다. 나모는 온 힘을 다해 빠르게 배를 몰았다. 배를 강가에 바짝 대고 기슭 위로 뻗은 나무를 꽉 붙잡았다. 그러나 벌써 바구니들은 다 젖었고 옥수수 가루가 든 자루까지 축축해졌다.

큰 섬으로 다시 기어 올라가 젖은 물건들을 서둘러 빼냈다. 배는 모래가 쌓인 곳으로 끌고 가 그곳에 댔다. 그러고 나서야 무사사나무 아래에 앉았다. 나모는 앞으로 어떻게 해야 할지 고민이 되었다. 엄마에게 말했다.

"개코원숭이가 보이지 않아 다행이에요."

그러나 말을 끝내기가 무섭게 지난밤에 보았던 개코원숭이가 휙 지나쳐 갔다. 개코원숭이는 음식 냄새를 맡고 따라온 것이다. 개코원숭이는 나모가 먹고 남긴 호박껍질을 바라보고 있었다.

큰 섬에는 개코원숭이 떼나 다른 원숭이, 그리고 영양들도 살아갈 수 있을 만큼 먹을 것이 풍부했다. 그러나 섬이 크기 때문에 여러 동물들이 많이 살고 있다는 것이 문제였다. 무언가가 바위 위에 앉아 있는 개코원숭이를 위협했다.

'뱀일지도 몰라.'

개코원숭이는 소리를 지르며 팔짝 뛰었다. 그 소리에 나모도 깜짝 놀랐다. 나모는 먼저 뱀들을 건드리지 않으면 뱀들이 사람들을 해치지 않는다는 말을 들은 적이 있었다. 그리고 사람들이 빠르게 달리면 뱀들도 뒤따라 빠르게 달린다고 들었다.

"누군가가 이 섬으로 찾아와 나를 구해 줄 때까지 난 여기서 살아야 할지도 몰라."

나모는 단단히 마음을 먹었다. 지금 배의 상태로는 움직일 수가 없었다. 아직 육지도 보이지 않는데 배에 구멍까지 났으니 참 답답했다. 오랫동안 배를 타고 노를 저어 왔지만 낚시를 하는 사람은 단 한 명도 보지 못했다. 하지만 나모는 사람들이 낚시를 하러 호수로 나올지도 모른다고 애써 스스로를 위로했다.

"사람을 만나지 못하면 내가 배를 만들면 돼."

구츠 아저씨가 호수 저 바닥에 있는 물의 요정 오두막에 앉아서 말했다.

'이제야 알았구나! 무콰나무로 배를 만들 수 있단다. 그 나무는 아주 튼튼해서 흰개미들도 접근하지 못해.'

아저씨가 머리를 긁적였다. 아저씨 손가락 위로 이가 기어 나왔다.

나모는 머리를 흔들었다. 나모는 죽은 사람의 영혼과 사이가 좋았지만 한편으론 무섭기도 했다. 나모는 물 속 나라에서 어슬렁거리는 아저씨를 보았다. 물의 요정이 아저씨에게 술을 따라 주었다. 하지만 나모는 지금 영혼의 세계가 아니라 진짜 나무와 진짜 햇빛 속에 있었다. 나모는 겸손하게 말했다.

"아저씨, 고마워요."

나모는 포르투갈 사람의 집에서 가지고 온 칼과 쿠파 이모부의 부러진 칼을 가지고 있었다. 잘하면 무콰나무를 넘어뜨려 나무 한가운데를 파내고 구츠의 배 같은 배를 만들 수 있을지도 모른다.

배를 만든다니!

신이 났다. 그러나 배가 다 완성될 때까지 살아남을 수나 있을까? 배를 만드는 데는 시간이 많이 걸릴 것이다. 호박이나 옥수수 같은 것을 가꾸든지 해야 먹을 것이 떨어지지 않을 것이다.

나모는 무사사나무 가지에 음식 바구니를 걸어 놓았다. 음식을 보관하기에 좋은 장소는 아니었지만 달리 방법이 없었다. 날이 어두워지기 전에 잠잘 곳을 찾아야 하니 마음이 급했다.

나모는 조심스럽게 섬 안쪽으로 들어갔다. 돌아오는 길을 기억해 두려고 이따금 걸음을 멈추기도 했다. 섬 안쪽으로 들어갈수록 호수는 나무에 가려 보이지 않았다. 그러다 바위 위에 올라서서 보면 다시 호수가 내려다보였다. 나모는 방향을 알아 두려고 물가에 높이 자란 무화과나무와 기묘하게 생긴 돌기둥을 눈에 익혀 두었다. 호수에서 멀어질수록 신경이 더 곤두섰다. 주위는 몹시 조용했다.

옷을 손으로 털자 진드기들이 이리저리 튀었다. 몸통이 크고 굶주린 진드기들은 영양의 몸에 붙어 살았다. 진드기들은 저녁 식삿감이 지나갈 때를 기다리며 풀밭에 숨어 있었다. 동물들이 다니는 길은 넓은 풀밭까지 이어져 있었고, 그 사이로 개울이 흘렀다. 초원 너머에는 꽤 높은 벼랑이 솟아 있었으며 꼭대기에는 나무들이 우뚝 서 있었다. 나모는 금방 영양들의 발자국과 뿔호로호로새, 부르와도마뱀(이구아나와 같은 거대한 도마뱀)의 흔적을 알아보았다.

개울가에는 덤불이며 작은 나무들이 줄지어 서 있었다. 개울물이 졸졸 소리를 내며 흘렀다. 물이 얕아서 악어는 없을 거라고 생각했다. 나모는 개울가로 가 세수를 하고 팔을 씻었다.

섬 가운데에 있는 절벽 가까이 가자 작은 동굴들이 있었다. 무성한 식물들 사이로 바위들도 보였다. 개코원숭이의 흔적도 있었지만 원숭이는 눈에 띄지 않았다. 개울과 벼랑 사이에 키 큰 무티티나무 두 그루가 나란히 자라고 있었다. 나모는 무성한 가지들이 오른쪽으로 뻗어 있는 것을 보고는 이곳에 잠자리를 만들어야겠다는 생각을 했다. 무티티나무는 아름다웠지만 씨앗에 독이 있어서 동물들이 피하는 나무다. 그래서 나모에게는 가장 안전한 장소였다.

지낼 곳을 제대로 만들려면 여러 날이 걸릴 것이다. 지금은 오늘밤 당장 잠잘 곳을 찾아야 했다.

나모는 벼랑 여기저기를 살피고 다녔다. 곳곳에 바위너구리의 냄새가 퍼져 있었다. 바위너구리들은 둥근 돌 위에 자리를 잡고서 나모를 뚫어질 듯 쳐다보다가 비명을 지르며 도망쳤다. 곳곳에 바위너구리들의 오줌이 찌들어 있었다. 나모는 좀더 높이 올라갔다. 벼랑 위에 있는 동굴로 올라가서 풀밭을 내려다보았다. 육식동물들도 눈에 띄었다. 개코원숭이가 섬 깊은 곳에 살지 않고 바깥쪽으로 나와 있는 이유는 이들 육식동물 때문이었다.

물의 요정들을 만난 작은 섬에는 위험한 동물이 없었다. 먹을 것도 쉽게 구할 수 있었다. 이 섬은 생각보다 넓었지만 위험했다. 하지만 바위너구리가 가까이 있기 때문에 위험이 닥칠 즈음, 바위너구리가 재빨리 신호를 보내 줄 거라는 생각이 들었다. 그리고 바위너구리는 무엇이든 잘 뒤지기 때문에 바위너구리를 쫓아가면 먹을 것을 찾을 수 있을지도 모른다.

벼랑 중간쯤에서 나모는 바람에 날아온 모래가 잔뜩 쌓여 있는 작은 동굴을 발견했다. 동굴 안에 뭔가가 숨어 있을까 봐 칼로 여기저기를 쿡쿡 쑤셔 보았다. 굴 안에는 커다란 전갈이 있었다. 나모는 밖으로 기어 나온 전갈을 벼랑 아래로 떨어뜨렸다.

나모는 무사사나무가 있는 호숫가로 돌아갔다. 흰개미들이 바구니에 몰려 있었다. 나모는 몇 번씩 물려 가면서 개미들을 쫓아냈다. 물건들을 아까 보아 두었던 벼랑 위 동굴로 옮겼다. 그리고 불을 피운 다음 호박을 삶았다. 바구니 틈에 남아 있던 개미들을 탁탁 털어 불에 튀겼다. 나모를 물어뜯으려고 했던 개미들은 결국 나모 입 안으로 들어갔다.

나모는 잠잘 곳 주변을 둘러보면서 나머지 시간을 보냈다. 작은 개울도 몇 군데 더 발견했다. 제법 큰 개울도 있었지만 우기가 지난 지 두 달이 넘었기 때문에 물이 많지는 않았다. 이곳에는 고무나무가 많았다. 고무나무의 껍질은 비늘 모양인데 끈적끈적한 수액은 새 덫을 놓을 때 쓰면 그만이었다. 나모는 또 바가지를 만들 수 있는 호리병박도 하나 찾아냈다.

먹을 수 있는 식물들은 개코원숭이들이 아주 깨끗이 뽑아 버려 하나도 남지 않았다. 나모는 개코원숭이처럼 숲 속을 이리저리 뒤졌다. 낚시를 하고 덫으로 사냥을 했다.

그날 오후, 나모는 마지막으로 남은 옥수수 가루로 음식을 만들었다. 가루가 눅눅해져서 먹기에 좋지 않았다. 지금 같은 건기에는 먹을 것을 보관해 두어야 한다. 그러나 음식 자루는 이미 텅텅 비어 있었다. 슈바이 이모와 치포 이모는 곡식을 키우고, 수확이 끝나면 나모와 마스비타가 곡식을 빻았다. 마을에서도 많은 사람들이 곡식농사를 지었다. 나모는 마을에서 가져온 곡식들을 한줌도 남김없이 이제 다 먹어 버렸다.

텅빈 옥수수 자루는 마을 사람들이 짠 것이다. 나모는 자루에다 마른풀을 채워 베고 자려고 동굴로 들어왔다. 자루를 팔로 끌어안고 킁킁 냄새를 맡았다.

멀리서 개코원숭이의 울음소리가 들렸다. 동굴 안으로 동물들이 들어오지 못하도록 입구에 돌무더기를 쌓아 놓았다. 나모는 동굴 속에서 풀밭 저쪽에 있는 숲을 지켜보았다.

개코원숭이들이 기우는 황금 햇살을 받으며 나무 아래에 모여 있었다. 그들은 무리를 지어 떠들었다. 새끼들은 큰 원숭이 옆에서 펄쩍펄쩍 뛰기도 하고, 숨기도 하고 장난치듯 뒹굴기도 했다. 어른 원숭이들이 이를 드러내며 새된 소리를 지르기도 했다. 새까만 아기 원숭이들은 엄마 배에 착 달라붙어 있었다. 몸이 조금 크고 갈색이 도는 원숭이들은 엄마 등에 올라탔다. 개코원숭이들은 헤아릴 수 없을 만큼 수가 많았다.

개코원숭이들이 개울물을 마시고 있었다. 그러다 물 위로 뛰어내리거나 무티티나무 사이로 걷기도 했다. 나모가 피워 놓은 불을 발견하고서 잠시 멈칫했다. 나모는 숨을 죽였다. 덩치가 큰 수컷이 냄새를 맡더니 소리를 질렀다. 눈을 허옇게 번득이면서 이빨이 보이도록 입을 크게 벌렸다. 자기들 영역을 침범하면 가만두지 않겠다는 태세였다.

나모가 조그맣게 말했다.

"어떡해요, 엄마?"

나모는 개코원숭이들이 저쪽에 있는 나무로 가기를 빌었다. 하지만 녀석들은 이 벼랑 위로 올라오려고 아래쪽에 모여 있는 게 분명했다. 그리고 나모가 있는 동굴 바로 옆을 지나갈 것이다. 나모는 수컷 개코원숭이 앞에 나가 다른 쪽으로 유인해야겠다고 마음먹었다.

나모는 동굴 입구에 비쭉 솟은 바위 위에 섰다. 아래에 있던 원숭이 무리가 나모를 보았다. 수컷 몇 마리가 큰 소리로 위협을 했다. 암컷들은 소리를 지르며 새끼들을 껴안았다. 화덕 옆에 있던 덩치 큰 수컷이 두어 번 더 소리를 지르더니 털을 곤두세웠다. 나모가 날카롭게 소리질렀다.

"저리 가!"

나모는 벼랑 위로 올라오는 길을 쳐다보았다. 원숭이들이 올라오지 못하도록 동굴 입구에 쌓아 둔 돌들을 힘껏 던졌다. 돌 하나가 수컷의 얼굴에 맞았다. 원숭이는 소리를 지르며 펄쩍펄쩍 뛰며 뒤로 물러섰다. 개코원숭이들은 자신들의 잠자리를 망친 이 이상하게 생긴 침입자 때문에 화가 나서 빙빙 돌았다. 나모를 쳐다보면서 몸을 앞뒤로 마구 흔들었다. 그러나 해가 저물자 갑자기 풀밭 가장자리 나무 쪽으로 발길을 돌렸다. 분해서 내지르는 소리가 저녁 하늘에 울려 퍼졌다.

나모는 개코원숭이 무리를 내쫓았다. 나모는 동굴 속으로 들어가 두근거리는 가슴을 천천히 가라앉혔다. 원숭이들을 쫓아내 좋았던 기분이 서서히 두려움으로 변하면서 갑자기 토하고 싶었다. 하지만 어쨌든 나모가 이긴 것이다.

"나모가 혼자서 이 섬을 차지했어. 여긴 나모의 섬이야. 난 개코원숭이들의 대장이야!"

부엉이가 부엉부엉 울고, 사향고양이가 쉭쉭거리고, 벌꿀을 찾아다니는 오소리들의 발걸음 소리들이 들려왔다. 밤은 동물들이 움직이는 소리로 가득 찼다. 위험하지 않은 것도 있었지만 위험한 동물도 많았다. 바위너구리의 비명이 들렸다.

"내일 아침엔 나무 위에 집을 지어야겠어."

나모는 결심했다. 동굴은 불편했다. 위가 너무 낮아 갇혀 있는 기분이 들어 좋지 않았다. 나모의 몸에 무언가가 슬슬 기어 올라와 더듬이를 흔들어댔다. 나모는 새벽 첫 빛이 하늘에 번지기 시작할 때까지도 잠을 이루지 못했다.

23

할 일이 많았다. 먹을 것도 찾고, 잠잘 데와 채소밭도 만들어야 했다. 구츠의 배와 똑같이 생긴 배도 만들어야 했다. 배를 만들고 채소밭을 만들려면 시간이 많이 걸릴 것이다. 잠잘 데를 마련하는 것보다는 먹을 것을 구하는 일이 더 급했다. 나모는 먹을 것을 찾을 때까지 물의 요정 섬에서 가지고 온 것들을 아껴 먹기로 했다.

우기가 지난 뒤라 채소는 풍부했다. 언덕 위 돌무더기에서 작은 야생 고구마 덤불을 찾아냈다. 고구마 뿌리는 불에 굽지 않고 생으로 먹을 수 있었다. 개울이 호수와 만나는 축축한 땅에는 동물들이 살기 좋은 풀밭이 펼쳐져 있었다.

듬성듬성 나 있기는 하지만 야생 시금치도 있었다. 개코원숭이들이 이리저리 뒤적여 놓았지만 콩도 약간 남아 있었다. 콩이 바짝 말라 있긴 해도 물에 담가 놓으면 먹을 수 있었다. 흰개미 탑 위에서 나모는 자주색 과일 덤불을 발견했다. 또 물가에 자리 잡은 빽빽한 잡목 숲에서 검은빛의 달콤한 딸기도 찾아냈다.

나모는 야생 비파나무 열매와 워터베리(딸기류로, 물가를 따라 작은 덤불을 이룬다), 멍키 오렌지(상록나무에서 나는 단단한 껍질이 있는 식용 열매로 주로 남아프리카에서 난다), 마룰라(자두처럼 생긴 황록색 과일이 달린 나무로, 안에는 기름이 풍부한 씨가 두세 개 들어 있다)를 찾아냈다. 개코원숭이들이 뒤적거려 놓기는 했지만 아직도 열매가 꽤 많이 달려 있었다. 거의 건드리지 않은 나무들도 있었다. 열매를 따서 맛을 보니 원숭이들이 손을 대지 않은 이유를 알 수 있었다. 신맛이 강했다. 나모는 건기가 지나고 나면 동물들과 먹을 것을 놓고 싸우는 일은 없을 거라고 생각했다.

땅에 떨어진 마룰라를 주워 바구니에 담았다. 잘 벌어진 열매 안에는 씨가 들어 있었다. 기름진 것이 무척 먹고 싶었기 때문에 나모는 기름이 들어 있는 씨를 먹었다. 하얗고 즙이 많은 열매들도 먹었다.

메뚜기도 아주 많았다. 머리를 떼 버리고 불에 납작한 돌 위에 얹어 구웠다. 구운 것은 다리와 날개를 떼어 바구니 안에 던져 넣었다.

오후에는 음식을 넣을 통과 바가지를 만들 수 있는 호리병박을 찾아냈다. 또 고무나무를 베어 끈적끈적한 수액을 통에 모았고, 무푸티나무는 겉껍질을 벗겨 내고 속 줄기를 길게 뽑아 냈다.

해질 무렵 나모는 완전히 지쳐 버렸다. 동굴 입구에 걸쳐 놓았던 무푸티나무 속 줄기를 씹어 끈을 만들었다. 나무껍질은 날콩처럼 맛이 좋아서 일을 하면서도 맛있는 것을 먹는 기분이 들었다.

개코원숭이 울음소리가 풀밭 너머 나무들 사이에서 울려 퍼졌다. 그들은 벼랑 가까이로 다가오지 않았다. 한밤중, 동굴에 누운 나모의 다리 위로 무언가가 기어 올라와 기다란 더듬이로 나모를 더듬었다.

* * *

나모는 날마다 쉬지 않고 일했다. 나모는 끈적끈적한 고무나무 수액을 덤불에 발라 놓아 흰개미들을 끌어들였다. 저녁이면 창자를 발라낸 작은 새들을 진흙에 싸서 구웠다. 진흙이 불에 구워져 벌어지면 새 깃털을 벗겨 내고 그 안에 든 얼마 안 되는 살점을 뜯어먹었다. 개울에는 통발을 놓았고, 동물들이 다니는 길에는 덫을 놓았다. 아프리카쥐며 다람쥐, 산토끼도 잡았다.

며칠 동안 무티티나무로 잠잘 데를 만드느라 오랜 시간을 보냈다. 칼로 작고 곧은 나뭇가지를 베어 냈다. 나모는 아주 조심스럽게 나무를 베어 내 칼에 흠이 생기지 않도록 했다. 베어 낸 나무들을 구츠의 밧줄로 묶어 무티티나무 쪽으로 끌어당겼다. 나모는 바닥을 평평하게 하려고 이리저리 위치를 옮겨가며 나뭇가지를 놓아 보았다. 끈으로 가지들을 함께 묶은 다음 그 위에 짚을 두툼하게 깔았더니 정말 멋졌다. 나모는 그 위에 누워 만족한 듯 숨을 내쉬었다. 이제는 차갑고, 울퉁불퉁한 모래 위에서 잠들지 않아도 되었다. 축축한 느낌이 없어 좋았다. 나모는 조목조목 계획을 세우기 시작했다. 음식을 둘 곳, 줄사다리, 가시덤불 울타리, 비를 막아 줄 지붕 등을 만들 생각을 했다.

지금은 건기였다. 벌써 여러 달째 비가 오지 않았다. 나모는 우기가 오기 전에 물에서 멀리 떨어져 있어야 한다고 생각했다. 폭풍이 몰아치면 물살이 몹시 거세질 게 분명하니까. 나모는 부채꼴의 가뭇가뭇한 나뭇잎들 사이로 맑은 하늘을 올려다보았다. 열심히 일할 때는 이런 생각이 들지 않았다. 그런데 이제 다시 걱정이 몰려들었다.

이 섬에서도 나모는 혼자였다. 앞으로도 계속 여기에 있어야 하나?

가족도 없이 서서히 나이를 먹다 보면 나중엔 힘이 없어 나무에도 오를 수 없을 것이다. 눈은 점점 침침해져 물도 찾지 못할 것이고 손가락에 기운이 빠져 고구마를 캐낼 수도 없을 것이다. 나모는 육식동물에게 잡아먹히거나 작은 섬에 있던 개코원숭이처럼 매일 굶주리게 될 거다. 나모는 다짐했다.

"안 돼! 배를 만들어서 떠날 테야! 나는 나모 종웨야. 나모의 토템은 사자야. 그 토템을 가진 사람들은 왕의 후계자라고……. 나는 이제 여자야, 어린아이가 아냐. 내게는 엄마와 구츠 아저씨가 있고, 물의 요정도 있단 말이야."

물의 요정을 생각하면 아직도 무서웠다. 나모는 긴 몸을 가진 물의 요정들이 슈바이 이모의 구슬을 들고 오두막에서 미끄러져 나오는 모습을 상상했다.

나모는 무티티나무 줄기에 조금씩 칼집을 내었다. 그 자국을 밟고 아래로 내려갈 수 있도록 만든 것이다. 배가 있는 데로 갔다. 새 배를 만들려고 베어 놓은 두꺼운 무콰나무를 만져 보았다. 섬 끝으로 어슬렁어슬렁 걸어가던 나모는 깜짝 놀랐다. 물이 밤사이에 많이 줄어 있었다. 카보라 바사 댐 수문이 열리면 수위가 급격하게 낮아진다.

바위를 건너뛰어 작은 섬까지 갔다. 나모는 그때 본 개코원숭이가 아직도 있을까 생각하며 주위를 둘러보았다. 원숭이는 전과 같이 여전히 나무 아래에 웅크리고 있었다. 개코원숭이가 나모를 바라보았다. 나모는 원숭이의 관심을 끌려고 돌을 던졌다. 그러나 아무런 반응이 없었다.

"저 원숭이가 나랑 무슨 상관 있어?"

그렇게 생각하고서 다시 벼랑으로 갔다.

음식을 갖다 놓을 곳을 평평하게 만들어 놓았다. 나모는 먹을 것을 다 옮기고 사다리를 만들기 시작했다.

무푸티나무 껍질을 씹어 밧줄을 꼬면서 나모는 혼자 이야기를 시작했다.

"옛날에 한 부부가 외동딸을 데리고 살았어요. 부부는 아주 부자였어요."

물에 끓인 마룰라 즙을 넣어 둔 호리병박, 구운 메뚜기 한 항아리, 센자(야생 감자로, 노란 꽃이 달려 있다) 뿌리 한 바구니가 바로 옆에 놓여 있었다. 작은 돗자리 위에는 잘 익은 딸기를 가득 올려 두었다. 나모는 나뭇가지를 얼기설기 엮어서 물건을 넣어 둔 바구니를 고정시켰다. 나뭇가지를 양쪽으로 막아 둔 잠자리 한 귀퉁이에 잡지 사진을 돌로 눌러 놓았다.

흰개미들은 종이를 좋아하기 때문에 사진을 보관하는 데에 신경이 쓰였다. 바람이 상쾌했다. 나모는 사진을 펼치고 이야기를 이어 갔다.

"부부는 딸에게 젊은 남자와는 아무하고도 말하지 말라고 단단히 일렀어요. '너는 이곳에 사는 녀석들하고는 어울리지 않아. 우리가 너하고 어울리는 사람을 찾을 때까지 너는 아무도 만나지 말고 기다려야 한다.'

딸은 그 말을 잘 새겨들었어요. 숱한 남자들이 이 처녀와 결혼하기 위해 공을 들였어요. 남자들은 선물을 가지고 오고 재미있는 이야기도 들려주었어요. 하지만 딸은 남자들에게 한마디도 하지 않았어요. 아무리 애를 써도 처녀가 반응을 보이지 않자 남자들은 포기하고 돌아갔어요. 그러고선 다른 여자들을 찾았어요.

딸은 실망했어요. '친구들은 모두 결혼을 해서 아이가 있는데 부모님은 도무지 나를 결혼시키려는 마음이 없구나.' 그래도 딸은 부모님 말씀을 잘 따랐어요. 새로운 신랑감이 나타나도 부모가 시킨 대로 입을 굳게 다물고 말을 하지 않았지요."

나모는 이야기를 멈추고 새끼를 꼬는 데 집중했다. 줄을 외가닥으로 길게 꼬려고 했지만 잘 되지 않았다. 그래도 애를 쓰자 새끼 꼬는 요령이 어느 정도 생겼다. 나모는 입 안에 남아 있는 나무껍질을 뱉어내고 다시 이야기를 시작했다.

"어느 날, 다른 마을에 사는 가난한 청년이 그 처녀에 대한 이야기를 들었어요. 청년은 할머니에게 부탁했어요. '밥 한 단지와 소 먹이를 좀 만들어 주세요. 누구하고도 말하지 않는다는 처녀에게 제가 청혼을 하러 가겠습니다.' 그러자 할머니가 말렸어요.

'다른 총각들이 다 실패했는데 네가 무슨 재주로 결혼을 한다는 거니?'

'저한테 좋은 생각이 있어요.'

할머니가 말했어요.

'네가 정 그렇다면…… 도와주마.'

다음날 아침 청년은 할머니가 만들어 준 밥 한 단지와 소 먹이를 가지고 길을 떠났어요. 청년은 처녀의 집 어귀에 있는 바오밥나무 옆에 앉아서 나무껍질을 벗기기 시작했어요.

얼마 후에 밖으로 나온 처녀는 바오밥나무 껍질을 벗기고 있는 청년을 보았어요. 처녀는 여러 번 청년을 지나쳤지만 청년은 한 번도 아는 척하지 않았어요. 밥 먹을 시간이 되어도 청년은 한 손으로는 밥을 먹고, 다른 한 손으로는 바오밥나무 껍질로 끈을 계속 꼬았어요.

처녀는 집으로 가서 부모님께 그 이야기를 했어요.

'저기 이상한 남자가 바오밥나무 껍질로 끈을 꼬고 있어요. 여러 번 그 앞을 지나갔는데 절 쳐다보지도 않았어요.'

그러자 처녀의 아버지가 말했어요.

'그럼 제일 좋은 옷을 입고 보석으로 꾸미고 가 보거라. 그러고 나서 그 청년이 어떻게 하는지 한번 봐.'

처녀는 가장 예쁜 옷으로 갈아입고 보석으로 치장을 했어요. 어머니는 딸의 머리를 빗겨 주고 몸에 기름도 발라 주었어요. 처녀는 몇 시간 동안 바오밥나무 옆에 있는 돌 위에 앉아 있었어요. 그런데도 청년은 처녀를 거들떠보지 않았어요. 저녁때가 되었어요. 하지만 이번에도 청년은 한 손으로 밥을 먹으면서 다른 한 손으로는 여전히 끈을 꼬는 거예요.

그날 밤 처녀가 울면서 말했어요.

'이제야 알겠어요. 저는 너무 오랫동안 기다리기만 했어요. 그러다가 이제 너무 나이가 들어 못생겨진 거예요!'

그러자 어머니가 부드럽게 말했어요.

'쉿, 내일이 되면 네가 얼마나 아름다운지 모두들 알게 될 거다. 내일 아침에 저 청년한테 음식을 가져다주렴. 그때 그 청년이 어떻게 나오는지 보자꾸나.'

다음날 아침, 처녀는 다시 가장 멋진 옷을 차려 입었어요. 남자에게 가져다줄 하얀 싸자와 향긋한 붉은 소스도 만들었지요. 손 씻을 물과 함께 남자에게 음식을 갖다 주었어요. 그런데 청년은 한 손으로만 음식을 먹는 게 아니겠어요? 다른 한 손으로는 여전히 끈을 만들 나무 껍질을 꼬았고요.

처녀가 이 이야기를 전하자 아버지는 바오밥나무 옆으로 가서 청년에게 집으로 들어오라고 말했어요.

'고맙습니다. 저도 그렇게 하고 싶지만 당장은 안 돼요. 바빠서요. 저희 할머니의 밭이 개코원숭이 굴 옆에 있습니다. 할머니가 원숭이들을 쫓아내고 밭을 지키느라 몹시 지치셨죠. 그래서 전 밭을 할머니의 오두막 가까이로 끌어오려고 긴 끈을 만들고 있는 중입니다.'

처녀의 아버지는 그토록 힘이 넘쳐나는 청년을 보고 몹시 놀랐어요. 아버지는 서둘러 집으로 들어가 아내에게 저녁을 지으라고 말했어요. 그리고 딸을 보내 청년을 집으로 데리고 오게 했어요. 처녀는 수줍어하며 청년에게 말했어요.

'와 주세요.'

처녀가 청년에게 말을 건넨 것은 이번이 처음이었어요. 청년은 얼른 받아들였지요. 청년은 여러 날 밤을 그 부잣집에서 보냈어요. 끈을 꼬면서 처녀와 이야기를 나누었어요. 두 사람은 사랑에 빠졌어요.

'당신과 결혼하고 싶습니다. 하지만 나는 가난해서 당신을 데려가려 해도 돈을 낼 수가 없어요.'

'괜찮아요. 다만 할머니의 일을 다 끝마치면 우리 아버지의 밭을 우리 집 쪽으로 끌어오겠다고 약속해 줘요.'

아버지는 딸의 결정을 마음에 들어 하면서 딸을 청년에게 당장 시집보냈어요. 두 사람은 청년의 마을로 가서 아주 행복하게 잘 살았답니다. 아이들도 많이 낳았대요.

그런데 어느 날 이 집에 들른 아버지가 사위에게 불만을 터뜨렸어요.

'자네는 왜 아직까지 내 밭을 우리 집 앞으로 옮겨 주지 않는가?'

그랬더니 딸이 웃으면서 말했어요.

'아버지는 정말 밧줄로 밭을 끌고 올 수 있다고 생각하셨어요? 그건 그냥 우리가 결혼을 하려고 거짓말한 거였어요. 그러지 않으면 저는 늙어 버릴 때까지 기다리고 있어야 했겠지요. 그런 이야기는 그만두고 이리 들어오셔서 손자, 손녀들 좀 보세요.'

처녀의 아버지는 영리한 딸에게 화가 났지만 손자, 손녀들은 무척 좋아했어요. 그리고 결국 딸을 용서했대요."

나모는 손을 주물렀다. 무푸티나무 껍질을 얼마나 많이 꼬았는지 손이 너무 아팠다. 나모는 메뚜기를 우적우적 씹어 먹고 나서 딸기를 한 움큼 입에 털어 넣었다. 나모가 엄마에게 말했다.

"끈으로 이 섬을 단단히 매어서 짐바브웨로 끌어당길 수 있다면 얼마나 좋을까요?"

그러자 엄마는 배 만드는 일은 언제 시작할 작정이냐고 물었다. 나모가 대답했다.

"며칠 있다가 할 거예요. 우선 개코원숭이가 건드리지 못하게 채소밭을 먼저 만들어야 해요. 채소를 먹으면서 건기를 버텨야 하니까요."

엄마는 배 만드는 일을 빨리 시작할수록 빨리 떠날 수 있다고 일렀다.

"하지만 엄마, 제가 구츠 아저씨처럼 배를 잘 만들 수 있을는지는 잘 모르겠어요."

호수 밑 나무의자에 앉아 있던 구츠가 말했다.

'배를 만드는 것은 생각만큼 어렵지 않아. 그렇지만 꼭 무콰나무로 만들어야 해. 흰개미가 얼씬도 못하게…….'

"아저씨한테는 쉽겠지요. 하지만 나한테는 쿠파 이모부의 지팡이를 만드는 것만큼이나 어렵다고요."

쿠파 이모부는 지팡이에 뱀이나 동물, 사람 모양을 정교하게 새겨 시장에 내다 팔았다. 그걸 보고 나모도 따라 해 봤지만 나무를 쪼개고 모양을 만들기는커녕 손만 나쳤다.

'그래도 조금씩 조금씩 하는 거야. 흰개미들처럼…….'

아저씨 말이 맞았다. 나모는 무콰나무 가운데를 칼로 파내는 것은 할 수 없을 거라고 거의 포기하고 있었다. 그러나 나모가 배를 만드는 일은 오래 걸리겠지만 살기 위해서는 꼭 해야 하는 중요한 일이었다. 쿠파 이모부의 칼이나 날카로운 돌로 나무 가운데를 파내야 한다.

배를 만들기 전에 우선 밭에 채소부터 심어야 했다. 나모는 항아리 속에 엄마의 사진을 잘 모셔 두고 무티티나무에서 내려왔다. 배를 만들 계획은 벌써 세웠지만 배를 완성하는 데는 오랜 시간이 걸릴 것이다.

24

나모는 눈을 가늘게 뜨고 맞은편에 있는 작은 섬을 보았다. 불을 피웠던 절벽 아래쪽에 검은 물체가 어른거렸다. 자세히 보니 그 겁이 많은 개코원숭이였다. 나모는 한숨을 내쉬었다. 개코원숭이가 죽기를 바라지는 않았지만 저 원숭이를 쫓아내야 계획대로 일을 할 수가 있었다. 작은 섬은 채소를 심어 가꾸기에 좋았다.

나모는 물가로 나왔다. 물이 많이 줄어 돌 사이를 쉽게 뛰어넘을 수 있었다. 악어가 있는지 잘 살폈다. 돌을 몇 개 건너다가 잠시 머뭇거렸다. 앞으로 나갈수록 강바닥은 깊어지고 돌 사이의 간격도 넓어져 뛰어넘기가 힘들었다. 하지만 몇 개월 전만 해도 이렇게 물가에 나올 생각조차 하지 못했다. 그러나 지금은 발을 헛디뎌 물에 빠진다 해도 수영을 할 수 있었다. 악어만 없다면 말이다.

나모는 숨을 깊이 들이마시고 단번에 작은 섬으로 껑충 뛰었다. 모래 위로 떨어지면서 양쪽 무릎을 긁혔지만 서둘러 벼랑 아래쪽으로 갔다. 나모는 죽은 것처럼 보이는 개코원숭이 옆으로 조심조심 다가갔다. 개코원숭이는 눈을 감고 반듯이 누워 있었다. 뒤틀린 발이 애처

롭게 보였다. 나모가 속삭였다.

"미안해……."

개코원숭이를 먹는 사람도 있긴 하지만 사람들이 흔히 먹는 고기는 아니었다. 먹을 것이 떨어질까 봐 항상 걱정이 되었지만 개코원숭이의 고기를 먹고 싶은 마음은 없었다.

개코원숭이가 나모처럼 혼자 지낸 것은 다른 원숭이들과 섞이지 못한 탓이었다. 원숭이의 발이 기형이었기 때문에 그랬을까? 나모는 구츠가 그 원숭이를 데려가도록 물 속으로 던지려고 했다. 막대기로 개코원숭이를 쿡쿡 찔렀다. 그러자 죽은 줄로만 알았던 개코원숭이가 어금니를 드러내면서 벌떡 일어났다. 뼈만 앙상한 가슴을 쑥 내밀었다. 나모는 비명을 지르며 뒤로 넘어졌다. 개코원숭이한테 막대기를 던지고 손에 잡히는 대로 돌을 던졌다. 개코원숭이는 비명을 지르며 벼랑 기슭까지 비틀비틀 걸어가더니 푹 고꾸라졌다. 개코원숭이는 쓰러진 채로 소리를 질렀나. 눈을 크게 떴지만 앞을 잘 보지 못하는 것 같았다. 나모는 소리를 질렀다.

"지독한 녀석! 왜 죽지 않는 거야?"

나모도 부들부들 떨리는 몸을 꽉 끌어안고 바닥에 웅크리고 앉았다. 개코원숭이와 나모는 서로 마주 보았다. 개코원숭이는 낑낑 울고, 나모는 사시나무 떨듯 떨었다. 한참 후에 개코원숭이가 숨을 깊이 내쉬더니 죽음이 가까워진 듯이 다시 몸을 축 늘어뜨렸다. 개코원숭이는 나모가 돌보던 콜레라 환자들처럼 자기를 해치지 않은 나모가 고맙다는 듯 바라보았다. 나모가 차갑게 말했다.

"그래도 넌 짐승일 뿐이야."

개코원숭이의 눈은 두려움으로 가득 차 있었다. 자기 가슴을 힘없이 긁었다.

"너는 이제 고깃덩어리나 마찬가지야. 내가 마음만 먹었으면 널 당장 잡아먹었을 거야."

개코원숭이가 나모 쪽으로 몸을 틀었다. 엄마를 부르는 아기처럼 낑낑거렸다.

"그만 해!"

나모는 자리에서 일어나 물가로 되돌아갔다. 돌아가는 길은 훨씬 쉬웠다. 그새 방향감각이 생겼다.

나모는 물이 고여 있는 곳을 건너가며 큰 소리로 말했다.

"정말 신경 안 쓸 거야."

나모는 개울로 걸어갔다. 마룰라나무들이 여기저기 흩어져 있는 풀밭을 지나쳤다. 나모는 잘 익은 마룰라 열매들을 옷에 가득 담아 아기를 안는 띠처럼 만들어 등에 졌다. 바위를 넘어 물가로 내려갔다. 먼저 커다란 돌을 물 속에 던져 보았다. 악어는 아주 신중한 동물이기 때문에 이상한 소리가 나면 재빠르게 다른 곳으로 도망쳤다.

나모는 쓰러져 있는 개코원숭이 옆에 마룰라 열매를 조금 쏟아 놓았다. 원숭이가 원래 살던 큰 섬의 물가로 되돌아갈 수 있도록 흔적도 남겨 놓았다. 처음 발을 디디게 될 바위 위에 작은 돌들을 많이 쌓고 그 다음에도 쉽게 길을 찾아갈 수 있도록 돌을 하나씩 내려놓았다. 나모가 원숭이에게 고함을 쳤다.

"내가 이러는 건 내 채소밭을 건들지 말라는 뜻일 뿐이야."

개코원숭이는 아무 대꾸도 없었다. 나모는 새잡이 덫을 거두러 달려갔다.

그날 밤 나모는 개코원숭이 무리가 풀밭을 건너며 웅성거리는 소리를 들었다. 보름달이 뜨자 원숭이 무리들은 평소보다 더 많이 떠들었다. 사람들처럼 개코원숭이들도 보름달이 환하게 뜨자 불안해했다. 암컷들은 나지막하고 부드러운 소리로 두런거리고, 어린것들은 킥킥거렸다. 수컷들은 와글와글 싸우는 소리를 냈다. 달빛이 환한 밤에는 개코원숭이들 역시 나모처럼 불안해져서 쉽사리 잠들지 못했다. 지금쯤 마을에서는 사람들이 불가에 둘러앉아 달을 보며 이야기를 주고받을 텐데……. 나모는 그 생각을 떨쳐 버리려고 머리를 흔들었다.

다음날 아침, 작은 섬에 가 보니 어제 두고 온 마룰라 열매들이 흔적도 없이 다 사라졌다. 이제 작은 섬에는 아무도 없는 것 같았다.

넓은 땅은 없었지만 채소를 심을 만한 작은 땅을 몇 군데 찾아냈다. 잡초를 다 쳐내고 뾰족한 막대기로 땅을 골랐다. 땅을 고르는 일이 아주 힘든데다 바람이 뜨거워서 나모는 목구멍이 쓰라렸다. 물살이 작은 섬으로 들어와 조그마한 둑을 만들었다. 나모는 그 둑의 입구에 나뭇가지들을 가로질러 놓았다. 물을 그 안에 가둘 수 있었다. 그런 얕은 물에는 악어가 들어오지 못한다. 이제 채소밭으로 물을 끌어오는 일은 해결되었다.

다음 며칠 동안 나모는 옥수수, 호박, 토마토, 땅콩, 오크라와 고구마를 심었다. 농작물이 자라는 시기는 지났지만 이것들이 익기 전에 날이 많이 추워지지만 않는다면 조금이나마 수확을 거둘 수 있었다. 나모는 기뻤다. 새 채소밭에 '섬의 정원'이라는 이름도 붙여 주었다. 나모는 즐거웠다. 작은 둑에 들어가 목욕도 하고 옷도 빨았다. 옷이 해어지지 않도록 조심조심 빨았다. 옷이 다 낡아 짐바브웨에 도착했을 때 입을 옷이 없으면 안 되기 때문이다. 나모는 노래를 불렀다.

일을 했어요. 몸이 땀에 흠뻑 젖을 때까지.
나는 큰 농장이 있어요.
배부르게 먹게 될 거예요.
나는 땅의 용사예요.
괭이가 내 무기지요.
모든 왕과 무당이 저를 존경해요.
나는 먹을 것을 만들고 나라를 구할 사람이니까.

나모는 발가락을 꼼지락거리며 말했다.
"괭이가 있으면 참 좋을 텐데……."
섬의 물줄기는 십자 모양으로 구불구불 흘렀다. 작은 물고기가 잡초를 헤치며 쏜살같이 헤엄쳤다. 할머니는 타카위라 할아버지가 옛날에는 아주 훌륭한 대장장이였다고 했다. 할아버지는 붉은 덩어리를 가져다가 녹여서 철을 만들었다. 하지만 그것은 옛날 방식이었다. 요즘 사람들은 시장에서 철을 사서 썼다. 나모는 한숨을 내쉬었다.

"끝이 뾰족한 막대기 하나만 있어도 일하기가 편할 텐데……."

그날 오후 나모는 덫에 걸린 뿔호로호로새 한 마리를 잡아 배부르게 먹었다. 무센게지 강에서 하루에 한 마리씩 뿔호로호로새를 먹었는데 여기서는 뿔호로호로새가 흔치 않았다. 그래도 자고새와 비둘기를 간간이 잡을 수 있었고 끈끈이 덫으로 작은 새도 몇 마리 잡을 수 있었다. 어쨌든 먹을 것이 부족하지는 않았다. 건기는 그럭저럭 보낼 수 있을 것 같았다.

오후의 긴 그림자가 풀밭 위로 서서히 기울 때였다. 개코원숭이들이 고함을 지르며 나모가 있는 벼랑 앞으로 걸어오고 있었다. 몇몇 원숭이들의 무리가 지난번처럼 벼랑으로 다가왔다. 나모가 원숭이들을 쫓으려고 일어섰다.

"여긴 내 집이야."

나모는 큰 돌을 던지려고 했다. 그러나 개코원숭이들은 나모에게 아주 가까이 다가오지는 않았다. 나모가 큰 소리로 외쳤다.

"여기 오면 가만두지 않을 테다!"

원숭이들은 나모를 흘깃 쳐다보고서 계속 주위를 맴돌았다. 불을 피우는 곳으로 다가와 킁킁 냄새를 맡던 덩치 큰 수컷이 허연 이빨을 무섭게 드러냈다.

수컷은 자기들을 마구 몰아내는 여자아이에게 '오아우' 하는 소리를 질렀다. '네가 좋든 싫든 우리는 여기서 잘 거야' 하는 몸짓이었다.

나모는 그 수컷을 향해 힘껏 돌을 던졌다. 흥분한 수컷이 털을 있는 대로 부풀렸다. 몸이 배로 불어난 것처럼 보였다. 화가 나는지 눈을 허옇게 번득이다가 갑자기 몸을 휙 틀더니 다른 놈들을 따라 급히 걸어갔다. 맨 끝에 있는 개코원숭이는 뒤틀린 발로 절름거리고 있었다. 가죽과 뼈만 남은 원숭이는 덩치 큰 개코원숭이가 소리를 지르자 몸을 굽실거렸다. 나모도 절룩거리는 원숭이를 보며 한마디 거들었다.

"그래, 나도 저 놈은 싫어."

사실 원숭이들이 바위 쪽에 있는 한 크게 위험하지는 않았다. 동물들을 지켜보려고 나모는 자리를 잡고 앉았다.

원숭이 새끼들은 서로를 잡아 넘어뜨리며 까불거렸다. 왔다갔다 정신없이 돌아다니며 떠들어댔다. 어른 원숭이들은 어린것들 사이를 침착하게 오가며 장난이 심한 새끼의 꼬리를 잡아당기기도 했다. 벼랑과 개울 사이의 풀밭이 시끌시끌했다.

원숭이를 바라보던 나모는 마음이 복잡해졌다. 개코원숭이들은 나모를 위협하는 적이지만 그들끼리는 가족이었다. 새끼들을 귀여워하고 정성껏 보살피는 암컷들, 서로 뒤엉기며 깡충깡충 뛰는 새끼들은 평화로우면서도 활기가 넘쳤다. 뚱해 보이는 수컷들은 다레에 모여 있던 쿠파 이모부나 마을의 남자들과 크게 다르지 않았다. 나모는 엄마에게 말했다.

"쿠파 이모부가 이런 얘기를 들으면 펄쩍 뛸 거예요. 그렇지만 사실인걸요. 덩치 큰 놈은 '뚱뚱한 뺨'이라고 부를 거예요. 화를 내면 턱수염이 크게 부풀어오르거든요. 섬의 정원에서 내가 구해 준 불쌍한 원숭이는 꼬리가 잘렸으니까 '짧은 꼬리'라고 부를게요."

짧은 꼬리는 모든 개코원숭이들에게서 밀려났다. 짧은 꼬리는 종일 굽실거리고 다른 원숭이들의 조그만 움직임에도 깜짝깜짝 놀랐다. 그러나 그들을 떠나려고는 하지 않았다. 그 원숭이는 천민 같은 자기 처지를 그대로 받아들였다. 나모는 한숨을 쉬며 말했다.

"그래, 사람들도 혼자 남겨지는 게 싫어서 그렇게 해."

한밤중에 자다가 눈을 떴다. 바위 근처에서 두런거리는 소리가 들렸다.

"날이 밝으면 가시덤불을 가져다 놓아야겠어."

중얼거리고 다시 잠에 빠져 들었다.

마을에서 살 때, 나모는 아주 열심히 일했다. 그러나 다른 사람의 도움을 받을 때도 많았다. 지금은 모든 것을 혼자서 감당해야 한다. 밭을 가꾸고, 물을 길어 오고, 사냥하고, 또 무콰나무를 파내 배를 만드는 일 모두 나모의 몫이다. 나모는 붉은 태양이 호수 위로 떠오를 때부터 실은 안개 사이로 날이 저물 때까지 허둥지둥 뛰어다녔다. 드디어 밧줄 사다리를 만들고 무티티나무 아래에 울타리를 쳤다. 나무 꼭대기에 작은 널빤지들을 올려 두었다. 다른 곳으로 갈 때는 장대로 사다리 끝을 들어올려 손에 쉽게 닿는 나뭇가지에 걸쳐 두었다. 개코원숭이들이 쉽게 올라갈 수 없을 것이다.

바구니를 짜는 것은 힘들었다. 재료를 구하기도 어려웠고 짤 줄도 몰랐다. 그래서 물건을 옮길 때는 호리병박으로 만든 바가지를 썼다. 봉긋이 솟은 흰개미 집을 파헤치고 진흙을 꺼내 숯을 많이 피울 수 있게 항아리를 만들었다. 불을 피우다가 깨진 항아리로 흰개미를 튀겼다. 매일 아침마다 밭에 나가 잡초를 뽑고 물을 주었다. 오후에는 무화나무 몸통을 깎았고, 먹을 것이 더 없는지 찾아다니기도 했다. 그래도 시간이 남으면 섬 구석구석 뭐가 있는지 살펴보았다.

개코원숭이들은 섬 여기저기에 넓게 퍼져 살고 있었다. 어떤 때는 모습은 보이지 않고 날카로운 소리만 들려 오기도 했다. 나모는 원숭이들이 찾아올까 봐 돌들을 나무 꼭대기에 만들어 둔 널빤지 의자 위로 가져다 놓았다. 하지만 원숭이들은 나무가 아니라 벼랑으로 갔다. 덕분에 나모는 편안히 잠들 수 있었다. 끝없이 웅얼거리는 원숭이 소리에 오히려 마음이 차분해지기도 했다.

개코원숭이들은 일도 많고 탈도 많았다. 원숭이 하나가 뱀과 마주치면 모든 개코원숭이들이 비명을 질렀다. 커다란 전갈이라도 하나 발견하면 흥분해서 온 사방이 울리도록 시끄럽게 고함을 질러댔다. 열매를 땄는데 다른 동물이 와서 채 가면 실망해서 깩깩거리며 뛰어다녔다. 대머리독수리가 머리 위로 스쳐 가면 불안하게 하늘을 쳐다보았다. 하지만 어떤 때는 신경도 쓰지 않고 그냥 모른 척하기도 했다. 점점 섬에 적응을 해 가는 나모처럼 말이다.

벼랑 가까이에는 다른 동물들도 많았다. 바위너구리들은 자기들이 숨어 있는 곳에 누가 침입하려고 하면 이빨을 드러내고 으르렁거렸다. 뚱뚱한 뺨은 부들부들 떨며 온 섬이 쩌렁쩌렁 울리도록 소리를 질렀다. 아프리카영양들은 옆에 있는 개코원숭이들은 본 척도 하지 않고 풀을 뜯어먹었다. 새끼 개코원숭이와 개코원숭이의 사촌간인 새끼 긴꼬리원숭이들이 함께 어울려 신나게 풀밭에서 뛰어 놀았다.

수컷이 주로 하는 일은 서로를 난폭하게 밀치는 일이었다. 힘이 센 개코원숭이는 힘이 약한 놈을 땅으로 세게 밀치고서 자기 털을 부풀리며 노려보았다. 그러고 나서는 우뚝 서서 천천히 걸어갔다. 그러면 싸움에 진 개코원숭이가 얼른 자기 자리를 양보했다. 싸움에서 이긴 동물은 아주 흡족한 표정을 지으며 그 자리로 가 앉았다. 뚱뚱한 빰은 예상대로 싸움을 가장 잘했고, 짧은 꼬리는 항상 자리를 비켜 주었다.

개코원숭이들이 서로를 위협하는 일만 하는 건 아니었다. 개코원숭이들은 새끼를 보살폈다. 특히 몸집이 작고 새카만 새끼 원숭이는 모든 원숭이들이 귀여워했다. 뚱뚱한 빰조차 새끼들을 보면 입술을 쪽쪽거렸다. 뚱뚱한 빰은 풀밭에 누워 새끼들이 자기 몸 위를 기어가도, 수염을 확 잡아당겨도 그냥 두었다. 눈을 밟아도 가만히 있었다.

새끼 개코원숭이들은 힘이 없는 짧은 꼬리에게도 관심을 보였다. 짧은 꼬리는 위협을 느끼면 자신을 방어하기 위해 새끼를 움켜쥐고서 있었다. 그러면 다른 원숭이들이 그를 공격할 수 없었다. 그러나 새끼 원숭이가 짧은 꼬리보다 힘이 더 셀 경우에는 새끼에게 두들겨 맞기도 했다.

매일 아침저녁으로 원숭이들은 서로 부지런히 털을 손질해 주었다. 개코원숭이들에게는 가장 즐거운 시간이었다. 한 놈이 눈을 지그시 감고 누워 있으면 다른 한 놈은 털을 쓸어 주면서 더러운 것이 있나 살펴 주었다. 암컷이나 수컷은 상대 원숭이가 다른 원숭이에게 한눈을 팔면 팔이나 다리를 뻗었다. 개코원숭이들은 모두 그랬다. 짧은 꼬리만 빼고. 짧은 꼬리는 늘 시무룩하게 뒤에 앉아 혼자 털을 골랐다.

25

나모는 나뭇가지를 가로질러 널빤지를 얹어 완전한 오두막을 지으려고 시도했지만 얼마 못 가 포기했다. 나모 혼자 그 일을 하기는 어려웠다. 널빤지 위에 오두막의 벽이 될 장대를 올리면 장대는 금방 아래쪽으로 와르르 무너지고 장대를 묶은 끈도 끊어져 버렸다. 마을 사람들이 집 짓는 모양을 그대로 따라 했는데도 뭐가 잘못되었는지 제대로 되지 않았다. 나무로 장대를 쉽게 떠받치는 방법이 있을 텐데 어떻게 하는지 기억 나지 않았다.

결국 몇 번 시도하다가 바람이 불어 포기하고 말았다. 나모는 머리 위로 나뭇가지들을 마주 보게 해 묶고, 그 나뭇가지에 갈대 묶음을 죽 기대 놓아 비스듬한 바람막이를 만들었다. 그리고 갈대 아래를 단단히 동여매고, 더미들로 이엉을 엮어 그 위를 덮었다. 무푸티나무 껍질로 꼰 끈으로 풀을 여러 층 포개 묶어 풀더미들을 만들었는데 완벽하지는 않았지만 다른 방법이 없었다.

"어쨌든 난 우기가 시작되기 전에 여길 떠날 거야."

나모는 모든 게 서툴렀다. 갈대로 자리를 만들 때 갈대 끝을 어떻게 맺어야 할지 몰라 결국 엉키기만 한 갈대들을 모조리 다 풀어 버렸다. 동물 가죽을 보관하는 데도 문제가 생겼다. 가죽은 진흙에 적셔서 재로 문질러 두어야 하는데 토끼 가죽에서는 계속 역겨운 냄새가 났다.

하지만 가장 큰 걱정거리는 배였다. 나모는 끈기있게 무화나무를 베어 냈다. 베어 낸 나무가 쿵 넘어가자 가슴도 철렁 내려앉는 것 같았다. 이 거대한 덩치를 어떻게 할까 걱정이 되었다. 나모는 지팡이 하나도 제대로 만들어 보지 못했다. 나모는 오후 내내 물이 새는 배 안에 앉아 있었다. 걱정이 되어 일이 손에 잡히지 않았다.

나모는 통나무 옆에 쪼그리고 앉았다. 일이 더뎠다. 쿠파 이모부의 칼을 너무 많이 쓰는 게 아까웠다. 모파인파리(사람의 눈, 코 또는 입에 있는 수분을 빨아먹기 좋아하는 침 없는 벌의 일종)들이 나모의 입술이며 눈가 등을 돌면서 얼굴에 흐르는 땀을 빨아먹었다. 손으로 멀리 쫓았지만 금방 또다시 날아왔다. 파리가 달려들지 못하게 하려면 햇볕이 비치는 곳에 가 있어야 했다. 그러나 햇볕이 너무 뜨거워 그럴 수도 없었다.

나모는 반짝이는 호수를 조용히 바라보았다. 부드러운 바람이 호수 표면에 잔물결을 일으켰다. 수면 위를 낮게 날고 있는 잠자리를 쫓아 타이거 피시가 불쑥 튀어 오르기도 했다. 이런 일조차 없다면 얼마나 밋밋할까. 늘 변함없는 호수는 쳐다보고 싶지 않았다. 끝도 없이 푸른 호수, 호수는 나모가 곧 누리게 될 자유 앞에 가로놓인 엄청난 장벽이었다.

호수에서 사람이나 배를 본 적은 아직 한 번도 없었다. 나모는 한숨을 내쉬었다.

"비의 여신처럼, 내 치마로 호수를 가를 수 있으면 좋을 텐데……."

비의 여신과 그의 두 남동생은 커다란 영양이 토템인 씨족의 족장이었다. 북쪽에서 내려온 그들은 포르투갈 사람처럼 피부가 하얬다.

"세 신이 잠베지 강에 도착하자 비의 여신이 자기 치마를 벗어서 물에 찔러 넣었어요. 그러자 당장 물이 솟구쳐 올라 언덕처럼 양편으로 갈라지더니 길이 생겼대요."

나모는 어떤 영혼이든 자기 말을 듣고 있으려니 생각하고 큰 소리로 말했다.

"물의 여신이 동생들에게 가르쳐 주었어요. '저 세상에 가면 너희들의 토템이 무엇인지 알게 될 거야.' 호수를 건너자 조상들은 깊은 물속에서 음비라와 북을 쳤어요. 그들이 다 지나가자 호수는 다시 원래대로 합쳐졌어요."

나모가 물의 요정에게 말했다.

"물의 요정님은 그게 얼마나 놀라운 일인지 알겠지요? 누군가가 요정님 집을 둥글게 말아 올리는 일 같은 거라고요."

나모는 푸른 기가 도는 나뭇가지를 꺾다가 엄지손가락에 가시가 박혀 일을 멈추고 가시를 빼냈다.

"그런데 여신의 바로 아래 남동생이 영양을 보고 달려가더니 그 자리에서 쳐죽였어요. 그는 영양의 몸통을 산산조각 냈지요.

동생이 저지른 짓을 보고 비의 여신이 비명을 질렀어요.

'어떻게 그런 짓을 할 수 있니? 영양은 우리의 토템이야. 이제 넌

영원히 불행해질 거야.'

하지만 막내 동생은 달랐어요. 토템인 영양을 잘 보살펴 주었지요. 그래서 그의 자손들 모두 그를 '신념이 있는 사람' 이라고 불렀어요."

나모는 통나무를 조금 움직여 보려고 했다. 그렇지만 꿈쩍도 하지 않았다. 나무 아래쪽 틈새 안으로 손가락을 넣었다. 그 순간 칼에 찔리는 듯한 아픔이 밀려왔다. 나모가 급히 손을 빼자 구멍에서 크고 시커먼 전갈이 나타났다. 전갈은 쉭쉭 소리를 내면서 도망쳤다.

나모가 돌을 집어던지자 전갈이 독을 내뿜었다. 나모는 막대기를 잡고서 전갈의 등을 마구 때렸다. 다시 전갈이 공격하려고 머리를 들 때 나모는 다시 한 번 세게 내려쳤다. 나모는 놀란데다 힘이 빠져 신음 소리를 내며 푹 주저앉았다. 현기증이 일어났다.

"아아."

통증이 너무 심해서 아무런 생각도 떠오르지 않았다.

눈이 아프도록 햇볕이 내리쬐었다. 햇빛이 눈부셔서 속이 메스꺼웠다. 나모는 중얼거렸다.

"여기 있으면 안 돼."

그런 상태로 햇빛 속에 계속 앉아 있으면 큰일날 것이다. 이런 상태라면 야생개나 오소리만 만나도 사자를 만난 것만큼이나 위험할 수 있었다. 그런데 도저히 몸을 움직일 수가 없었다. 손등에서 전갈에 물린 자국을 찾아냈다. 물린 데에서 분비물이 조금씩 흘러나오고 있었다.

나모는 입으로 상처를 빨고는 쓰디쓴 액체를 뱉었다. 너무 아파서 이리저리 몸을 뒹굴다가 겨우 호숫가로 기어갔다. 나모는 입 안에 남은 쓴맛을 헹구어 내려고 물을 한 움큼 뜨다가 진흙 위에 엎어졌다. 나모는 그 자리에 그렇게 계속 누워 있고 싶었다.

마스비타가 담요를 덮어 주면 좋을 텐데……. 나모는 고통이 가라앉을 때까지 잠을 자야겠다고 생각했다. 땔나무를 하러 갔다가 늦으면 누가 나를 찾으러 올 텐데…… 하는 생각이 어렴풋이 들었다. 하지만 찾아올 사람은 없다. 나모는 지금 건너 마을에 놀러 온 게 아니었다. 사람은 아무도 없었다.

해질 무렵이 되었다. 밤엔 몸집 큰 동물들이 호수로 내려올 것이고, 물밑에 사는 악어는 먹잇감을 기다리고 있을 것이다.

사나운 동물들이 길을 지나가다 나모를 찾아내는 일은 그다지 어려운 일이 아니었다.

나모는 가까스로 일어섰다. 수영을 하던 곳을 지나 무티티나무 뒤까지 몇 번씩이나 넘어지며 기어갔다. 줄사다리가 나뭇가지에 걸려 있었다. 나모는 다시 푹 주저앉았다. 절망적으로 줄사다리를 바라보았다. 장대를 들어올려 줄사다리를 내릴 힘이 없었다. 나모는 줄곧 나무 아래에 있었다. 손과 팔이 불에 덴 것같이 뜨거웠다. 머릿속에서는 온갖 생각이 들끓었다.

'저녁을 지어 놓지 않으면 치포 이모가 펄펄 뛸 텐데…….'

몇 번 시도한 끝에 마침내 사다리를 내렸지만 사다리를 잡아 보기도 전에 그만 쓰러지고 말았다. 그리고 다시 어떻게 일어났는지 기억이 나지 않았다.

밧줄 사이로 몸을 기울이자 뱃속에 든 것이 다 기어 올라왔다. 나모는 오랫동안 꼼짝하지 않았다. 그 자리에 얼어붙은 것처럼 움직이지 못했다. 그러나 기어이 몸을 일으켜 천천히 사다리를 끌어당겼다.

나모는 혼자서 할 수 있는 일은 다한 셈이었다. 하지만 나모의 영혼은 나모를 버리고 죽음이 이끄는 곳으로 가려는 것 같았다.

나모는 추워서 잠을 깼다. 빗속에 서 있었던 것처럼 몸이 푹 젖었다. 마스비타가 담요를 가지고 왔다. 할머니가 말했다.

"서둘러라. 사람들이 기다리고 있어."

마스비타가 나모의 어깨를 담요로 둘러 주면서 나지막이 속삭였다.

"짐은 내가 들게."

사람들이 숲길을 따라 빨리 걸어갔다. 할머니가 앞장을 섰다. 넓은 물가에 도착했다. 물가에는 젊은 여자와 남자들이 스무 명 남짓 모여 있었는데, 아름다운 한 여자가 뒤쪽 바위 위에 앉아 있었다. 여자는 팔과 다리에 금장식을 날고 있었다. 그 장신구는 아주 무거워 보였다. 마스비타가 조용히 말했다.

"저 분이 모노마타파 왕의 조카딸인 센와 왕비님이야."

나모의 눈이 휘둥그레졌다. 모노마타파 왕은 태초에 태어나서 할머니가 태어났을 때까지 살았던 왕이었다. 여자와 남자들은 북과 음비라를 연주했다. 하지만 모두들 즐거워 보이지 않았다. 센와 왕비의 얼굴도 슬픈 표정이었다. 마스비타가 짐을 풀어 바위 아래에 놓았다. 그것은 꿀벌집이었다. 마스비타가 물었다.

"왕비가 왜 저렇게 슬퍼해요?"

할머니가 대답했다.

"네 남편이 다른 여자 때문에 널 버렸다면 너도 슬프지 않겠니?"

나모가 말했다.

"그래도 왕비는 아주 아름다워요. 왕비 잘못이 아니에요. 남자들은 개코원숭이 같아요. 망고 한 개를 먹고 맛있으면 두 개도 먹어요. 세 개, 열 개도 먹어요. 개코원숭이들은 너무 많이 먹어 배탈이 날 때까지 욕심을 내요."

"센와 왕비는 왕에게 불평을 하지 않았나요?"

갑자기 할머니가 날카롭게 대답했다.

"그랬지. 남편인 카코노 왕은 자기가 왕비의 말을 귀 기울여 들으면 부하들이 자신을 비웃을 거라고 생각했어. 왕은 사자를 잡을 정도로 힘이 셌지만 남들이 조금이라도 자기를 비웃을까 봐 매일매일 걱정했단다. 어리석은 사람이었지."

왕비가 팔을 올리자 할머니는 하던 말을 멈추었다. 시녀들이 통곡을 하기 시작했다. 소 떼가 물 위에 솟은 벼랑 쪽으로 가고 있었다. 병사들은 창을 들고 소 떼를 향해 달려갔다. 소들은 눈을 부릅뜨고 소리를 지르면서 도망갔다. 결국 벼랑 끝에 다다른 소들은 거칠게 날뛰다가 알 수 없는 힘에 이끌려 모두 절벽 아래로 떨어졌다. 나모는 너무 무서워 털썩 주저앉았다.

병사들이 음식 바구니를 멀리 내던졌다. 병사 한 명이 마스비타가 가지고 있던 바구니까지 빼앗아 호수 깊은 곳으로 집어던졌다. 나모는 병사들의 행동이 기분 나빴다. 맛있는 꿀벌집이 몽땅 없어졌다. 병사들은 풀로 만든 자리며 도기, 구슬을 모두 멀리 던졌다. 그러고 나서 여왕이 데리고 있는 젊은 남자와 여자들을 사로잡았다. 나모가 무서워 할머니의 팔을 붙잡았다.

"안 돼."

남자들은 발버둥치고, 여자들은 비명을 질렀다. 살려 달라고 팔을 내두르는 사람들 모두가 물 속으로 빨려 들어갔다. 병사들은 왕비의 시녀들까지 다 죽였다. 센와 왕비는 굳은 표정으로 이 광경을 지켜보았다. 왕비는 몸을 돌려 할머니를 쳐다보았다.

"왕에게 내가 기다린다고 전하라."

그렇게 말하고 나서 왕비는 벼랑 아래로 몸을 내던졌다. 무거운 황금 장식을 한 왕비의 몸은 물 속으로 깊이 가라앉았다. 나모가 할머니 다리에 매달려 부탁했다.

"할머니, 제발 마을로 돌아가요."

"기다려라."

또 다른 무리의 사람들이 숲 속에 도착했다. 깃털 관을 쓴 잘생긴 남자 하나가 물가로 달려오면서 소리를 질렀다.

"센와! 센와!"

남자는 소리를 치며 사람들 무리 속으로 들어갔다. 마스비타가 말했다.

"저 사람이 카코노 왕이야."

카코노 왕은 바위에 올라가 멀리 호수를 바라보았다. 신하들은 왕비의 죽음을 슬퍼하며 북과 음비라를 연주했다. 신하들은 센와 왕비의 시녀들보다 훨씬 더 어렸다.

"카코노 왕의 시중을 드는 사람들은 다 결혼을 하지 않은 젊은 사람들이야. 그 때문에 왕이 마법을 부릴 수 있는 거야."

나모는 왕비가 사라진 호수를 바라보고 있던 왕의 모습이 무척이나 비장했다는 생각이 들었다. 하지만 할머니는 투덜거렸다.

"왕이 바보가 아니었다면 이런 일은 일어나지 않았을 거야. 모노마타파 왕이 자기를 찾으면 어떻게 대답할까 생각하며 진저리를 치고 있을 게다."

나모는 할머니가 아무도 알아채지 못하게 마법을 쓸 거라고 생각했다.

음매 하는 소 울음소리가 들리고 바람결에 흙냄새가 풍겨왔다. 나모가 말했다.

"안 돼요."

하지만 카코노 왕이 팔을 올렸다. 새로운 병사들이 창끝을 들이대며 소 떼를 벼랑으로 몰고 갔다. 병사들은 왕의 모든 재산을 호수에 던졌다. 그러고 나서 병사들은 마스비타에게 눈길을 돌렸다. 마스비타가 그들이 있는 쪽으로 걸어가기 시작했다.

나모가 고함을 질렀다. 할머니가 나모를 꼭 붙잡았다.

"안 돼! 할머니, 못 가게 하세요. 제발!"

마스비타가 돌아서더니 나모를 향해 슬픈 미소를 지으며 부드럽게 말했다.

"이건 관습이야. 어쩔 수 없어."

나모가 악을 썼다.

"안 돼!"

할머니가 나모를 붙잡았다. 마스비타가 병사들 쪽으로 걸어가자 그들은 마스비타가 지나가도록 자리를 비켜 주었다. 다른 사람들은 죽음으로 내몰리자 발버둥을 쳤다. 그러나 나모의 사촌인 마스비타는 아름답고 당당한 여왕처럼 벼랑으로 다가갔다. 마스비타가 벼랑 앞에 잠시 멈춰 서자 옷자락이 부드러운 바람에 살랑거렸다. 마스비타가 벼랑에서 떨어졌다. 떨어지는 마스비타는 쏜살같이 물을 뚫고 가는 화살처럼 보였다.

왕과 병사들도 물에 뛰어들었다. 나모가 울음을 터뜨렸다. 하지만 나모가 우는 건 그 사람들 때문이 아니었다. 오히려 그 사람들은 죽었으면 좋겠다고 생각했다. 왕은 다른 사람들의 눈치를 보며 바보같이 자존심을 부리다가 목숨까지 버렸다. 호수는 핏빛으로 물들었다. 그건 해가 지면서 스며 나오는 빛줄기 때문이 아니었다. 호수는 죽음으로 가득 채워졌다. 사방에 북소리가 둥둥둥 울려 퍼졌다. 죽은 사람들은 영혼이 되어 물 아래에서 춤을 추고 있었다.

호수 속은 화려한 장식과 금으로 치장한 거대한 도시처럼 보였다. 병사들은 표범 가죽 옷을 입고 있었고, 신하들은 나무껍질 옷을 입고 있었다. 센와 왕비와 카코노 왕은 서로 떨어져서 춤을 추었다. 아직 화해를 하지 않은 것 같았다. 그 거대한 도시 한가운데에 마스비타가 서 있었다. 마스비타는 꼼짝 않고 선 채로 핏빛으로 물든 강물을 가만히 올려다보고 있었다.

*　*　*

둥둥 북이 울렸다. 나모는 북소리를 듣지 않으려고 머리를 이리저리 흔들었다. 그러나 머리를 흔드니 더 어지럽고 가슴이 마구 뛰었다. 몸은 땀으로 푹 젖었다. 눈을 뜨니 무티티 나뭇잎이 보였다. 눈꺼풀을 움직이는 것조차 힘들었다.

나모는 꿈을 꾸었다. 할머니는 여전히 마을에 계실 거고, 마스비타도 아직 살아 있을 거다. 그제야 마음이 놓였다. 나모는 울면서 일어났다. 일어나 앉으니 몸에 경련이 일어났다. 몸이 마치 다른 사람의 몸 같았다. 나모는 잘 움직일 수 있을 때까지 계속 누워 있었다. 무슨 꿈을 꾼 것일까? 무엇에 찔린 것같이 배가 아팠다.

나모는 이제 죽겠다는 생각이 들었다. 지금까지 누가 전갈 침에 찔려 죽었다는 말은 들어 본 적이 없었다. 하지만 나모가 본 건 지금까지 한 번도 본 적이 없는 아주 큰 전갈이었다.

"아직 안 죽었어."

자는 동안 할머니가 나모 가까이 와 있었던 게 분명했다. 할머니는 가끔 낚시를 함께 하면서 센와 왕비와 카코노 왕의 이야기를 들려주곤 했다.

"왕이 그런 바보가 아니었다면, 모든 사람들이 다 행복하게 살았을 텐데……."

할머니의 말을 떠올리자 나모는 마음이 좀 편안해졌다. 할머니는 분별 있는 사람이었다. 할머니는 근거 없는 소문이나 다른 사람들의 말에 휩쓸리지 않았다. 안개 속의 꿈같은 세상 이야기가 아니라 있는 그대로의 세상 이야기를 하셨다. 개코원숭이들이 잠을 자러 벼랑으로 돌아가는 소리가 들렸다. 이제 나모는 동물들의 소리를 모두 구별할 수 있었다. 서로 달려들어 장난치는 새끼들의 소리가 들렸고, 어미들이 부드럽게 새끼를 부르는 소리도 들렸다. 짧은 꼬리가 덩치 큰 수컷에게 돌을 맞는 소리도 들렸다.

개코원숭이들은 사람들처럼 거의 문명화된 것 같았다. 남의 것을 서로 몰래 훔치고 서로 위협하기도 하면서 즐거워했다. 그렇지만 개코원숭이들이 저지르는 일들은 사람들이 하는 짓에 비하면 아무것도 아니었다. 뚱뚱한 뺨은 자기 자존심을 지키기 위해 다른 원숭이들을 모두 호수에 빠져 죽게 하지는 않을 테니까.

26

사다리로 오르내리기가 힘들었다. 몸이 말을 듣지 않았다. 몸을 움직이려고 하면 경련이 일어났다. 다리도 절었다. 기운이 없었지만 곧 괜찮아질 거라고 생각했다. 목이 말랐다. 나모는 일어나서 호리병박에 남아 있는 물을 가져왔다. 다행히 먹을 것도 좀 남아 있었다. 말린 메뚜기며 생선, 나무 열매 등을 먹었다.

하루 종일 잠을 잤다. 기분이 좋지 않았다. 서서 휘청거리다가 쓰러지는 것보다는 누워서 잠을 자는 게 나았다.

사흘째 되는 날 아침, 나모는 잠자리를 박차고 일어나 흔들리는 줄사다리를 타고 내려갔다. 개코원숭이들이 개울가에 있었다. 건기가 계속되어서 섬에 물이 다 빠져 나간 것 같았다. 개코원숭이들은 이제 나모를 봐도 소리지르지 않았다. 아프리카영양이나 긴꼬리원숭이를 쳐다보듯 할 뿐이었다.

나모는 개울에 발을 담그고 물장난을 쳤다. 개코원숭이들은 조용히 앉아서 서로의 몸을 손질해 주었다. 심지어 짧은 꼬리조차도 어린 암컷에게 초라한 자기 털을 만지게 했다.

개코원숭이들이 여기저기 앉아 있는 것이 보기 좋았다. 정답게 소곤거리거나 입맛을 쩝쩝 다시는 것, 갑자기 비명을 지르는 모습도 보기 좋았다. 개코원숭이들은 거의 사람이나 마찬가지였다.

나모는 한 늙은 암컷 원숭이에게 '과일대장'이라는 이름을 지어 주었다. 그 원숭이는 과일을 유난히 좋아했기 때문이다. 늙은 암컷은 젊은 암컷들과 새끼들에게 둘러싸여 앉아 있었다. 늙은 암컷은 다른 암컷 원숭이들을 다스리는 대장 원숭이로 보였다. 그게 아니라면 가족일 수도 있었다. 과일대장은 먹을 것을 제일 먼저 고르고, 다른 곳으로 이동할 때도 앞장섰다. 과일대장은 나모의 할머니처럼 보였다.

과일대장은 새끼들을 키우는 어미이기도 했다. 태어날 때 검은 털이었다가 이제 갈색으로 변해가는 개구쟁이 새끼는 과일대장의 머리로 올라갔다. 새끼를 보자 마을에서 술래잡기 놀이를 했던 때가 떠올랐다. 그래서 나모는 그 개구쟁이 새끼를 '술래'라고 부르기로 했다. 술래는 이리저리 뛰어 돌아다녔다. 술래와 다른 새끼들은 끊임없이 뛰고 구르고, 고함을 쳤다. 서로 맞붙어 씨름을 하며 즐거워했다.

기분이 울적해질 때 술래를 보면 마음이 즐거워지고 기운이 났다. 술래가 가장 좋아하는 놀이는 가느다란 나뭇가지에 한 팔로 대롱대롱 매달려 있다가 땅으로 떨어지는 것이었다. 가끔 새끼들 서너 마리가 한 나무에 줄줄이 올라가서는 먼저 올라간 원숭이를 땅에 떨어뜨리는 장난도 쳤다.

술래는 뚱뚱한 빰을 무서워하지 않았다. 뚱뚱한 빰의 머리 위로 기어오르다가 발이 미끄러져 눈을 찌르기도 했지만 뚱뚱한 빰은 조금도 언짢아하지 않았다. 가끔은 소리를 지르며 우는 술래를 과일대장에게 보내기도 했다. 수컷들은 새끼가 자라 몸에 갈색이 돌기 시작하면 엄하게 대했다. 나모는 무릎 밑으로 두 손을 쑤셔 넣고 꾸벅꾸벅 졸고 있는 과일대장에게 말했다.

"난 너희들이 서로 이야기를 나눌 수 있는지 참 궁금해."

과일대장은 나모를 흘끔 바라보고서는 다시 꾸벅꾸벅 졸았다.

"서로 이야기를 하는 게 틀림없어. 다른 마을에 친척이 있니? 짧은 꼬리는 마법에 걸려서 그렇게 된 거야? 아프면 어떻게 해? 너희들 중에 무당도 있니?"

나모가 지저귀는 새처럼 계속 질문을 해댔다. 하지만 과일대장은 반응이 없었다.

나모는 잠자리를 더 폭신폭신하게 하려고 짚을 가지러 갔다. 꼼꼼히 살펴 깨끗한 짚만 골랐다. 옛날 이 섬은 육지였다. 잠베지 강이 생기기 전에는 모든 동물들이 자기 마음대로 다닐 수 있었다. 그러나 이제는 사방이 물로 막혀 좁은 섬에 갇혔다. 동물들은 물을 피해 더 높은 데로 올라갔다. 육지는 거의 물에 다 잠기고 몸집이 큰 사나운 동물은 자취를 감추었다. 이렇게 우연한 일로 크고 사나운 동물들은 모두 사라졌다.

사자나 하이에나, 버팔로, 코뿔소의 흔적은 어디에서도 찾아볼 수 없었다. 밤에 하마가 강가로 나오긴 하지만 습지대에만 있었다. 암소나 얼룩말도 없었다. 야생개, 바위너구리, 오소리, 호저는 몇 번 보았다. 흰개미 둑 틈으로 개미핥기가 만들어 놓은 구멍도 보았다. 하지만 정작 개미핥기는 보지 못했다. 나모는 여러 종류의 영양을 보았다. 피부가 꺼칠꺼칠한 커다란 얼룩영양도 몇 마리 보았다. 작은 동물로는 다람쥐, 아프리카쥐, 산토끼들이 있었다. 날이 어두워지면 여우원숭이 새끼들이 이 나무 저 나무로 뛰어다녔다. 나모가 가까이 다가가면 구멍 속으로 스르르 미끄러져 들어가는 사향고양이도 있었다. 섬에 살고 있는 동물들은 이것들이 전부였다. 짧은 꼬리의 꼬리를 잘라 버린 동물도 이곳에 살고 있을 것이다.

야자나무 근처 흙더미 속에도 특별한 것이 없었다. 나모는 새로운 침대를 만들 나무를 잘랐다. 무사사나무 아래에서 한숨을 돌리다가 흰개미 구멍에서 살짝 빠져 나온 긴 풀자락을 잡아당겼다. 그러자 공격을 당한 흰개미 병사들이 화를 내며 밖으로 쏟아져 나왔다. 나모는 개미를 잡아 배를 비틀어서 먹었다. 나모는 혼잣말을 했다.

"밭에 물도 줘야 하는데…… 너무 피곤해. 다음에 하자."

나모가 쥔 풀에 있던 병정개미가 손가락을 깨물었다.

"덫이 어떻게 됐나 가 봐야 해. 아직 나무에 먹을 게 좀 남아 있긴 하지만……."

생각하면서 걷기가 힘들었다. 앉았다 일어날 때는 현기증이 났다.

나모는 간신히 풀 침대를 나무 위로 끌어올렸다. 그동안 침대로 썼던 낡은 풀은 나무 밑에 만들어 놓았던 불씨를 살려내 태워 버렸다. 다시는 불씨를 꺼뜨리지 말아야겠다고 생각했다. 나모가 불꽃 위로 통나무를 끌어당기자 나무가 검게 그을리면서 쉭쉭 소리를 냈다. 진한 연기를 내뿜으며 나무는 천천히 타올랐다. 연기가 모기를 멀리 쫓아 주었다.

나모는 나머지 시간을 개울가에서 빈둥거렸다. 오후에 개코원숭이들이 돌아오자 나모는 술래를 보려고 바위 위에 자리를 잡고 누웠다. 술래는 땅에 앉는 것보다 부드러운 물건 위에 앉을 때 기분이 좋은 것 같았다. 술래가 작은 나무로 달려가는 것을 보며 나모는 숨을 죽였다. 술래는 잠자고 있던 뚱뚱한 빰에게 덤벼들었다.

술래가 배로 뛰어오르자 뚱뚱한 빰이 왁 하는 소리를 냈다. 술래는 깜짝 놀라 쏜살같이 과일대장에게 달려갔다. 과일대장은 팔로 술래를 끌어안고 얼른 돌아섰다. 술래는 덩치 큰 수컷이 다시 잠들었다는 생각이 들자 다시 배 위로 뛰어올랐다. 하지만 뚱뚱한 빰은 이 성가신 새끼에게 화를 내지 않았다. 겉모습은 우락부락했지만 뚱뚱한 빰은 새끼가 가지고 노는 진흙 항아리만큼이나 부드러웠다. 그러나 술래는 다른 수컷들한테는 그렇게 자신만만하게 뛰어들지 않았다. 한 번은 짧은 꼬리한테 가서 부딪쳤는데 짧은 꼬리는 어금니를 드러내며 술래에게 성질을 부렸다.

뚱뚱한 빰은 원숭이 무리의 추장이었다. 점잖은 척하려고 술래를 그냥 두는 걸까? 아니면 술래의 아비일까? 그럼 술래는 뚱뚱한 빰과 과일대장 사이에서 나온 원숭이일까?

이튿날 아침, 나모는 다시 기분이 상쾌해졌다. 덫을 보러 다니느라 작은 섬을 한 바퀴 돌다가 깜짝 놀랐다. 덫 한 개가 완전히 부서져 있었다. 잘게 끊어진 끈에 뼈와 털이 남아 있었다. 덫에 걸려 발버둥치던 동물이 다른 동물에게 당한 것이었다. 덫을 빨리 보러 오지 못한

게 후회가 되었다. 나모는 숲 속을 계속 살폈다. 야생개가 다녀간 흔적이 있었다. 다른 동물의 발자국도 남아 있었다. 발자국은 표범의 것이라고 하기에는 너무 작고 살쾡이 것이라고 하기에는 컸다. 나모는 사냥을 배운 적은 없었지만 남자들이 모여서 하는 이야기를 엿들은 적이 있었다. 발자국의 주인은 야생개만한 동물일 거라고 추측해 보았다. 쿠파 이모부가 약을 지어 준 무당에게 살쾡이 두 마리의 가죽을 주었다. 무당은 그 가죽으로 굿을 할 때 쓰는 모자를 만들었다. 살쾡이들은 사람이 키우는 닭을 잡아먹기도 했는데 사람들을 잘도 피해 다니는 짐승이어서 잡기가 쉽지 않았다.

나모는 혹시 스라소니가 아닐까 생각해 보았다. 스라소니(고양이과 육식동물로, 몸길이가 65~90센티미터에 이른다. 홀로 생활하며 아침과 저녁에 사냥을 다닌다)는 크기가 염소의 절반만한 동물이다. 살쾡이들이 생쥐를 먹는 것처럼 스라소니는 아프리카영양을 잡아먹는다.

스라소니가 사람을 공격한다는 말을 들은 적은 없지만 그 몸집과 힘을 보면 얼마든지 그럴 수 있었다. 덫에는 뼈와 핏자국이 묻어 있었다.

통발도 보러 갔다. 통발 안은 텅 비어 있었다. 한 마리도 잡히지 않았을 거라고 예상은 하고 있었다. 개울이 거의 말랐으니까. 다른 곳에 놓아둔 올가미에는 켈리새가 걸려 있었다. 퍼덕거리는 켈리새를 보고 다가왔던 생쥐도 한 마리 걸려 있었다. 섬의 정원에 심어 놓은 채소가 시들시들해졌다. 채소들은 잘 자라지 않았다. 꽃도 과일도 탐스럽지 않았다. 흙이 좋지 않은 건지 너무 늦게 심어서 그런 건지 이유는 알 수 없었다. 나모는 시무룩해졌다. 밭에다 물을 주고 무화 통나무가 있는 데로 돌아왔다.

통나무는 그대로 있었다. 나모가 힘들여 파냈는데도 아직 표가 나지 않았다.

나모는 막대기로 나무 가장자리를 툭툭 건드렸다. 전갈이 있나 확인하기 위해서였다. 전갈은 이미 다른 곳으로 가 버린 것 같았다. 그러나 나무에 손을 대지는 않았다. 얼룩덜룩한 용설란(여러해살이풀로, 용의 혀처럼 생긴 잎이 1미터 이상 자란다. 잎은 뿌리에서 모여 나며 두껍다)으로 새 덫을 만들었다. 용설란은 무사사나무보다 훨씬 다루기 쉬웠지만 끈으로 만들어 쓰기에는 튼튼하지 못했다.

나모는 막대로 쳐낸 나뭇잎을 끈으로 만들면서 앞으로 날씨가 어떻게 변할지 생각해 보았다. 바람은 나날이 더 후끈거리고 먹을 것은 점점 더 줄어들고 있었다. 나모는 혼자 중얼거렸다.

"이 섬을 떠나야 해."

섬에 계속 있으려면 사냥을 할 수 있어야 했다. 나모는 마을에서 봤던 무기들을 하나하나 떠올렸다. 남자아이들에게는 활쏘기, 돌팔매질, 몽둥이 휘두르기, 막대기와 창을 던지는 법을 가르쳤다. 그러나 여자아이에게는 그런 것들을 가르쳐 주지 않았다. 나모는 무콰나무를 쳐내며 나뭇가지들을 자세히 살폈다. 길게 잘 뻗은 나뭇가지를 골라 칼로 끝을 깎아 창을 만들었다.

"창끝을 쇠로 만들면 좋을 텐데."

나모는 조금 아쉬웠다. 그렇지만 쿠파 이모부가 남자아이들에게 창 다루는 법을 가르칠 때도 창끝을 쇠로 만들지는 않았다. 이모부는 끝을 불에 그슬려 단단하게 만들었다. 나무 끝을 불꽃 위에 대고 시커멓게 타지 않도록 조심조심 돌렸다. 그렇게 대단한 무기는 아니었지만 남자아이들은 그것으로도 소소한 사냥쯤은 거뜬히 해냈다.

나모는 물건들을 챙겨서 불가로 돌아왔다. 나무를 뾰족하게 깎은 다음 불에 딱딱하게 그슬리며 손에 쥐기 좋을 때까지 다듬었다.

나모는 토끼 가죽에 창 던지는 연습을 했다. 창은 가죽에 꽂히지 않고 그냥 땅에 떨어졌다. 아직 팔 힘이 약했다.

"이제 뭘 사냥하지?"

나모는 생각에 잠겼다. '얼룩영양? 맞아, 굉장할 거야!' 생각만 해도 입에 침이 고였다. '아냐, 그렇게 큰 영양은 힘에 부칠 거야. 그럼 아프리카영양?' 하지만 가느다란 자기 팔을 쳐다보고는 기대를 접었다.

나모는 풀숲에서 종종 바위너구리를 보았다. 바위너구리들은 햇빛을 싫어해 낮에는 사냥을 나가지 않았다. 겁도 많아서 해가 완전히 진 뒤에도 사냥을 하지 못했다. 그래서 보름달이 뜨는 밤과 땅거미가 깔리는 어둑어둑한 짧은 시간만 먹이를 구하러 다녔다. 나머지 시간에는 돌 틈에 모여 웅크리고 있었다. 바위너구리들이 사는 바위는 오줌 냄새가 남아 있어서 언제나 쉽게 찾을 수 있었다.

나모는 바위너구리가 있을 만한 바위틈으로 가 보았다. 오후 그림자가 길게 드리워질 때쯤 바위너구리들은 웅성거리면서 굴 입구로 모여들었다. 몸집이 큰 수컷이 주변을 살피느라 먼저 앞으로 천천히 기어 나왔다. 나모는 숨을 죽인 채 가만히 앉아 있었다.

수컷이 공기가 수상쩍다는 듯이 코를 킁킁거리자 나모는 '난 그냥 바위일 뿐이야' 하고 입술을 달싹거렸다. 수컷이 조금 더 앞으로 기어 나왔다. 다른 바위너구리들은 거리를 둔 채 수컷을 조심스럽게 뒤따라갔다. 한 발짝씩 가다가 서고, 다시 한 발짝씩 가다가 섰다.

수컷이 나모가 있는 쪽으로 내려왔다. 나모가 창을 쑥 내밀자 수컷은 본능적으로 뒷걸음질쳤다. 하지만 나모는 그 놈이 도망가지 못하도록 녀석과 다른 바위너구리들이 있는 그 사이로 뛰어내렸다. 겁을 집어먹은 수컷은 나모가 다가오지 못하게 막았다. 나모는 수컷을 바위로 밀어붙이며 창으로 찔렀다. 수컷이 비명을 지르며 이를 갈았다.

다른 바위너구리들은 혼비백산해서 소리를 지르며 달아났지만 나모의 귀에는 아무 소리도 들리지 않았다. 나모도 너무 무서워 정신이 반쯤 나가 있었다. 창에 찔린 바위너구리는 엄니를 앞으로 쑥 내밀면서 털썩 쓰러졌다. 나모는 바위너구리에게 다가갈 엄두가 나지 않았다. 땅에 손을 더듬거려 돌을 찾았다. 돌을 들고 쓰러진 바위너구리의 머리를 세게 내려쳤다. 전혀 움직이지 않을 때까지 여러 번 때렸다. 나모는 풀썩 주저앉아서 눈물을 터뜨렸다.

"사냥하는 건 싫어요."

엄마가 말했다.

'잘했다, 얘야.'

"죽이고 싶지 않았어요. 이건 돌로 뿔호로호로새를 죽이는 것보다 더 끔찍해요."

'그렇지만 넌 해냈잖니. 처음인데도.'

"맞아요."

나모도 인정했다. 눈물을 닦으면서 죽은 짐승을 바라보았다. 바위너구리의 통통한 몸통에서 윤기가 흘렀다. 이제 생쥐나 흰개미 대신 고기를 먹을 수 있었다. 나모는 손을 덜덜 떨면서 죽은 바위너구리를 옮겼다. 칼로 몸통을 다듬었다. 얼마 후 나모는 불에다 고기를 맛있게 구웠다.

바위너구리는 뿔호로호로새 두 마리를 합친 것보다 더 컸다. 당장 먹을 것을 조금 떼어놓고 나중에 먹을 것은 훈제를 했다. 소금을 다 썼기 때문에 소금을 대신할 만한 것을 만들어 두었다.

무산지자는 섬 여기저기에서 흔히 볼 수 있는 식물이다. 무산지자는 덤불을 이루는 식용식물로, 무릎 정도 키에 데이지와 비슷한 보라색 꽃이 핀다. 우선 무산지자의 즙을 짜낸 뒤 그것을 태워서 나온 재를 물에 섞었다. 호리병박에 구멍을 뚫어 그 안에 마른풀을 깔아 체를 만들었다. 이 체에다가 재를 섞은 물을 따랐다. 독성이 있는 무산지자의 재를 걸러 내기 위해서다. 이 즙을 항아리에 모아 하얀 찌꺼기가 생길 때까지 끓였다. 이렇게 만든 것은 소금처럼 쓸 수 있었다. 비록 소금보다는 맛이 덜하지만 음식에 아무것도 넣지 않는 것보다 훨씬 맛이 좋았다. 두꺼운 잎이나 질긴 고기를 부드럽게 하는 데도 쓸 수 있었다.

구운 바위너구리 고기를 먹은 나모는 기운이 나서 노래를 불렀다.

아침으로 아프리카뱀을 먹었어요.
기분이 안 좋을 때는

무슨 일이든 하려고요.

바위너구리야, 달려! 구멍 속에 잘 숨어 봐.

하지만 내 창은 날아다니는 파리도 잡을 수 있단다.

너를 잡아 맛있게 먹고 말 테야.

나모는 사냥무기를 더 많이 만들기로 마음먹었다. 창, 던질 수 있는 막대기, 활과 화살, 돌멩이도 모아 둘 것이다. 섬의 추장이 된 느낌이었다. 나모는 손가락에 묻은 고기 기름을 핥아먹을 때처럼 기분이 좋았다.

나모는 풀을 가득 채운 자루를 껴안고, 짧은 꼬리의 꼬리를 대체 누가 잘라 놓았는지 곰곰이 생각해 보았다. 비쩍 마른 개코원숭이를 그렇게 만든 건 틀림없이 스라소니일 거라는 생각이 들었다.

27

비가 오지 않았다. 풀은 시들고 나무들은 잎사귀를 떨어뜨렸다. 호수가 점점 말라 갔다. 깊은 물길 한쪽을 빼놓고 작은 섬으로 통하는 물길은 모두 말랐다. 나모는 큰 섬에 언제 다른 동물이 침입해 올지 몰라 걱정스러웠다.

나모가 목욕을 하던 웅덩이도 모두 말라 버렸다. 물을 얻는 것이 힘들어졌다. 악어가 나타날까 봐 눈을 부릅뜬 채로 서둘러 세수를 했다. 치포 이모가 새와 기름으로 비누를 만들었던 것처럼 나모도 루조 뿌리를 삶아 비누를 만들어 썼다. 덩굴식물의 줄기가 길게 자랐다. 줄기에서 자라난 초록빛과 은빛 이파리들이 장미색의 꽃잎과 잘 어울렸다. 덩굴식물 잎은 먹을 수 있었지만 먹고 나면 입 안에 끈적끈적한 느낌이 남았다. 그래서 나모는 배가 어지간히 고프지 않으면 잎들을 먹지 않았다. 배를 만들던 나모는 몸에 붙은 모파인파리를 쫓으며 한숨을 쉬었다.

"너무 더워요."

구츠 아저씨에게 말했다.

"나도 아저씨처럼 차가운 호수 바닥에 앉아 있을 수 있다면 얼마나 좋을까요?"

'네가 죽으면 그렇게 할 수 있단다.'

아저씨를 떠올리니 다시 죽음을 생각하게 되었다. 아저씨는 알뿌리에 진흙 담배통을 끼워 놓았다. 호리병박 줄기로 만든 파이프를 뻐끔뻐끔 피웠다. 할머니의 것과 같은 파이프를 보고 나모는 목이 메었다.

"아저씨, 물 밑에서는 어떻게 불을 피우나요?"

나모는 누구든 이야기를 하고 싶은 마음에 계속 아저씨에게 물었다.

'물의 나라에서는 뭐든 다 할 수 있지.'

아저씨는 수수께끼처럼 말했다.

"아저씨는 외롭지 않아요?"

'난 계속 여기에 있지는 않을 거야.'

나모가 물었다.

"그게 무슨 뜻이에요?"

'사람이 죽으면 그 다음에 사람들이 어떻게 하는지 너도 알고 있잖니? 동생들이 벌써 내 재산을 다 나누어 가졌어. 안나가 아직 살아 있었다면 어느 동생이든지 안나와 강제로라도 결혼하려고 했을 거야. 그런 걸 봤으면 아마 기가 막혔겠지.'

아저씨는 너무 심하게 웃어서 파이프를 떨어뜨릴 뻔했다.

나모는 고개를 끄덕였다. 구츠의 아내인 안나가 자기 남편한테 소리를 지르며 욕을 해대던 기억이 났다. 구츠가 말했다.

'안나는 잔소리가 심하긴 했지만 좋은 여자야. 아, 그건 그렇고, 내

배가 없어진 걸 알고 마을 사람들이 막 화를 내더라.'

"그걸 어떻게 다 알고 계세요?"

'물의 요정이 말해 줬어.'

뱀은 어디든지 갈 수 있었다. 뱀들은 나뭇잎 사이로 스르르 미끄러져 다니며 컴컴한 곳에 숨어 마을에서 일어나는 일을 다 알고 있었다.

'어쨌든 가족들은 건기가 끝나면 나를 집으로 불러오는 의식을 할 거야. 벌써 친척들에게 연락을 했더구나.'

"그럼 아저씨는 어떻게 할 거예요?"

'집에 가야지.'

"그러면 저는 어떻게 되나요?"

'그땐 너도 네 길을 가야지.'

"안 돼요. 저를 두고 가지 마세요."

나모가 흐느꼈다.

'그러려면 빨리 네 길을 찾으려고 생각해야겠지, 나모. 너는 앞으로 어떻게 해야 할지 도무지 고민을 안 하는 것 같아. 물의 요정이 충고를 많이 해주는데도 너는 아무런 관심이 없잖아.'

구츠는 파이프 재를 톡톡 털고서 다시 담배를 채워 넣었다. 물의 요정이 나모가 불을 피워 놓은 곳에 가 불붙은 나뭇가지 하나를 구츠에게 가져다주었다.

물 속에 있던 구츠와 물의 요정들은 잔물결을 일으키며 스르르 사라졌다. 나모는 혼자 무콰나무 옆에 앉아 있었다. 나모는 있는 힘을 다해 물에다 돌을 던졌다.

"어떻게 나를 그냥 버리고 가요? 욕심꾸러기 아저씨! 호수 밑에서 왕처럼 살면서 나한테 무슨 일이 일어나는지 신경도 안 쓰잖아! 아저씨는 그저 파이프 담배만 피우잖아요. 징그러운 뱀한테 담뱃불 붙이라는 말만 할 뿐이고요!"

불붙은 나뭇가지를 들고 있던 물의 요정이 떠올랐다.

'참 이상해. 그 불은 뭐지?'

나모는 통나무를 유심히 보면서 생각을 거듭했다.

'맞아! 불을 질러서 배에 구멍을 내면 되는데 왜 칼로 깎고 있었지?'

"아저씨 말이 맞아요. 생각이 모자랐어요. 화내서 미안해요. 그런데도 저를 도와줘서 고마워요. 전 행운아예요. 전 아저씨가 좋아요. 아저씨는 친절한 물의 요정 같아요."

나모는 구츠에게 미안하다고 사과했다. 그리고 생각했다.

'아저씨가 이렇게 알려 주셨는데 보답을 해야지.'

그날 오후, 나모는 모양 좋은 호리병박을 물의 요정에게 제물로 바쳤다. 진홍색 꽃과 검은색과 빨간색의 열매가 달린 무티티나무 가지를 가득 채운 호리병박을 호수 저 멀리 던졌다. 구츠를 위해서 마룰라나무의 열매 즙도 물에 부어 주었다.

나모는 사냥무기를 많이 만들었지만 더위가 맹렬히 기세를 떨치고 있어서 먹을 것을 구하기가 점점 더 어려워졌다. 심은 채소들은 개코원숭이에게 다 빼앗겨 버렸다. 덫도 다 망가졌다. 야생개나 오소리들,

스라소니 짓이 확실했다. 밤새도록 짐승 울음소리가 들리기도 했고 새벽에는 정신없이 달려가는 것을 보기도 했다. 공기를 가르며 빠르게 달려가는 놈은 벼랑 위에 있는 사냥감을 보았다. 사람 키의 두 배가 넘을 정도로 몸집이 큰 그 놈은 곧장 달려가더니, 놀랄 정도로 정확하게 벼랑 위의 동물을 낚아챘다. 나모는 나무 주위에 가시덤불 울타리를 더 튼튼히 두르고 나무껍질에 끈끈이를 붙여 놓았다.

나모는 가끔 나타나는 산토끼나 바위너구리들을 잡았지만, 동물들을 사냥하는 데는 너무 시간이 오래 걸렸다. 배를 만들 시간이 없었다. 그나마 통나무에 불을 질러서 배 모양만 겨우 낼 수 있었다.

어느날 나모는 개코원숭이들이 무리 지어 지나가는 것을 바라보다가 원숭이들이 먹을 것이 있는 곳을 잘 알 거라는 생각이 들었다. 나모가 먹을 것을 구할 수 있는 곳은 그리 많지 않았다. 개코원숭이들이 단단히 경계를 하는 통에 새로운 사냥터를 찾기도 힘들었다.

나보는 사다리에서 기어 내려와 사다리가 망가지지 않게 잘 걸어 놓았다. 그러고서 원숭이들의 뒤를 밟았다. 원숭이들은 처음부터 빠르게 움직였다. 그럴 만한 이유가 있을 거라는 생각이 들었다. 나모는 원숭이들과 조금 떨어져서 뒤따라갔다. 한참을 걸어가다 멈춘 개코원숭이들은 부채꼴로 흩어지더니 땅을 열심히 파기 시작했다. 단단하고 습기가 많은 풀뿌리를 뽑아내 팔에다 툭툭 쳐서 지저분한 것을 털어내더니 그것을 먹었다. 새끼들은 어미들이 먹고 떨어뜨린 자잘한 뿌리들을 움켜쥐고 둘러앉았다. 나모는 날카로운 막대기로 뿌리를 캐내 바구니에 담았다.

동물들은 통나무를 엎어 놓고 나무껍질을 벗겼다. 구멍 속에 손을 집어넣어 메뚜기의 알주머니를 꺼냈다. 원숭이들은 나무 구멍 속에 손을 넣었다가 다시 급하게 손을 빼기도 했다. 구멍 속에는 전갈도 살고 있을 것이다. 나모는 전갈에 한 번 당한 터라 나무 구멍 속에 다시는 손을 넣고 싶지 않았다. 개코원숭이들은 딱정벌레, 굼벵이, 구더기, 메뚜기, 심지어 전갈까지 닥치는 대로 게걸스럽게 먹었다. 나모는 원숭이들의 식성을 따라 할 만큼 배가 고픈 건 아니었다. 개코원숭이들이 쐐기를 뜯어먹는 것을 보고 나모는 진저리를 쳤다. 어떤 놈은 뱀껍질을 벗기기도 했다. 그러면 다른 놈들이 비명을 지르고 난리를 쳤다. 나모는 너무 무서워 팔이 긁히는 것도 모르고 옆에 있던 나무로 후닥닥 올라갔다.

"멍청한 것들……."

한참 뒤에야 나무에서 기어 내려왔다. 그래도 원숭이들을 따라다니며 먹을 것을 뒤지고 찾는 일이 즐거웠다. 개코원숭이들은 이제 나모가 옆에 있어도 가만히 있었다. 팔이 닿을 만하게 가까운 곳에 나모가 앉아 있는 것도 허락해 주었다.

나모는 메뚜기와 굼벵이, 메뚜기 알주머니, 가시가 달린 검은 열매, 딸기, 방가지똥(국화과의 두해살이풀이며, 5~9월에 노랑 또는 하얀 꽃이 핀다. 어린잎은 먹어도 된다) 이파리들을 주워 모았다. 낮에 원숭이들은 무사사나무 숲 그늘에 앉아 쉬었다. 물이 많이 줄어든 개울은 바위를 지나 흘렀다. 원숭이들은 작은 웅덩이에서 더위에 지친 몸을 식혔다. 나모가 엄마에게 말했다.

"다행이에요. 며칠 동안 먹을 게 충분해요. 얼마 동안은 배만 만들 수 있어요. 불로 나무를 태울 수 있으니 이제 빨리 일을 할 거예요."

말을 하는데 몸에 전율이 일었다. 나모는 짐바브웨에 도착할 때를 대비해서 옷을 아꼈다. 옷을 입지 않고 대신 엉덩이에 토끼 가죽을 단단히 동여맸다. 허리 위로는 맨살이었다. 그런데 순간 이상한 느낌이 들었다. 살갗 위로 스멀스멀 기어가는 게 있었다.

나모는 비명을 지르지 않았다. 침착하려고 애썼다. 섬에서 산 지난 몇 달 동안 나모는 무슨 일이 일어나고 있는지 정확하게 파악할 때까지 가만히 앉아 생각하는 지혜를 얻게 되었다. 조그만 동물 같았다. 전갈일까 생각하니 기분이 말이 아니었다.

가늘고 작은 꼬리가 쓱 스치는 게 느껴졌다. 아주 천천히 머리를 돌렸다. 심장이 쿵쾅거렸다.

술래였다. 무뚝뚝하게 나모를 쳐다보다가 다시 나모의 몸을 살폈다. 술래가 나모를 손질해 주고 있었다!

나모는 기분이 이상했다. 긴장이 풀어졌다. 꼬마 동물이 자기를 믿고 자기 몸 위에 올라와 있다는 것이 기뻤다. 다리가 후들후들 떨리며 가슴 깊은 데서 슬픈 느낌이 솟구쳐 올라왔다. 술래는 입을 벌리고는 나모의 등으로 뛰어올랐다. 나모는 눈물을 흘렸다. 그동안 느꼈던 외로움과 걱정, 슬픔이 다 없어질 때까지 울었다. 밤마다 나모는 풀 자루를 끌어안고 자리에 눕곤 했다. 나모에게 필요했던 것은 바로 접촉이었다. 이제야 나모는 개코원숭이들이 서로 털을 빗겨 주며 시간을 보내는 이유를 알게 되었다. 서로를 만지며 행복한 표정을 짓는 것이

나 짧은 꼬리가 자기 짝을 구하려고 그렇게 애를 쓰는 이유도 알게 되었다. 다른 원숭이한테 맞아 가면서도 말이다.

과일대장과 다른 원숭이들은 나모가 좀 이상하다는 것을 알아챘다. 원숭이들은 가까이 오지도 않았지만 달아나지도 않았다. 모두들 나모를 주의 깊게 살펴보고 있었다. 술래는 나모를 힐끔 다시 보고는 과일대장에게 달려가 배 위에 달랑달랑 매달렸다. 술래가 나모에게 기대했던 반응은 그게 아니었던 것 같았다.

"미안해, 술래야. 난 널 좋아해. 정말이야."

나모는 자기 몸을 꼭 안으면서 말했다. 좀 우스꽝스럽다는 것을 알면서도 입술로 쪽쪽 소리도 내 보았다. 순간 뚱뚱한 빰까지도 좋아할 수 있겠다는 생각이 들었다. 이곳에는 나모를 바라보며 웃어 줄 사람이 아무도 없었다.

시간이 좀 흐르자 술래가 어미 품에서 빠져 나와 다른 새끼들과 함께 놀았다. 개코원숭이들은 식사를 끝내고 꾸벅꾸벅 졸았다. 나모는 마음이 약해진 것 같았다. 어쩌면 생리 때가 다가와서 그런지도 몰랐다. 그때가 되어 울고 싶은 마음이 드는지도 모른다는 생각이 들었다. 그날 오후 나모는 생리대로 쓸 야생 면 식물을 거두어들였다.

배 만드는 일을 계속했다. 나모는 술래가 보여 준 관심에 감동했다. 술래는 정말 까불이 꼬마 같았다. 슈바이 이모네 아기도 지금쯤 까불까불거리면서 마스비타를 웃기기도 하고 아장아장 걷기도 할 것이다. 며칠 동안 식량을 구하러 다닐 필요가 없었다. 그런데도 다음날 아침 나모는 개코원숭이 무리를 따라나섰다. 중간쯤 가서 나모는 개코원숭이들과 함께 앉아 쉬었다. 술래가 다시 다가오지 않을까 해서 긴장이 되었다.

술래가 다시 다가왔다. 등에 올라타 토끼 가죽을 집적대다가 나모의 머리 위로 기어 올라갔다. 나모가 머리로 기어오르지 못하게 했지만 소용없었다. 술래는 나모의 머리카락을 만지면서 재미있어 했다. 나모의 머리카락은 술래의 털과는 달랐다. 술래는 머리카락을 당기고 찌르고 하면서 혼자 킬킬댔다.

그러고 나서 다시 과일대장에게로 뛰어갔다. 과일대장은 술래가 나모와 함께 있는 것을 내내 걱정스럽게 지켜보았다.

"술래를 해치려는 게 아냐."

나모는 술래가 좋아서 친절하게 대했다. 개코원숭이들이 다른 원숭이에게 툴툴거리는 것을 나모도 따라 해 보았다. 그러자 과일대장이 하품을 했다. 거북하다는 뜻이었다.

나모가 과일대장에게 말했다.

"너한테 뭐라고 그러는 건 아니야. 슈바이 이모네 아기가 사람들의 머리를 당기면 마스비타가 어떻게 할지 상상해 본 거야."

개코원숭이들은 날마다 멀리까지 걸어갔다. 나모는 지금까지 있는지도 몰랐던 언덕이며 계곡들을 많이 발견했다. 벌꿀을 구할 수 있는 부러진 통나무를 수없이 지나갔지만 감히 꿀을 딸 생각은 하지 못했다. 마을에서는 남자들만 꿀을 땄는데, 어떤 때는 내다 팔고도 남을 정도로 꿀을 많이 따왔다.

수련이 빼곡하게 자라 있는 얕은 웅덩이를 발견했다. 수련 뿌리는 먹을 게 다 떨어졌을 때 가져다 먹을 수 있을 것 같았다. 검은 열매가 달린 덤불도 찾아냈다. 열매는 즙이 많아 맛이 좋았지만 냄새가 고약했다. 마스비타는 이 덤불을 보면 빈대가 생각난다고 말했다. 하지만 나모는 먹을 것을 그렇게 말하면 안 된다고 생각했다. 나모는 코를 쥐고 열매를 다 먹었다. 개코원숭이들은 참새나 생쥐는 먹지 않았다. 뚱뚱한 빰은 자기 먹이를 빼앗으려 하는 것들에게 으르릉거리기도 하고 죽이려고도 했다.

나모는 자기 덫을 망가뜨린 범인 중의 하나가 뚱뚱한 빰이 아닐까 하는 생각이 들었다. 어느 날 오후였다. 개코원숭이들은 벼랑으로 잠자러 갈 생각을 하지 않았다. 혹시 먹이를 찾으러 온 나무 근처에서 밤을 지새려고 하는 게 아닐까 싶었다. 나모 혼자서 벼랑으로 돌아가기에는 밤이 너무 깊었다. 나모는 나무로 올라가 쉬었다. 다리도 아픈 데다 추워서 밤새 서글프게 앉아 있었다. 원숭이들 소리가 들릴 때마다 나모는 원숭이들 사이로 뛰어 내려가고 싶었다. 아침이 밝자 나모는 혼자서 벼랑으로 되돌아왔다. 자루를 껴안고 누웠다. 편안한 자루를 베고 눕자 엄마가 말했다.

'이제 개코원숭이를 따라다니는 일은 그만 하거라. 배를 계속 만들어야지.'

나모가 한숨을 쉬었다.

"알아요. 그런데 친구가 있다는 게 너무 좋아요."

'하지만 개들은 동물이고 넌 사람이야.'

"알아요."

'시간이 없단다, 나모. 비가 내리기 시작하면 호수에 코끼리만한 파도가 쳐서 다 휩쓸려 갈지도 몰라.'

나모가 자루에 얼굴을 파묻었다. 엄마가 단호한 목소리로 말했다.

'그렇게 놀고 있어서는 안 돼. 배를 만들어야지. 너는 건너 마을에 놀러 온 게 아니야.'

나모는 가방을 꾸리고 있는 구츠를 보았다. 그는 파이프, 낚싯줄, 그물을 쳐놓고 물고기를 기다릴 때 불던 갈대피리를 가방에 집어넣었다. 물의 요정들은 무언가를 기다리는 표정이었다. 요정들은 물 위로 올라와서 비구름이 몰려오는 동쪽을 바라보았다.

28

나모는 엄마 말에 마지못해 다시 배를 만들기로 했다. 나무 가운데에 불을 놓아 태우고, 쿠파 이모부의 칼로 검게 그을린 부분을 깎았다. 무콰나무는 점점 배처럼 보이기 시작했다. 이윽고 커다랗게 구멍이 뚫린 통나무가 되었다. 나모는 여러 날 일을 계속했다. 하지만 어느 날 아침에는 다시 쓸쓸한 마음이 들었다. 하이에나들에게 에워싸인 것 같은 두려운 느낌이었다.

"원숭이들이랑 먹을 것을 구하러 다니면 괜찮아질 거예요."

나모는 엄마에게 핑계를 댔다. 나모는 칼과 창을 챙겨 들고 개코원숭이들을 따라나섰다.

개코원숭이들은 섬 반대쪽 끝에 있는 언덕으로 올라갔다. 처음 가는 곳이라서 돌아오는 길을 몰랐기 때문에 개코원숭이들과 함께 머물렀다. 원숭이들은 언덕 위 야생 포도가 펼쳐진 작은 골짜기 어름에 자리를 잡고서 게걸스럽게 포도를 먹기 시작했다. 그렇지만 왠지 불편해 보였다. 더구나 이런 먹을거리를 전에는 왜 손대지 않았는지 궁금했다.

뚱뚱한 뺨과 덩치 큰 수컷 몇몇이 계속 주위를 살폈다. 짧은 꼬리는 다른 원숭이들이 움직일 때마다 과일을 떨어뜨렸다. 개코원숭이들은 모두 다 예민한 반응을 보였다.

쉴 때도 평소와는 달리 유난히 서로 바싹 붙어 앉았다. 술래가 나모가 목에 걸고 있던 자루를 끌어당겼다. 나모가 밀쳐냈더니 술래가 덤벼들었다. 나모는 다시 술래를 밀쳐냈다. 술래는 떼를 쓰는 아이처럼 끽끽거리며 흙바닥을 마구 뒹굴었다. 나모가 술래의 눈을 피하자 잠시 후, 다른 친구와 놀려는지 허둥지둥 가 버렸다.

짧은 꼬리는 암컷들을 쫓아다니면서 자기 털을 긁어 달라고 했다. 눈길을 끌려고 입술을 쪽쪽거렸지만 별 반응이 없었다. 암컷들은 모두 등을 돌렸다. 나모가 한마디했다.

"언제는 좋아하더니……."

목소리를 너무 크게 낸 것 같았다. 짧은 꼬리가 나모가 있는 것을 알아채고 멈칫거렸다. 마음속으로 뭔가를 골똘히 생각하고 있었다. 나모는 그게 뭔지 궁금했다.

'이 이상한 동물은 벌써 며칠이나 우리를 따라다녔어. 술래도 이 아이를 좋아해. 술래랑 같이 노는 걸 보니 나랑도 놀아 줄 것 같아.'

나모가 소리를 질렀다.

"아니야, 넌 싫어!"

짧은 꼬리는 입술을 쪽쪽거리면서 나모 쪽으로 발을 질질 끌며 오고 있었다. 나모는 등을 돌렸다. 짧은 꼬리는 다시 나모 앞으로 총총 걸어와 '오아우' 하고 소리를 내면서 나모를 구슬리려고 했다. 나모가 고함을 쳤다.

"싫어!"

다른 개코원숭이들은 움찔했지만 짧은 꼬리는 멈추지 않았다. 모두가 짧은 꼬리를 향해서 소리를 질렀지만 짧은 꼬리는 그런 분위기에 이미 익숙해져 있었다. 나모가 목이 찢어져라 외쳤다.

"저리 꺼지란 말이야!"

짧은 꼬리가 자기 털을 크게 부풀렸다.

'난 수컷이야. 암컷들은 모두 나한테 복종해야 해.'

나모는 돌을 움켜쥐고 도망쳤다. 짧은 꼬리가 화를 내면서 소리를 질렀다.

근처에 축 늘어져 누워 있던 뚱뚱한 빰이 벌떡 일어나면서 소리를 질렀다.

'내가 추장이야! 내 허락 없이는 누구도 공격하지 마!'

갑자기 원숭이들이 소동을 피우기 시작했다. 모두들 신경이 날카로워져 소리를 질러댔다. 수컷들은 비명을 지르고, 나뭇가지를 꺾고, 땅바닥을 쳤다. 암컷들은 새된 소리를 지르는 새끼들을 끌어 모았다. 원숭이들이 지르는 소리가 골짜기에 울려 퍼졌다.

아주 위험했다. 나모는 흥분한 동물들한테서 벗어나려고 언덕으로 황급히 달아났다. 이윽고 개코원숭이들은 더 이상 보이지 않았지만 고함 소리는 수그러들지 않았다.

"싸움이 끝날 때까지 멀리 가 있어야겠어."

소리는 이제 들리지 않았다. 그러나 나모는 원숭이들에게 가지 않았다. 나모는 언덕 꼭대기에서 처음 보는 나무(포르투갈 사람이 들여온

뽕나무였다)를 발견했다.

손처럼 생긴 나뭇잎에 가시나무 열매와 같은 보라색 열매가 매달려 있었다. 바위 위에 보라색 얼룩이 져 있었다. 새들이 나무 위에 있는 열매를 먹는다고 해서 사람들도 그 열매를 먹을 수 있는 건 아니었다. 새들이 먹는 것 중에서도 어떤 것은 사람이 먹으면 아주 위험한 것들도 있었다. 하지만 보통은 사람이 먹을 수 있는 것이었다. 나모는 조심스럽게 열매의 맛을 보았다. 아주 맛있었다.

열매를 바구니에 조금 담았다. 나모는 열매를 먹기 전에 짧은 꼬리에게 먼저 먹여 보기로 했다. 짧은 꼬리가 이걸 먹고 배가 아프다면 짧은 꼬리에게 준 게 아까울 일도 없었다.

더 앞으로 걸어가니 나무가 더 많았다. 새소리도 들리지 않았고 사방은 아주 고요했다. 긴꼬리원숭이들이 그림자처럼 나뭇가지 사이로 미끄러져 내려왔다. 원숭이들이 소리없이 움직이는 것이 이상했다.

언덕 꼭대기에 바위가 있었다. 갈라진 틈을 찾았다. 바위 모퉁이를 돌자 넓은 동굴이 나타났다. 동굴 입구에는 뜨거운 낮인데도 시원한 모래더미가 놓여 있었다. 나모는 발로 모래를 팠다.

동굴 입구는 넓지 않았다. 나모는 무릎을 꿇고 동굴 안을 자세히 들여다보았다. 안쪽 그늘진 곳에 해골이 잔뜩 쌓여 있었다.

크기가 작은 것들은 원숭이의 해골들이었다. 작은 뼈들도 어지럽게 흩어져 있었다.

원숭이들이 조심스럽게 행동했던 이유를 알 수 있었다. 여기가 바로 스라소니가 숨어 지내는 곳이었다.

나모는 허겁지겁 언덕을 내려가 원숭이가 모여 있는 데로 갔다.

개코원숭이들이 이곳에서 밤을 보내지 않고 원래 있던 벼랑으로 가려고 하자 나모는 마음이 놓였다. 그들도 나모처럼 스라소니가 사는 동굴에서 멀리 도망치고 싶어하는 것 같았다.

짧은 꼬리가 나모 바구니의 열매를 보자마자 와락 달려들어서 열매를 맛있게 먹었다. 열매를 먹은 짧은 꼬리는 괜찮은 것 같았다. 하지만 열매를 따러 혼자 언덕 위로 가고 싶지는 않았다. 개코원숭이들도 포도를 더 따려고 하지 않았다. 배짱 있게 간 것은 한 번으로 충분했다. 나모가 놓은 덫을 없앤 건 바로 개코원숭이들이었다. 처음에는 단 한 마리가 덫이 있는 곳을 알았는데 나중에는 다른 녀석들까지 다 알아 버렸다. 나모는 이제 덫을 놓을 수가 없게 되었다. 개코원숭이들은 새 잡는 끈끈이도 찾아냈다. 이제 나모는 덫에 걸린 짐승 대신 원숭이들이 남겨 놓은 깃털 나부랭이를 주울 수밖에 없었다. 나모가 만든 밭은 뜨거운 햇볕에 누렇게 시들어 버렸다. 토마토도 따고 오크라와 반쯤 자란 고구마도 구했지만 그것만으로는 부족했다.

활과 화살도 만들었지만 사냥감을 제대로 맞힌 적은 없었다. 나모는 바위 뒤에 숨어서 몇 시간씩 기다렸다. 바위너구리들이 위험을 피해 도망치는 길목이기 때문에 사냥하기에 적당한 곳이었다. 바위너구리들은 나모를 경계했다. 나모를 보면 급히 도망쳤다.

먹을 게 떨어지자 나모는 신경이 날카로워졌다. 개코원숭이들은 밤이 되면 더 시끄럽게 소리를 질렀다. 영양은 조심스럽게 다니기 때문에 잡기 힘들었고 새들도 잽싸게 도망쳤다. 뼈가 가득 쌓여 있던 스라소니의 동굴을 본 이후로 좋은 일은 하나도 생기지 않았다.

짧은 꼬리는 나모를 자기 무리로 받아들였다. 하지만 나모를 중요하게 생각하지는 않았다. 나모와 짧은 꼬리는 돌을 차는 놀이를 하기 시작했다. 짧은 꼬리는 나모를 사납게 노려보다가 땅을 철썩철썩 때리고, 자기 털을 부풀리면서 으스댔다. 기분이 좋아진 짧은 꼬리는 나모가 비워 놓은 자리를 차지하고 앉았다. 짧은 꼬리가 누군가에게 뻐기는 일은 이번이 처음이었다. 짧은 꼬리는 나모와 노는 것을 좋아했다.

짧은 꼬리는 나모를 따라다니면서 먹을 것을 달라고 하지는 않았다. 나모는 나무 아래에 먹을 것들을 다시 정리해 놓았다. 짧은 꼬리는 나모를 뚫어져라 쳐다보며 아래쪽에 앉았다. 나모가 소리를 질렀다.

"저리 가, 창을 던져 버릴 거야. 칼로 너를 찌를 수도 있어!"

나모는 그렇게 큰소리치기는 했지만 속으로는 짧은 꼬리가 무서웠다. 다른 수컷에 비하면 힘이 없는 편이지만 그래도 위험한 송곳니를 가진 덩치 큰 동물이었다. 나모는 어떻게 하면 짧은 꼬리를 떼어 버릴 수 있을까 고민했다.

나모는 혼자 먹을 것을 구하러 다녔다. 그리고 원숭이 무리들이 돌아오기 전에 나무 위로 도망쳤다. 짧은 꼬리가 자꾸 따라다니는 바람에 나모는 더 이상 개코원숭이들과 함께 있을 수 없었다. 나모는 하루 종일 먹을 것을 구했다. 야생 제라늄 뿌리의 껍질을 벗겨 불에 구웠다. 하지만 너무 질겨서 나무껍질을 물어뜯어야 했다. 맛이 쓴 제라늄 잎은 채소처럼 먹었다. 계수나무 꼬투리를 끓여 멀건 국물을 만들고, 물컹물컹하고 맛도 없는 수련 알뿌리를 불에 구워 먹기도 했다. 모두

영양가가 없는 것들이었다. 나모는 앉았다 일어설 때마다 어지러웠고 먹을 것을 찾으러 다니면서도 자주 쉬었다. 나모는 배가 고파 점점 더 견디기가 힘들었다. 그러나 하늘은 구름 한 점 없었고, 여전히 뜨겁고 건조했다.

나모는 힘이 없어 일도 하지 못하고 배를 만들던 무콰나무 옆에 우두커니 앉아 있었다. 통나무 안쪽은 그런 대로 잘 파냈다. 그러나 밖은 아직도 울퉁불퉁한 나무껍질 그대로였다. 구츠 아저씨의 배는 물에서 부드럽게 움직일 수 있는 모양이었다. 배가 휘어지지 않도록 옆에 버팀대를 대 놓았다. 그러나 나모는 아저씨 배와 똑같이 만들 자신이 없었다. 통나무를 굴릴 수도 없고 더군다나 물가로 끌고 가기는 더 힘들었다. 물은 점점 말라 호수 바닥이 드러난 곳도 있었다.

나모는 기진맥진했다. 숯을 만들 때 나는 연기 때문에 어지러웠다. 나모는 통나무에 뺨을 대고 눈을 감았다. 시간이 참 지겨웠다. '멀리 떠나는 새'(앵무새의 일종인 코카투와 모양이 비슷하다. 울음소리가 아주 커서 종종 사냥꾼의 작업을 망쳐 놓는다)들도 더위에 지쳐 소리조차 내지 않았다. 열기에 들뜬 하늘은 동물의 숨소리조차 삼킨 듯 고요했다. 숲은 등골이 오싹할 정도로 괴괴했다. 피곤했지만 나모는 재빨리 일어나 앉아 정신을 차렸다.

이틀 동안 개코원숭이들은 다른 곳에서 지냈다. 멀리서 개코원숭이들의 소리가 들렸다. 나모의 주변에는 아무도 없었다. 그러나 이상한 느낌이 들어 칼을 집어 들었다. 물을 길으러 호숫가로 가는데 나무 아래로 드리워진 짙은 그림자조차 무서웠다.

강렬한 햇빛이 나뭇잎 사이로 가늘게 새어 들었다. 그 빛 때문에 앞이 잘 보이지 않아 나모는 계속 발걸음을 멈추었다. 나모는 갈대 옆에 무릎을 꿇고 앉아 조심조심 호리병박에 물을 채웠다.

물에서 조금 떨어져 있는 바위는 꽤 컸다. 그 바위는 나모가 잠을 자는 나무처럼, 사방으로 구불구불한 뿌리가 뻗어 나간 커다란 무화과나무 옆에 있었다. 그때 나모는 낯익은 동물을 보았다. 가슴이 철렁하여 얼른 이마 위에 손을 댔다. 얼룩영양이었다.

죽은 게 아니라면 그곳에 그토록 조용히 누워 있을 리가 없었다. 휘어진 뿔을 보니 수컷 같았다. 줄이 희끗희끗하게 난 검붉은 등이 나모 쪽을 향해 있었다. 찻잔처럼 생긴 큼직한 귀가 무화과나무의 하얀 둥치 쪽에 그림자를 드리우고 있었다. 얼룩영양은 꼼짝도 하지 않았다. 살아 있었다면 얼룩영양은 두 발로 벌떡 일어났을 것이다.

늙어 죽었거나 굶어 죽었는지도 모른다. 그게 아니라면 독이 있는 풀을 먹었을 수도 있다. 야생개나 독수리가 아직 얼룩영양을 발견하지 못한 것이다. 그렇지 않으면 바위 위에 죽은 채로 남아 있을 리 없을 테니까.

나모는 주변에 누가 있는지 경계하면서 조심조심 다가갔다. 돌 위에서 반짝이는 핏방울이 보였다. 아직도 축축했다. 나모는 그 자리에 우뚝 멈춰 섰다.

얼룩영양은 죽은 지 얼마 되지 않았다. 굶어 죽은 게 아니었다. 나모는 발끝으로 서서 바위 저쪽에 뭐가 있나 보려고 목을 길게 뺐다. 야생개가 얼룩영양을 죽인 걸까? 그렇다면 적어도 한두 놈은 이 근처에 있을 것이다. 이렇게 크고 맛있는 음식을 포기할 짐승은 없을 테니 말이다.

나모는 칼을 치켜들고 앞으로 조금씩 움직였다. 배고픈 나모는 고기를 먹을 수 있다는 생각에 앞뒤를 가리지 못했다. 야생개가 기다리고 있다면 고기를 조금이라도 빼앗으려는 마음이었다. 야생개들은 우선 배를 좀 채운 다음에 근처에서 잠자고 있을 수도 있었다. 창자와 앞다리는 뜯어먹었지만 뒷다리에는 입도 대지 않았다.

얼룩영양의 목에 이빨 자국이 나 있었다. 목이 물려 죽은 것이다. 하지만 야생개는 그런 식으로 짐승을 죽이지 않으며 또 그렇게 힘이 세지도 않았다. 야생개들은 먹잇감이 살아 있는 동안에 내장을 꺼내서 게걸스럽게 먹는다.

짐승의 목을 물어 죽이는 것은 스라소니가 사용하는 기술이다. 그렇지만 스라소니는 이렇게 큰 동물을 옮길 힘이 없다. 얼룩영양은 몸집이 매우 크고 몸무게도 나모의 열 배는 더 될 테니까.

사자나 표범이라면 그렇게 할 수 있었다.

섬에는 사자가 없었다. 사자들이 살고 있다면 으르렁거리는 소리를 분명히 들었을 것이다. 사자가 아니라면 표범뿐이다. 나모는 표범의 모습을 떠올렸다. 스라소니의 발자국을 발견했을 때 짧은 꼬리의 꼬리를 자른 것도 스라소니의 소행이라고 생각했다. 그리고 그 스라소니가 섬의 저쪽 동굴에 살고 있다고 짐작했다. 그러나 개코원숭이들이 배고픔을 참으면서까지 야생 포도로 뒤덮인 언덕을 피해 다닌 건 자기들보다 몸집이 작은 동물 때문은 아닐 터였다.

나모는 이곳에 표범이 있으리라고는 미처 상상하지 못했다.

나모는 모든 걸 포기하고 싶었다. 나모 역시 얼룩영양처럼 표범에게 포위를 당한 것 같은 느낌이 들었다. 동물들은 적에 쫓겨 더 이상 가망이 없다는 생각이 들 때 모든 걸 포기하고 기꺼이 먹이가 된다. 나모는 스스로를 위로했다.

'나는 나모 종웨야. 이제 어린아이가 아냐. 난 여자야. 내 토템은 사자야. 사자는 표범보다 훨씬 강해.'

그러나 이런 생각도 그다지 위안이 되지 못했다. 나모는 어디로든 달아나고 싶었다. 나모는 몸을 움츠렸다.

표범은 얼룩영양을 나무 근처로 물고 왔지만 너무 무거워서 들어올리지 못했던 것이다. 그래서 표범은 먹을 수 있을 만큼만 먹고 나머지를 남겨 두었다. 멀리 가진 않았을 것이다. 잠시 앉아 있다가 잠이 들었는지도 모른다.

나모는 이제 무서움이 지나쳐 마치 꿈을 꾸는 듯했다. 빨리 움직일 수가 없었다. 아이들이 훈련할 때 쓸 창으로 표범과 싸워 보겠다는 희망은 아예 품지도 않았다. 나모는 자신을 보호할 무기가 아무것도 없었기 때문에 머리에 떠오르는 대로 무엇이든 하려고 했다. 나모는 살이 많은 얼룩영양의 뒷다리를 잘라 내기 시작했다.

그런데 뒷다리는 너무 무거워서 들 수가 없었다. 나모는 잠을 자는 나무로 뒷다리를 질질 끌고 왔다. 고기를 가늘고 길게 잘라 훈제를 하려고 대 위에 올려 놓았다. 기분은 몽롱했지만 정신을 잃지 않으려고 애쓰면서 불을 지폈다. 이 방법은 실제로 고기를 직접 불에 굽지 않고 연기를 푹 배게 하는 방법이었다. 훈제고기는 그냥 불에 굽는 것보다 더 오래 보관할 수 있었다. 당장 먹을 것을 조금 떼어내 불에 구웠다. 고기를 먹고 난 나모는 기운을 되찾았다. 그렇지만 이곳에 표범이 살고 있다는 사실에 온몸이 떨려 왔다.

오후 늦게 개코원숭이들이 벼랑으로 가는 소리가 들렸다. 훈제한 고기는 이틀이 지나면 먹을 수 없었다. 고기를 말리면 더 오래 두고 먹을 수 있었다. 나모는 고기를 나뭇가지 위에 펼쳐 놓았다. 바람이 뜨겁고 건조해서 빨리 고기가 말랐다.

개코원숭이들이 나모가 있는 나무 아래쪽으로 몰려왔다. 불가로 와서는 코를 킁킁거렸다. 짧은 꼬리는 훈제 대를 보고 송곳니를 드러내더니 나모를 올려다보았다. 나모도 나무 위에 앉아 짧은 꼬리를 바라보았다. 나모는 짧은 꼬리가 고기의 위치를 정확히 알고 있다는 것을 눈치챘다.

29

늦은 밤 나모가 이야기를 시작했다.

"옛날에 한 농부가 개코원숭이들이 가득한 숲 한가운데에서 살았어요."

신경이 곤두서서 잠이 오지 않았다. 나모는 엄마에게 이야기를 들려주기로 했다. 풀을 채운 자루를 끌어안고, 엄마를 생각하며 사진이 든 항아리에 얼굴을 바짝 갖다 댔다. 표범도 얼룩영양을 다 먹을 때까지는 다른 동물을 해코지하지는 않을 것이다.

"그런데 농부는 매일 불안했어요. 개코원숭이들이 날마다 침을 흘리며 농부의 옥수수를 쳐다봤거든요. 농부는 개코원숭이들이 옥수수를 가져가려고 할 때마다 바구니에서 돌을 꺼내 던졌어요.

추장 개코원숭이가 말했어요.

'형제들이여, 농부가 밭을 지키고 있으면 옥수수를 가지고 갈 수 없다. 하지만 농부는 우리가 고기를 먹을 수 있다는 걸 모르는 거 같다. 염소 울타리는 신경 쓰지 않으니 말이다.'

'우우! 염소 울타리로 쳐들어가자!'

개코원숭이들이 소리를 쳤어요. 개코원숭이들은 염소를 죽여서 구워 먹었어요. 그러자 추장 원숭이가 말했어요.

'정말로 재미있는 일을 벌여 볼까? 염소 가죽에 우리 똥을 넣고 기워 농부의 집 바깥에 세워 놓는 거야.'

원숭이들이 소리를 질렀어요.

'우와! 멋진 생각!'

원숭이들은 염소 가죽에 자기들 똥을 가득 담아 기운 다음 농부의 집 문 앞에 기대 놓았대요. 그러고 나서 덤불 뒤에 숨어 지켜보았죠.

얼마 후에 농부가 나왔어요.

'잘 잤니? 우리 귀여운 염소야. 문 앞에서 뭐 하고 있니?'

염소는 대답이 없었어요. 농부가 말했어요.

'그렇게 문을 막고 서 있으면 어떻게 해. 이제 저리 가거라.'

그런데도 염소는 꼼짝도 하지 않았어요. 소리를 질렀는데도 염소가 움직이지 않자 농부는 화가 나서 염소를 걷어찼어요.

그 바람에 바느질한 곳이 터져 버렸어요. 염소 가죽이 터지자 사방에 개코원숭이의 똥이 쏟아졌어요. 농부는 화가 나 펄쩍펄쩍 뛰었어요.

개코원숭이들은 웃음을 터뜨리면서 데굴데굴 굴렀어요.

농부는 오두막을 깨끗이 씻어 내며 다짐했어요.

'똑같이 갚아 주겠어.'

농부는 밭에 구덩이를 파고, 구덩이 위에 나뭇가지를 슬쩍 걸쳐 두었어요. 그런 다음 숲 속 오솔길에 누워 죽은 척했지요.

농부를 발견한 개코원숭이들은 농부를 밀치고 쿡쿡 찔러 보았어요.

하지만 농부는 꿈쩍도 하지 않았어요. 개코원숭이들은 노래를 불렀어요.

농부가 죽었어, 야!
농부는 왜 죽었을까? 야!
염소 때문에 슬퍼서 죽었지, 야!
농부를 어떻게 할까? 야!

추장 개코원숭이가 말했어요.

'저 농부를 묻어 주자.'

개코원숭이들은 농부를 숲 속으로 데리고 가 무덤을 팠어요. 하지만 무덤을 파는 게 너무 힘들었어요. 원숭이들은 모두 지쳐 버렸어요.

추장 개코원숭이가 얼굴을 쓱쓱 문지르면서 말했어요.

'표범이 뼈를 흩어 버리든 말든 알게 뭐야? 이제 농부는 우리한테 돌을 던지지 못할 테니까 잘됐어. 자, 옥수수를 털러 가자.'

개코원숭이들은 농부를 버려 두고 서둘러 오솔길을 빠져 나갔어요. 그러나 밭으로 달려가던 원숭이들은 농부가 파 놓은 구덩이를 보지 못해 모두 빠져 죽고 말았대요. 농부는 원숭이들에게 곡식을 빼앗기지 않고 내내 행복하게 잘 살았대요."

나모는 자루를 끌어안고 숲에서 무슨 소리가 들려 오지 않나 귀를 기울였다. 개코원숭이들이 중얼대는 소리가 들렸다. 개코원숭이들은 너무 태평한 것 같았다. 걱정을 한다면 저렇게 떠들지는 않을 것이다.

엄마가 말했다.

'배를 빨리 마무리해야 해.'

나모가 대답했다.

"서두를게요."

'숲은 언제나 위험하단다. 아주 조심해야 돼.'

"하지만 동물들이 옆에 있으면 일을 할 수가 없어요."

엄마가 말했다.

'그건 어쩔 수 없어…….'

구츠가 물의 요정 오두막의 부드러운 침대에 누워서 말했다.

'비가 오면 파도가 거세질 거야.'

나모는 벌떡 일어나서 나무 끝에 앉았다. 동이 틀 때까지 그렇게 앉아 벼랑을 바라보았다. 별빛이 내려앉은 벼랑에서 개코원숭이들이 중얼중얼하는 소리가 들려왔다.

밤사이에 고기가 잘 말랐다. 상하지도 않았다. 개코원숭이들이 자리를 뜨자마자 나모는 고기를 익히려고 불을 피웠다. 하얀 연기가 숲 사이로 빠져 나가면서 고기 익는 냄새가 퍼졌다. 나모는 고기를 뒤집어 가며 골고루 잘 익혔다.

나모는 엄마에게 말했다.

"먹고 나서 배 만들러 갈게요."

그런데 고기는 어떻게 감춰 놓지? 이제는 별 쓸모가 없어진 통발을 두 개 가져다가 주둥이가 좁은 쪽을 막았다. 그리고 무티티나무 가장 높은 가지에 밧줄을 달아 고기가 든 통발을 걸었다. 그 가지는 풀밭 위로 뻗어 있었다. 나모는 줄을 당겨 통발을 다시 끌어내릴 수 있었다.

"엄마, 고기는 통발 안에 넣어 두면 돼요. 새들이 들어가지 못할 거예요. 개코원숭이들도 높아서 뛰어오를 수 없을 거고요."

나모는 그래도 안심이 되지 않아 나무 아래 불을 지폈다. 짧은 꼬리가 아무리 뭘 찾고 싶어도 발이 뜨거워 어쩌지 못하고 물러가도록 말이다.

낮이 되자 나모는 물을 길으러 갔다. 개울은 이제 바싹 말라서 먼 호수까지 가서 물을 길어 와야 했다. 나모는 호리병박들을 담은 바구니에 칼을 찔러 넣고 손에 창을 들었다. 나모는 당장이라도 얼룩영양 고기를 또 가지러 가고 싶었다. 하지만 다시 가 보았을 때 영양은 흔적도 없이 사라졌다.

모든 게 끝났다.

나모는 표범이 영양을 나무가 있는 쪽으로 끌고 갔다고 생각했다. 바위는 핏자국도 없이 깨끗했다. 나모는 먹을 게 없어졌다는 실망감이 너무 커 가까이 가서 확인하지도 않았다.

그날 오후, 나모는 말린 고기를 통발에 가득 채워 높은 가지에 걸어 놓았다. 조미료로 쓸 떡갈나무 나뭇잎을 조금 주우려고 개울가로 나갔다. 개울은 다 말랐지만 바닥은 서늘한 습기가 느껴졌다.

'오아우' 하는 소리에 나모는 정신을 바짝 차렸다. 개코원숭이들이 일찍 돌아온 것 같은데 이상하게 너무 조용했다. 그때 갑자기 원숭이들이 나타났다. 그들은 나모의 주위를 빙빙 돌았다. 우왕좌왕하지도 않았고 평소처럼 끽끽거리지도 않았다. 개코원숭이들은 표범 동굴 근처에 사는 긴꼬리원숭이들처럼 미끄러지듯 풀밭을 오갔다. 술래의 표정도 진지했다. 술래는 군소리 없이 과일대장 등에 올라탔다.

나모는 다리가 후들거렸다. 수컷들은 너무 흥분해서 서로 고함을 치며 암컷들을 위협하고 있었다. 무리들은 벼랑 가까이로 가 사방에 흩어져 열심히 땅을 팠다. 평소와는 달랐다. 날이 저물 때쯤에는 서로 털을 빗겨 주고, 새끼들과 놀거나 마음에 드는 무리 속에서 빈둥거렸다. 개코원숭이들도 굶주리고 있었다. 먹이를 찾지 못한 듯했다.

짧은 꼬리가 연기 냄새가 밴 대 주위에 코를 들이대고 소리를 질렀다. 짧은 꼬리는 나모를 발견하고 털을 곤두세우면서 떡갈나무 잎사귀가 달린 볼품없는 가지를 달라며 따라붙었다.

"저리 가!"

나모가 고함을 지르자 짧은 꼬리도 땅바닥을 쳤다. 나모는 돌을 움켜쥐고 짧은 꼬리의 머리로 던졌다.

짧은 꼬리는 몹시 화를 내며 왔다갔다했다. 평소 나모가 돌을 던지면 얼른 움츠러들었는데 이번에는 그렇지 않았다. 순간 나모는 위험하다는 생각이 들었다. 가시 울타리에 기대 놓았던 창을 들고 나무 위로 올라가려고 재빨리 사다리를 풀었다. 짧은 꼬리가 사다리로 쫓아오지 못하게 창을 겨누었다. 짧은 꼬리는 뒤로 물러서지 않았다. 짧은 꼬리는 사다리를 잡으려고 달려들면서 나모를 땅으로 밀어붙였다. 그러고선 더러운 발로 나모의 얼굴을 밟았다. 나모는 가까스로 일어났지만 그 사이 짧은 꼬리는 이미 나무 위로 올라가 나모의 물건들을 엉망진창으로 만들었다. 통발 속에 든 음식을 꺼내려고 커다란 이빨로 호리병박들을 물어뜯었다. 짧은 꼬리는 나모가 말려 둔 고기를 찾고 있었다.

짧은 꼬리는 나뭇가지 사이를 뛰어다니며 냄새가 나는 작은 대들을 뒤졌다. 그러다 밧줄에 매달린 통발을 발견하긴 했지만 도저히 손이 닿질 않았다. 올라타기에는 가지가 너무 가늘었다. 짧은 꼬리는 밧줄을 당겨야 고기를 얻을 수 있다는 생각은 하지 못했다. 화가 난 원숭이는 나무 위에서 길길이 날뛰었다.

나모는 불붙은 나뭇가지를 하나 쥐었다. 너무 무서웠지만 살아남으려면 먹을 것을 지켜야 했다. 나모는 사다리를 타고 올라가 불붙은 나뭇가지로 짧은 꼬리의 얼굴을 찔렀다. 그러자 짧은 꼬리는 움찔하며 뒤로 물러났다. 간신히 위로 올라간 나모는 이 원숭이를 나무에서 밀어 버리려고 했다.

짧은 꼬리가 당황했다. 나모는 사나운 오소리처럼 원숭이에게 점점 다가갔다. 짧은 꼬리를 향해 욕을 해댔다. 나모는 짧은 꼬리의 목을 물어뜯을 태세였다.

짧은 꼬리가 고함을 질렀다. 날쌔게 피하려다가 뒤틀린 발이 나모의 항아리에 걸렸다. 짧은 꼬리는 나무 위에 올려 둔 대의 가장자리로 비명을 지르며 넘어졌다. 항아리는 나모가 미처 손을 뻗기도 전에 짧은 꼬리 뒤로 굴러갔다. 그 바람에 막아 놓은 뚜껑이 열리고 잡지 사진이 호수에서 불어오는 바람에 실려 공중을 떠다니다가 살려 놓은 불씨 위로 떨어졌다.

나모는 기겁을 했다. 나무에서 떨어지는 것도 상관하지 않았다. 오로지 사진을 되찾으려고 나모는 땅바닥에 떨어진 녀석은 본 체도 하지 않았다. 하지만 사진은 결국 불길 속에서 활활 타올라 이미 재로 변했다.

나모는 뜨거운 것도 모르고 맨손으로 숯불을 마구 헤집었지만 이미 너무 늦어 버렸다. 사진은 마스비타의 고모가 죽던 날, 절구에서 으깬 뼛가루처럼 한 움큼의 재가 되어 멀리 날아가 버렸다.

재가 속삭였다.

'엄마, 치포, 마스비타, 나모. 모두 무서워하지 말아요. 이제 난 가야 해요. 언젠가 다시 만나게 될 거야.'

재가 작별 인사를 하며 허공으로 흩어졌다.

30

나모는 나무 위의 침대에 누웠다. 물건들이 마구 흐트러져 있었지만 정리하기는커녕 쳐다보지도 않았다. 그렇게 아무것도 하지 않고 이틀이 지나갔다. 나모는 호리병박에 담아 놓은 물을 마셨다. 짧은 꼬리는 호리병박 안에 든 것에는 관심이 없었다. 나모는 그동안 아무것도 먹지 않았다. 하지만 상관없었다. 끌어안고 자던 자루도 팽개쳐 두었다. 만지고 싶은 마음이 없었다. 개코원숭이들이 나무 아래에서 고기를 굽던 자리를 샅샅이 뒤지고 있었다. 나모는 옆으로 돌아누웠다. 개미들이 나무 둥치를 타고 한 줄로 나란히 기어 올라갔다. 개미도 나모가 숨겨 둔 고기 냄새를 맡은 것이다. 나모는 나뭇가지로 떼를 지어 가는 개미 줄을 손으로 쓱 문질러 흩뜨렸다. 짧은 꼬리는 어디론가 사라져 버렸다.

날이 어두워졌다가 다시 아침이 되었다. 뚱뚱한 빰이 술래를 어깨에 태우고 와 어슬렁거렸다. 과일대장은 땅 위에 뒹굴고 있는 호리병박 안에 무엇이 있는지 살피고 있었다. 짧은 꼬리가 나타났다. 절뚝거리며 걸어오고 있었다. 걷기가 힘든지 끙끙거렸다. 다른 개코원숭이들은 짧은 꼬리를 골려 줄 기회를 엿보고 있었다.

물이 바닥났다. 나모는 입 안이 말라 혀가 입천장에 달라붙는 것 같았다. 몸에서 이상한 냄새가 났다. 몸이 더러운 건 아니었지만 곰팡내 나는 동굴에서 오랫동안 틀어박혀 있던 동물에게서 나는 기분 나쁜 냄새가 났다. 머리가 아팠다. 목이 말라 금방 죽을 것 같았다.

날이 어두워지자 바람이 좀 시원해졌다. 나뭇잎이 부딪히는 소리가 하늘에서 떨어지는 물소리처럼 느껴졌다. 달이 뜨자 나뭇잎 사이로 하얀 물결 같은 빛이 흘러내렸다.

구츠 아저씨가 말했다.

'나모야, 난 떠날 거야.'

아저씨는 가방을 들고 있었다.

'가족들이 술을 만들어 놓고 날 기다리고 있단다. 이 장남이 다시 집으로 돌아온다고 염소도 한 마리 잡았단다. 다시 가족들을 만나면 참 기쁠 거야.'

나모는 아무 말도 하지 않았다.

'안나도 거기 있겠지. 안나가 먼저 죽은 나를 용서해 주면 좋겠어.'

구츠는 머리를 긁적이며 깊은 생각에 잠겼다.

'황소를 잡아 주었으면 했는데…… 요즘은 다들 한창 어려울 때란다. 내 아들이 여유가 생기면 황소를 잡아 주겠다고 약속을 했어. 나중에 꼭 다시 황소를 잡아 달라고 말해야겠어.'

아저씨는 숲길을 걷는 사람처럼 호수 바닥을 성큼성큼 걸었다. 걸어가던 아저씨가 나모를 돌아보고 큰 소리로 말했다.

'물의 요정이 외로워할 거야. 너를 찾아오더라도 놀라지 마라.'

그리고 아저씨는 떠나 버렸다.

처음에는 엄마, 이제는 구츠가 떠났다. 희미한 달빛이 나무를 비추고, 개코원숭이들은 돌투성이인 자기들의 영역에서 걸어 다니고 있었다. 부엉이가 하늘 높이 날아 올랐다.

스스스 소리가 났다. 나무 아래쪽 풀숲에서 무언가 움직이고 있었다. 휴우 하는 한숨 소리도 들렸다. 나모는 소리에 신경을 쓰지 않으려고 했다. 사나운 동물들이 와 나모를 위협한다 해도 이젠 별로 무섭지 않을 것 같았다. 나모는 그냥 죽어 버렸으면 좋겠다고 생각했다.

스스스 하는 소리가 다시 들렸다. 그러나 나모는 짐승에게 물려 죽고 싶지는 않았다. 차라리 굶어 죽는 게 나았다. 콜레라로 죽는 것처럼 죽고 싶지도 않았다. 콜레라에 걸린 사람들은 열이 높아 깊이 잠들어 있다가 세상을 떠났다. 정말 그렇게 죽는 건 싫었다.

나모는 나무 아래를 보았다. 물의 요정인 두 여자아이가 나모를 쳐다보면서 나모가 만들어 놓은 가시나무 울타리 주위를 미끄러지듯 움직이고 있었다. 가시나무 사이로 주르르 미끄러져 다닐 수 있을 만큼 부드러운 몸을 가늘고 길게 늘렸다. 몸이 오싹했다. 땀을 얼마나 흘렸는지 몸이 축 늘어졌다.

나모가 사다리를 내리기도 전에 물의 요정들은 나무줄기까지 올라왔다. 그러더니 물의 요정들은 아주 이상한 행동을 했다. 요정들은 천천히 미끄러지면서 짧은 꼬리가 부순 나무 조각들을 찾으러 다녔다.

뱀으로 변한 요정 아이 하나가 이빨로 나무 조각을 물어서 나무줄기로 옮기면 다른 요정이 그 조각을 머리로 떠밀어 적당한 자리에 놓았다. 잠깐 사이에 갈라진 틈들이 다 메워졌다. 그렇게 하나하나 손질을 해서 음식을 보관하는 데 썼던 널빤지는 다시 원래대로 매끈하게 이어졌다. 그 다음에 요정들은 새를 잡는 끈끈이 고리 쪽으로 갔다.

끈끈이 울타리는 스라소니가 올 때를 대비해 만들어 두었던 것이었다. 나모는 물의 요정들이 무엇을 하는지 지켜보았다. 요정들은 나무에서 주르르 미끄러져 내려가더니 마른풀을 긁어모았다. 그들은 마른 풀로 끈끈이를 덮었다.

일을 마치고서는 아주 부드럽게 바위 위를 넘어갔다. 나모는 물의 요정들이 얼마나 영리하게 일을 하는지 감탄했다. 나모는 물의 요정처럼 영혼의 세계에서 살고 싶었다. 그러나 물의 요정들처럼 사방을 기어다니는 뱀이 되고 싶지는 않았다. 나모는 자리에서 일어났다. 다리가 후들거렸다.

달빛을 받으며 물의 요정들은 눈을 빛내면서 한쪽 나뭇가지에 똬리를 틀고 앉았다. 물의 요정인 뱀 한 마리가 물이 없는 호리병박을 찾아내고는 머리를 박 안으로 쏙 집어넣었다. 그러고는 나모에게 호리병박을 가져와 기울였다. 물방울이 반짝거리더니 나모의 입가에 물이 넘쳐흘렀다.

나모가 소리를 질렀다.

"안 돼, 저리 가!"

그러나 물의 요정들은 몸뚱이를 서로 돌돌 말더니 스스스 소리를 내면서 나모의 얼굴 쪽으로 다가왔다. 뱀은 나모의 아랫입술을 살짝 물고서 엄청난 힘으로 나모의 입을 벌렸다.

"아악!"

나모는 숨을 헐떡거렸다. 뱀이 나모의 입을 들여다보면서 반짝거리는 차가운 물을 입 안에 쏟아 부었다. 호수에 뛰어든 개구리가 느끼는 것처럼 차가운 물이 온몸으로 퍼졌다. 나모에게 물을 먹인 요정들은 서로 꼬고 있던 몸을 풀고 나무에서 미끄러져 사라졌다.

나모는 놀라 몸을 떨었다. 물의 요정들이 준 물을 먹은 건 그들과 영원히 살게 된다는 뜻일까? 어떻게 해서든 사람에게 음식을 먹이는 게 그들의 약속 같은 거라서 나모를 찾아온 걸까? 어쨌든 한 가지는 확실했다. 이제 나모는 죽겠다는 생각을 하지 않았다. 나모는 살고 싶었다. 아직 때가 늦지 않았기만을 빌었다.

어둠이 걷히자 나모는 맨 먼저 물을 길으러 갔다. 몸에 수분이 거의 없었다. 피부는 푸석푸석하고 귀가 윙윙 울렸다. 그렇지만 지난밤보다 힘을 많이 되찾았다. 나모는 물의 요정들이 썼던 호리병박으로 호숫물을 떠서 연거푸 마셨다. 그러고 나서 물이 몸에 잘 흡수되도록 나무 아래 가서 누웠다.

조금 뒤에 나모는 무티티나무로 돌아가 마른 고기를 먹었다. 하루 종일 물을 마시면서 간간이 음식도 먹었다. 그러나 널빤지는 짧은 꼬리가 망쳐 놓은 그대로였고, 끈끈이 울타리도 그대로였다. 물의 요정들은 나모의 꿈속에만 찾아왔던 걸까?

그날 밤 물의 요정들이 다시 찾아왔다. 다시 나무줄기에 난 틈을 다

메우고 끈끈이 울타리에 풀을 덧씌우고 돌아갔다. 이번에는 나모에게 강제로 물을 먹이지 않았다. 물의 요정들은 나뭇가지를 스쳐 지나가면서 서로 중얼거렸다. 나모는 무슨 말을 하는지 알아듣지 못했지만 이상하게도 그 목소리가 편안하게 들렸다. 깊은 잠에서 깨어난 나모는 물의 요정들을 찾았다. 하지만 그들은 이미 사라지고 없었다.

나모는 손가락 하나 움직일 힘이 없었다. 무콰 통나무 옆에 그냥 앉아서 배 모양을 상상했다. 그때 숲 속 풍경이 묘하게 변했다는 느낌이 들었다. 햇빛이 달랐다. 하늘에는 여전히 구름 한 점 없었고, 날씨는 다른 때보다 더 답답하고 무더웠다. 몸은 땀으로 뒤범벅이 되었다.

이윽고 나모는 무슨 일인지 알아챘다. 마른 나뭇가지에서 싹이 봉긋이 돋아났다. 새잎들이 앞 다투어 나오고 있었다. 엷은 초록빛이 숲 속에 감돌았다. 이건 우기가 오고 있다는 표시였다. 건기 동안에 숲 속 나무들은 이파리들을 모두 떨어뜨렸다. 덩굴식물이나 풀과는 달리 나무는 건기가 끝나고 첫비가 내릴 때 새잎이 나왔다. 나무는 폭우가 막 닥쳐올 거라는 걸 묘하게도 잘 알았다. 우기가 시작되면 이삼 주 안에 습기를 담뿍 머금은 거대한 보랏빛 구름들이 동쪽 하늘에 생긴다. 나뭇가지를 부러뜨릴 만한 센 바람과 하늘을 뒤흔드는 천둥이 미친 듯이 비를 퍼부으면서 섬으로 몰려들 것이다.

그때까지 무콰 통나무로 배를 만들 수가 있을까?

나모는 소름이 끼쳤다. 폭우를 뚫고 호수를 건널 수는 없었다. 긴 장마가 끝날 때까지 혼자 이 섬에 있어야 할지도 모른다. 나모는 나무 아래로 돌아갔다. 무티티나무 그늘에 누워 애를 태웠다. 울고 싶고 고함을 지르며 뭔가를 집어던지고 싶었다. 마음의 갈피를 잡을 수가 없었다. 나모가 할 수 있는 일이라고는 자리에 누워서 걱정하는 일밖에 아무것도 없었다. 그것도 혼자서.

돌아온 개코원숭이들은 계속 불평만 해댔다. 한참 굶은데다가 날씨까지 더워 화가 난 것이다. 짧은 꼬리는 다른 원숭이들을 쫓아다니며 풀뿌리를 달라고 손을 벌렸지만 다른 원숭이들은 화를 냈다. 짧은 꼬리는 작은 섬에서 처음 보았던 때처럼 앙상하게 말라 버렸다. 짧은 꼬리가 참 불쌍했다. 그 원숭이가 가장 세고 늠름하던 때는 나모와 함께 있었을 때였다.

나모는 풀 자루를 베고 누워 궁리를 했다. 동물들을 고통스럽게 짓누르던 굶주림은 비가 내리기 시작하면 가라앉을 것이다. 비가 오면 흰개미는 새끼를 까고, 새들은 둥지를 튼다. 어쩌면 표범도 동굴로 돌아올지 모른다.

하지만 나모는 불을 피울 수도 없고 배를 만들 수도 없다. 그렇게 몇 달을 보내야 한다…….

나모는 좋은 쪽으로 생각하기로 했다. 섬은 이제 먹을 것이 충분해질 것이다. 개울이 다시 흐르면 통발로 고기를 잡을 수 있다. 제때에 밭에 식물을 심을 수도 있다. 그러나 물이 불어나면 작은 섬으로 건너가기가 어려워질지도 모른다.

저녁 무렵이 되었을 때 나모는 어쩔 수 없는 이런 상황을 그대로 받아들였다. 말린 얼룩영양 고기를 우적우적 씹어 먹었다. 맛없는 수련 알뿌리를 간신히 삼켰다. 잠자는 곳도 다시 만들어 비가 새지 않도록 준비했다.

해가 지고 보름달이 솟았다. 개코원숭이들은 불안해서 잠을 못 자고, 바위너구리들은 이리저리 돌아다녔다.

짧은 꼬리가 벼랑으로 올라가려다가 아래로 떨어졌다. 발이 부어 있었는데 아마 나무에서 떨어져 다친 것 같았다. 짧은 꼬리는 낮은 바위에 간신히 기어 올라가 몸을 숨겼다.

구츠가 떠나고 난 후, 요 이틀 동안은 물의 요정이 찾아오지 않았다. 나모는 마음이 놓였다. 자루를 끌어안고 잠이 올 때까지 이야기를 하면서 시간을 보내기로 작정했다. 그러나 누구한테 이야기를 들려줄까 생각하니 또다시 슬퍼졌다. 짧은 꼬리에게 이야기를 해줄까 생각했지만 그럴 수는 없었다. 지난번 불붙은 가지를 짧은 꼬리의 얼굴에 들이댄 후 짧은 꼬리는 나모 근처에는 얼씬도 하지 않았다. 짧은 꼬리가 달빛 때문에 안절부절못하고 끙끙대는 소리가 들려 왔다. 어쨌든 정말로 이야기를 하고 싶은 건 짧은 꼬리가 아니었다. 나모는 사람과 말하고 싶었다.

'괜찮아. 나 혼자 하룻밤도 지내지 못한다면 앞으로 몇 달을 어떻게 더 지낼 수 있겠어?'

"크엉, 크엉."

나모는 깜짝 놀랐다.

"크엉, 크엉."

그 소리, 마을 밖 바나나 숲에서 나던 바로 그 소리였다.

"크엉, 크엉."

다시 주변이 조용해졌다.

'무슨 소리지? 나무 아래 뭐가 있나?'

스라소니가 바위너구리를 낚아채려고 껑충 뛰어오르는 장면을 상상했다. 만약 표범이라면 표범은 얼마나 높이 뛸 수 있을까?

"크엉, 크엉."

소리가 벼랑 쪽으로 멀어졌다. 나모는 조심스럽게 숨을 내쉬었다. 개코원숭이들은 죽은 듯이 조용했다. 새끼도 낑낑거리지 않았다. 원숭이 무리들은 땅 위에서 사라진 것 같았다. 끼리끼리 지껄이던 바위너구리들도 돌로 변해 버린 것처럼 아무 소리도 내지 않았다. 온 섬의 모든 동물들이 숨을 삼키고 있었다.

그러고 나서 비명이 들려 왔다.

울부짖는 소리가 끔찍했다. 나모는 순간 자기도 함께 소리를 지를 뻔했다. 주먹으로 입을 틀어막았다. 소름끼치는 비명이 이어졌다. 비명 소리에 피투성이 살갗과 쪼개진 발톱을 보았던 어릴 적 기억이 모두 되살아났다. 나중에 숲 속에서 발견한 엄마 뼈를 집으로 가져왔을 때 할머니가 머리를 쥐어뜯으며 울부짖던 일까지 떠올랐다.

소리가 그쳤다.

화사한 달빛이 나뭇잎 사이로 흘러내리고, 물기를 머금은 공기가 나모의 피부를 건드렸다. 개코원숭이 새끼 한 마리가 낑낑거리자 그 어미가 부드럽게 다독였다. 쏙독새가 '와우와우' 하면서 숨가쁘게 울었다. 풀밭은 활기를 되찾아 갔다. 이제 위험한 시간은 지났다. 표범은 먹이를 골라잡고 느긋하게 되돌아갔을 것이다. 바위너구리들이 재잘거렸다. 코뿔새도 나지막이 울었다.

하지만 이런 밤의 소리에 짧은 꼬리의 소리가 빠져 있었다. 발에 입은 상처 때문에 움직일 때마다 내던 짧은 꼬리의 신음 소리가 더 이상 들려 오지 않았다.

31

"떠나야 한다고!"

무콰 통나무 너머 끝없이 펼쳐진 호수를 바라보던 나모는 툭 말을 내뱉었다. 누구한테 이야기하는 것일까? 섬한테 이야기하는 것일까?

"여기에 더 있다가는 미쳐 버리거나 표범한테 잡아먹히고 말 거야."

여기 계속 머물다가 죽는 건 시간 문제라는 생각이 들었다. 그 거대한 표범은 오래 전부터 짧은 꼬리를 먹이로 점찍어 놓았다. 할머니는 사사나 표범이 누군가의 눈물을 맛보면, 사람들을 모조리 다 먹어 치운다고 말했다.

나모는 통나무를 물가로 끌고 갔다. 통나무 구멍 속에 들어앉아 있으면 물 위로 둥둥 떠내려갈 수도 있을 것 같았다. 하지만 배가 뒤집어질 게 뻔했다. 지금 이대로는 조금도 움직일 수가 없었다. 구츠의 배를 곰곰이 생각했다.

'아저씨는 요정들이 물에 대한 모든 것을 가르쳐 주었다고 했어. 나한테도 좀 가르쳐 주면 좋았을 텐데……. 누가 나한테 수영을 가르쳐 주었지? 섬에서 포르투갈 사람 집을 찾게 해준 게 누구였지? 불을 피

워서 통나무 속을 파라고 한 건 누구였지? 짧은 꼬리가 망가뜨린 나무 조각을 다시 붙여 준 게 누구지?'

나모가 말했다.

"난 참 바보 같아."

나모는 구츠의 영혼과 처음 만났을 때 이런 이야기를 들었다.

'여러 해가 지나면 아무리 좋은 배라도 틈이 생기게 마련이란다. 난 고무나무의 수액으로 틈을 막았단다.'

나모는 배를 뒤집어서 밑바닥을 살폈다. 갈라진 곳은 배 안쪽에서는 작은 손가락이 들어갈 만큼 컸지만 밖에서는 머리털 한 오라기만큼 가늘고 작았다. 나모는 틈새에 맞도록 나무 조각을 깎아 넣고 고무나무 수액과 야생 목화실로 틀어막았다. 강가에 도착할 때까지는 충분히 견딜 수 있을 것 같았다.

나모는 열심히 일했다. 배 안팎으로 틈이란 틈은 모조리 찾아서 손질을 했다. 작은 틈에는 바위너구리 뼛조각과 끈적거리는 목화를 넣었다. 그렇게 땜질을 한 다음 불에 달군 나뭇가지로 눌러 말렸다. 나뭇잎이며 씨앗, 뿌리 등 땅에 심었던 것은 하나도 남기지 않고 거둬들였다. 이번이 마지막 기회였다. 짐바브웨에 도착하든가 요정이 있는 물의 왕국으로 가든가.

다음날 아침, 나모는 개코원숭이들에게 작별 인사를 했다. 술래는 잡지도 못할 나비를 쫓아다니고 과일대장은 먹이를 찾아 나서기 전에 개울가에 앉아 뚱뚱한 빰의 털을 손질해 주었다. 어느 누구도 짧은 꼬리를 그리워하지 않았다.

나모는 배를 갈대숲으로 끌고 가 먹을 것을 안쪽에 꾸려 넣었다. 통발 하나에는 말린 얼룩영양 고기가 아직 남아 있고, 고구마와 토마토도 조금 있었다. 노를 젓는 동안 배에 물이 새는지 확인해 보았다. 섬의 다른 쪽 끝으로 노를 저어 가 그곳에서 하룻밤을 보냈다.

해가 떠오르자마자 나모는 뒤도 돌아보지 않고 출발했다. 이제 섬은 나모 뒤에 우두커니 서 있었다. 해질녘에도 앞이 잘 보였다. 밤사이에는 물살이 다시 나모를 한참이나 뒤로 되돌려 놓았다. 그러나 나모는 이튿날에도 꾸준히 다시 노를 저어 갔다. 황혼 무렵 다시 땅이 보였다.

호수에서 육지로 들어가는 곳 여기저기에 숲이 이어져 있었다. 몇 시간 동안 호숫가를 따라 돌던 나모는 이곳이 섬이 아닌 육지라는 것을 알게 되었다. 호수는 물이 줄어든데다 물살도 느려서 몇 달 전보다 훨씬 빠르게 이동할 수 있었던 것이다.

연기가 모락모락 피어오르는 게 보였다. 이 숲 속에는 사람들이 살고 있었다. 그러나 경계를 하느라 선뜻 사람들을 만나야겠다는 생각이 들지 않았다. 여기 있는 사람들은 어쩌면 식인종일지도 모른다. 나모는 너무 오랫동안 사람과 떨어져 있었기 때문에 사람들에게 환영받기보다는 야생동물처럼 공격받을지도 모른다는 불안감을 떨쳐 버리기 힘들었다.

육지를 따라 노를 저으며 낮을 보냈다. 금방이라도 비가 퍼부을 듯했다. 하지만 구름은 여전히 므와리 신의 행복한 나라를 숨기고 있었다. 앞이 잘 보이지 않아 길을 잘못 들어 시간을 허비했다. 이제 어떻게 해야 할까 하는 생각에 배 안에 앉아 울기도 했지만 다시 기운을 차렸다.

고무나무를 발견할 때마다 나모는 수액과 야생 목화를 더 많이 모았다. 모래둑 위로 배를 끌어다 놓고 다시 생긴 틈을 메웠다. 그러다 보니 배 안이 끈적끈적해서 기분이 좋지 않았다. 먼지가 다리에 그대로 달라붙었다. 수평선 너머 어딘가에서 천둥소리가 들려 왔다. 한밤중에는 멀리 떨어진 곳에서 번갯불이 번쩍거리는 것을 보았다. 그렇지만 아직 먹구름은 보이지 않았다.

마침내 물가에서 얼마 떨어지지 않은 곳에 옹기종기 모여 있는 오두막을 발견했다. 나모는 조심조심 사람들을 살폈다. 그러나 햇볕과 더위 때문에 눈을 제대로 뜰 수 없어 자세히 보이지 않았다. 가까이 다가가자 여자들이 물가에 쪼그리고 앉아 바위에 빨래를 치대고 있는 모습이 보였다. 여자아이가 회초리를 들고 오글오글 모여 있는 아기들을 지키고 있었다. 나모의 마을 사람들과 똑같았다. 나모는 가슴이 뛰었다.

한 여자가 소리를 지르며 나모를 가리켰다. 나모는 괜찮을 거라고 마음을 다잡았다. 나쁜 일은 없을 거라고 생각했다. 저들도 사람인데 나모를 해코지하지는 않을 것이다.

육지 쪽으로 계속 노를 저어 가자 여자가 놀란 표정으로 나모를 빤히 쳐다보았다. 나모가 이상하게 보일 만도 했다. 나모는 마을을 떠나온 날부터 지금까지 한 번도 머리를 빗지 않았다. 허리에는 냄새나는 토끼 가죽 끈을 두르고, 등에는 창을 묶고 허리에 맨 띠에는 칼까지 차고 있었다. 나모가 물가에 닿자 마을 사람들이 조심스럽게 움직였다.

나모가 공손하게 손뼉을 치며 인사를 했다.

"마시카티, 안녕하세요?"

"마시카티?"

한 여자가 말했다.

"그래. 그런데 넌 누구지?"

"전 나모 종웨라고 해요. 아버지를 찾고 있는 중이에요."

여자가 말했다.

"여기엔 그런 사람 없어."

"여기가 짐바브웨인가요?"

여자가 서쪽을 가리켰다. 얼른 저쪽으로 가길 바란다는 표정이었다.

"거긴 저쪽이야."

"멀어요?"

나무 그늘에 앉아 있던 늙은 부인이 말을 건넸다.

"지금 그 배로 가려는 거니?"

나모가 예의 바르게 대답했다.

"예, 할머니."

다른 여자가 말했다.

"내버려 두세요, 어머니. 우리랑 상관없는 일이에요."

"오파야, 이 아이는 숲 속에서 온 집 없는 아이야."

할머니가 나모를 돌아보았다.

"애야, 넌 멀리 가진 못할 게다. 국경 수비대가 대머리독수리처럼 강 저쪽을 지키고 있단다. 그리고 잠베지 강과 루안과 강에 연결된 운하는 물살이 사납단다. 병사들이 널 쏘지 않는다 해도 물살이 너를 강 바닥으로 끌고 갈 거다."

나모는 어찌할 바를 모르며 앉아 있었다. 병사라니? 왜 나를 쏘지? 할머니가 계속 이야기를 들려주었다.

"도로로 갈 수도 있단다. 국경 수비대가 증명서류를 보여 달라고 할 거야. 그런 거 가지고 있니?"

"아뇨, 없어요."

할머니가 고개를 끄덕였다.

"그렇다면 바로 돌려보낼 게다."

나모가 울기 시작했다.

"왜요? 전 아빠를 만나려고 하는 것뿐인데요. 그게 아빠를 만나는 거랑 무슨 상관이 있어요?"

"수비대는 서류가 없으면 널 있던 곳으로 돌려보낼 거야. 못 믿겠거든 다른 사람들에게도 물어 보거라."

오파라는 여자가 말했다.

"애가 울어요."

나모는 어떻게 해야 할지 몰랐다. 짐바브웨에 오려고 그렇게나 오랫동안 고생했는데, 지금까지 넘은 장애물보다 더 어려운 장애물이 남아 있었다. 나모는 계속 흐느껴 울었다. 너무 절망한 나모는 땅 위에 엎드려 엉엉 울었다. 오파가 말했다.

"울지 마. 숲 속에도 가는 길이 여러 군데 있어. 우리도 거기를 통해 짐바브웨에 들락거린다고……. 어느 길로 가야 하는지 말해 줄게. 제발 그렇게 통곡하지 말고 말을 하렴. 너, 뭘 먹은 지는 얼마나 됐니? 애가 뼈만 남았네."

여자는 나모를 자리에 앉히고, 여자아이를 시켜서 먹을 것을 가지고 오게 했다. 나모는 토마토 소스를 얹은 차가운 싸자 한 접시를 들고 나무 아래에 앉았다. 음식을 보자 나모는 마을이 떠올라서 다시 울음을 터뜨렸다. 여자는 나모의 이야기를 듣고 싶어했다. 나모는 여기까지 오게 된 이야기를 하기 시작했다.

나모는 아빠가 죽인 고래 므토코와 그 영혼에 대한 이야기는 하지 않았다. 나모가 복수하려는 영혼의 저주를 받았다고 말하기는 싫었다.

"세상에! 그래서 개코원숭이들하고 몇 달이나 같이 살았단 말이니? 그러니 네 모습이 이 꼴이지."

오파는 이제야 이해가 간다는 표정이었다. 나모가 쾌활하게 말했다.

"아니요, 그래도 전 아주 혼자 있었던 건 아니었어요. 엄마와 구츠 아저씨, 물의 요정도 있었어요. 만약 그들이 없었다면……."

나모는 말을 하다가 잠시 머뭇거렸다. 사람들이 나모를 빤히 쳐다보고 있었다.

오파가 물었다.

"그런데 어머니는 돌아가셨다고 말하지 않았니?"

나모는 순간 큰 실수를 했구나 싶었다.

"꿈에서 엄마를 만났어요."

나모가 얼른 설명을 했다. 죽은 사람을 꿈에서 본다는 건 좋은 뜻이었다. 조상들과 이야기를 나누는 것이니까.

친절하던 마을 사람들이 갑자기 차가워졌다.

"그러면 물의 요정은?"

"음, 요정도 꿈에서 만났어요."

그렇게 말을 했지만 궁색한 대답이었다. 무당이 아닌 보통 사람들은 영혼과 이야기할 수 없었다. 마을 사람들은 이상한 모습을 하고 있는 나모가 의심스러웠다.

오파가 무뚝뚝하게 말했다.

"알았다. 네가 짐바브웨에 갈 수 있도록 도와줄게."

다른 사람들도 모두 그렇게 하겠다고 약속했다. 오파의 늙은 어머니도 고개를 끄덕였다. 하지만 나모는 실망스러웠다. 나모는 사람들에게 둘러싸여 밤을 지새기 바랐는데 사람들은 나모가 빨리 떠나가 주었으면 했다. 오파는 나모에게 작은 옥수수 자루 하나를 주고 마을에서 빠져 나가는 먼 길까지 데려다 주었다.

나모는 배를 두고 가는 게 마음에 걸렸다. 그렇지만 배에 다시 물이 새기 시작했으므로 어쩔 수 없었다. 루안과 강 입구가 사람들의 말처럼 물살이 사납다면 그쪽으로 가기는 힘들 것이다. 무리해서 가다가는 물의 요정이 사는 나라로 가게 될 수도 있다. 아마 그렇게 되면 요정들이 구츠 아저씨가 있는 곳을 가르쳐 줄 것이다.

"꼭 기억하렴. 아프리카영양의 귀처럼 생긴 언덕 건너편에 바오밥나무 세 그루가 보일 때까지 쭉 걸어가거라. 거기서 오른쪽으로 돌아

불빛이 보일 때까지 쭉 가야 한다. 절대로 다른 길로 가면 안 된다. 병사들이 전쟁 때에 국경을 따라 지뢰를 묻어 놓았는데 아직도 많이 남아 있거든."

오파는 그렇게 말한 뒤 모질게도 나모를 그냥 남겨 두고 돌아섰다.

'국경이 뭐지?'

나모는 길을 따라 터벅터벅 걸으면서 생각했다. 나모는 옥수수가 든 자루와 고구마, 말린 얼룩영양 고기, 또 물이 든 호리병박을 짊어지고 있었다. 옷이며 쿠파 이모부의 칼, 성냥 여섯 개비, 진흙으로 구운 항아리 두 개, 무기들도 있었다. 목에는 금덩이가 든 자루를 걸고 있었다.

시커먼 구름이 동쪽으로 몰려가고 있었다. 멀리서 천둥소리가 들렸다. 할머니는 번갯불 없이 천둥소리가 나면 물의 요정들이 비가 가까이 오는 것을 축하하는 소리라고 했다.

그런데 그곳은 얼마나 위험한 곳이기에 국경 수비대가 지키기까지 하는 걸까? 그들은 총을 들고 지뢰를 묻어 놓고 나모 같은 아이들이 아버지를 찾아가지 못하게 한다. 제정신이 아니다. 드디어 나모는 아프리카영양 귀처럼 생긴 언덕 건너편에 서 있는 바오밥나무 세 그루를 발견했다. 나무 너머로 길이 뚜렷하게 나 있었다.

나모가 물을 마시려고 길가에 앉았을 때 한낮이 지나고 있었다. 서쪽에서 이상한 소리가 들려 왔다. 그 소리는 점점 커졌다. 시장에서 본 트랙터나 비행기 소리 같지는 않았다. 소리가 점점 가까이 다가오자 나모는 신경이 곤두섰다.

나모는 그런 소리를 들어 본 적이 없었다. 커다란 괴물이 길가를 덮칠 것 같아서 나모는 덤불 속으로 뛰어들었다. 나모는 병사들의 행렬과 병사들의 뒷모습을 흘끗 보았다. 병사들은 총을 가지고 있었다. 나모를 찾으러 다니는 것일지도 모른다.

나모는 숲 속으로 뛰어 들어갔다. 곡식 자루를 잡아끄는 듯한 느낌이 들었다. 등에 멘 나모의 창이 나무 사이에 걸려 몸이 비틀거리자 달려나갈 수가 없었다. 무언가 숲 속으로 날아 들어와 빙 돌아 다시 나갔다. 나모는 무서워서 두 팔을 쫙 벌리고 납작하게 엎드렸다. 숲 속으로 날아든 그 물건은 나무들 위로 낮게 미끄러지듯 지나갔다. 나모는 들키지 않았다. 병사들이 길을 되돌아가자 수풀 소리가 보통 때와 같아졌다.

나모는 그런 사람들과는 마주치고 싶지 않았다. 숲 속에서 한참을 앉아 쉬었다. 한참만에 자리를 털고 일어났다. 앞쪽으로 길이 막혀 있었다. 숲 속 한가운데라 길이 어딘지 분간할 수가 없었다.

아프리카영양 귀처럼 생긴 언덕이 어디에 있는지 혼동이 되었다. 나무들이 빽빽하게 들어차 있어서 이쪽에서 보느냐 저쪽에서 보느냐에 따라 똑같은 것이 전혀 다른 것처럼 보였다. 그러나 이쪽은 짐바브웨로 가는 방향이 맞다. 짐바브웨는 해가 지는 쪽이니까.

한숨을 쉬면서 나모는 짐을 짊어졌다. 가시에 긁혀 곡식 자루에 크게 구멍이 났다. 나모는 물건들을 대충 다시 정리했다. 가시에 긁힌 상처에서 피가 스며 나와 어깨를 타고 팔꿈치까지 흘러내렸다. 상처가 감염되지 않기를 바랄 뿐이었다.

곡식 자루를 다시 멨다. 피가 흐르는데도 닦을 여유가 없었다. 국경 지역에 도착하면 그때는 지뢰밭을 넘어가는 힘든 일이 또 남아 있었다.

구름이 점점 크게 피어올랐다. 천둥소리가 가까이 들리더니 번갯불이 여러 번 번쩍였다. 새들이 시끄럽게 울어대고 나뭇잎이 세차게 흔들렸다. 흰개미들도 집을 나와 우왕좌왕했다. 나모는 잠깐 쉬면서 음식을 먹었다.

얼마쯤 더 나아가자 좁은 길이 나타났다. 그 길로 계속 가야 할지 말아야 할지 판단이 서질 않았다. 사람이나 동물이 밟아 다져 만든 길이라면 맞는 방향이었다. 지름길일 수도 있었다.

구름이 머리 위로 모여들었다. 구름 밑층이 어두컴컴하고 울퉁불퉁해서 곧 사나운 비바람이 몰아치리란 걸 알 수 있었다. 나모는 걱정이 되었다.

"하루라도 마을에 머물 수만 있었더라도……."

번갯불이 번쩍였다.

"아, 금방 비가 쏟아질 거 같아."

비 냄새가 났다. 먼지 냄새가 온몸을 짜르르하게 만들었다. 비를 피할 데를 찾아야 한다는 생각뿐이었다.

콰르릉 하고 천둥소리가 났다. 나모는 몸을 움찔했다. 갑자기 바람이 휘몰아치며 미친 듯이 숲을 뒤흔들었다. 흔들리는 나뭇가지 너머로 풀밭이 넓게 펼쳐져 있었다. 거기에 오두막 한 채가 보였다. 좀더 떨어진 곳에는 더 넓게 탁 트인 공간이 있었다. 그곳은 마른 늪이었는데 동물 발자국들이 어지럽게 찍혀 있었다. 나모는 푸른빛 사이로 버팔로, 얼룩영양, 코끼리가 지나간 흔적을 보았다.

오두막에는 사람이 살지 않았다. 문은 떨어져 나가고 지붕 위에는 풀이 웃자라 있었다. 하지만 나모는 이것저것 가릴 처지가 아니었다. 빗방울이 후두둑 떨어졌다. 나모는 긴 막대기로 오두막 안쪽 컴컴한 바닥을 툭툭 쳤다. 뱀은 없는 것 같았다. 문에서 좀 떨어져 진흙 벽에 기대고 앉았다. 휘몰아치는 지독한 빗줄기를 바라보았다.

바람이 지붕을 뜯어 내는 듯했다. 오두막 여러 군데로 빗물이 샜지만 나모가 앉은 자리는 괜찮았다. 갑자기 으스스해져서 나모는 손으로 몸을 감쌌다. 굶주린 늪은 처음 내리는 비를 게걸스럽게 마셔대는 것 같았다.

가까운 곳에 번개가 내려쳤다. 눈앞이 잘 보이지 않았다. 수풀에 번개가 또 한 번 내려치니까 나무 아래에 숨어 있던 버팔로 한 마리가 고래고래 소리를 질러댔다. 녀석은 꼬리를 다리 사이에 끼우고 늪을 가로질러 미친 듯이 뛰어다녔다. 녀석은 반쯤 뛰어가다가 천둥소리보다 더 크게 고함을 지르며 땅을 박차고 튀어 올랐다. 벼락을 맞은 버팔로가 또 한 번 벼락을 맞는 것 같았다.

버팔로는 공중으로 붕 떠오르더니 배가 둘로 찢기고 다리 하나가 완전히 잘려 나갔다. 버팔로는 몸을 부르르 떨다가 혀를 쭉 빼물고 바닥으로 떨어졌다. 지뢰였다!

할머니는 지뢰가 어떤 건지 말해 준 적이 있었다. 하지만 지뢰를 밟은 버팔로는 나모가 상상한 것보다 훨씬 더 끔찍하게 보였다. 처참한

광경이었다. 늪지대 가장자리의 담장도 폭삭 내려앉았다. 흰개미가 갉아먹은 흔적이 있는 기둥에 철망이 쳐져 있었다. 나모가 이를 악물며 중얼거렸다.

"여기가 국경인가 봐."

나모는 엉망이 된 버팔로 시체 옆에 있는 웅덩이를 지켜보았다. 맹렬한 비바람이 지나가자 비가 잦아들었다. 조금 더 있으니 완전히 그치고 해가 들었다. 땅에서 수증기가 피어올랐다. 그러나 그동안 메말랐던 땅이 말랑말랑해지려면 여러 차례 비가 더 내려야 한다.

나모는 썩은 통나무를 칼로 쪼개 안쪽의 부드럽고 마른 나무를 베어 성냥 한 개비로 불을 피웠다. 옥수수 죽을 끓여 먹고 나자 다시 용기가 생겼다.

"이대로 돌아갈 순 없어. 길도 모르잖아."

손가락으로 뜨거운 옥수수 죽을 입에 넣으며 말했다.

"여기에 남아 있어도 안 돼."

나모는 오두막 벽에 기대앉아 찬찬히 늪을 관찰했다.

어떤 동물들은 분명히 국경을 넘어갔다. 그런 흔적이 있었다.

"영양 발자국 위로 걸어가면 될 거야."

지뢰가 땅콩처럼 아주 작은지 아니면 더 큰지 알 수 없었다. 지뢰를 밟은 영양 발자국 위를 그냥 밟고 지나갈까도 생각했다.

코끼리 네다섯 마리가 차례로 지나가면서 발자국을 깊숙이 찍어 놓을 때까지 기다릴 수도 있었다. 하지만 이렇게 잠깐 내린 비로는 땅이 부드럽고 말랑말랑해질 수 없었다. 코끼리 발자국만 찾을 수 있다면……. 나모는 그 발자국 안에 쏙 들어가 안전하게 지나갈 수 있을 거 같았다. 나모는 확신을 가졌다.

"덩치 큰 코끼리가 여길 무사히 지나갈 수 있다면 나도 갈 수 있어."

조금 전 버팔로가 지뢰를 밟은 곳으로 들어가는 것도 괜찮은 방법이었다. 나모는 짐을 꾸렸다가 다시 풀었다. 자루를 편하게 지려고 이쪽저쪽 다르게 메어 보았다. 태양이 서쪽에 줄지어 선 나무 사이로 기울고 있었다. 더 이상 망설일 시간이 없었다.

나모는 다행히 코끼리가 지나간 흔적을 발견했다. 코끼리 발자국에서 저 발자국으로 껑충껑충 뛰어 습지까지 갔다. 가쁜 숨을 고르고 나서 다시 등짐을 고쳐멨다.

"자, 이제 간다!"

나모는 마음을 굳게 먹고 황량한 땅을 가로지르기 시작했다. 뛰어갈 수도 있었지만 앉아 쉴 만한 데가 없었다. 짐승들의 발자국 위에서 중심을 잃고 기우뚱거리다가 넘어지기도 했다. 죽은 버팔로를 스쳐 지나갔다. 독수리들이 버팔로 시체에 모여들었다. 은빛으로 반짝거리는 야생개들이 새들을 덮치자 공중에 깃털이 흩어졌다.

나모는 이제 절반쯤 갔다. 태양이 점점 하늘 아래로 내려갔다. 푸르스름한 그늘이 늪을 가로질러 길게 드리워져 있었다. 노을이 하늘을 붉게 물들였다. 조금만 있으면 날이 완전히 저물 것이다. 나모는 쉬지 않고 뛰었다. 창이 등에서 자꾸 흘러내려 달가닥달가닥 땅에 부딪치는 소리가 났다. 나모는 창을 빼내 손에 들고 계속 뛰었다.

마침내 나모는 건너편으로 넘어갔다. 조심스럽게 코끼리 발자국을 찾아 발을 디디며 나무 아래를 따라 내려갔다. 조금만 쉬었다 가려고 땅에 주저앉았다. 그러나 아직 안심할 수는 없었다. 지뢰뿐만이 아니라 혹시 군인들을 만나지는 않을까 걱정이 되었다. 그런 생각이 들자 나모의 용기는 자꾸 꺾였다. 새벽 해가 뜰 때까지 나무 위로 올라가 있으려고 했는데 어둠 속에서 눈길을 잡아끄는 게 있었다.

반짝거리는 불빛이었다. 화덕을 백 개 모아 놓은 것보다도 훨씬 더 밝은 빛이었다. 전깃불이었다! 짐바브웨 국경선 너머로 보이는 집에서 불빛이 스며 나오고 있었다.

32

나모는 깜짝 놀라 숲 속에 다시 몸을 숨겼다. 네모난 큰 집 지붕에 달려 있는 불빛이 울타리 안의 풀밭을 환히 비췄다. 불빛을 똑바로 쳐다보려고 했지만 눈이 부셔서 쳐다볼 수 없었다. 눈이 아팠다.

오랫동안 비가 오지 않았는데도 울타리 안에는 푸른 풀이 무성하게 자라고 있었다. 염소들을 풀어놓아도 될 것 같았다. 울타리는 나모의 키보다 훨씬 높고, 가시 철조망이 둘러쳐져 있었다. 사자도 넘기 힘들어 보였다.

집 안에서 밝은 빛이 새어 나왔다. 창문 안으로 탁자 하나가 보였다. 나모는 가슴이 마구 뛰었다. 그건 그냥 평범한 탁자가 아니었다. 잡지 사진에서 본 것처럼 천을 씌운 탁자 위에 접시가 올려져 있었다.

나모는 꿈을 꾸고 있는 것 같았다. 사진과 똑같은 집을 실제로 보고 있었다. 꽃무늬 옷을 입은 여자가 하얀 앞치마를 두르고 나타났다. 여자는 김이 모락모락 나는 음식을 쟁반에 가득 담아 식탁으로 옮겼다. 나모는 이 창문에서 저 창문으로 눈을 옮겨 가면서 여자가 음식을 나르는 모습을 쭉 지켜보았다.

사람들은 포르투갈 상인인 조안보다 더 얼굴빛이 하얗고 창백했다. 남자 한 사람, 여자 한 사람 그리고 어린아이 둘이었다. 사람들이 자리에 앉자 다른 여자 한 사람이 나타나 사람들 접시 위에 음식을 올렸다. 창문 바깥에 있는데도 맛있는 고기 냄새가 코를 찔렀다. 할머니가 말하던 백인들이 틀림없었다. 나모는 넋을 잃고 그들을 바라보았다.

남자는 피부가 흰 여자와 검은 여자, 두 아내를 데리고 살고 있었다. 남자는 정말 부자인 것 같았다. 그런데 피부가 검은 여자는 아이가 없었다. 결혼한 지 얼마 안 되어서 그럴지도 모른다. 그 여자가 집안일을 도맡아 하는 듯 보였다. 그 여자는 둘째 부인인 게 틀림없었다.

나모는 더 가까이 보려고 울타리 안으로 들어가는 길을 찾았다. 창문은 쇠창살로 둘러쳐져 있어 안이 잘 들여다보이지 않았다. 가까이 가서 더 자세히 보고 싶었다. 나모는 울타리를 뱅글뱅글 돌다가 가시철조망이 헐거워진 곳을 찾아냈다. 얼마간 애를 써서 철망을 들어올린 뒤 그 틈 사이로 꿈늘거리며 기어 들어갔다.

나모는 걸치고 있던 토끼 가죽을 벗고 아끼던 옷으로 갈아입었다. 마을에서 만난 여자들이 자기 모습에 놀라던 것을 떠올리며 나모는 옷매무새를 가다듬었다. 손가락으로 머리를 빗으려고 했지만 머리카락이 몹시 엉망으로 엉켜 있었다. 조로로에게 시집갈 때 쓰려고 준비했던 빨간 천을 꺼내 머리에 썼다. 수건을 쓰자 지저분한 머리가 제법 가려졌다.

나모는 울타리 밑으로 기어 들어가서 짐들을 다 끌어당겼다. 가시철조망을 조금 들어 곡식 자루로 괴어 놓은 뒤 창을 비스듬히 기울여

들여놓았다. 칼이 철조망에 걸려 빼내는 데 애를 먹었다. 겨우 칼을 빼내고 허리춤에 단단히 맸다.

다른 방에는 침대와 손잡이가 많이 달린 서랍장도 있었다. 또 다른 방에는 네 사람 정도는 충분히 앉을 수 있는 편안한 의자가 있었다. 나모는 벽 저쪽에서 뭔가가 움직이는 것을 보고 소스라치게 놀랐다. 나모를 쳐다보고 있는 어떤 사람이 있었다. 나모가 손을 들어올리자 그 사람도 똑같이 따라 했다. 언젠가 포르투갈 상인의 집에서 거울을 본 적이 있었다. 그렇지만 이건 거울은 아닌 것 같았다. 그 사람은 아주 크고 뼈대가 굵었다. 머리에 두른 빨간 천 아래로 머리카락이 삐져나와 있었는데 해골 같은 얼굴이 나모의 두 눈을 빤히 쳐다보고 있었다. 숲길에서 마주친다면 깜짝 놀라 나무 위로 도망칠 것이다.

누구지? 그러나 그것은 나중에 생각하기로 했다. 나모는 풀 위를 엉금엉금 기어가서 사람들이 저녁을 먹고 있는 방을 들여다보았다. 사람들은 나이프와 포크를 사용했다. 또 나모가 처음 들어 보는 듯한 말로 부드럽게 말했다. 시끄럽게 떠드는 아이들에게 남자가 한 번 주의를 주기도 했다.

나모는 식탁 위에 있는 음식을 열심히 살폈다. 마가린과 하얀 빵을 알아보았다. 할머니가 해준 적이 있는 잼이라는 빨간 것을 담은 접시도 보았다. 남자아이가 손가락으로 그것을 콕 찌르니 여자아이가 남자아이의 손을 찰싹 때렸다. 둘째 아내가 소스를 얹은 튀긴 감자 접시를 가지고 들어왔다.

음식을 보자 뱃속이 요동을 쳤다. 배에서 나는 꼬르륵 소리가 창문을 넘어갈까 봐 겁이 났다. 둘째 아내는 빈 접시를 가지고 나가더니 다시 뭔가를 들고 왔다. 한참 생각해 보니 그건 바로 케이크였다. 케이크는 노랗고 끈적끈적한 것으로 덮여 있었다. 남자가 유리잔에 물을 따랐다.

나모는 이제 아예 창문 쇠창살 사이로 코를 들이민 채 보고 있었다. 하나라도 빠뜨리지 않고 다 보고 싶었다. 나모는 겁도 없이 맛있는 냄새를 좀더 많이 맡으려고 숨을 크게 들이마셨다. 그때 그 집 여자가 나모의 기척을 알아챘다.

여자가 비명을 질렀다. 여자가 놀라서 케이크를 바닥에 떨어뜨렸다. 아이들이 의자에서 소리를 지르자 남자가 고함을 쳤다.

"보쉑, 저리 가!"

보쉑은 다른 데로 가라는 뜻이지만 사람에게는 쓰지 않는 말이었다. 짐승한테나 쓰는 말로 사람에게 쓰면 그건 엄청난 모욕이었다.

나모는 황급히 창문 아래로 내려와 허둥지둥 도망쳤다. 마음이 아팠다. 나모는 개코원숭이와 오래 살긴 했어도 동물은 아니었다. 그러나 자기를 몰래 엿보았기 때문에 남자가 화가 난 것이라고 생각하니 이 사람들을 만나 정식으로 사과하고 싶은 마음도 들었다.

나모가 울타리로 가는데 그 집 뒷문이 탕 열리더니 덩치 큰 검은 개들이 튀어나왔다. 개들은 곧장 나모에게로 달려왔다. 나모는 곡식 자루며 창을 내던지고 비명을 지르며 도망쳤다. 나모의 옷이 찢어지는 소리가 들리고 칼은 다른 물건과 부딪쳐 달각거렸다. 나모가 두른 빨간 머릿수건은 가시 철조망에 걸려 찢어졌다. 나모는 숨을 헐떡거리며 울타리 밖으로 빠져 나갔다.

개 두 마리는 이빨을 드러내고 으르렁거리며 곡식 자루를 물어뜯고 있었다. 남자가 총을 들고 나왔다. 남자가 개들에게 고함을 치자 개들이 입에 물었던 것을 놓아 두고 울타리 아래로 나모를 쫓아왔다.

나모는 죽을 힘을 다해 뛰었다. 머리 위로 총알이 핑핑 날아왔다. 개들은 나모를 따라 마구 달려오며 무섭게 짖었다.

나모는 마구 달렸다. 그런데 숨을 데가 없었다. 나모는 숲 속으로 들어갔다가 다시 길가로 뛰쳐나왔다. 개들은 나모를 따라 달려오면서 미친 듯이 짖어댔다. 벌써 몇 집을 지나쳤다. 다른 집 개들도 덩달아 짖어댔다. 나모는 돌부리에 걸려 넘어졌다. 그러나 다시 벌떡 일어나 달렸다. 집에서 새어 나오는 불빛들이 너무 환해서 사람들은 나모가 어디로 도망치고 있는지 다 알았다. 하지만 정작 나모 자신만 자기가 어디로 향하고 있는지 몰랐다.

숨을 헐떡이며 언덕으로 올라갔는데 갑자기 길이 끝났다. 길이 끊기고 깊은 골짜기가 시작되었다. 더 이상 피할 데가 없었다. 막다른 곳에 다다른 것이다.

가슴이 뛰었다. 헐떡이는 숨을 고르려고 무진 애를 썼다. 거뭇거뭇한 개의 그림자가 점점 가까이 다가왔다. 나모는 언덕 꼭대기 서서 마음을 굳게 먹고 기다렸다. 그 순간 갑자기 어떤 힘에 사로잡히는 느낌이 들었다. 나모는 칼을 휘두르며 소리질렀다.

"난 너희들을 잡아먹을 거야! 누가 내 입에 들어갈래?"

개들은 멈칫거리며 나모를 노려보았다.

"너무 배가 고파! 저녁으로 너희들을 먹어야겠다. 누굴 먼저 먹을까?"

나모는 칼을 앞으로 쑥 내밀면서 개를 위협했다.

"너야? 아니면, 너야?"

나모가 개들 앞으로 조금씩 나아가자 개들은 낑낑거리며 뒤로 물러섰다.

"낑낑거려도 할 수 없어. 난 너희들을 먹을 거야. 메뚜기한테도 너희들 등에 난 털을 다 씹어 먹으라고 말할 거야. 너희들 피로는 술을 만들 거야. 누가 먼저 내 뱃속으로 들어갈래?"

개들은 겁을 먹고 도망쳤다. 그러나 덩치가 큰 한 마리는 끝까지 덤벼들었다. 나모는 칼을 들고 맞섰다. 그러나 개와 싸운 것은 나모가 아니었다. 나모의 팔다리는 저절로 움직이는 듯했다. 나모가 싸우는 동안 나모의 영혼은 노래를 불렀다. 나모는 개를 죽여 땅 위에 내동댕이치고는 마냥 황홀해서 고함을 질러댔다.

나모가 다시 길 아래쪽으로 내려오자 이웃에 있던 개들이 다시 짖어댔다. 나모는 다시 숲 속으로 들어갔다. 어디로 가고 있는지 알 수 없었다. 어디로든 도망쳐야 했다. 나모는 비틀거리며 덤불 속으로 들어갔다. 힘이 다 빠져 나가는 느낌이 들더니 의식을 잃고 쓰러졌다.

죽은 나무에 앉아 있던 긴 젖꼭지가 물었다.

'너에게 칼을 준 사람이 누구라고 생각하니?'

나모는 딱딱한 땅에 누워 있었다. 체체파리(아프리카에서는 '소를 죽이는 파리'라고 부르며, 피를 빨아 먹는다)가 웽웽 소리를 내며 머리 위로 날아왔다. 오랫동안 모험을 하면서 나모는 체체파리를 많이 보았다. 나모는 힘없이 말했다.

"포르투갈 사람의 영혼이……."

'그런 가톨릭 마법은 나와 상대가 안 되지. 그것들은 원수를 용서하라고 하더라고……. 정말 웃긴다니까. 난 적들은 모두 빨리 죽여 버리라고 하겠어.'

"우리 조상들은…… 아프리카뱀……."

나모가 중얼거렸다. 너무 지쳐서 끝까지 말을 하지 못했는데도 긴젓꼭지는 잘 알아들었다.

'알아. 너의 조상들은 너를 지켜 주었어. 하지만 이번에 널 도와줄 사람은 나밖에 없어.'

"하지만 당신은 마녀……."

'나는 그저 너 자신을 심하게 괴롭히지 말라는 말을 하는 것뿐이야. 네가 착하다고 너한테 이로울 게 뭐 있어? 넌 계속 힘들기만 했잖아.'

"하지만 누굴 죽이는 건 나빠요."

'널 괴롭히는 걸 죽이는 것보다 네가 고통받는 것이 더 나쁜 일이야.'

나모의 영혼은 방황하고 있었다. 뜨겁고 축축한 숲의 공기가 숲 속을 가득 메운 체체파리처럼 사방에 퍼져 있었다. 쌀쌀한 기운이 몸속을 파고들었다. 몸이 아팠다. 여러 날 동안 길을 잃고 숲길을 따라 걷기만 했다. 집을 몇 채 보긴 했지만 혹시 개가 있을까 봐 멀리 피해 갔다.

그동안 사람들은 한 명도 보지 못했다. 농가에서 나오는 음식찌꺼기와 야생 바나나를 게걸스럽게 먹어 치웠다. 익지 않은 바나나를 먹어서 배가 아프기도 했다. 비바람이 몰아쳐 숲 속에 잠시 물이 흐르기도 했지만, 이제는 거의 다 말라 버렸다. 나모는 작은 물웅덩이에 엎드려 물을 먹었다. 배가 고프고, 목도 마른데다 힘이 없었다. 두통이 얼마나 심한지 머리에서 쿵쿵 소리가 났다.

그러나 나모에게 가장 힘든 일은 자신이 마녀의 영혼에 사로잡혀 끌려가고 있다는 생각이었다. 물의 요정 섬에서 나모는 칼을 가지고 왔다. 마녀들은 사람들을 홀려서 사람들에게 나쁜 짓을 시키고 무엇을 했는지 기억하지 못하게 만든다. 이곳에는 나모를 반겨 주는 사람은 없고 다들 나모를 쫓아내려는 사람들뿐이다. 개를 죽이던 날 밤, 나모는 뭔가를 파괴하면서 느끼던 묘한 흥분이 떠올라 부들부들 몸을 떨었다.

긴 젖꼭시가 앉아 있던 죽은 나무는 속이 텅 비어 있었다. 긴 젖꼭지는 나모에게 나쁜 짓을 시키려고 했지만 나모는 그 유혹에서 빠져나오려고 애썼다. 적어도 나모는 자기가 그렇다고 믿었다.

먹을 것을 찾으려고 억지로 일어났다가 곧 쓰러지고 말았다. 머리가 너무 아팠다. 추위가 몸 속으로 파고들었다. 처음에는 눈앞의 길이 아주 넓어 보였다. 하지만 길이 점점 좁아지더니 나중에는 아무것도 보이지 않았다.

멀리서 천둥치는 소리가 들려 왔다. 비가 내리면 얼마 동안은 더 버틸 수 있을 것이다. 비 덕분에 새로 풀들이 자라기 때문이다. 머지않아 숲에는 먹을 게 많아질 것이다. 하지만 그때까지 살 수 있을까?

멀리서 붕붕 이상한 소리가 들려 왔다. 거대한 벌집이 있는 것 같았다. 벌집은 연기로 그을리면 먹을 수 있었다. 하지만 남아 있던 성냥 다섯 개비는 이미 다 못쓰게 되었다. 그래도 기다란 막대기로 벌집을 따 꿀을 얻을 수 있을 거라는 희망을 가졌다.

나모는 비틀거리면서 걸었다. 언덕 위 건물에서 소리가 들려 왔다. 가까이 다가가자 건물 문 앞에서 덜거덕거리는 소리와 함께 소 울음소리가 들렸다.

나모는 걸음을 멈추고 정신을 차리려고 애썼다. 그러나 시선을 한 군데로 모으기가 힘들었다. 이 이상한 건물은 오두막처럼 보이기도 하고 어떻게 보면 멋있게 짠 옷감 같기도 했다. 창문을 들여다보니 안쪽은 체체파리 천지였다. 나모는 다시 머리를 흔들었다. 꿈을 꾸고 있는 게 틀림없었다. 체체파리는 벌꿀통 안에서 살지 않는데……. 파리들은 소리를 내며 날아다녔다. 그러나 밖으로는 나오지 못했다. 파리들이 방충망 위로 떼 지어 날아다니면서 웽웽거렸다.

나모는 두통이 가라앉을 때까지 멍하니 서 있었다. 그러다가 언덕 쪽으로 난 문 안을 자세히 들여다보았다. 코를 찌르는 가축 냄새가 바깥에 있는 나모의 얼굴에까지 불어왔다. 안쪽은 컴컴했다.

안쪽 바닥은 비탈이 져 있었다. 저쪽 다른 문 너머에는 뭔가가 가득 빙글빙글 돌고 있었는데 거기서 바람이 불어왔다. 방 한가운데에는 소들과 염소 몇몇 마리를 에워싼 축사가 있었다. 나모는 자신이 어디에 와 있는지 알았다. 드디어 세상에서 버려진 동물들이 모여 사는 땅

속 세상에 도착한 것이다.

나모는 안으로 들어갔다. 나모가 가까이 가자 가축들이 불안해서 허둥거렸다. 손으로 가축들의 따뜻한 털을 쓸어 주면서 나모가 나지막하게 말했다.

"정말 멋있구나."

가축들 사이에 젖이 잔뜩 불은 염소 두 마리가 섞여 있었다. 나모는 염소들이 싫어하건 말건 벽 쪽으로 밀어붙이고 젖을 짜 먹었다. 젖을 얼마나 먹어댔는지 나중에는 속이 느끼해 더 이상 먹지 못했다. 그러고는 서성거리고 있는 가축들의 발치에 드러누워 잠이 들었다.

나모의 영혼이 어수선한 꿈속에서 방황하고 있었다. 땅 속 세상 사람들이 나모를 안아 올리면서 웅얼거렸다. 그들은 머리 위로 나뭇가지가 둘러쳐져 있는 통로를 따라 나모를 데리고 갔다. 은은하고 어스레한 빛이 나모의 뜨거운 살갗을 어루만졌다. 나모는 벽이 하얀 방에 누워 있었다. 한 여자가 창가에 앉아 책을 읽고 있었다. 나모는 그 모습을 보려고 더 크게 눈을 떴다.

엄마!

33

여자는 무뚝뚝하게 말했다.

"난 네 엄마가 아니야."

나모는 다시 행복한 상상에 빠져 들었다. 엄마가 아니라는 말은 귀에 들리지 않았다. 여자는 땋은 머리에 구슬 장식을 하고 있었다. 꽃무늬가 그려진 드레스도 입었다. 엄마의 모습은 나모가 가지고 있던 그 사진과 정말 똑같았다.

나모는 자다가 깨고 다시 잠들기를 반복했다. 이렇게 편안한 느낌은 처음이었다. 흰 가운을 입은 한 노인이 침대 옆에 앉아서 뭐라고 중얼거렸다. 나모가 물었다.

"제 할아버지시죠?"

노인이 깜짝 놀라며 나모를 바라보았다.

나모는 이불을 기분 좋게 껴안았다. 나모가 지금까지 덮었던 그 어떤 이불보다 훨씬 부드러웠다. 여자가 가시로 나모의 팔을 찔렀다. 아팠지만 나모는 그게 영혼의 세계로 들어갈 때 치르는 의식이라고 생각했다. 노인은 입술을 달싹이며 읽고 있던 검은 책을 덮었다. 나모가 말했다.

"아, 할아버지를 뵙게 되어서 정말 기뻐요. 할머니가 언젠가는 꼭 할아버지를 만나게 될 거라고 하셨어요. 엄마가 책을 읽을 수 있다는 거 아셨지요? 엄마는 정말 똑똑했대요. 슈바이 이모도 여기 있나요? 다들 보고 싶어요."

노인이 말했다.

"쉿, 그만 하렴. 넌 쉬어야 한단다."

나모는 노인의 말을 듣고 다시 잠들었다.

잠을 자고 다시 깨어난 나모는 항아리 속에 들어 있던 사진이 탄 이야기며 그동안 일어났던 일들을 이야기해 주었다. 그리고 한숨을 쉬며 말했다.

"불쌍한 짧은 꼬리. 짧은 꼬리는 운이 없었어요. 어쩌면 짧은 꼬리는 자기 토템을 먹어서 벌을 받은 것인지도 몰라요. 그렇지 않나요?"

그러자 여자가 쌀쌀하게 대납했다.

"짧은 꼬리는 그냥 개코원숭이일 뿐이야."

차츰 나모는 자기가 지금 어디에 있는지 알게 되었다. 옆에 서 있는 사람은 글레이즈 간호사였다. 글레이즈는 병을 여러 개 가져다가 그 안에 든 것을 이리저리 섞었다. 그리고 종이에 바삐 뭐라고 썼다. 글레이즈는 여자에게 무척 공손하게 대했다. 바바 조셉이라는 노인은 가끔 와서 글레이즈와 이야기를 나누었다. 나모는 바바 조셉이 무슨 말을 하는지 반도 이해하지 못했다. 그렇지만 상관없었다. 노인의 목소리는 부드러웠다.

얼마 후 나모는 완전히 정신을 차렸다. 자신이 죽은 게 아니며, 바바 조셉이 나모의 할아버지가 아니라는 것도 깨달았다. 그러나 나모는 여기 있는 사람들이 '마수쿠 선생님'이라고 부르는 그 여자를 자기 엄마라며 고집을 피웠다.

나모는 깊이 잠들었다. 잠깐이라도 눈을 뜨고 있을 수가 없었다. 나모는 부드러운 침대에 누워 꿈속을 헤맸다. 낯선 남자의 목소리가 들렸다.

"많이 아픈가?"

"많이 아프냐고? 말라리아에 주혈흡충병(이 병을 일으키는 주혈흡충은 민물달팽이에 기생하며, 오염된 물에서 수영이나 목욕을 하는 사람의 피부로 침투한다)이야. 게다가 영양부족상태야. 얘를 처음 발견했을 땐 뼈밖에 없었어……."

"발에 흉터가 있네."

"오래 전에 화상을 입었나 봐. 발바닥 좀 만져 봐. 꼭 말굽 같지?"

남자가 물었다.

"얼마나 돌아다니면 이렇게 될까?"

"여러 달 있었나 봐. 물의 요정, 죽은 뱃사람, 그리고 원래는 사람이었다는 어떤 개코원숭이 이야기를 하는데……. 계속 헛소리를 하는 것 같아."

마수쿠가 침대 옆에 앉았다. 나모는 마수쿠 몸에서 나는 향긋한 비누 냄새를 들이마셨다.

"미친 게 아닐까?"

내가 미쳤다고? 나모는 모욕을 느꼈다.

마수쿠가 말했다.

"얘는 무서워서 계속 몸을 떨었어. 오랫동안 혼자 지냈나 봐."

나모는 남자에게 따지려고 눈을 떴다. 남자는 몸집이 큰 백인이었고, 얼굴에는 턱수염이 덥수룩하게 나 있으며 팔뚝의 굵기는 나모의 허리만 했다. 나모가 침대에서 빠져 나오며 악을 썼다.

"아니에요!"

나모의 몸을 덮고 있던 얇은 이불이 바닥으로 떨어졌다. 나모는 손과 무릎으로 기어가려고 했다.

마수쿠가 고함을 치며 나모를 뒤로 세게 끌어당겼다.

"그만 해!"

"아니야, 아니야, 아니란 말이에요."

"헤르덴, 얘가 당신을 좋아하지 않나 봐."

나모는 마수쿠의 손아귀에서 벗어나려고 몸부림을 쳤다.

백인 남자가 어깨를 으쓱했다.

"어쨌든 뭐 나를 자기 엄마라고 부르지는 않겠지……."

남자가 쿵쿵 소리를 내며 방을 나가자 나모는 다시 잠잠해졌다.

마수쿠가 물었다.

"저 남자가 무섭니?"

나모는 개들과 총을 들고 있던 남자의 이야기를 들려주었다. 하지만 긴 젖꼭지 이야기나 개를 죽인 일에 대해서는 한마디도 하지 않았다. 나모를 마녀라고 생각할까 봐 두려웠다.

"정말 무서웠겠구나. 넌 잘 모르겠지만 오래 전 여기 사람들은 독립 전쟁을 겪었단다. 그 남자의 이름을 알면 경찰에 조사를 하게 할 수도 있을 텐데……."

"그 남자는 둘째 아내가 흑인이던데, 왜 흑인을 미워하죠?"

나모가 물었다. 나모는 그 집과 저녁식사가 얼마나 근사했는지도 말해 주었다.

마수쿠가 웃었다.

"영국 남자들은 아내를 한 사람 이상 두질 않아. 그리고 대부분 백인여자들과 결혼한단다. 네가 말한 사람은 하녀야."

"엄마, 그럼 저 남자는 영국인이에요?"

"엄마라고 부르지 말래도……. 난 네 엄마가 아니잖니?"

"예, 마수쿠 선생님."

"저 분은 헤르덴 선생님이야. 아프리카에서 태어났지. 영국인과는 좀 다르단다. 저 선생님은 아이들이 귀찮게 하는 걸 별로 안 좋아해."

"네, 엄마. 아니, 마수쿠 선생님."

며칠이 지난 후, 나모는 혼자 돌아다녀도 된다는 허락을 받았다. 새 옷도 받았다. 전에 입던 옷은 찢어진데다 개의 피가 묻어 있어서 악취가 심했다. 글레이즈 간호사가 그 옷을 태웠다. 금덩이가 들어 있던 목에 건 자루는 나모가 정신을 잃었을 때 없어진 것 같았다. 나모는 그것이 어디에 있는지 묻지 않았다. 나모는 헤르덴이란 남자가 나모가 쓸 물건을 사는 데 쓰려고 가져갔다고 생각했다.

나모는 새 옷이 생겨서 기뻤다. 수탉이라는 뜻의 나모의 성, 종웨에 맞게 초록색과 빨간색으로 수탉을 그린 옷이었다. 나모는 글레이즈 간호사에게 자랑스럽게 이야기했다.

"이건 내 성, 종웨예요."

나모는 우쭐해져서 병원 복도 끝에 있는 긴 거울 앞으로 갔다. 나모는 한참 거울 앞에 서 있다가 갑자기 바닥에 웅크리고 앉아 울음을 터뜨렸다. 글레이즈 간호사가 물었다.

"왜 그러니?"

나모는 딸꾹질을 하면서 말했다.

"내 모습이 너무 흉해요."

그 영국인의 집에서 보았던 것은 거울이 맞았다. 그 거울에 비친 괴물이 바로 나모였다. 머리카락이 삐죽삐죽 뻗쳐 여간 보기 싫은 게 아니었다.

"네가 말라서 그래. 바바 조셉이 그러는데, 중요한 건 겉모습이 아니래."

간호사가 부드럽게 위로해 주었지만 나모는 조금도 기분이 나아지지 않았다.

몸이 회복되자 나모는 사람들의 일을 도왔다. 글레이즈 간호사는 건물 바닥을 닦아 주면 좋아했다. 간호사는 나모에게 침대 손질하는 방법과 전기풍로로 싸자를 만드는 방법도 가르쳐 주었다. 나모는 전기풍로가 정말 마음에 들었다. 불을 피우려고 땔나무를 해 올 필요도 없고 숲 속에서 표범을 만날까 봐 걱정할 필요도 없었다. 나모는 전기라는 게 참 좋았다.

글레이즈가 전기는 발전기에서 일으키는 거라고 가르쳐 주었다. 헤르덴은 발전기에 냄새나는 액체를 가득 채웠다. 발전기가 소리를 내면서 불꽃을 피우면 풍로가 뜨거워졌다. 하지만 밤에는 전기를 끄고 시장의 조안이 쓰던 것 같은 램프를 사용했다.

나모는 자기가 아주 이상한 마을에 있다는 것을 알 수 있었다. 에피피라고 하는 이 마을은 황무지 한가운데 자리 잡고 있었다. 야채밭이며 소와 염소 우리, 동물들 먹이로 주는 자주개자리(사료작물로 재배하는 식물)가 곳곳에 자라고 있었다. 오두막과 곡물 창고 옆에는 마수쿠가 과학이라는 일을 하는 커다란 건물들이 있었다.

나모는 날마다 새로운 단어를 배웠다. 과학이란 사람들이 하는 건데, 체체파리를 잡기도 하고 죽이기도 했다.

체체파리는 소나 말, 돼지 염소, 원숭이들에게 병을 옮겨 죽게 했다. 에피피 마을에서는 가축들에게 몇 주마다 한 번씩 주사를 놓아 주었다. 그리고 나모가 처음 본 지하 방에 동물들을 가두었다. 보통은 그런 장소에 가축을 두지 않지만 그렇게 하는 것은 아주 특별한 목적이 있기 때문이었다.

미끼인 것이다. 지하 방으로 날마다 동물들을 몰아넣은 뒤 커다란 선풍기를 돌려 숲으로 동물들의 냄새를 날려 보냈다. 체체파리들은 몇 킬로미터 떨어진 곳에서도 그 냄새를 맡고 이곳으로 몰려들었다. 동물을 찾아 안으로 기어 들어간 체체파리들은 덫에 걸려 다시는 밖으로 나가지 못했다.

헤르덴은 이 곤충들을 산 채로 잡아 다시 과학 건물(나모는 이곳이 실험실이라는 것을 나중에 배웠다)로 옮겼다. 실험실에서 헤르덴은 체체파리에게 독약을 바른 동물들을 물게 했다. 그는 소에서 나는 냄새를 병 속에 담으려고 했다. 그것은 체체파리를 유인하는 미끼인데, 온 숲에 그 미끼를 달아 두려고 했다.

에피피 마을 사람들은 거의 모두 그런 일을 하고 있었다. 마수쿠는 체체파리를 병들게 하는 균을 찾고 있었다. 나모는 체체파리가 사람들처럼 병을 앓을 수 있다는 사실에 깜짝 놀랐다.

바바 조셉은 가축 우리를 책임지고 있었다. 그는 바위너구리를 닮은 기니피그들을 돌보았다. 기니피그들은 바바 조셉이 음식을 가지고 가면 꽥꽥 소리를 질렀다. 며칠 뒤 바바 조셉은 나모에게 기니피그의 음식을 줄 수 있도록 허락했다. 이 어린 동물들이 냄새나는 우리에서 소리를 지를 때마다 나모는 귀를 틀어막았다. 하지만 나모의 손에 든 자주개자리를 아무 거리낌없이 뜯어먹는 모습은 참 예뻤다.

바바 조셉은 애완동물을 여러 마리 데리고 있었다. 얼룩영양, 여우원숭이, 큰 거북, 맛있는 걸 달라고 뒤뚱뒤뚱 따라다니는 통통한 검은 멧돼지 한 마리. 나모는 그 노인이 대단한 무당처럼 보였다. 노인은 야생동물을 순하게 길들일 줄 알았다. 작은 악어도 한 마리 있었는데 헤르덴은 이 악어를 붙들어 매느라고 날마다 짜증을 냈다. 나모처럼 바바 조셉도 악어를 좋아하지 않았다. 악어는 언제나 빈틈없는 눈초리로 두 사람을 지켜보았다. 한 번은 나모가 막대기로 짓궂게 악어를 쿡 찌르자 갑자기 커다란 노란색 입을 쩍 벌리며 일어섰다. 놀란 나모는 벽 쪽으로 기어갔다. 그걸 본 바바 조셉은 얼굴을 문지르며 껄껄 웃어댔다.

다른 사람들은 농작물을 키우거나 가축을 돌보고 목공일을 했다. 마을의 두 사람은 들판에 자주 나타나는 코끼리를 멀리 쫓아내는 일을 맡고 있었다. 매일 밤 두 사람은 "워! 너, 이놈! 저리 가!" 이렇게 외치면서 순찰을 돌았다. 코끼리는 사람들이 총을 쏘지 않는다는 것을 아주 잘 알고 있어서 마음 내키는 대로 나다녔다. 코끼리를 움직이게 하려면 코끼리 발에다 딱총을 쏘면 되었다.

바바 조셉은 코끼리가 멀리 달아날지 아니면 사람한테로 달려들지 확실히 모르기 때문에 늘 조심해야 한다고 했다.

글레이즈 간호사는 그밖에도 여러 일들을 돌보았다.

에피피에는 어린아이들이 없었고 여자들도 거의 없었다. 이곳 사람들은 모두 가족과 떨어져서 살고 있었다. 그리고 가끔 한 번씩 집에 갔다. 나모는 참 이상한 일이라고 생각했다. 마수쿠가 여기는 어린아이들이 살 만한 곳이 아니라고 말했다.

34

나모는 성실히 일했다. 다른 사람들도 잘 도왔다. 사람들과 함께 일을 할 때나 사람들이 보이지 않을 때에도 나모는 언제나 부지런히 일했다. 나모는 에피피 마을에 살기로 결심했다. 마수쿠를 엄마로 따를 수 있는 것만으로도 좋았다.

하지만 마수쿠는 작은 그림자처럼 따라다니는 나모가 귀찮아 종종 소리지르곤 했다.

'제발 그만 좀 따라다니렴' 하든가, '넌 어째 체체파리처럼 이렇게 들러붙는 걸 좋아하니?' 그러면 나모는 슬그머니 사라졌다가 마수쿠가 자기를 보고 있지 않다는 생각이 들 때 다시 나타났다.

나모는 핀셋으로 죽은 파리를 집어 병에 넣는 헤르덴을 관찰했다. 나모는 헤르덴이 조금 무서웠다. 그는 몸집이 크고 털투성이였다. 다리는 나무줄기만하고 긴 양말 한쪽 위에 빗을 꽂고 다녔다. 나모는 빗으로 다리를 빗나 하고 생각했다. 헤르덴 선생은 나모에게 소리내지 말고 아무것도 만지지 말며, 또 자기가 가는 길에 끼어들지 말라고 주의를 주었다.

나모는 그가 하라는 대로 조용히 있었다. 그러면 헤르덴은 나모가 옆에 있도록 해주었다. 실험에 몹시 열중하고 있으면 나모가 옆에 있는지 없는지조차 모르는 것 같았다. 어쩌다 그가 기분이 좋아지면 그는 나모를 야생아라고 부르며 야생개들이 나모를 길렀다고 말했다.

"우리 야생아야, 난 오늘 염소 우리 근처에서 네 오빠들을 봤어. 오빠들이 염소를 보고 허튼 생각을 품으면 내가 가죽을 벗겨 깔개로 만들어 버릴 거라고 전해 줘."

그러면 나모는 자기는 예의 바른 사람들이 사는 마을에서 왔다고 상냥하게 설명해 주었다.

"보름달이 뜨면 알게 되겠지. 너는 혀를 이렇게 길게 늘어뜨리고 숲으로 달려갈걸?"

하지만 나모는 신경 쓰지 않았다. 그가 그냥 웃기려고 하는 말이라는 것을 알기 때문에 화가 나지 않았다.

가끔 일이 잘 풀리지 않으면 헤르덴은 뚱뚱한 뺨의 긴 갈기처럼 턱수염이 부풀어오르는 것처럼 보였다. 실험할 때 쓰는 병 너머로 나모를 빤히 쳐다보면서 툴툴거렸다.

"왜 웃는 거야?"

나모가 말했다.

"행복해서요."

"요 야생아야, 제발 다른 데로 가서 행복을 찾아라."

그러나 바바 조셉은 나모를 귀찮아하지 않았다. 노인은 나이만큼 엄격했지만 항상 친절했다. 노인은 그가 돌보고 있는 기니피그들의 운명 때문에 속상해했다. 헤르덴은 기니피그에게 독약을 발라서 작은 철사 바구니 안에 가두어 두었다. 바구니가 너무 좁아 체체파리 둥우리를 바구니 위에 놓으면 기니피그들은 옴짝달싹 못 했다. 기니피그들은 체체파리에게 물릴 때마다 악을 쓰며 울었다. 체체파리들은 배가 터지기 일보 직전까지 피를 빨아댔다. 그걸 보면 나모도 마음이 아팠다. 바바 조셉도 그렇다고 했다.

"지금은 잔인하게 보이지만 언젠가는 죽어 가는 우리 소를 살릴 수 있는 방법을 찾을 거야."

노인은 체체파리 둥우리 안으로 팔을 넣었다. 나모는 깜짝 놀라 손으로 입을 막았다. 체체파리가 노인의 살갗에 들러붙어 피를 빨기 시작했다.

"기니피그들이 얼마나 고통스러운지 알려고 나도 이렇게 한단다. 기니피그들에게 고통을 주는 건 어쨌든 나쁜 일이지. 이렇게 고통을 나누면 신도 나를 용서하실 거다."

바바 조셉은 신에 대한 이야기를 많이 했다. 노인과 마을 사람들은 일요일이면 모두 흰옷으로 차려 입었다. 남자들은 머리를 깎고 끝에 갈고리가 달린 긴 나무 장대를 옮겼다. 여자들은 하얀 머릿수건을 썼다. 사람들은 일요일 오후 숲에서 만나 노래를 부르고 기도를 드렸다. 바바 조셉은 마을 사람들의 지도자였다. 나모가 물었다.

"혹시, 할아버지. 가톨릭 신자세요?"

"가톨릭이라니? 도대체 누가 너한테 그런 끔찍한 소리를 하든?"

노인이 흥분을 했다. 나모는 너무 당황해서 아무 대답도 하지 못했다.

글레이즈 간호사가 나모에게 설명해 주었다.

"기독교에는 여러 분파가 있단다. 바바 조셉은 바포소리파거든. 그 사람들은 약을 믿질 않아. 병에 걸리면 약을 먹는 대신에 죽음을 택한단다. 참 어리석은 사람들이지."

바포소리 신자들이 어떻든 간에 이 마을 사람들은 모두 바바 조셉을 존경했다. 헤르덴도 노인을 좋아했다.

헤르덴이 마수쿠에게 말했다.

"노인이 빛나는 눈으로 당신을 바라보고 있어. 그러면 당신은 이렇게 말할 거야. 알았어요, 바바. 당신은 내가 물구나무를 서면 코 위에 꽃을 올려 놓고 싶으신 거죠? 그렇게 할게요, 바바."

그날 저녁 헤르덴은 자기 오두막 밖에 앉아서 술을 마셨다. 손으로 직접 우려낸 맥주가 아니었다. 오래 전 조안이 할머니에게 주었던 것과 같은 갈색 병에 든 맥주였다. 헤르덴은 맥주를 대여섯 병이나 마시고 비오듯 땀을 흘렸다.

헤르덴이 사람들과 이야기를 나눌 때는 나모를 멀리 가 있도록 했다.

남자들 모임이 많았다. 마수쿠와 글레이즈도 가끔 모임에 나갔다. 나모는 사람들의 이야기를 들으며 많은 것을 배웠다. 나모 마을 사람들과는 달리 에피피 마을에는 남아프리카 출신 백인 한 사람을 포함해 쇼나 사람, 통가 사람, 마타벨레 사람들이 다 섞여 있었다. 이야기는 보통 쇼나 말로 했지만 말을 하다 흥분할 때는 다른 말이 갑자기 튀어나왔다.

마수쿠는 마타벨레 사람이었다. 처음에 나모는 그 사실을 받아들이

기가 힘들었다. 쇼나 사람과 마타벨레 사람들은 오랫동안 원수로 지내 왔다. 나모는 마타벨레 사람들이 하이에나만큼이나 잔인하다고 배웠다. 또 쇼나 사람인 나모가 마타벨레 사람을 엄마로 한다는 것은 말이 되지 않은 일이다. 그러나 나모는 마수쿠가 잔인하게 나쁜 짓을 한다고는 상상할 수 없었다.

마수쿠는 결혼도 하지 않았다. 그런데 결혼할 생각조차 없는 것 같았다.

"결혼은 남자에게 복종하겠다는 말이랑 다를 게 없어."

나모는 이 말을 듣고 깜짝 놀랐다. 결혼을 해서 아이를 낳지 않는다면 어떻게 부모가 될 수 있을까? 여자가 남편 없이 살 수 있을까? 나모는 잘 이해가 되지 않았다. 마수쿠는 이렇게 말했다. 인생을 스스로 생각하고 판단할 수 있는 여자들에게는 결혼이 별로 행복한 일이 아니라고…….

마수쿠와 헤르덴은 종종 이 문제로 다퉜다.

"마수쿠, 당신에게 필요한 건 어린아이들이 있는 보금자리야."

헤르덴은 맥주를 네 병째 마시면서 말했다.

"당신에게 '엄마, 엄마' 하면서 삐악거리는 아이들의 모습이 떠올라. 당신은 부드럽고 따뜻한 엄마가 될 거야. 당신은 모성애 그 자체라고……."

마수쿠가 말했다.

"나는 차라리 굶주린 악어가 우글거리는 웅덩이에서 수영을 하겠어."

"우리 야생아를 봐."

헤르덴이 얼굴을 식히려고 맥주병을 얼굴에 갖다 댔다.

"쟤는 그림자처럼 당신을 따라다닌다고."

"그 애는 나한테 강한 인상을 받은 거야. 숲 속에서 온갖 고생을 하다가 제일 처음 본 게 나였거든."

나모는 마수쿠가 말하는 강한 인상이라는 게 뭔지 알 수 없었지만 그 말 때문에 고민하지는 않았다. 나모는 이미 마수쿠를 진짜 엄마라고 생각했다.

나모는 이렇다 할 목적도 계획도 없이 살고 있었다. 할머니가 말한 대로 수녀님을 어디서 만날 수 있는지 물어 봐야 하고 아빠가 있는 곳을 알아내기도 해야 했다. 하지만 마수쿠 곁을 떠나고 싶지 않았다. 병원 침대 시트를 빨거나 기니피그에게 줄 야채를 모을 때도 마수쿠가 보고 싶어 견디지 못했다. 그러면 하던 일을 내려놓고 총총걸음으로 실험실로 갔다.

마수쿠는 현미경을 들여다보고 있었다. 그 모습을 한동안 바라보던 나모는 행복하다는 생각에 눈물이 가득 고였다. 마수쿠는 나모를 올려다보며 말했다.

"저리 가, 나모. 일에 집중할 수가 없잖아."

나모는 바바 조셉의 허드렛일을 떠맡았다. 늙은 노인은 자기가 하기 힘든 일들을 나모가 대신해 주는 것을 고맙게 여겼다. 노인은 나모를 찬찬히 지켜보다가 다른 일을 할 준비가 된 것처럼 보이면 새로운 일들을 가르쳐 주었다. 나모는 검은 멧돼지를 길렀다. 처음 나모가 검은 멧돼지 가까이 다가갔을 때, 검은 멧돼지는 불안한 듯 콧김을 내뿜었다. 그래도 멧돼지는 나았다. 정말 싫은 것은 악어였다. 악어들의 먹이는 물고기와 죽은 기니피그였다.

특히 토요일에는 나모가 꼭 필요했다. 토요일은 바포소리 신자들에게 신성한 날이라 사람들은 하루 종일 일을 하지 않았다. 바바 조셉은 동물들에게 먹일 음식이나 물이 모자랄까 봐 늘 걱정했는데 이제 나모 덕분에 한숨을 놓을 수 있었다.

나모는 정성껏 동물들을 보살폈다. 악어만 빼고 말이다. 악어에게 먹이를 주지 않으면 악어가 늙은 소처럼 비쩍 말라 버리지 않을까 하는 상상도 했다.

일을 마치면 글레이즈 간호사를 도와주었다. 그러고 나서 바포소리 신자들을 엿보러 숲 속으로 달려갔다.

사람들은 숲 속에서 오후를 보냈다. 통로를 사이에 두고 남자들과 여자들이 나란히 앉았다. 한두 사람이 서서 노래를 불렀다.

세상 모든 곳에서, 세상 모든 곳에서
우리는 예수를 모르는 사람들을 만납니다.

므와리 신의 나라에서 내려온 천사들이 집회에 모인 사람들 위를 떠돌고 있었다. 사람들은 그 천사들을 위해 노래를 불렀다. 나모는 바바 조셉에게 그 천사들이 조상들의 영혼과 같은 영혼인지 물어 본 적이 있었다. 그러나 바바 조셉은 정확하게 설명해 주지 않았다.

이어서 바포소리 신자들은 해가 떠오르는 쪽으로 무릎을 꿇고 앉아 손바닥을 위쪽으로 하여 두 팔을 벌려 치켜들었다.

므와리가 아프리카를 구원하신다, 할렐루야!
우리의 기도를 들으소서.
므와리, 하느님, 예수께서 우리를 축복하소서.

나모는 사람들이 므와리와 하느님에게 기도를 드리는 이유는 알 것 같았다. 하지만 예수의 관심을 끌려고 하는 것은 도무지 이해가 되지 않았다.

바바 조셉은 남자와 여자들 사이의 통로를 걸으면서 사람들과 이야기를 나누기도 하고 본분을 다하지 못했다며 꾸짖기도 했다. 노인은 남자들에게 다른 남자의 아내와 술을 마시거나 이야기를 하지 말라고 경고했다.

"그런 건 사탄이 하는 짓이나 마찬가지입니다."

그러면 사람들은 노인의 말을 그대로 따라 하거나 설교의 흥을 북돋우기 위해서 입으로 악기 소리를 냈다. 그러나 바포소리 신자들은 의식을 진행하면서 진짜 악기는 사용하지 않았다.

그 모든 것이 아주 재미있었다.

나모는 동물들을 살펴보려고 자리에서 먼저 빠져 나왔다. 나모는 바바 조셉을 흉내냈다. 거북을 들어올려 우리 안을 쿵쿵 걸어가 보라고도 하고 무얼 먹고 싶은 표정으로 나모를 바라보는 기니피그들을 혼내기도 했다.

악어에게도 말했다.

"너는 술을 마시면 안 돼. 다른 악어의 아내를 집적거리면 안 돼. 하지만 네가 사탄을 불러들여도 널 말리지는 않을 거야. 너는 벌써 수도 없이 그렇게 했겠지만……."

영양 우리에 기대앉은 나모는 자기가 살고 있는 이곳을 바라보았다. 나모는 사진이 타 버린 뒤 오랫동안 이야기를 지어 내지 못했다. 그럴 만한 여유가 없었다. 뚱뚱한 뺨처럼 불룩해지는 헤르덴 선생의 턱수염을 보느라 정신이 빠져 있기도 했고, 바바 조셉을 졸졸 따라다니는 검은 멧돼지에게서 한시도 눈을 뗄 수가 없었다. 이야기를 하고 싶을 때 마수쿠를 찾아간 적은 있지만 마수쿠는 나모의 이야기를 들으려고 하지 않았다.

나모는 무척이나 이야기가 하고 싶었다. 바바 조셉이 남자들과 여자들이 앉아 있던 통로를 따라 걸었던 것처럼 나모도 가축 우리 사이를 걸었다.

"옛날에 세 명의 왕이 므와리 신에게 갔어. 비를 내리게 해주는 마법의 돌을 달라고 했지. 세 왕은 므와리 신의 나라에 살고 있었거든. 왕들은 어쩌면 우리가 아는 천사들일지도 몰라."

나모는 영양을 쓰다듬었다. 영양이 나모에게 코를 들이밀었다.

"하지만 므와리 신은 그 청을 거절했어.

'너희 백성들만 잘 살게 해줄 수는 없다. 비는 모든 사람들을 위한 것이다.'

그러자 세 왕은 화가 나서 말했어.

'우리는 당신을 신이라고 생각했습니다. 그런데 우리가 원하는 걸 해주지 않으시는군요. 당신은 아무 능력도 없어 보이네요. 이젠 당신을 따르지 않겠습니다.'

므와리 신이 말했어.

'내가 신이라는 것을 똑똑히 보여 주마. 너희 각자에게 내 힘을 보여 주마.'

첫 번째 왕을 가리키면서 말했어.

'너는 손가락이 부러지면 죽을 것이다. 너한테는 나병을 주겠노라.'

그러고 나서 두 번째 왕에게 말했어.

'너는 불 속에 떨어지는 날 죽을 것이다. 너한테는 간질병을 주겠노라.'

세 번째 왕에게도 말했어.

'너는 몸에서 기운이 다 빠지면 죽을 것이다. 너한테는 결핵을 주겠노라.'

말을 끝낸 므와리 신은 왕들을 나라 밖으로 던졌단다.

첫 번째 왕은 강에 가서 몸을 씻었어. 제사를 드리고 염소를 바쳤어. 왕이 가지고 있던 나병은 염소한테 옮겨 갔는데 악어가 염소를 잡아먹었지. 그때부터 악어는 인간에게 나병을 옮겼단다.

간질병에 걸린 두 번째 왕은 비둘기 날개에 침을 뱉었대. 그때부터 비둘기는 인간한테 간질병을 옮기게 되었어.

세 번째 왕은 밀 바구니에 대고 숨을 쉬었는데 결핵균이 여물로 날아갔어. 그래서 여물이 사람한테 결핵을 옮긴다고 해."

나모는 거북을 떠올렸다. 두 마리 거북을 기니피그 우리 사이로 억지로 밀어 넣었다. 그리고는 상추 잎을 따라 거북들이 맞은편으로 가도록 했다.

"바바 조셉이 그 못생긴 악어를 만지면 절대 안 되는데……."

나모는 기니피그가 뒷다리로 서는지 보려고 자주개자리 잔가지를 달랑달랑 흔들어 보였다.

"자주개자리로 뱃속을 든든히 채워 줄게."

멀리서 바포소리 신자들의 목소리가 들렸다. 신자들은 정말로 종교에 푹 빠져 있었다. 가끔은 알아듣지 못할 이상한 말도 들려 왔다. 목청이 떨어져라 요들처럼 이상한 노래들을 불렀다. 하지만 다음날이 되면 모두가 아무 일도 없었던 듯 보통 때로 돌아왔다. 그들은 아픈 목을 다독이면서도 어김없이 일을 하러 갔다.

35

헤르덴이 마수쿠에게 말했다.

"내일 하라레(짐바브웨의 수도)에 갈 거야."

태양이 짙은 초록빛 나무 사이로 넘어가고, 땅거미가 살그머니 동쪽으로 빠져 나가고 있을 때였다. 의사들과 열 명쯤 되는 마을 남자들이 헤르덴의 오두막 밖에 앉아 있었다. 날이 무더운데다 오두막 안에는 그렇게 많은 사람들이 들어가 앉을 데가 없었기 때문이다. 나모는 헤르덴 집 옆쪽에 쳐 놓은 울타리 위로 무성하게 자란 부겐빌리아(분꽃과의 관상용 열대식물) 줄기 뒤에 숨어 있었다. 오후 무렵이면 나무줄기가 오두막 밖으로 길게 그늘을 드리우기 때문에 다른 사람들 모르게 숨고 싶을 때는 안성맞춤이었다.

헤르덴은 방금 전 나모에게 꽁꽁 언 오렌지 소다수 한 병을 주었다. 그는 지금 나모가 어디 있는지 까마득히 잊고 있었다. 나모는 시원한 음료수를 천천히 마셨다. 병을 얼굴에다 갖다 대기도 하고 목 아래에 대기도 하면서 시원함을 즐겼다. 달콤한 음료수가 몇 방울 남지 않자 혀에다 병 주둥이를 대고 톡톡 털었다.

"페트루스(마을에 사는 의사), 이제 집에 자주 가야겠어. 아내가 아기를 가졌다며?"

다른 사람이 말했다.

"페트루스는 일년 내내 거의 집에 간 날이 없잖아?"

페트루스는 아무 생각이 없는 듯 의자 위를 툭툭 두드렸다.

그가 화를 내지 않는 걸 보니 싸우는 건 아닌 것 같았다. 에피피 마을에서는 사람들이 말을 할 때 그게 농담인지 아닌지, 잘 알 수가 없었다. 나모의 마을에서는 그런 말을 듣고 그냥 넘어 가는 남자는 아무도 없었는데…….

마수쿠가 말했다.

"잡지 좀 가지고 와."

마수쿠가 보는 잡지들은 모두 오래되어 낡고 찢어졌다.

장마철에는 늪지대가 많이 생겨 길을 오가기가 힘들었다. 시내에 나가기 힘든 사람들은 헤르덴이 시내로 나갈 때마다 필요한 것들을 적어 주었다. 헤르덴이 모는 자동차는 시장을 드나드는 트랙터만큼이나 짐을 가득 실을 수 있었다.

"날씨가 계속 좋으면 두어 번 더 다녀와야겠어. 소 냄새를 담은 병을 가지고 갈 거야."

나모는 헤르덴이 체체파리를 유인하는 물질을 모으려고 애쓰는 것을 알고 있었다. 그는 무엇 하나 대충 보는 법이 없었다. 짐승의 호흡, 땀, 똥까지 꼼꼼히 관찰했다. 아주 재미있는 일도 있었다. 땅에 떨어지기 직전에 똥을 받은 일이었다. 헤르덴은 손에 병을 들고 똥을 눌

만한 소에게 살금살금 다가갔다. 어떤 때는 똥을 잘 받아냈지만 또 어떤 때는 똥을 받기도 전에 깜짝 놀라는 소 때문에 기겁을 하기도 했다. 소가 기침을 하기만 해도 행여 똥을 받아낼 수 있을까 하여 엉덩이를 자세히 들여다보았다.

"며칠간 블릭셈을 데리고 와야겠어. 함께 야생개를 사냥할 수 있을 거야."

블릭셈이 누굴까? 들어 본 적이 없는 이름이었다.

마수쿠가 말했다.

"여기 데리고 있는 건 좋지 않아."

"알아. 하지만 며칠인걸, 뭐. 나이가 들었으니 좀 쉬게 하는 것도 좋아."

나모는 블릭셈이 나이 많은 친척일 거라고 생각했다. 어쩌면 헤르덴의 삼촌일지도 몰랐다. 마수쿠가 말했다.

"알고 있겠지만 애를 보내야 할 텐데……. 학교도 보내지 않고 언제까지나 이렇게 데리고 있을 수는 없어."

나모는 숨이 탁 막히는 것 같았다.

'마수쿠 선생님이 그런 말을 하다니……. 마수쿠 선생님이 나를 귀찮아하는 걸까?'

"개는 여기서도 많이 배우고 있어. 다른 사람들보다 몇 배는 더 일을 하고……."

헤르덴은 벌써 몇 병째 맥주를 들이켜고 있었다.

"내 말이 무슨 뜻인지 알잖아. 나모는 글도 못 읽고 계산도 못 해.

다른 사람들에게 뒤처질 거란 말이야. 똑똑하니까 좋은 교육을 받아야 해. 애가 영리하니까 더 그래야 돼."

나모는 속이 탔다. 마수쿠의 칭찬도 별로 좋지 않았다.

'마수쿠 선생님은 정말 나를 보내고 싶은 걸까?'

헤르덴이 술에 취해 붉게 물든 얼굴을 기울였다.

"바바 조셉이 나모를 가르칠 수 있어. 바바 조셉 말이야."

그러자 마수쿠는 화난 목소리로 말했다.

"그 노인은 입으로 말하는 것만 가르쳤어. 게다가 모두들 시간이 없잖아? 글레이즈 간호사도 안 되고 나도 안 돼. 그러니까 더 이상 말하지 마."

헤르덴이 다정하게 말했다.

"당신은 훌륭한 엄마가 될 수 있어."

"나모는 학교도 가야 하고 가족도 만나야 해. 모로상가에 자기 아버지가 있다고 했어."

페트루스가 입을 열었다.

"노인 양반이 걔한테 신경을 많이 쓰고 있어요."

노인 양반은 바바 조셉을 말하는 것이다.

"걔가 아파 누워 있을 때 그 노인을 할아버지라고 부르더라고요. 노인도 몇 해 전에 손녀를 잃었잖아요. 그래서 나모를 보면 손녀가 떠오르나 봐요."

그러자 헤르덴이 말했다.

"흠, 바바 조셉의 또 다른 애완용 동물이라니……."

나모는 얼굴이 빨개졌다.

'애완용 동물이라니? 내가? 졸졸 따라다니는 검은 멧돼지라고?'

헤르덴이 결정을 내렸다.

"좋아요, 좋아. 이렇게 하자고. 하라레로 가는 길에 모로상가에 들르겠어. 애 아빠를 찾을 수 있으면 블릭셈하고 둘이서 데려다 줄게. 그렇지만 찾지 못하면 기숙사 학교로 보내는 거야. 정부가 고아를 맡는 건 당연한 일이니까."

남자들과 마수쿠는 이제 다른 이야기를 시작했다. 나모는 그동안 엄마처럼 생각하며 좋아했던 마수쿠가 정말 미웠다.

그날 밤 나모는 병원 간이침대 위에 누워 이를 갈았다. 글레이즈 간호사가 나모에게 병동을 지켜 달라고 부탁했다. 아픈 사람이 생기면 글레이즈는 그 사람을 돌보러 가느라 나모에게 병동을 지키게 했다. 나모는 영 기분이 좋지 않았다. 자기는 병동을 지키는 사람이 아니라 못생긴 검은 멧돼지이며 사람의 침대에서 자도록 허락받았을 뿐이라고 생각했다.

다음날 아침, 나모는 헤르덴과 페트루스가 차를 몰고 나가는 것을 숨어서 지켜보았다. 나모는 그날 한 번도 마수쿠를 찾지 않았다. 나모가 입을 꾹 다물고 시키는 일만 하자 글레이즈는 나모가 어디 아픈 줄 알고 걱정했다.

나모는 바바 조셉에게는 화를 내지 않았다. 나모는 바바 조셉의 죽은 손녀를 떠올려 보았다. 나모를 보고 손녀를 떠올린다는 말은 적어도 나모를 사람으로는 본다는 뜻이다. 나모는 기니피그 우리를 물걸

레질하면서 중얼거렸다.

"나는 담배도 안 피우고 물갈퀴 있는 새나 돼지도 안 먹을 거야."

그리고 바바 조셉이 죄를 짓지 말라고 한 말을 곰곰이 생각했다.

"그리고 난 절대로 사탄이랑 이야기하지 않을 거야."

노인이 설명했던 사탄이 무엇인지는 정확히 알 수 없었지만 죽어서도 복수하려고 하는 고레 므토코 같은 영혼이나 마녀를 통틀어서 하는 말일 것이다. 사탄은 사람들이 실수를 하길 기다리며 어슬렁거렸다. 사람들이 잠깐이라도 방심을 하면, 사탄은 이때다 하고 사람들을 손아귀에 넣었다.

"저는 착한 사람이 될 거예요. 그러면 바바 조셉이 사람들한테 날 괴롭히지 말고 그냥 두라고 말해 줄 수 있을 거예요."

기니피그들이 귀청이 찢어질 듯 꽥꽥거리며 나모에게 모여들었다. 나모는 흐르는 눈물을 쓱 닦았다. 나모는 며칠 동안 마수쿠를 피해 다녔다. 그러자 마수쿠가 나모를 찾아 다녔다.

"요즘은 왜 날 따라다니지 않지? 너 무슨 일 있니? 요즘엔 통 안 보이던데?"

나모는 자기를 금방 보내 버릴 거 아니냐고 대들고 싶었지만 그렇게 하지는 않았다.

"바빴어요."

"응, 그래. 바빴구나. 글레이즈 간호사가 너 없이는 이제 아무것도 못 하겠다고 하더구나."

나모는 속으로 '바바 조셉에게 검은 멧돼지 한 마리를 더 데려다 글레이즈 간호사를 도우라고 하세요' 했다. 하지만 겉으로는 아무렇지 않은 척했다.

"글레이즈 간호사님이 제가 일하는 게 마음에 든다니 기쁘네요."

"너 거짓말하는구나? 내가 보기엔 몹시 화난 것 같은데? 누가 널 화나게 했니? 또래 아이들도 없는 마을에서 적응하느라 네가 애쓰고 있다는 것 잘 알아. 내가 도와줄게 있으면 말하렴……."

마수쿠는 말끝을 흐렸다.

나모는 표정 없이 똑바로 앞을 쳐다보았다. 마수쿠는 마치 도움을 청하려는 사람처럼 글레이즈를 바라보았다. 글레이즈가 슬쩍 말을 돌렸다.

"아마 그때가 된 모양인지도 모르죠."

마수쿠가 글레이즈에게 고마워하며 말했다.

"그래서 예민해진 거로구나. 나도 그때는 마음을 잘 다스리지 못해서 힘들었어. 하지만 생리라는 건 신이 여자한테 장난을 치는 거야."

마수쿠의 어떤 말도 위로가 되지 않았다. 마수쿠는 일을 하러 돌아가고, 글레이즈 간호사는 나모에게 약초로 만든 물을 주면서 이 물을 먹으면 통증이 좀 가라앉을 거라고 말했다.

나모의 마음을 위로해 줄 수 있는 사람은 바바 조셉뿐이었다. 바바 조셉은 언제나 허드렛일들을 군소리 없이 해냈다. 동물들에게 다정하게 이야기하고, 기니피그들을 철사 우리 아래에 가둘 때에도 미안한 마음을 감추지 못했다.

노인과 나모는 항상 가축 우리 옆에서 점심을 먹었다. 헤르덴이 벌리 나가 있으면 지하 방에 소들을 하루 종일 가두어 놓지 않았다. 축사 창문에 안전하게 망이 쳐 있었기 때문에 소들을 좁은 방에서 잠시라도 나와 있게 해주었다. 체체파리 한 마리에게 물려도 소는 죽을 수 있었다. 그래서 그 불쌍한 동물들은 몇 주마다 병에 걸리지 않게 하는 주사를 맞았다. 바바 조셉이 말했다.

"나는 항상 건강한 소들을 눈여겨보고 있단다."

나모가 고개를 끄덕였다. 나모는 윤기가 도는 소의 갈색 가죽과 향긋한 자주개자리 향기를 좋아했다. 노인은 예수가 아기였을 때 말구유에서 어떻게 잠들었는지 이야기해 주었다. 나모도 할머니가 들려준 이야기를 했다.

"옛날에 한 부부와 외아들이 살았어요. 가족은 소를 많이 가지고 있었어요. 소가 많은 가족을 질투한 이웃 사람들은 그들을 괴롭히려고 마녀 한 명을 데려왔어요."

바바 조셉은 마녀 이야기를 좋아하지 않았다. 마녀 이야기가 나오면 눈살을 찌푸렸다. 나모는 허둥지둥 이야기를 해 나갔다.

"부부는 무척 아팠어요. 부부는 막 숨을 거두기 전 아들에게 소를 전부 팔고 멀리 떠나라고 했어요. 그런데 떠날 때는 검은 소 한 마리를 죽여 그 가죽을 몸에 덮어쓰고 떠나라고 했어요. 아들은 부모님의 말에 어리둥절했지만 검은 소를 죽여 창자를 끄집어내고 뱃속에 소지품을 넣고 자기도 들어갔어요. 그러자 그 검은 소가 걷기 시작했어요. 아들이 너무 놀라 소리를 질렀어요.

'어! 세상에 어떻게 이런 일이!'"

바바 조셉은 주술을 부리는 이교도들의 이야기를 싫어했지만 나모의 이야기가 재미있어 계속 듣고 있었다.

나모는 이야기를 계속했다.

"소는 계속 걸어갔어요. 숲을 지나 강을 헤엄쳐 마침내 왕이 사는 궁전에 도착했어요.

'위대하신 왕이시여, 여기서 하룻밤 자고 가도 될까요?'

소년이 소의 뱃속에서 말했어요.

왕은 무서워 고함을 질렀어요.

'이 악마야, 당장 꺼져라! 소가 말을 한다는 것을 도대체 누가 믿겠느냐?'

소년은 어떤 할머니가 살고 있는 오두막으로 갔어요.

'할머니, 여기서 하룻밤 자고 갈 수 있을까요?'

할머니는 반가워하며 말했어요.

'호박이 넝쿨째 굴러왔구나! 참 예쁜 소로구나. 있고 싶을 때까지 내 암소들과 함께 있거라.'

매일 아침마다 검은 소는 암소들을 데리고 풀이 무성하게 자란 목초지로 갔어요. 소년은 검은 소의 배에서 나와 플루트를 불며 시간을 보냈어요.

소년이 플루트를 불자 다른 들판은 말라서 다 타들어 가는데 할머니의 들판에만 비가 내렸어요. 들판에 옥수수와 호박이 쑥쑥 자랐어요. 할머니의 암소들은 모두 새끼를 낳았고요. 우유도 많이 나와 할머니는 우유를 어디다 보관해야 할지 걱정할 정도였어요.

사람들은 할머니가 어떻게 부자가 되었는지 알아챘어요. 할머니의 들판을 살그머니 훔쳐보던 이웃 아이들이 검은 소의 배에서 한 소년이 나오는 것을 보았어요.

'그 아이가 플루트를 불면 비가 내려요.'

아이들의 이야기를 전해 들은 부모들은 깜짝 놀랐어요. 부모들은 당장 왕에게 달려갔어요.

왕은 병사들을 보내 검은 소를 잡아들이라고 했어요. 그러나 검은 소는 병사들을 뿔로 다 받아 버렸지요. 검은 소가 호통을 쳤어요.

'내가 부탁할 때는 나를 내쫓았잖아! 다른 들판은 어떻게 되든지 상관없어. 너희들 들판은 햇볕에 타 재가 될 거야.'

이 광경을 본 사람들은 늙은 왕을 쫓아내고 소년을 왕의 자리에 앉혔어요. 소년은 왕이 되어 아내도 여러 명 두고 아이들도 많이 낳았어요. 할머니에게는 훌륭한 새 집도 지어 주었지요.

소년의 아버지가 소를 영혼의 세계로 불러들인 거였어요. 그때부터 부모가 돌아가시면 자식들은 소에게 사람의 이름을 붙이고 부모의 영혼이 다시 고향으로 올 때 그 소를 제물로 바쳤대요."

바바 조셉이 한숨을 쉬었다.

"나모, 훌륭한 이야기구나. 그렇지만 넌 아직 모르는 게 있어. 그런 옛날 생각은 잘못된 거야. 오직 예수님과 천국에서의 우리 미래가 중요한 거란다."

나모는 아무 말도 하지 않았다. 나모에게도 생각이 있었다. 카보라바사 호수에서 나모를 보호해 주고 나모에게 수영을 가르쳐 주고 배를 모는 법을 가르쳐 준 게 누구였는지 나모는 잘 알고 있었다.

나모는 바바 조셉의 말이 맞다고 할 수도 있었지만 자기 눈으로 확인한 증거도 무시할 수 없었다. 구츠, 물의 요정, 엄마는 나모가 필요할 때 언제나 곁에서 힘을 주었다.

엄마를 생각하자 나모는 다시 힘이 쭉 빠졌다. 바바 조셉이 나모의 기분을 알아챘는지 나모에게 어미젖을 막 뗀 어린 송아지 키우는 법을 가르쳐 주었다.

36

나모는 자주개자리가 자란 들판으로 나갔다. 기니피그에게 줄 먹이를 모으려고 했지만 검은 말벌이 어찌나 괴롭히는지 도망쳐 다녔다. 마수쿠가 나모에게 곤충 이야기를 해주었다. 마수쿠와 나모는 서로 말싸움을 하지 않았다. 이제는 진짜 식구가 된 것처럼 사이좋게 지냈다. 어려운 일을 같이 나누기도 했다.

검은 말벌이 날아와 작은 가지를 툭 쳤다. 돌조각을 움직이기도 하고, 마른풀을 흩어 놓기도 했다. 말벌은 무너진 울타리 기둥을 따라 쌩하고 날아갔다. 그러다가 갑자기 날개를 치켜세우고 몸을 뒤집었다. 커다란 거미 한 마리가 말벌이 휘저어 놓은 나뭇잎 아래에서 기어 나왔다. 긴 이빨이 반짝이는 거미였다. 나모는 자주개자리 다발을 떨어뜨렸다.

말벌은 도망가지 않았다. 둘은 싸우기 시작했다. 거미는 이빨을 드러내더니 등을 곧추세웠다. 말벌은 거미를 물어뜯었다. 말벌이 침으로 거미의 머리를 공격하자 거미는 취한 것처럼 비틀거렸다. 말벌은 행동을 늦추지 않고 계속 공격했다. 다른 침으로 배를 한 대 찌르고 검은 다리로 거미의 몸을 휘감았다.

짜릿한 장면이었다. 사자가 먹이를 잡을 때만큼 흥미로운 장면이었다. 검은 말벌은 정말 용감했다. 말벌은 다리를 떨며 거미가 거의 다 죽은 것을 확인하고는 다른 데로 날아가 버렸다. 나모는 말벌이 거미를 죽이고 왜 그렇게 빨리 날아가 버렸는지 궁금했다. 마수쿠에게 묻고 싶었지만 나모의 마음이 다 풀린 것은 아니었다.

나모는 자주개자리를 주워 들고 서둘러 걸음을 재촉했다. 마을 앞에 다다르자 도로로 나와 있는 사람들이 보였다. 왜 사람들이 나와 있는지 금방 알 수 있었다. 헤르덴이 차에서 보물 같은 짐을 내렸다. 마수쿠는 잡지 뭉치를 집었고, 글레이즈 간호사는 일회용 주사기 한 상자를 들었다. 부엌에서 일하는 아저씨는 설탕 봉지를 한아름 안고 갔다. 헤르덴은 빨간 체크무늬 손수건으로 얼굴을 닦았다.

"그 망할 파리들이 나를 뒤쫓아오는 거야. 그 놈들이 날 점심 겸 저녁거리로 찍었나 봐."

헤르덴은 씩씩거리며 자동차 문을 열었다.

"나와, 블릭셈! 맛있는 게 있나 보자."

짐바브웨에 왔던 날 나모를 공격했던 개처럼 덩치 큰 시커먼 개가 튀어나왔다. 나모는 자주개자리를 툭 떨어뜨렸다. 하지만 풀을 자를 때 쓰던 칼은 그대로 손에 쥐고 있었다. 눈앞이 노랬다. 나모는 헤르덴의 주위를 맴돌면서 껑충거리는 시커먼 개를 쳐다보았다. 헤르덴이 말했다.

"봐, 꼬마야. 내가 친구를 데려왔어."

헤르덴이 나모를 가리키자 개는 시뻘건 혀를 축 늘어뜨리고 나모 쪽으로 뛰어오기 시작했다.

나모는 죽은 듯이 서 있었다. 한 발짝도 움직일 수 없었다.

'안 돼. 도망가는 건 겁쟁이들만 하는 거야.'

순간 긴 젖꼭지가 나모에게 속삭였다.

개는 나모의 얼굴 표정을 보더니 주춤했다. 개가 한쪽으로 비켜섰다. 나모는 개를 묶은 줄을 들어올리고는 개를 때리기 시작했다. 개가 무서워 컹컹 짖어댔다. 마수쿠가 고함을 질렀다.

"나모! 안 돼!"

나모는 도망가는 개를 뒤쫓아가며 소리쳤다.

"나쁜 개야!"

헤르덴이 고함을 치며 나모와 개 사이로 몸을 던졌다.

"그만 해! 나모, 저리 가지 못해!"

헤르덴은 털북숭이 팔로 개를 끌어안고 나모를 막으려고 했다. 낑낑거리는 동물을 가슴에 꼭 안고 급하게 뒤돌아섰다.

나모는 순간 주춤했다. 바바 조셉은 항상 '너의 원수를 용서하라'고 했다. '진심으로, 너의 원수를 용서해라!' 하지만 긴 젖꼭지도 말했다. '당장 저것들을 죽여 버려!' 나모는 싫다며 악을 썼다. 그러나 나모는 헤르덴에게 덤벼들어 칼로 팔을 찔렀다.

나모는 뒤로 질질 끌려가는 느낌이 들었다. 뚝 하는 소리가 들릴 정도로 허리가 심하게 비틀렸다. 마수쿠가 나모를 붙잡아 꽉 껴안았다. 긴 젖꼭지가 눈앞을 어지럽히면서 햇빛 속으로 달아났다.

"엄마, 엄마!"
나모는 기절을 했다.

나모는 오후 내내 마수쿠와 함께 있었다. 마수쿠가 잠시라도 자리를 뜨면 불안해 어쩔 줄 몰라 했다. 나모는 그동안 내색하지 않았지만 자기를 멀리 보낼까 봐 너무 두려웠다고 했다. 복수하려고 하는 고레므토코의 영혼에 대해서도 이야기하고 억지로 시키는 결혼을 하지 않으려고 도망친 것도 다 말했다. 마을에 번졌던 콜레라 이야기와 무유키에 대해서도 말했다. 섬에서 주운 칼 이야기도 들려주었다.

"칼은 죽은 포르투갈 사람이 준 선물이라고 생각했어요. 정말이에요."

긴 젓꼭지에게 사로잡혀 검은 개를 죽이려 했다는 것도 말했다.

"이제 사람들은 다 날 싫어할 거예요. 난 마녀가 됐나 봐요."

나모가 흐느껴 울었다. 나모는 목소리가 나오지 않을 때까지 주절주절 이야기하면서 마수쿠 옆에 꼭 붙어 있었다. 마수쿠가 자리를 비울 낌새라도 있으면 눈물을 펑펑 흘렸다.

날이 어두워지자 글레이즈 간호사는 나모를 재우려고 주사를 놓았다.

다음날 아침 깨어난 나모는 하얀 벽을 멍하니 바라보았다. 말은 한마디도 하지 않았다. 마수쿠와 헤르덴이 나모 침대 옆에 앉아 있었다. 헤르덴은 팔에 붕대를 감고 있었다. 블릭셈이 다쳐서 여전히 화가 나 있었다.

"그 놈은 이제 다시는 애한테 안 가겠지? 불쌍한 놈, 그냥 놀려고 했을 뿐인데……."

마수쿠가 헤르덴에게 물었다.

"나모 아버지는 만났어?"

"가족을 만나긴 했어. 그런데 나하고는 통 한마디도 안 하려고 하던걸. 백인 말은 안 듣나 봐."

마수쿠가 말했다.

"나모가 당신을 죽이려고 그런 건 아니야."

"아무래도 그 사람들한테 보내는 게 나을 것 같아."

"그게 좋겠지?"

나모는 멍하니 앉아 이야기를 들었다. 아빠와 친가 식구들도 나모가 마녀라는 것을 안다면 역시 나모를 받아들이지 않을 것이다.

"이 애, 정신이 이상한 게 아닐까?"

헤르덴은 벌써 두 번씩이나 나모가 미쳤다고 말하고 있었다.

마수쿠가 슬픈 목소리로 말했다.

"그게 당연하지 않겠어? 애가 겪은 일들을 생각하면……."

"친척들이라면 애를 다독이는 좋은 방법을 알고 있겠지."

그때 뒤에서 누군가 말했다.

"난 당신들이 잘할 거라 생각했었소!"

바바 조셉이었다. 마수쿠와 헤르덴이 입을 쩍 벌린 채 노인을 빤히 바라보았다. 노인은 안식일에 입는 하얀 옷을 차려 입고 있었다.

"당신들은 죽은 기니피그처럼 이 아이를 버릴 생각만 하고 있어. 이 불쌍한 아이를 책임지지 않으려고 그러는 거 아니냔 말이오? 위선자들 같으니라고……. 벌받을 거요. 당신들은 착한 척만 할 줄 알지, 자비로운 마음이라곤 없군. 예수님은 두 팔로 죄인을 끌어안았는데 당신들은 이 어린것을 내쫓고 있잖소? 부끄러운 줄들 아시오, 선생 양반들. 아이가 저렇게 무서워하고 있는데……. 나는 아이를 위해 기도할 거요. 므와리 신과 그 천사들에게 맹세하지."

바바 조셉은 그렇게 말하고 성큼성큼 방을 나갔다.

마수쿠와 헤르덴은 잠시 할말을 잊고 가만히 앉아 있었다. 헤르덴이 더듬거리며 말했다.

"궁지에 몰린 느낌인데……."

마수쿠가 누그러든 목소리로 말했다.

"당신과 나, 둘 다."

두 사람은 멀리서 들려 오는 바바 조셉의 음성을 주의 깊게 들었다. 노인은 누군가에게 담배를 갖다 버리라고 야단을 쳤다.

한참 있다가 헤르덴이 말했다.

"정말 우리가 이 야생아를 내보내려고 너무 성급하게 굴었는지도 몰라."

마수쿠는 치마 주름을 만지작거리며 말했다.

"그런 것 같네."

두 사람은 나모를 바라보았다. 후회와 막연한 슬픔에 찬 표정이었다. 그러나 그들의 얼굴에는 희미한 기대감이 있었다.

37

마수쿠가 말했다.

"얘가 무서운 것을 보고 있나 봐."

글레이즈 간호사가 나모를 흔들어 깨웠다. 나모가 허리를 다친 지 몇 주가 지났다. 붕대로 단단히 감겨 있었지만 이제 거의 다 나았다.

바바 조셉이 설명을 했다.

"악마들이 얘 머리를 어지럽히고 있는 거요. 그래서 바포소리 남자들은 머리카락을 밀어 버린다오."

"턱수염은 왜 안 밀죠?"

"수염이 길면 길수록 예언자를 더 잘 보게 되거든."

글레이즈 간호사의 눈이 휘둥그레졌다.

나모는 머리카락을 빡빡 깎은 뒤에 그 모습이 꼭 벽에 달라붙은 거미와 닮았다고 생각한 이후부터 거울을 보지 않았다. 이제는 그나마 약간 자라긴 했지만 자기가 예뻐졌다고 생각하지 않았다. 마수쿠가 말했다.

"거기가 정말 안전한가요? 카로이 산은 하이에나 소굴이라던데."

바바 조셉이 차분하게 대답했다.

"이 세상에서 정말로 안전한 곳이 어디 한 군데라도 있겠소?"

"총을 가진 사람을 하나 보내면 어떨까요?"

"외부 사람은 안 되오. 므와리 신이 우리를 굽어보고 있소."

마수쿠는 별로 내키지 않은 표정이었다.

"잘못하는 게 아닌가 해서요. 하지만 나모가 므와리 신을 믿는다면……."

나모는 온 마음으로 므와리 신을 믿고 싶었다. 바바 조셉과 다른 바포소리 신자들은 카로이 산에서 귀신 쫓는 굿을 하려고 길을 떠날 것이다. 카로이는 '작은 마녀'라는 뜻으로 그곳은 귀신들이 모이는 장소로 유명했다. 하지만 헤르덴은 거기에 사는 하이에나 때문에 그렇게 알려진 것뿐이라고 반박했다.

바바 조셉은 나모를 따라다니는 긴 젓꼭지를 모잠비크에 있는 냄새나는 굴 속으로 어떻게 보내야 할지 궁리했다. 그의 눈이 반짝반짝 빛났다. 노인은 이번 기회에 카로이 산에 숨어 있는 다른 마녀들도 깨끗이 해치울 작정이었다. 마수쿠가 바바 조셉에게 말했다.

"바바, 너무 무리하지 말아요. 이젠 나이를 생각해야죠."

글레이즈 간호사가 나모의 머리를 어루만졌다. 나모는 죽어 바닥에 쓰러져 있는 짐승처럼 보였다. 흰옷을 입고서 머리에 머릿수건을 썼다. 나모는 귀신을 쫓는 장소에 도착할 때까지 샌들을 신었다. 바포소리 신자들은 의식을 치를 때는 신발을 신지 않는다. 므와리 신에게 기도 드리는 땅은 신성한 곳이기 때문이었다. 글레이즈가 바바 조셉에게 일러 주었다.

"나모에게 무거운 것을 들게 하지 마세요."

떠날 무렵에는 이미 하늘이 컴컴해지고 난 후였다. 마수쿠는 나모의 목에 건 자루에 손전등을 달아 주었다.

"건전지를 아껴 써야 해."

마수쿠는 손전등은 꼭 필요할 때만 켰다 껐다 하라며 당부했다. 유령처럼 길고 하얀 옷을 입은 신자들 모두가 활활 타오르는 횃불을 들었다. 신자들은 교회 내의 서열을 나타내기 위해 긴 옷에 저마다 다른 수를 놓았다. 어른거리는 불빛을 받아 사람들의 머리가 반짝반짝 빛났다. 나모는 일행들 가운데 끼여 숲길을 걸어갔다.

에피피 마을의 포근한 불빛에서 멀어질 무렵 나모는 마수쿠와 글레이즈가 병원 문 앞에 서 있는 것을 보았다. 헤르덴은 자기 집에 있었다. 나모에게 완전히 화가 풀린 것은 아니었지만 헤르덴은 나모가 돌아올 때까지 발전기를 계속 돌리고 있겠다고 약속했다.

사람들은 오싹한 밤의 소리가 들리는 곳으로 계속 나아갔다. 나무 사이에서 부엉이가 조용히 울었고 원숭이들이 종알거렸다. 시냇물이 졸졸 흐르고 있었다. 나모는 횃불을 비추어도 앞이 잘 보이지 않을 때만 손전등을 켰다. 불빛을 숲을 비추자 어둠 속에 숨어서 노려보고 있던 빨간 눈들이 드러났다. 깜짝 놀란 나모는 다시 그렇게 빛을 비추지 않았다.

길이 점점 가팔랐다. 올라가는 길은 둥근 바위들과 바오밥나무들 사이로 나 있었다. 바오밥나무는 물웅덩이에 뿌리를 단단히 박고 있었다. 사람들은 바오밥나무를 지나 바위를 뚫고 나온 무화과나무들이 있는 마른 땅에 이르렀다. 외톨이로 서 있는 무콘데나무(잎 없는 나무로 가지가 부드럽고 부러지기 쉽다. 찐득찐득하고 독성이 있는 수액이 나온다. 촛대나무라고도 한다) 근처를 지났다. 나뭇잎도 달려 있지 않은 가지가 어두운 하늘로 뻗어 있었다. 무콘데나무의 수액은 독이 있기 때문에 건드리지 않도록 조심해야 했다.

마침내 별들이 가득한 헐벗은 산 둔덕에 도착했다. 바바 조셉이 나모에게 샌들을 벗으라고 했다.

나모는 가시 위로 발을 내딛으며 "아야!" 하고 비명을 질렀다. 처음 에피피 마을에 왔을 때 나모의 발은 불에 구운 진흙 공처럼 딱딱했다. 그런 발을 글레이즈 간호사가 부드러운 돌로 치료해 주었다.

"아야!"

소리를 내지 않으려고 했는데 다시 신음이 터져 나왔다.

바바 조셉이 엄하게 말했다.

"조용히 하거라."

신자들은 미리 둔덕으로 가 나무를 끌어 모았다. 사람들이 나무에 횃불을 던졌다. 그러자 불꽃이 하늘로 활활 타올랐다. 나모는 마수쿠가 에피피 마을에서 불꽃을 볼 수 있었으면 좋겠다고 생각했다.

처음에는 토요일 예배에 온 것 같았다. 남자들이 천사들을 불러오려고 "세상 모든 곳에, 세상 모든 곳에" 하며 노래를 불렀다.

나모가 중얼거렸다.

"그래, 오늘밤에는 천사들이 많이 필요할 거야."

나모는 가만히 사람들을 보았다. 바포소리 신자들은 노래를 부르고 나무가 작은 숯이 될 때까지 기도를 올렸다. 그러고 나더니 정말 이상한 행동을 하기 시작했다.

남자들이 타다 남은 나무를 가져다 길게 늘어놓고는 마치 길인 것처럼 그 위를 걷기 시작했다. 나모는 비명이 나오려는 걸 억지로 참았다. 사람들은 그렇게 뜨거운 불 위를 걸어갈 뿐만 아니라 잔불 위로 뒹굴기도 하고 입 안에 뜨거운 숯을 넣기도 했다. 그런데도 불에 데는 사람은 아무도 없었다. 긴 옷에도 불이 붙지 않았다.

사람들이 다 건너가자 바바 조셉이 지팡이를 흔들며 외쳤다.

"나는 들었노라. 할렐루야, 하느님의 말씀을 들었노라. 그 분이 말씀하시기를, '너희 마녀들은 나오너라! 스스로 너희들의 그 흉측한 발을 다른 곳으로 돌리거라' 하셨노라. 아아, 나는 들었노라. 땅 위의 물이 그 말씀을 보았노라. 팔라울라 헤! 하느님께서 말씀하셨노라. 우리는 더 이상 너를 원치 않노라. 지포콜라 하우!"

나모는 무슨 뜻인지 도통 알 수 없었다. 그러나 바바 조셉이 가지고 있는 힘은 거짓이 아니었다. 나모가 마녀였다면 벌써 산에서 뛰어내렸을 것이다.

다른 신자들도 합세하여 기도를 올리며 저주를 내리고 기묘한 음악도 곁들였다. 얼마 후에 나모는 그런 묘한 분위기를 만들어 내는 것은 사람만이 아니라는 것을 알 수 있었다. 어두운 언덕 근처에서 하이에나 소리가 들렸다. 하이에나들은 자신들의 땅을 침입한 자들을 관찰하고 있었다. 하이에나들의 심기가 불편한 것 같았다. 바바 조셉이 호통을 쳤다.

"긴 젖꼭지, 너에게 명령한다. 이리로 나오너라. 너의 힘이 산산조각 날 것이다. 메누카노홍!"

노인이 뜨거운 숯불 위에 나모의 칼을 올려 놓았다. 나모는 에피피 마을에 도착한 뒤로 그 칼을 본 적이 없었다. 부드러운 바람이 불자 다시 불꽃이 일렁였다. 나무 손잡이가 재로 변했다.

불빛이 희미하게 비치는 저쪽 언덕 끝에서 하이에나 여러 마리가 빨간 눈을 반짝거리고 있었다.

"그래, 이제야 네가 기어 나오는구나. 초월자이신 예수님의 힘을 증명하겠다. 나오너라!"

바바 조셉이 나모의 머리 위에 손을 얹었다. 나모는 몸을 움찔했다.

"너를 저주받은 사탄과 함께 지옥으로 보내리라!"

칼은 지독한 금속 냄새를 내며 탔다. 어둠 속에서 긴 젖꼭지의 목소리가 들려 왔다.

'보잘것없는 벌레야, 넌 나하고는 상대도 안 돼. 내 이빨로 네 허파를 터뜨려 주마.'

나모가 팔로 온몸을 감쌌다. 자기 몸을 어찌나 세게 끌어안았는지 팔이 저렸다.

바바 조셉이 소리쳤다.

"세상의 마녀들처럼 넌 멍청이일 뿐이야."

노인은 가지고 온 꾸러미에서 성스러운 물이 든 병을 꺼냈다. 나모는 안식일 예배가 끝난 뒤 성스러운 물로 사람들에게 축복을 빌어 주는 것을 본 적이 있었다. 병을 치유하는 데도 자주 그 물을 썼다.

"여기를 보거라!"

노인은 칼 위에 액체를 쏟았다. 쉭 소리를 내며 수증기가 마구 피어오르더니 금속이 뚝 잘라졌다.

긴 젖꼭지는 통곡을 했다. 하이에나는 뒷걸음질치는 듯했다. 검은 눈을 반짝이며 불을 지켜보고 있는 것은 한 마리의 쥐뿐이었다.

"네게 명하노니, 복수하려고 하는 영혼을 이리 데리고 오라. 그에게도 할말이 있다."

쥐의 모습이 마구 흔들렸다. 생쥐의 눈이 흐리멍덩해졌다. 긴 젖꼭지는 한숨을 쉬며 그런 영혼은 없다고 소리쳤다.

"거짓말하지 마라! 고레 므토코를 데리고 오너라!"

쥐는 공중에서 산산조각이 났다. 바위 옆에는 떡갈나무 잡초뿐이었다.

"할렐루야! 할렐루야!"

바포소리 신자들이 부러진 칼을 에워싸 빙글빙글 돌면서 찬양했다.

"므와리 신이 아프리카를 구원하신다!"

사람들은 기쁨에 차 노래를 불렀다. 그러나 바바 조셉은 여기서 끝내지 않았다. 노인은 다시 성큼성큼 왔다갔다하며 기도를 드렸다. 알 수 없는 말을 하기도 했다. 나모는 그 말이 천사의 언어일 거라고 생각했다. 나모는 마음 놓고 울었다. 왠지 마음이 깨끗해지고 자유로워지는 듯했다. 콜레라를 앓던 마스비타의 얼굴에서 잿빛 창백함이 사라졌을 때처럼 행복한 느낌이었다.

"아프리카의 거짓 신들은 나오너라!"

바바 조셉이 지팡이를 흔들며 고함을 쳤다.

"물의 요정도 나오고 복수하려는 영혼도 나오너라! 이 아이의 조상들도 나오너라!"

나모는 당황했다.

노인은 이교도의 영혼 세계에 도전하며 고함을 질렀다. 노인은 까불거리는 아이들에게 하듯 영혼들에게 한 줄로 늘어서라고 명령했다. 나모는 걱정이 되기 시작했다. 긴 젖꼭지를 없애는 것은 나모도 바라는 바였지만 물의 요정을 멀리 쫓아 버리고 싶은 마음은 없었다. 그리고 조상님들과도 관계를 끊고 싶지 않았다. 마타벨레 사람인 마수쿠를 엄마라고 부르긴 했지만, 이미 엄마가 돌아가셨다는 걸 알고 있었다. 나모의 진짜 엄마는 조상들과 함께 있었다. 그리고 언젠가는 할머니가 나모를 만나러 올 것이다.

나모가 외쳤다.

"할머니는 잃고 싶지 않아요."

바포소리 신자가 조용히 하라고 했다.

"쉿."

나모는 안절부절못했다. 그들을 방해하고 싶지는 않았지만 가족을 잃고 싶지도 않았다. 나모는 벌떡 일어나 사람들을 그만두게 할 방법을 생각했다. 거기 모인 다른 신자들은 바바 조셉만큼은 확신에 차 있지 않다는 생각이 들었다. 사람들은 이따금 멈춰 서서 바바 조셉이 치르고 있는 의식을 관찰했다. 바바 조셉의 입에서 천사의 언어가 다시 울려 퍼지면 어둠 속에 무엇인가가 숨어 있지 않을까 하며 주위를 살폈다.

바바 조셉의 소리가 사방으로 울려 퍼졌다.

"사자의 영혼 몬도로, 나오너라!"

한 신자가 말했다.

"어르신, 우리는 이제 할 만큼 다했습니다."

"우리가 이 산에 있는 모든 거짓 신들을 쫓아낼 때까지 절대로 돌아갈 수 없다. 형제여, 용기를 내라. 사탄은 여러 모습으로 나타나지만 예수님에 비하면 하찮은 것에 지나지 않는다. 앞으로 나오너라."

그때 숯불이 꺼졌다. 차갑고 쌀쌀한 바람과 별빛 사이로 신자들이 입은 하얗고 긴 옷이 보였다. 신자들이 갑자기 이상하게 움직이기 시작했다.

한 사람이 외쳤다.

"악, 누가 내 목에 손을 대는 것 같아!"

다른 사람이 목청이 찢어져라 고함을 질렀다.

"건드리지 말란 말이야!"

"흔들리지 말라! 사탄일 뿐이다!"

바바 조셉이 고함을 쳤지만 남자들은 보이지도 않는 무언가와 싸우면서 비틀거렸다. 비명이 들리고 돌들이 굴러 떨어지는 소리가 났다. 누군가가 벼랑 아래로 떨어진 것 같았다. 바포소리 신자들의 외침이 사방에 가득했다. 한 사람 한 사람 그렇게 무언가에 걸려 넘어졌다. 바바 조셉의 외침과 끙끙거리는 남자들의 신음 소리가 어둠 속에서 들렸다.

마침내 바바 조셉도 그 싸움에서 손을 뗐다. 노인은 힘겹게 자리에 주저앉았고 지팡이가 땅에 부딪쳐 달가닥거렸다. 나모는 손전등을 켰다.

"괜찮으세요?"

나모는 속삭이듯 말하며 노인에게로 기어갔다. 노인은 팔에 머리를 묻은 채 허탈해했다.

노인이 중얼거렸다.

"부러진 갈대."

"할아버지, 뭐라고요?"

"나는 쇠 지팡이로 싸웠는데 내 형제들은 부러진 갈대로 싸웠단다."

그러고 나서 바바 조셉은 더 이상 말하지 않았다. 나모는 노인 곁으로 바싹 다가갔다. 춥지는 않았지만 이른 아침 공기 때문에 팔에 소름이 돋았다. 곳곳에서 신음 소리가 들렸다. 그 소리를 듣고 하이에나가 다가올지 모른다는 생각이 들었다. 나모는 아직 불기운이 남아 있는 데로 장작들을 끌어다가 다시 불을 붙였다.

바바 조셉을 불가에 가까이 앉게 했다. 나모는 다친 바포소리 신자들을 위해 조심조심 둔덕을 돌아다니며 땔나무를 구했다. 나모는 사람들에게 노인 옆으로 가까이 옮겨 앉으라고 말했지만 사람들은 멍하니 나모를 쳐다보기만 했다. 나모는 사람들이 그냥 다친 것인지 귀신에 씌인 것인지 알 수가 없었다.

나모가 사람들에게 말했다.

"땔나무가 부족해서 불을 한 군데밖에 피우지 못해요. 바바 할아버지 곁으로 가세요."

사람들은 나모를 멀뚱멀뚱 쳐다보며 고개를 옆으로 살살 흔들었다.

'불가로 오지 않겠다면, 불을 가져가는 수밖에 없지.'

나모는 샌들을 신었다. 불에 타고 있는 나무 중에서 가장 긴 가지를 꺼냈다.

"이 땅은 신성한 곳이 아니야. 바포소리 신자들은 이제 이런 바보 짓을 하지 말아야 해."

나모는 불붙은 가지를 들고, 하이에나가 숨어 있지 않을까 조심하며 사람들에게 다가갔다. 큰 바위 밑에서 다친 사람을 찾아냈다. 많이 다친 것 같았다. 물을 찾고 있었다.

근처에 물이라고는 바바 조셉이 가지고 온 병 안의 것뿐이었다. 그 물은 사람들에게 축복을 빌어 주는 성스러운 물이었지만 어쩔 수가 없었다. 다친 남자는 애타게 물을 찾고 있었다. 나모는 바바 조셉이 가져온 꾸러미에서 물병을 가져다 그 신자에게 충분히 마시게 했다.

새벽빛이 동쪽에서 희미하게 비쳤다. 이른 아침은 동물들이 사냥하기에 딱 좋은 시간이다. 나모는 주변을 유심히 살폈다. 하이에나와 마주칠까 봐 걱정이 되었다. 허리가 너무 아팠고 손에 들은 횃불은 손가락 근처까지 타들어 가고 있었다. 손전등이 있었지만 다가오는 짐승들을 쫓아내는 데는 역부족이었다.

"얘야, 일어나라."

나모 뒤에서 따뜻한 목소리가 들려 왔다.

어깨에 소총을 멘 헤르덴이 둔덕 저 끝을 넘어오고 있었다. 헤르덴은 다른 사람들을 데리고 왔다. 사람들은 이리저리 흩어져 다친 바포소리 신자들을 돌보았다.

"여기서 춤판을 아주 크게 벌인 것처럼 보이는구나. 확실히 너에겐 '재앙' 이라는 이름이 어울려. 농장 사람들을 반쯤 파김치로 만들다니."

나모는 부끄러워서 낯이 뜨거워졌다.

마수쿠가 말했다.

"바바 조셉은 거기에 한술 더 뜨지."

마수쿠는 다른 사람들보다 뒤처져서 막 산 위로 올라오고 있는 중이었다.

헤르덴이 말했다.

"마수쿠가 널 찾으러 가자고 난리더구나. 밤새 문을 두드렸다니까."

"쌍안경으로 카로이 산을 계속 보고 있었지."

바바 조셉이 고개를 들면서 말했다.

"카로이 산이 아니오."

헤르덴이 부드러운 소리로 말했다.

"할아버지, 쉬셔야겠어요."

"이제 이곳에 마녀라곤 없어. 우리가 벼랑 너머로 다 던져 버렸어."

"그래요, 할아버지 말씀이 맞아요. 보아 하니 바포소리 신자 몇 사람도 벼랑 밑으로 떨어졌더군요."

날이 밝고 도움의 손길이 미치자 신자들이 모두 정신을 차렸다. 바위에서 떨어진 남자는 병원으로 옮겼다. 바바 조셉도 들것으로 실어 날랐다.

38

나모가 향긋한 우유를 마시면서 물었다.

"엄마, 거기서 무슨 일이 있었는지 아세요?"

글레이즈와 헤르덴은 바포소리 신자의 다리에 부목을 대고 있었다.

헤르덴이 간호사에게 말했다.

"이 사람을 하라레로 데리고 가야겠어. 가서 엑스레이 촬영을 해야 해."

마수쿠가 '엄마'라는 말에 얼굴을 찌푸렸다. 그렇지만 나모는 말을 바꾸지 않았다.

"무슨 일이 있었는데?"

"바바 할아버지가 긴 젓꼭지를 멀리 내쫓아 버렸어요. 제가 봤어요. 처음에는 커다란 하이에나였는데 할아버지가 칼을 부러뜨리자 쥐로 변했어요. 그러더니 다시 떡갈나무 이파리가 되었어요. 제가 그걸 불 속에 던졌어요."

마수쿠가 말했다.

"그래, 잘됐구나."

"그런데 그 영혼들이 바포소리 신자들을 어떻게 산 아래로 던졌는지는 모르겠어요. 내 생각에 예수는 아주 강한 것 같아요."

바바 조셉이 침대에 누워 큰 소리로 말했다.

"예수님은 아주 강하단다."

글레이즈가 말했다.

"좀더 주무세요. 아스피린 좀 드실래요? 그럼 한결 나아질 텐데……."

"기도가 우리의 약이오."

바바 조셉은 고집을 부렸다. 마수쿠가 낮은 목소리로 말했다.

"바포소리 신자들은 태어날 때부터 기독교 신자는 아니었어요. 그들은 조상들과 몬도로를 믿으며 자랐어요. 어릴 때부터 배우고 믿어 온 것에 등을 돌리기는 정말 힘들지요."

나모가 고개를 끄덕였다. 나모도 할머니가 가르쳐 준 것들을 믿고 있었다.

"마녀들을 쫓아내는 건 좋아요. 모든 사람들이 나쁘다고 생각하니까요. 그러나 자기의 조상을 쫓아내려고 하면 이야기는 달라져요. 바포소리 신자들은 그걸 받아들이지 못해 스스로 산 아래로 몸을 던졌을 거예요. 어렸을 때부터 가져 오던 믿음과 기독교 교리가 일치하지 않으니까요."

나모는 마수쿠에게 궁금한 것이 생겼다.

"엄마는 영혼의 세계를 믿으세요?"

마수쿠가 한숨을 내쉬었다.

"나는 과학자란다. 증명할 수 없는 것은 그 무엇도 믿지 말라고 배웠어. 그래서 아직은……."

마수쿠가 바바 조셉을 쳐다보았다. 바바 조셉은 부드러운 침대에 누워 어느새 코를 골고 있었다. 자고 있는 모습이 평온해 보였다.

"바바는 나한테 화를 내기도 하지만 노인이잖니? 나는 나이든 사람을 존경해야 한다고 배웠단다. 그래서 가끔은 나도 화날 때가 있지만, 참는 거란다."

"엄마들의 특성이지."

헤르덴이 쾌활하게 말하며 다친 남자의 다리에 부목을 댔다.

"게으름뱅이 씨, 이제 끝났어. 글레이즈가 주는 약을 안 먹고 고집부리면 차를 타고 갈 수도 없어. 차가 흔들릴 때마다 아파서 눈앞이 뱅뱅 돌 거야."

바포소리 신자가 신음을 하며 말했다.

"기도가 우리의 약이오."

"나모, 이제 네 가족을 만나야 하지 않겠니? 모잠비크에도 친척이 있고 모로상가에도 있다면서?"

나모는 마수쿠의 손을 꽉 붙잡았다. 친척들을 만나고 싶다는 생각을 한 적도 있었지만 정말 그렇게 된다고 생각하니 겁부터 났다.

"너무 서두를 필요는 없지만…… 네 할머니께 소식은 전해야지. 네가 잘 있는지 걱정하실 거야."

"나를 보낼지도 몰라요. 조로로와 결혼시키려고……."

"절대로 그렇게 되도록 놔두지는 않을 거야!"

마수쿠의 눈이 번득였다.

"도대체! 자기들 목숨 구하려고 아이를 강제로 결혼시킨다는 게 말이나 되는 소리니? 널 영혼에 바치는 제물로 보내다니……. 짐바브웨에서는 상상도 할 수 없는 일이야."

"전 아이가 아니에요."

"생리를 몇 번 했다고 어른이 되는 건 아니야. 어른이 되려면 많은 것을 배워야 해. 넌 영리하니까 잘 배울 수 있을 거야."

나모는 기분이 좋았지만 부끄러워 고개를 숙였다.

"나모가 그렇게 영리하다면, 농장 사람들을 왜 그렇게 기진맥진하게 만들었는지 어디 이야기 좀 들어 볼까?"

헤르덴이 절룩거리는 남자를 차로 데려가며 말했다.

나모는 어느 때보다 행복했다. 나모는 지금의 상황을 모두 받아들였다. 아무것도 걱정하지 않았다. 사람들 모두 나모를 편하게 해주려고 진심으로 신경을 썼다. 부엌에서 일하는 아저씨는 헤르덴의 비법을 전수받아 나모에게만 특별히 우유 파이를 만들어 주었다. 글레이즈 간호사는 너무 바빠 종종걸음을 치면서도 나모에게 산수를 가르쳐 주었다. 마수쿠는 체체파리 몸 속에 사는 동물들이 꼬물꼬물 움직이는 모습을 현미경으로 보여 주면서 그것들을 죽이는 방법을 알려 주었다.

바바 조셉은 밤새도록 무리를 했기 때문에 회복하는 데 시간이 오래 걸렸다. 바바 조셉은 카로이 산을 '천사의 산'이라고 이름 붙였다.

바바 조셉의 아들이 와서 아버지 일을 대신했다. 나모도 일을 도왔다. 그리고 하루에 몇 시간씩은 노인에게 책을 읽어 주었다.

처음엔 형편없었던 나모의 시험 점수가 어느 정도 만족할 정도가 되자 진도가 빨라졌다. 나모가 지나칠 정도로 책읽기에 빠져 들자 바바 조셉이 억지로 책을 빼앗기까지 했다.

바바 조셉이 엄하게 말했다.

"네 눈은 트랙터가 아니란다. 그러다가는 두 눈이 빠지고 말 거야."

그래도 나모는 책을 많이 읽었다. 글쓰기를 복습하려면 소리내어 책을 읽어야 했다. 그러나 영어나 다른 언어로 써진 글은 읽기가 힘들었다. 하지만 그건 별 문제가 아니었다.

정말 어려운 건 글쓰기였다. 오랫동안 일을 많이 한 탓에 손가락에 굳은살이 박혀 연필을 제대로 잡을 수가 없었다. 어떤 때는 너무 화가 나 연필을 뚝 부러뜨려 버리고 싶은 충동까지 들었다. 그렇지만 연필이 바바 조셉의 것이라서 괜히 화풀이를 할 수도 없었다.

나모가 글쓰는 것 때문에 눈물이 그렁그렁해지자 마수쿠가 말했다.

"걱정하지 마. 타자 치는 걸 가르쳐 줄게."

나모는 행복했다. 할머니에게서 소식이 오기를 손꼽아 기다렸다.

"주소도 정확하지 않은 곳에 연락을 하는 건 힘들어. 그곳으로 여행을 가는 사람한테 편지를 줬으니 조금만 더 기다려 보자."

마수쿠가 설명을 해주었다. 편지에는 어릴 때 이름이 나마사티고, 지금은 치포라는 이름을 쓰는 마요족 사람이 있는데 그 사람의 어머니에게 전하는 편지라고 썼다. 이 몇 가지 정보만으로 할머니를 찾을 수 있을는지는 잘 몰랐다.

시간이 흘렀다. 나모의 검은 머리카락이 제법 자라 이전보다 훨씬 부드러워졌다. 글레이즈 간호사가 머리에 코코넛 기름을 발라 주었다. 나모는 그 향기를 맡을 때마다 배가 고파졌다. 글레이즈는 피부에 기름을 바르는 것과 가죽으로 손톱을 부드럽게 다듬는 방법도 알려 주었다.

나모는 속옷도 입었다. 나모는 성가셔서 싫다고 했지만 글레이즈는 품위 있는 여자가 되려면 속옷을 꼭 입어야 한다고 했다. 더구나 점점 커지는 가슴을 잘 감싸라고 자루 같은 게 두 개 달린 이상한 줄무늬 천을 주었다. 그건 바로 브래지어였다.

갑자기 챙겨야 할 게 많아졌다. 가슴을 감싸니 여간 불편한 게 아니었다. 마을 사람들은 그런 것을 하지 않았다. 특별한 날, 마수쿠가 준 새 옷을 입을 때에만 브래지어를 찼다. 보통 때는 브래지어를 차지 않고 그냥 헐렁한 옷을 걸치고 다녔다.

하루 일을 마치고 난 나모는 자주개자리 들판이 내려다보이는 탑 위에 앉아 있었다. 마수쿠는 그 탑이 전쟁 때 에피피 마을을 지키기 위해서 적을 감시했던 경계초소라고 했다. 이제는 쓸모가 없어졌지만 나모는 그곳 지붕 아래 누워 오후의 부드러운 바람을 맞으며 빈둥거렸다. 이런 날에 나모는 헤르덴의 집 냉장고에서 빨간 소다수를 가지고 왔다. 땅콩버터 샌드위치와 구아바 열매를 먹으며 멀리 카로이 산, 바바 조셉이 다시 이름을 붙인 천사의 산이 드리우는 그늘을 평온하게 바라보았다.

태양이 나무 사이로 설핏 기울었다. 안개가 지평선 저 너머로 피어올랐다. 안개가 어스레하게 퍼지면서 가늘고 긴 손가락처럼 탑 쪽으로 흘러들었다. 나모는 기쁜 마음으로 그 모습을 바라보았다. 안개는 모잠비크 국경 저 너머, 지도에도 나오지 않는 개울둑 위에 가로놓인 나모의 마을에서 흘러오고 있었다. 나모는 은회색 재에 둘러싸였다.

소조 사촌, 파라이 사촌, 손녀 나모,
놀라지 마세요. 암부야가 돌아가셨답니다.
암부야의 영혼을 보러 와 주세요.

재들이 속삭였다. 또 다른 목소리가 한숨을 쉬며 말했다.

내가 너를 만나지도 못하고 조상에게 돌아가면,
내 영혼이 너를 만나러 꿈속으로 찾아갈 게다.
꼭 약속하마.

나모는 깜짝 놀라 소리치며 무릎을 꿇었다. 그 바람에 소다병이 땅으로 떨어져 박살났다. 나모는 동쪽을 바라보았다. 하늘이 어둑어둑해졌다. 별이 떠오르고, 개똥벌레들이 자주개자리가 핀 축축한 들판 위로 서서히 모습을 드러냈다.

글레이즈 간호사가 저녁을 먹으라고 부르는 소리가 들렸다. 글레이즈는 탑 아래까지 와서 나모가 내려오기를 기다렸다. 글레이즈는 나모의 얼굴에 흐르는 눈물을 닦아 주면서 물었다.

"뭐 안 좋은 일이라도 있었니?"

"할머니."

나모가 대답할 수 있는 말은 그 한마디였다.

다음날 아침 마수쿠가 나모를 불렀다. 마수쿠가 말했다.

"모로상가에 있는 네 가족들을 찾아가야 할 때가 되었구나."

39

헤르덴이 운전을 했다. 모로상가에 도착해 헤르덴이 차를 세우자 마수쿠는 차가운 음료수를 사러 달려갔다. 글레이즈 간호사가 나모를 데리고 집을 찾아가기로 했다. 종웨 가족은 전에 한 번 봤던 백인 남자를 수상하게 여겼을 테고, 마타벨레 사람인 마수쿠 역시 반기지 않을 것 같았기 때문이다. 나모는 가슴에 브래지어를 하고 특별한 날에만 입는 드레스도 입고 말끔한 샌들을 신었다. 브래지어는 너무 답답하고 불편했다. 글레이즈는 옷에 잘 어울리도록 나모의 머리를 손질하고 손톱도 윤기 나게 다듬어 주었다.

글레이즈는 나모가 참 예쁘다고 했지만 나모는 왠지 거울을 보는 게 두려웠다.

모로상가는 탄광촌이었기 때문에 곳곳이 먼지투성이였다. 멋있고 큰 집들도 있었지만 대부분의 집들은 초라하기 짝이 없었다. 글레이즈는 마을에 종웨 성을 가진 사람들이 많이 살고 있다고 했다. 그 사람들은 크롬을 생산하는 회사에서 일했는데, 회사 지배인 이름이 인더스트리('성실하다'는 뜻) 종웨로, 나모의 삼촌이라고 했다.

가족을 만나는 시간이 가까워질수록 나모는 점점 더 걱정이 되었다. 가족들이 나모를 도무지 좋아할 것 같지 않아서였다. 나모를 혈통이 수상하고 무식한 야생아라고 생각할 수도 있었다. 나모는 어머니와 아버지가 사실은 결혼을 한 게 아니었을지도 모른다는 생각이 들었다.

마침내 나모와 글레이즈는 집 앞에 도착했다. 마당에는 잔디가 넓게 깔려 있고 문 앞까지 들어가는 길이 나 있었다. 글레이즈 간호사가 문을 열고 안으로 들어갔다. 나모는 주위를 이리저리 살폈다. 꽃이 만발한 나무들이 밝은 초록빛 잔디 위에 그늘을 늘어뜨리고 있었다. 마당에 있는 나무들은 평범한 과일나무가 아니었다. 과일도 열리지 않는 나무를 왜 심어 놓았을까? 건기가 되면 나무에 줄 물은 어디에서 가져올까?

창문에는 쇠창살이 달려 있고 지붕은 포르투갈 사람들의 집처럼 빨간 타일로 되었다. 정문 계단도 빨간색이었다. 왁스칠을 했는지 계단이 반짝반짝 빛났다. 글레이즈 간호사가 말했다.

"인더스트리라는 네 삼촌이 여기 살고 있대."

간호사가 현관 벨을 눌렀다. 나모는 긴장이 되었다. 잠시 후에 하얀 앞치마를 두른 하녀가 대답을 했다. 하녀는 나모와 간호사를 응접실로 안내하고는 주인을 부르러 갔다. 나모가 글레이즈 간호사의 손을 꽉 잡으면서 말했다.

"사람들이 저를 안 좋아할 거예요."

글레이즈가 차분하게 말했다.

"반가워할 거야. 넌 가족이잖아."

하녀가 차를 내왔다. 나모는 정신없이 차를 마셨다. 꽃무늬 드레스를 입은 키 큰 부인이 들어와 '에디나 종웨'라고 소개했다. 아이들이 살그머니 엿보자 하녀가 쉿 하며 쫓아냈다. 글레이즈 간호사가 말문을 열었다.

"헤르덴이라는 분이 전화를 드렸지요?"

에디나가 쌀쌀맞게 대답했다.

"아, 예. 그 백인이 말한 아이가 얘군요."

"프라우드 종웨 씨의 딸입니다."

"예쁘군요."

에디나는 나모가 예쁘다고 했지만 차가운 태도로 보아 의례적인 인사말로 들렸다.

"몇 살이니?"

나모가 말을 더듬었다.

"잘 몰라요."

"나모가 우리한테 왔을 때 열한 살 정도 되어 보였어요. 실제로는 열네 살쯤 되었을 거예요."

"학교는 다니지 않았나 봐요?"

"나모는 외딴 마을에서 자랐어요."

글레이즈 간호사가 약간 짜증 섞인 표정을 지으며 말했다.

"나모는 에피피 마을에서 지내며 공부를 했어요. 이해력이 뛰어나요. 이제는 어른처럼 책도 읽을 수 있어요. 지금은 마수쿠 선생님한테서 타자 치는 것을 배우고 있답니다. 나모는 산수도 아주 잘해요. 무척 똑똑한 아이죠."

"그래요? 재미있군요. 그런데 제 남편은 다섯 시나 되어야 돌아올 거예요. 남편과 이 일을 의논해 보지요."

에디나가 일어섰다. 글레이즈가 나모를 자기 쪽으로 끌어당겼다.

두 사람은 문 앞으로 나왔다.

나모와 간호사는 어느 틈엔가 현관 앞까지 쫓겨나 반짝반짝 빛나는 빨간 계단 위에 서 있었다. 나모가 말했다.

"날 좋아하지 않을 거라고 했잖아요."

"꼭 마녀 같아."

글레이즈 간호사가 한숨을 푹 내쉬었다.

"너 그 여자 손톱 봤니?"

"아주 길었어요."

"자기 손으로 일하지 않는 사람이어서 그래. 세탁물이 든 뜨거운 물통에 그 손가락을 푹 집어넣었으면 좋겠어."

글레이즈는 상점에서 마수쿠와 헤르덴을 만날 때까지도 화가 풀리지 않았다.

"다섯 시에 다시 찾아가야겠어요. 그 여자가 우리를 하인들이 다니는 문으로 들어오도록 하지 않은 게 이상할 정도예요."

헤르덴이 말했다.

"다섯 시 넘어서 차를 몰고 에피피까지 가는 건 힘들어. 정 안 되면 호텔에서 하룻밤 자고 가지, 뭐."

마수쿠가 말했다.

"프라우드 씨를 직접 만났더라면 좋았을 텐데……. 그러면 그런 꼴은 당하지 않았을 거야."

헤르덴이 갑자기 우렁찬 목소리로 말했다.

"야생아야, 걱정 마. 네 아빠를 구석으로 몰아넣자고……. 블릭셈에게 네 아빠를 쫓아가라고 할게."

나모는 제발 야생아라고 부르지 말았으면 했다.

이미 나모 이야기가 가족들에게 다 전해진 듯했다. 다섯 시가 되자 종웨 집안 사람들이 나모를 보려고 문 밖에 옹기종기 모여 있었다. 사람들의 눈을 의식하면서 나모가 걸어갔다. 나모는 어떻게 행동해야 할지 고민이 되었다. 낯선 친척들에게 손을 흔들어 주어야 할까? 그렇게 하지 않으면 버릇이 없다고 생각할까?

이번에는 마수쿠와 헤르덴, 글레이즈까지 함께 나섰다. 마수쿠가 말했다.

"누가 가든 별 차이가 없을 거야. 무뚝뚝하게 굴기는 마찬가지겠지, 뭐."

헤르덴이 말했다.

"그게 아니라면 뭔가 숨기는 거겠지."

모두 응접실로 가서 차를 대접받았다. 에디나는 남편과 그의 부모님들 곁에 앉았다. 나모는 가족들을 조심스럽게 관찰했다. 인더스트리 종웨라는 사람은 잿빛 정장에 반짝거리는 검은 구두를 신고 있었다. 얼굴은 신중하고 차분해 보였다. 할머니, 할아버지는 놀라우리만큼 젊었다. 가난한 나모의 외할머니보다 편히 살고 있기 때문일지 몰랐다.

할머니라면 이 사람들을 보고 뭐라고 말했을까? 아마 옷 입은 원숭이들 같다고 했을 거다. 앉아 있던 할머니가 에디나에게 말했다.

"손톱이 어째 그 모양이냐? 점심으로 바위너구리를 잡으러 갈 거니?"

나모는 얌전하게 고개를 숙이고 미소를 지었다. 인더스트리 종웨가 말했다.

"아이를 좀 보시죠."

나모는 일어나서 사람들 앞으로 시선을 돌렸다. 할머니가 말했다.

"예쁘구나."

에디나가 말했다.

"제가 말씀드린 아이예요."

"그런데 프라우드를 닮지는 않았는데……."

아버지를 닮지 않았다고 가족들이 맞장구를 쳤다. 할아버지가 말했다.

"네 엄마를 닮았구나."

다른 사람들은 말도 안 된다는 듯 할아버지를 쳐다보았다. 헤르덴이 물었다.

"프라우드 씨하고 이야기할 수 있을까요?"

사람들이 고개를 흔들었다. 마수쿠가 사람들에게 따져 물었다.

"왜 안 되지요?"

안쪽 문에 찰싹 붙어 있던 아이들이 뿔뿔이 흩어졌다. 저쪽에서 딱 딱 하는 지팡이 소리가 나자 할아버지가 시선을 돌렸다. 마수쿠의 언성이 높아졌다.

"왜 아이의 아버지에 대해서는 아무 말도 하지 않는 거죠?"

한 노인이 방에서 나왔다. 나이가 가장 많아 보이는 이 노인은 유럽풍 옷을 입고 있었으며, 목 주위에 작은 장식들이 주렁주렁 매달려 있었다. 엉덩이에는 표범 가죽을 단단히 매었다. 노인이 무당임을 금방 알 수 있었다. 그는 마을에 영향력을 가지고 있는 사람으로 보였다. 노인이 말했다.

"프라우드 종웨는 이미 죽었기 때문이지."

노인은 여전히 긴장하고 서 있는 나모에게 다가갔다. 노인은 비쩍 마른 손으로 나모의 턱을 올리더니 머리를 이쪽저쪽으로 돌려 보았다.

"내 첫 아내와 닮았구나."

그가 말을 꺼내자 집 안이 약간 술렁였다.

노인은 앞에 놓여 있는 의자에 가 앉고는 나모에게 자기 옆으로 와 앉으라고 했다.

"네 이야기를 해 보거라."

나모는 감출 것이 없다고 생각했다. 나모가 거짓말을 해도 노인은 그 속내를 다 알 것 같았다. 나모는 마을 이야기, 엄마가 돌아가신 이야기, 복수하려는 영혼, 강제로 결혼을 시키려고 해서 도망친 이야기까지 들려주었다. 그리고 아주 오래 전에 표범이(그게 그림자를 잘못 본 것이 아니라 진짜 표범을 본 거라면) 물가에 나타난 걸 봤다는 이야기까지 했다.

노인은 차와 과자를 내오라고 손짓했다. 노인은 나모에게 천천히 쉬어 가면서 다 이야기하라고 했다. 밖에는 어둠이 내리고 있었다. 어른들은 어린아이들을 재우려고 했지만 아이들은 좀체 자리를 떠나려고 하지 않았다.

나모가 물의 요정이 섬의 정원으로 이끌어 준 이야기를 할 때 노인은 아주 호기심 어린 표정으로 귀를 기울였다. 나모가 말했다.

"물의 요정들에게 슈바이 이모의 구슬을 주었어요. 가진 게 그것뿐이었거든요."

노인이 말했다.

"잘했구나."

조금은 초조해하며 나모는 죽은 포르투갈 사람과 그 사람이 주었다고 생각한 칼, 조상님들이 보낸 살무사와 긴 젖꼭지에 대해 이야기했다.

"바바 조셉이 긴 젖꼭지를 멀리 쫓아냈어요."

나모는 조금 망설이다가 덧붙였다.

"바바 조셉이 하이에나 모습이었던 긴 젖꼭지를 쥐로 바꾸어 놓더니 나중에는 떡갈나무 이파리로 만들어 버렸어요. 제가 그걸 불 속으로 던졌어요."

노인이 나모를 부추겼다.

"잘했어."

이야기가 끝나자 부엌에서 맛있는 음식 냄새가 흘러나왔다. 나모는 그제야 시간이 아주 늦었다는 걸 알았다. 차를 한 모금 꿀꺽 마셨다.

나모가 종웨 집안 사람들의 얼굴을 쳐다본 건 그때뿐이었다. 사람들은 나모를 두려워하는 것 같았다. 노인이 말했다.

"이 아이가 내 첫째 아내와 닮지 않았다 해도 난 이 아이를 받아들이겠다. 이 아이는 분명히 영혼과 대화할 수 있는 내 능력을 물려받았어. 물의 요정한테 배우기도 했고……. 이 아이가 내 가족이 되어서 정말 기쁘구나."

40

헤르덴, 마수쿠, 글레이즈와 나모는 모로상가의 한 호텔 식당에 앉았다. 호텔 식당이 막 문을 닫기 전에 도착해 서둘러 카레와 밥을 주문했다. 나모는 두 여자 사이에 앉았다. 나모는 두 사람 사이에 계속 있고 싶었다. 내일 아침이면 자기를 남겨 두고 떠날 텐데, 제발 내일 아침이 오지 않았으면 하고 바랐다. 헤르덴이 냅킨으로 젓가락을 닦으면서 말했다.

"너 아주 청산유수같이 말 한번 잘하더구나. 실수라고는 눈곱만큼도 없었어."

마수쿠가 말했다.

"나모는 무서워했어."

"야생아야, 그 노인은 그 긴 시간 동안 아무도 잡아먹지 않았어. 걱정 마, 늙어서 이빨이 많이 상했을 거야."

나모는 눈물이 금방 쏟아질 것 같은 표정으로 헤르덴을 쳐다보았다.

"제발 그런 눈으로 쳐다보지 마. 넌 아무래도 바바 조셉한테서 내가 미안한 마음이 들도록 하는 방법을 배운 거 같아. 들어 봐, 야생아야.

이곳에 사는 아이들 중에는 그 저택에서 살 수 있다면 자기 팔꿈치라도 떼 주려고 할 애들이 많을걸? 종웨 가문은 엄청난 부자란다. 그 사람들이 너를 가장 좋은 학교에 보내고 네가 상상하던 멋진 옷을 사 줄 거다. 넌 이 기회를 놓치면 안 돼."

나모가 울먹이는 목소리로 대답했다.

"알고 있어요."

글레이즈가 고소하다는 듯이 말했다.

"그 마녀 같은 여자는 노인이 나모를 알아보니까 그 긴 손톱을 물어뜯더라고……."

"그만들 해요. 애한테 겁주지 말아요."

마수쿠가 나모를 안았다. 나모는 울고 싶은 마음을 꾹 눌러 참고 눈물을 삼켰다. 나모는 종웨 식구들이 너무나 낯설었다. 나모는 무엇이 잘못된 건지 알 수 없었다. 하지만 모잠비크에서 흘러 들어와 더부살이를 하고 있는 야생아의 선택은 하나밖에 없었다. 마수쿠가 부드럽게 말했다.

"기억해 둬. 만약 여기서 지내는 게 싫으면 언제든 우리한테 돌아오면 돼. 그리고 방학 때는 꼭 오너라."

마수쿠의 말대로 학교도 문제였다. 나모에게는 또 한 가지 걱정거리가 생겼다.

헤르덴이 말했다.

"참, 네 물건은 내 금고에 잘 보관하고 있단다."

나모는 깜짝 놀라 쳐다보았다.

"야생아야, 네 루라 말이다. 네 할머니가 주셨다는 금덩이!"

"전 그것도 모르고……."

헤르덴이 말했다.

"교활한 백인이 가로챈 줄 알았단 말이겠다?"

나모는 부끄러워 얼굴이 빨개졌다. 헤르덴은 나모를 받아들였고, 생명을 구해 주었고 무엇 하나 요구하지 않았다. 그런데 나모는 블릭셈을 칼로 베고 또 그의 팔을 찌르는 것으로 은혜를 갚은 셈이었다.

"넌 에피피에서도 부지런히 일을 해서 네 생활비보다 더 많이 벌어 주었어. 덕분에 농장인부들이 일을 절반도 안 하는 게으름뱅이로 만들어 놓았지만……."

나모는 아무 말도 할 수 없었다. 헤르덴이 소리를 쳤다.

"여기 아이스크림 좀 줘요."

반쯤 졸고 있던 웨이터들이 주방으로 달려갔다.

에디나는 먼저 하인들을 시켜 나모를 예쁘게 입히도록 했다. 나모는 여자가 하는 대로 가만히 있었다. 그건 좋거나 싫다고 할 일이 아니었다. 에디나는 아이들에게 너그럽지 않았다. 에디나는 귀찮은 아이들을 하녀에게 다 맡겼다. 하녀는 집에 갇힌 쥐처럼 아이들에게 쫓겨 다녔다. 하녀는 시끄러운 아이들을 조용히 시키려고 아이들에게 술을 먹이기도 했다. 나모는 그런 집안 풍경이 놀라웠다.

인더스트리 종웨에게는 둘째 부인이 있었다. 둘째 부인의 외아들 이름은 클레버('영리하다'는 뜻)였다. 클레버는 에디나의 아이들인 큰 집 아이들과 함께 놀고 싶었다. 큰집 아이들이 못살게 굴어도 그것을 참고 견디며 아이들과 어울리는 게 소원이었다.

에디나가 나모에게 말했다.

"네가 때리고 싶으면 클레버는 때려도 돼."

나모한테는 그 말이 '넌 하층민이 아니야' 라는 뜻으로 들렸다. 하지만 나모도 이 집에서 나가면 클레버와 같은 처지가 될 게 뻔하다고 생각했다.

나모는 클레버에게 친절하게 대했다. 그러자 아이는 나모를 졸졸 따라다녔다. 그런데 그 애는 늘 찡찡거리기만 하는 골칫덩어리였다. 이름과는 달리, 영리하기는커녕 아직 용변을 보는 것도 서툴렀다. 그런데도 벌써 학교에 갈 나이가 되었다.

나모의 할아버지는 낮에는 내내 주무시다가 밤만 되면 일어나 할머니와 싸웠다. 할아버지는 위스키 맛을 개발하는 일을 하고 있었다. 할아버지가 숨을 내쉬면 술 냄새에 머리가 어질어질했다. 목소리도 얼마나 크고 시끄러운지 나모는 늘 불안했다. 하지만 할아버지이기 때문에 나모는 당연히 존경해야 한다고 생각했다.

그렇다고 나모가 할아버지와 억지로 가까이 지낼 필요는 없었다. 할아버지는 종종 화를 벌컥 내고 지팡이를 휘두르고 심지어 가구까지 부수는 일도 있었다.

할머니는 할아버지를 말렸다. 그러나 가족들이 보는 앞에서는 할아버지에게 소리지르지 않았다. 하지만 방으로 들어가면 할아버지한테 마구 고함을 질렀다.

나모는 학교에 가는 시간만 기다렸다. 집에 있는 것보다 밖에 나가는 게 더 좋았다. 매일 아침 인더스트리 삼촌네 다섯 아이들과 나모는 어깨에 책가방을 메고 집을 나섰다. 남자아이들은 카키색 교복을 입고 여자아이들은 파란색에 하얀색 격자무늬가 있는 치마를 입었다. 그리고 모두 짙은 갈색 구두를 신었다.

나모는 교복을 입는 게 좋았다. 나모가 전에 학교에 다니지 않았다거나 원시 마을에서 자랐다고 뭐라 하는 사람은 없었다. '원시'라는 말은 나모가 에디나에게 처음으로 배운 단어였다. 나모가 조용히 있을 때는 다른 여자아이들과 별반 차이가 없었다. 그런데 일단 수업 시간에 질문을 받아 대답해야 할 때가 되면 아직 나모가 모르는 게 너무 많다는 게 드러났다.

그래도 반 아이들 중 가장 나이가 많았고 읽기 능력과 셈하기 능력은 뛰어났다. 그러나 글쓰기가 문제였다. 나모는 버터 바르는 칼을 쥐듯 연필을 잡았고 글씨도 클레버만큼이나 못 썼다. 나모는 마수쿠가 타자 치는 것을 꼭 가르쳐 줄 거라고 기대하며 여름방학을 손꼽아 기다렸다.

어느 토요일 아침, 나모는 클레버와 정원에 앉아 있었다. 나모가 한숨을 쉬었다. 클레버는 나모가 어디에 있든 거머리처럼 항상 착 달라붙어 떨어지지 않으려고 했다. 나모가 말했다.

"오늘도 학교에 가면 좋을 텐데……."

클레버가 대답했다.

"난 싫어. 학교 싫어."

하녀가 파티에 갈 아이들에게 옷을 입히려고 아이들을 부르고 있었다. 나모는 초대받지 못했다. 여자아이들은 하녀를 약올리면서 이리저리 도망을 다녔다. 하녀가 짐승처럼 잔디에 쪼그리고 앉더니 오줌을 눴다. 일을 보고 일어난 하녀는 다시 아이들을 쫓아갔다. 나모는 눈을 꽉 감았다. 글레이즈가 속옷이라는 것을 가져다주기 전에 나모도 저렇게 했다. 클레버가 졸랐다.

"이야기 하나 해줘."

클레버는 나모의 이야기를 듣고 싶어하는 유일한 사람이었지만 그리 달갑지 않은 청중이었다. 너무나 산만했다. 나모는 마수쿠에게 들은 이야기가 떠올랐다. 나모는 더 재미있게 하려고 그 이야기를 조금 고치기로 마음먹었다.

"옛날에 코끼리 한 마리가 암컷 두 마리를 거느리고 살았어. 암컷 하나는 새끼를 많이 낳은 하이에나였고, 다른 하나는 수컷 새끼를 하나만 둔 바짝 마른 자칼이었단다."

클레버는 손가락을 빨면서 귀를 기울였다.

"두 암컷은 속으로는 미워했지만 겉으로는 친한 척했대. 어느 날 둘이 오솔길을 총총 걸어가고 있는데, 사냥꾼들이 거적에 고기를 둘둘 말아서 들고 가는 걸 보았어. 사냥꾼들이 걸어갈 때마다 피가 땅 위로 뚝뚝 떨어지지 않겠어? 둘은 피 냄새를 따라갔어.

이를 허옇게 드러내면서 하이에나가 고함을 질렀어.

'배가 너무 고파.'

자칼도 맞장구를 쳤어.

'나도.'

둘은 사냥꾼들을 따라 마을로 갔단다. 사냥꾼들이 곡식 창고에 고기를 넣는 걸 지켜보았어. 창고 벽에 둥근 창문이 하나 있었어.

사냥꾼들이 사라지자 자칼이 창문으로 훌쩍 뛰어올라 비쩍 마른 몸을 안으로 넣으려고 꿈틀거렸어. 자칼이 하이에나를 불렀어.

'이리 와. 먹을 게 무진장 많아.'

하이에나는 고개를 흔들었지.

'난 그렇게 좁은 구멍은 못 들어가.'

'내가 도와줄게.'

자칼이 다시 뛰어내렸어. 자칼은 하이에나를 자기 등에 업었지. 하이에나가 창문을 지나갈 수 있도록 도와주었어. 안으로 들어간 두 동물은 맛있는 걸 먹기 시작했는데 얼마 뒤 하이에나가 말했어.

'이제 그만 가는 게 좋겠어.'

자칼이 말했어.

'이런 좋은 기회가 두 번 다시 있을 줄 알아?'

그 말을 들은 하이에나는 배가 터질 만큼 고기를 계속 먹었어.

자칼이 고깃덩어리를 하이에나에게 또 내밀었어.

'한 조각만 더…….'

자칼이 고깃덩어리를 들고 간곡하게 부탁하자 하이에나는 어쩔 수 없었어.

자칼은 다시 창문을 뛰어넘었어. 하이에나도 따라나섰지만 창문 틈에 끼어서 오도 가도 못 하게 됐지. 하이에나가 울면서 말했어.

'도와줘, 꼼짝 못 하겠어!'

그런데도 자칼은 혼자 마을을 빠져 나갔어. 소리를 있는 대로 지르면서 말이야. 한밤중에 울리는 큰 소리 때문에 마을에 있는 사냥개가 모두 밖으로 뛰쳐나왔어. 사냥개들은 창문에 끼여 있는 하이에나를 찾아내고 한바탕 난리를 피웠어. 그러자 사냥꾼들이 무슨 일이 일어났나 하고 보러 왔어. 사냥꾼들은 아연실색했단다.

'저 망할 놈의 짐승 좀 보게!'

'우리 고기를 전부 다 먹어 치웠잖아!'

사냥꾼들은 당장 곡식 창고로 뛰어 들어가 하이에나를 죽여 버렸어. 자칼은 자기 새끼와, 코끼리와 함께 오래오래 행복하게 살았대."

클레버는 편안한지 나모의 무릎 위에서 잠이 들었다. 나모는 코를 찡그리며 클레버를 잔디 위쪽으로 밀었다. 킬킬 웃는 소리가 나모 뒤에 있는 포도넝쿨 근처 정자 쪽에서 들려 왔다.

"나모, 넌 나쁜 마음을 가졌구나."

무뚝뚝한 노인의 목소리였다.

"하이에나와 자칼이 누구를 이야기한 건지 궁금하구나."

증조할아버지였다. 나모는 증조할아버지를 처음 만난 그날 이후 단 한 번도 증조할아버지와 이야기를 나눈 적이 없었다. 증조할아버지가 나모에게 말했다.

"손녀딸아, 어서 옷을 갈아입거라. 네 아빠를 보러 가자꾸나."

41

나모는 마수쿠가 사준 옷으로 차려 입었다. 브래지어도 했다. 예쁜 외출복이었다. 아빠를 만나기 위해서 근처 묘지로 갈 줄 알았는데 증조할아버지는 증조할아버지가 사는 집으로 나모를 데리고 갔다.

종웨 성을 가진 사람들이 사는 마을에서도 증조할아버지의 집은 눈에 잘 띄지 않는 변두리에 자리 잡고 있었다. 사람들이 증조할아버지를 만나려고 집 밖에서 기다리고 있었다. 먼 마을에서 증조할아버지를 찾아온 사람들이 많았다. 증조할아버지와 만나기 위해 오랫동안 기다리는 사람도 있었다.

나모는 초가지붕에 숨겨 놓은 항아리를 보고 잠시 머뭇거렸다. 두려움이 밀려왔다. 무당들은 그 항아리 안에 무엇을 채워 놓을까? 나모는 차라리 그게 무언지 몰랐으면 좋겠다고 생각했다. 증조할아버지가 낮은 목소리로 말했다.

"난 무유키가 아니란다. 항아리 속에 아들의 심장을 넣어 두지는 않아."

나모는 입술을 깨물었다. 증조할아버지는 나모가 무슨 생각을 하는지 다 알고 있었다. 나모는 벽에 걸려 있는 박제된 동물들과 산더미같이 쌓여 있는 마른 약초를 조심스레 쳐다보았다. 증조할아버지가 말했다.

"요즘에는 몸이 말을 듣지 않아 밖에 나가기가 힘들단다."

증조할아버지는 집 뒤에 있는 젊은 남자에게 손을 흔들었다.

"가리카이는 내 조수란다. 우리를 도와줄 게야."

가리카이가 물과 음식을 차에 잔뜩 실었다. 그 남자는 증조할아버지가 앞좌석에 앉도록 도와주고 나모도 탈 수 있게 뒷문을 열어 주었다. 세 사람은 움부크웨로 가기 위해 가파른 길을 올라갔다. 움부크웨에는 크롬 광산이 있었다. 지구상에서 가장 진기한 금속이 나는 곳이었다.

가리카이가 차를 점점 높은 곳으로 모느라 애를 썼다. 커브를 돌자 새로운 풍경이 펼쳐졌다. 나모의 눈이 휘둥그레졌다. 먼지투성이인 모로상가 가까이에 이토록 아름답고 푸르른 시골이 있는 줄 몰랐다. 노란색 산까치 무리가 도로를 가로질러 쏜살같이 날아갔다. 시끄러운 소리를 내며 흐르는 시냇가로 종려나무가 주욱 늘어서 있었다. 나모는 얼굴을 바싹 차창에 대고 밖을 내다보았다.

마침내 초원에 도착했다. 차는 바퀴자국이 깊이 파여 있는 좁은 오솔길로 들어섰다. 차가 멈췄다.

나모가 질척질척한 풀 위로 발을 내딛으며 숨을 내쉬었다.

"휴우."

증조할아버지가 나모에게 말했다.

"우선 뭘 좀 먹자."

가리카이는 천을 펼쳐 깔고 음식을 수북이 늘어놓았다. 나무에 등을 기대고 앉도록 증조할아버지를 부축해 드렸다. 아무도 말이 없었지만 나모는 그렇게 조용히 있는 게 좋았다. 나모는 무당들이 무서웠다. 그래서 증조할아버지에게도 어떻게 말을 건네야 할지 엄두가 나질 않았다.

세 사람은 레모네이드, 땅콩버터를 바른 샌드위치, 빨간 잼을 얹은 파운드 케이크를 먹었다. 나모가 오래 전 잡지에서 보았던 음식들이었다. 나모는 증조할아버지와 숲 속 빈터에 앉아서 그런 음식을 먹게 될 줄은 상상도 하지 못했다.

음식을 다 먹고 가리카이가 남은 것들을 다시 꾸렸다. 세 사람은 바퀴자국이 나 있는 숲길을 따라 걷기 시작했다. 바퀴자국이 깊고 넓어 건너기 힘든 곳에서는 가리카이가 증조할아버지를 업고 갔다. 풀이 우거진 언덕 위로 계속 걸어 올라갔다. 용담과 분홍빛 난들이 여기저기 흩어져 있었다.

증조할아버지가 중간중간 여러 차례 쉬었기 때문에 올라가는 길이 더욱 길게 느껴졌다.

"증조할아버지, 너무 힘드시면 그냥 돌아가세요."

"지금 멈추면 되돌아갈 힘도 없을 게다. 네 아버지가 꿈에 나타나 너를 여기로 데리고 와 달라고 했단다."

증조할아버지는 금방이라도 미끄러질 듯 아슬아슬하게 보였다. 증조할아버지가 아래로 떨어질까 봐 나모는 증조할아버지의 뒤를 따라

올라갔다. 그걸 본 가리카이가 다시 증조할아버지를 업었다. 바위와 목재들이 뒤엉켜 있는 벼랑에 도착했다. 증조할아버지가 숨을 돌리려고 통나무 위에 앉았다.

계곡 아래로는 시냇물이 졸졸 흐르고 푸른빛에 뒤덮인 구릉이 보였다. 뭉게구름이 하얗게 피어나 파란 하늘 위로 흘러갔다. 나모는 숨을 깊이 들이마셨다. 증조할아버지가 자기 옆자리를 톡톡 두들겼다. 나모는 증조할아버지 옆에 가 앉았다.

"내가 가족들을 귀찮게 하는구나. 너한테도 그렇고……. 나는 지나간 이야기를 하고 싶은데 다른 사람들은 그저 덮어 놓으려고 해. 가족들은 감리교를 믿었어. 감리교는 기독교의 한 분파지."

나모는 한숨을 내쉬었다. 또 다른 기독교라니, 기독교는 왜 그리 복잡하지?

"인더스트리는 둘째 아내와 결혼할 무렵 교회를 다녔어. 그러던 어느 날 갑자기 자신의 아프리카 뿌리를 발견한 거지. 감리교에서는 한 남자가 아내를 둘 이상 두지 못하게 한단다. 하지만 그런 규율을 꼭 지키지 않고도 교회에 나가는 사람들이 있다. 그 사람들은 짐바브웨를 발전시키려는 이야기를 하려고 모이지. 그들은 뒤뜰에서 전통적인 방법으로 병을 고치는 무당들을 좋아하지 않아. 그렇지만 그 사람들이 나를 무시하지 못하는 것은 내가 나이가 많고 마을 사람들에게 영향력이 있기 때문이란다."

증조할아버지가 가리카이에게 눈짓을 했다. 그러자 가리카이가 재빨리 컵을 가지고 와 보온병에 담겨 있던 달콤한 우유를 따라 주었다.

"내 아들, 그러니까 네 할아버지는 광산에서 돈을 많이 벌었지."

나모가 고개를 끄덕였다. 증조할아버지가 이야기를 계속했다.

"네 할아버지는 이 언덕에 터널을 뚫으면서 돈을 벌었어. 많은 남자들이 일을 하러 갈 때엔 움부크웨를 지나다녔거든. 이 언덕은 거대한 개미탑처럼 생겼단다. 그런데 네 할아버지는 돈을 벌자마자 백인들을 흉내내기 시작했어. 무렌가라는 자기 이름을 로이드로 바꾸었지. 네 할아버지는 크롬 회사 사장한테 아첨하고 싶었던 거야. 그 사람 이름이 로이드였거든. 그런데 그 사장이 지뢰 사고로 죽고 독립전쟁이 일어나 백인들이 이 땅에서 쫓겨났지. 여기 사람들이 백인 이름을 가지는 것은 오히려 낡은 유행이 되어 버렸어.

너도 알다시피 무렌가라는 말은 혁명이라는 뜻이야. 이름을 그렇게 지은 게 참 다행이었지. 로이드, 그 아첨쟁이는 하룻밤 사이에 무렌가, 그러니까 혁명당원으로 자신을 바꾸었어. 네 할아버지는 전쟁이 끝나자 승리를 축하하는 행렬 맨 앞줄에 섰단다. 네 할아버지 덕분에 나도 노망난 늙은 농부에서 존경받는 어른이 되었지.

무렌가는 애국심에 대한 보상으로 광산 경영자가 되었어. 네 할아버지는 아들이 둘 있었는데, 그 두 아들이 바로 프라우드와 인더스트리야."

나모는 똑바로 몸을 세웠다. 드디어 아빠 이야기가 나왔다.

"무렌가가 술버릇이 나쁘다는 건 너도 알고 있겠지?"

나모는 대답할 수가 없었다. 할아버지를 흉볼 수는 없었다. 증조할아버지가 물어 보는데 어떻게 말해야 되지?

"걱정하지 마라. 내가 물어 보지 말 걸 그랬구나……. 매일 고함치고 싸우는 소리가 들리잖니? 무렌가는 알코올 중독이란다. 그런데 네 아빠 프라우드도 그랬단다."

부드러운 바람이 언덕 사이로 불어왔다. 언덕 위의 풀들이 흔들렸다. 아프리카영양 수컷 한 마리가 멀리 아래쪽 길 위로 걸어갔다. 수컷은 머리를 돌려 사람들을 지켜보면서 시냇물을 건너가는 암컷 무리들을 이끌었다. 증조할아버지는 따뜻한 눈빛으로 말했다.

"프라우드는 착한 아이였단다. 훌륭한 사람이 될 거라고 기대했지. 그런데 너보다 더 어린 나이에 술을 마시기 시작했단다. 프라우드는 무렌가가 둔 술을 훔쳐 마시고 자주 취했어. 그러나 네 아버지는 아주 포부가 컸단다. 크롬 광산을 자기 것으로 만들고 싶어했지. 그래서 국회의원에 입후보를 할 참이었는데 하늘의 뜻은 그렇지가 않았단다. 네 엄마를 만나게 되었던 거야."

나모는 깜짝 놀랐다.

"엄마를 아세요?"

"그럼. 네 엄마는 자그마한 여학생이었는데 아주 예뻤어. 그런데 두 사람이 결혼식을 하기도 전에 엄마가 임신했다는 건 알고 있었니?"

"아뇨, 전혀 몰랐어요."

"집안이 떠들썩했어. 무렌가는 결혼을 허락하지 않았단다. 물론 나도 그랬지. 그 당시에 나는 있으나마나 한 늙은이에 지나지 않았어. 무렌가가 백인들과 어울리던 때였거든. 은강가에 있는 성당에서 네 부모는 비밀리에 결혼을 했단다."

나모는 안도의 한숨을 쉬었다.

"프라우드가 신부님께 거짓말을 한 것 같아. 네 엄마, 아빠는 원래 가톨릭 신자가 아니었단다. 아니면 신부님이 네 엄마를 안쓰럽게 여겼는지도 모르지. 신부님은 프라우드의 결혼을 합법적으로 해주려고 정부에서 주는 결혼 증명서까지 받게 해주었어. 그건 내가 지금도 가지고 있단다.

두 사람은 모잠비크에 있는 네 엄마의 마을로 떠났지. 그런데 얼마 되지 않아 프라우드가 돌아왔어. 곧이어 프라우드가 사람을 죽였다며 그 대가로 소를 달라는 편지를 받았단다. 누군가가 창문 너머로 편지를 집어넣은 것 같았어. 넌 그 일로 벌어진 싸움을 상상할 수 없을 거다."

나모는 어젯밤 할아버지와 할머니의 싸움 소리가 방문 틈으로 새어 나오던 것을 떠올리며 할아버지와 아빠가 싸우는 것을 상상해 보았다.

"무렌가는 프라우드의 재산상속권을 빼앗아 버렸지. 그러자 프라우드는 돈을 벌겠다며 여기로 왔어."

증조할아버지가 언덕 쪽을 가리켰다.

"네 아빠는 항상 거창한 계획을 세웠어. 아주 깊고 긴 굴을 파려고 했지. 또 실제로도 그렇게 했어. 그러던 어느 날 산 중심이 무너져 내렸단다. 프라우드도 거기에 파묻히고 말았지."

나모는 숨이 막혔다. 바위들과 목재로 뒤덮여 있는 이곳이 바로 아빠의 무덤이었다니…….

"아빠를 못 찾았나요?"

"노력은 했지만 터널이 사방으로 뚫려 있었어. 사고가 났을 때 사람들은 프라우드가 어디에 있었는지조차 몰랐지. 결국 장례식을 여기서 치렀단다. 무렌가가 그렇게 하자고 했어. 나는 죽은 프라우드가 편안하게 저 세상으로 갔을지 늘 마음에 걸린단다."

나모는 복잡한 감정을 이기지 못해 울기 시작했다. 나모는 엄마가 종웨 집안에서 환영받지 못했다는 게 속상했다. 아빠의 무덤 옆에 앉아 있는 것도 슬픈 일이었다. 그렇지만 아빠에 대한 궁금증이 풀렸다. 나모는 풀밭에 엎드려 한참동안 울었다. 증조할아버지가 손수건으로 눈물을 닦아 주었다.

"이제 내려가자. 좀 피곤하구나."

"네, 제가 부축해 드릴게요."

나모는 금방이라도 쓰러질 것 같은 증조할아버지를 부축했다. 나모와 가리카이는 증조할아버지를 양쪽으로 부축하고서 다시 초원으로 내려왔다. 태양이 하늘 저편으로 낮게 기울었다. 계곡에는 푸른 그림자가 가득 드리워져 있었다.

"차를 한 잔 더 할까? 너한테 들려줄 이야기가 하나 더 있단다."

가리카이는 불을 피우고 계곡에서 떠온 물을 끓였다. 가리카이는 그 물에다 달콤한 우유 가루를 탔다. 우유는 참 맛있었다. 모잠비크에 있을 때, 건너 마을로 가 엄마랑 먹는 것을 상상하던 바로 그 음료수 맛이었다. 증조할아버지가 말했다.

"나모, 네가 보았다던 표범에는 두 가지 뜻이 있단다. 고레 므토코의 토템은 표범이야. 그리고 우리 토템도 표범이란다."

"저는 우리 토템이 사자인 줄 알았어요."

나모는 깜짝 놀랐다. 표범 토템을 가진 나모와 표범 토템인 므토코 집안 아들이 결혼을 하면 같은 씨족끼리 결혼하는 거나 마찬가지였다.

"우리의 토템은 사자이기도 하고 표범이기도 해. 가끔 강한 씨족 둘이 만나면 두 가지 토템을 갖게 되지. 우리 씨족 이름은 '그룬도로'란다. 그룬도로는 왕족을 상징하는 은도로를 쓰는 사람들이라는 뜻이야. 그런데 므토코 집안은 우리와 씨족 이름이 달라. 아주 먼 친척인 거지. 그러니 결혼을 한다고 해도 문제될 건 없단다. 하지만 너를 죽은 영혼에게 보내는 그런 결혼은 말이 안 되지. 어쨌든 내 생각은 이렇단다. 죽은 고레 므토코 영혼이 네 엄마를 죽이고 또 네 아빠의 광산을 무너뜨렸어. 고레의 복수는 완벽했지. 네 아빠는 항상 괴로워했어. 프라우드는 널 데려와야 한다고 늘 걱정했지. 프라우드는 네 엄마한테 자기 토템이 사자라고 했는데 그건 자기를 더 강한 사람으로 보이고 싶어서 그랬을 거다. 사실 네 아빠의 토템은 표범에 더 가깝단다. 표범은 그늘 속에서 혼자 사냥을 하지. 다른 동물들 눈에 띄는 일도, 적과 마주치는 일도 드물어. 네 아버지가 처음으로 너한테 모습을 보인 게 그 시냇물에서였다는 생각이 드는구나."

나모가 말했다.

"그건 그림자를 잘못 본 건지도 몰라요."

"그러나 넌 사람들한테 그렇게 말했어. 표범은 마스비타의 고모가 병들기 전날 밤, 다시 숲에 나타났어. 그리고 무덤가에 자기 흔적을 남겼지. 그건 너를 마을에서 멀리 쫓아내려고 한 거란다."

"그럼 섬에 나타났던 표범은요?"

"생각해 보거라. 표범이 널 해치려고 했니?"

나모가 대답했다.

"아니오."

"기억해 봐. 표범은 네가 먹을 것이 필요할 때 죽은 영양을 찾도록 해주었어. 너를 괴롭히던 개코원숭이도 죽였고……, 또 섬에서 너를 내보내려고 위협을 하기도 했지. 그렇지 않았으면 아직도 너는 그 섬에 남아 있었을지도 몰라."

나모는 손바닥을 쳤다. 증조할아버지의 말이 맞았다.

"프라우드가 얼마 전 내 꿈에 나타나 너를 여기로 데려오라고 했단다. 프라우드는 네가 자기를 이해해 주었으면 하는 거 같았어."

집으로 돌아오는 길에 나모는 생각에 잠겼다. 구릉이 먼지와 어둠에 휩싸여 모습을 감추고, 모로상가 불빛이 점점 가까워지고 있었다. 증조할아버지는 집에 도착하자마자 할아버지의 방문을 똑똑 두드렸다.

할아버지는 테이블 위에 술병을 올려 둔 채 안락의자에 몸을 푹 파묻고 있었다. 할머니는 건넌방에서 뜨개질로 담요를 만들고 있었다. 집에는 할머니가 짠 담요가 많았다. 할머니는 오늘도 하루 종일 담요를 뜨고 있었던 것 같았다. 증조할아버지가 말했다.

"사진을 가지러 왔다."

무렌가 할아버지가 불그스레한 눈으로 증조할아버지를 쳐다보았다. 하지만 증조할아버지가 한 말을 제대로 들은 것 같지는 않았다. 할머니가 증조할아버지 기척을 듣고 뜨개질 감을 옆으로 치워 놓고 할아버지 방으로 들어왔다. 방 안에는 위스키 냄새가 진동했다. 방 구석구석 영국, 남아프리카로 여행하면서 가지고 온 기념품들이 수북이 쌓여 있었다.

할머니가 가구 위에 도자기로 만든 백인 여자아이 인형을 몇 개 치웠다. 인형은 긴 주름치마를 입은 모습이었다. 레이스로 된 덮개를 들추고 아래에 있는 수납장에서 사진을 꺼냈다. 사진 속에는 정장을 차려 입은 한 남자와 길고 하얀 드레스를 입은 여자가 있었다.

증조할아버지는 한마디도 하지 않았다. 사진을 받아 들고는 나모를 데리고 방을 나왔다.

"휴우, 저 방에서는 도대체 숨을 쉴 수가 없구나."

증조할아버지는 응접실 창문을 열고 자리에 앉으면서 말했다. 잔디에 뿌리고 있는 차가운 물 냄새가 집 안으로 밀려들어 왔다. 증조할아버지가 사진을 톡톡 두들겼다.

"옷은 빌린 거야. 결혼할 때 가톨릭 신자들은 이런 옷을 입는단다."

나모는 사진을 보는 게 두려웠다. 나모는 엄마, 아빠의 모습을 상상해왔다. 그래서 생각했던 모습과 사진 속 실제 모습이 크게 다르지 않을까 걱정이 되었다. 나모는 굳게 마음을 먹고 사진으로 눈을 돌렸다. 엄마, 아빠는 아주 젊었다. 엄마는 머리에 하얀 망사를 쓰고 리본을 맨 예쁜 꽃다발을 쥐고 있었다.

아빠는 백인들이 입는 옷을 입고 편안하고 밝게 웃고 있었다. 엄마는 조금 긴장한 표정이었다. 두 분 다 멋있어 보였다. 나모가 말했다.

"엄마가 마스비타처럼 보여요."

"마스비타? 네 사촌 말이구나. 너도 사진 속에 있단다. 나모."

"제가요?"

"여기."

증조할아버지가 엄마의 배를 가리켰다. 나모가 어색해하니까 껄껄 웃으셨다.

"자, 이 사진은 이제 네 거야. 결혼 증명서는 내일 줄게. 너는 정말 종웨 집안 사람이야."

순간 할아버지와 할머니의 고함 소리가 터져 나왔다. 나모와 증조할아버지는 서로 마주 보며 눈길을 주고받았다.

42

에피피 마을은 변한 게 하나도 없었다. 헤르덴이 요란하게 차를 몰고 마을로 들어섰다. 나모는 마음이 푹 놓였다. 나모는 그동안 잃은 것들이 많았기 때문에 에피피 마을도 금방 사라져 버리는 게 아닐까 두려웠다. 헤르덴이 물건들을 내리는 동안 나모는 바바 조셉을 찾으러 달려갔다. 그 다음에는 글레이즈 간호사를 찾으러 병원으로 뛰어갔다.

에피피 마을에 다시 돌아온 나모는 기분이 좋았다. 어지간히 노력을 했지만 증조할아버지를 빼고 친척들은 정말 마음에 들지 않았다. 은근히 그들은 나모를 훼방꾼으로 여기는 것 같았다. 그러나 에피피 마을은 정말 나모의 집 같았다. 나모는 모든 것이 잘 있는지 보려고 여기저기 돌아다녔다. 실험실 선반에 병들은 여전히 가지런히 진열되어 있었고, 호박은 부엌 구석에 쟁여 있었다. 수탉들도 가축 우리 근처에 모여 있었다.

변한 것은 나모뿐이었다. 나모는 맵시 있는 새 옷을 입고 분홍색 샌들을 신었다. 또 귀를 뚫어 밝은 초록빛 귀고리를 하고 있었다. 나모는 마수쿠에게 어떻게 말을 걸어야 할지 계속 고민했다.

이미 나모는 사진으로 엄마를 봤기 때문에 마수쿠를 엄마라고 부를 수는 없었다. 그러나 마수쿠 선생님이라고 부른다면 왠지 쌀쌀맞게 들릴 것 같았다. 나모는 실험실 문 앞에서 망설였다. 마수쿠가 반가운 목소리로 불렀다.

"나모. 어머나, 이제 정말 숙녀가 다 되었네. 돌아 봐. 종웨 집안이 옷을 사 입히는 데는 짜게 굴지 않았네. 귀고리까지, 정말 멋져!"

나모가 수줍어하며 말했다.

"할머니가 옷을 만들어 주셨어요. 담요를 뜨개질하시면서 짬짬이요."

"그래, 네가 전에 담요 이야기를 한 적이 있었지."

나모는 삐뚤빼뚤한 글씨로 마수쿠에게 편지를 써서 보낸 적이 있었다. '사랑하는 엄마'라고 편지를 시작했지만 그렇게 불러도 되는지 망설여졌다. 여름에는 꼭 타자 치는 법을 배워서 연필을 영원히 던져 버리겠다는 생각을 하기도 했다.

"모잠비크에서 소식이 왔어. 네가 직접 읽어 봐."

나모는 한 번 접고 다시 접어 한쪽 귀퉁이가 누렇게 변한 종이를 받아 들었다. 누군가가 호주머니에다 오랫동안 넣고 다녔던 것 같았다. 글씨가 나모만큼이나 비뚤비뚤했다.

편지는 이렇게 시작했다.

'사앙하는 죠카에게'

쿠파 이모부가 보낸 편지였다. 나모가 짐작했던 대로 할머니가 돌아가셨다고 했다. 치포 이모는 이모부보다 한술 더 떴다. 이모는 '증말 증말 슬프다' 이렇게 썼다. 마스비타는 남자아이를 낳았다고 했다. 나모는 환호성을 질렀다. 마스비타는 건너 마을의 남자와 결혼을 했고 다시 둘째 아이를 가졌다고 했다.

아이가 벌써 둘이라니! 나모는 황홀한 표정이 되었다. 마스비타는 다시 자란 머리카락을 예쁘게 치장하고 결혼했을 것이다. 나모는 전갈한테 쏘이고 열병에 시달리면서 꾸었던 꿈이 떠올랐다. 마스비타는 '관습이기 때문에' 왕과 함께 호수 속에 빠졌다. 그런데 할머니는 물에 빠지려는 나모를 잡아당겼다. 나모는 중얼거렸다.

"할머니는 내가 마스비타처럼 되는 게 싫었던 거야."

마수쿠가 말했다.

"나도 그렇게 생각해."

"그 분들을 찾아가고 싶어요."

"좀 기다리자. 그 사람들은 아직도 고레 므토코의 영혼을 걱정하고 있을지 몰라."

나모는 다시 모잠비크에 가서 사는 것을 상상해 보았다. 옥수수를 빻고 물을 길어 오면서 하루를 보낼 것이다. 책을 읽을 수도 없을 것이다. 나모네 반 아이들은 공부하기 싫어했지만 나모는 공부가 좋았다. 글 쓰는 것만 빼고 말이다. 하지만 괜찮다고 생각했다. 할머니가 말씀하셨듯이 정말 맛있는 죽에도 바구미는 끼게 마련이니까. 마수쿠가 말했다.

"너한테 할말이 있어."

두 사람은 헛간으로 갔다. 헤르덴이 새끼 낳는 소를 돌보고 있었다. 바바 조셉도 옆에 있었다. 바바 조셉이 말했다.

"새끼를 빨리 낳으라고 주사까지 놓을 필요는 없잖아……."

헤르덴이 비누로 손을 씻으며 말했다.

"지독한 파리들 때문에 몸이 약해졌어요. 새끼한테 세례까지 주고 싶으신가요?"

헤르덴은 새끼를 받으려고 준비하고 있었다.

"바포소리에서는 동물한테 세례 안 줘. 그렇지만 자네 영혼을 위해서는 기도해 주지."

헤르덴이 대답했다.

"고맙습니다, 할아버지."

그는 허약한 어미 소에서 송아지를 있는 힘껏 끌어냈다. 나모는 세상 밖으로 미끄러져 나오는 새 생명을 바라보면서 눈이 둥잔만해졌다. 동물들이 태어나면 땅의 여신에게서 영혼을 하나 받는다. 사람들은 그렇게 받은 영혼에 므와리 신에게서 영혼을 하나 더 받는다. 사람들이 영혼을 위해서 왜 기도를 하는지 나모는 잘 몰랐다. 헤르덴이 손을 씻으려고 양동이에 손을 집어넣으면서 활기차게 말했다.

"할아버지는 돌아가시면 어디로 가시게 될까요?"

헤르덴, 마수쿠, 나모는 부엌 밖 부겐빌리아 그늘에 앉아 있었다. 부엌에서 일하는 사람이 차와 칡가루로 만든 과자 한 상자를 내왔다.

"이거 정말 무겁던걸……."

헤르덴은 예전에 할머니가 주신 금이 있는 작은 자루를 나모 무릎 위로 던졌다. 그것을 보자 나모는 목이 멨다. 빨간 천이 거무튀튀해져 거의 검은색에 가까웠다. 그러나 이것은 나모와 마을을 연결해 주는 유일한 물건이었다.

"할머니가 네게 주신 건 할머니가 알고 계셨던 것보다 훨씬 더 값비싼 거였어. 할머니가 작은 조각 하나라도 팔았으면 아셨을 텐데……. 그게 어느 정도 가치가 있는지 잘 모르셨나 봐. 거의 90그램 정도 나가던데……. 그러니까 4천 달러(짐바브웨 달러)가 넘어."

일주일에 50센트씩 용돈을 받는 나모는 그저 멍청하게 헤르덴을 바라보았다.

"네 이름으로 은행 예금계좌를 만들면 어떻겠니? 식구들한테는 비밀로 하고."

나모가 마수쿠를 바라보았다.

"네 할머니나 엄마, 두 분 다 지긋지긋한 가난에 시달리셨어. 너는 자유롭게 살아야 해. 그게 할머니가 너한테 금을 주신 이유일 거야."

"그래도 식구들에게 이야기를 해야 하지 않을까요?"

"지금은 연세가 드신 증조할아버지가 계시니 괜찮지만 증조할아버지가 돌아가시면 틀림없이 그 손톱 긴 여자가 너를 집에서 쫓아낼 거야. 생각해 봐, 너를 진심으로 걱정해주는 사람이 있니? 담요를 만들다가 지루해지면 네 치마나 만들어 주는 거 빼고 말이야."

나모는 솔직히 말했다.

"없어요."

"지금 넌 이것저것 옷을 입혀 볼 수 있는 인형이지만 사람들은 인형이 쓸모가 없어지면 내다 버린단다. 너는 영리해서 그 가족들처럼 틀에 박힌 생활하는 것도 답답해할 거야. 또 좋아하지도 않는 남자랑 결혼해야 할 수도 있고……. 스스로 돈을 관리하기 전에는 절대로 자유로울 수 없단다."

헤르덴이 말했다.

"여름방학 동안 네가 여기서 일하면서 버는 돈은 모두 네 통장에 넣어 줄게."

나모가 앞으로 어떻게 지낼지에 대한 계획이 거의 다 짜였다. 나모는 조금 어리둥절했지만 앞으로 그저 잘되기만을 바랄 뿐이었다. 식구들에게 이런 계획을 숨기는 게 마음에 걸렸지만 에디나에게 의지하며 살고 싶은 생각은 조금도 없었다. 에디나는 나모가 결혼할 나이가 되면 못생긴 남편감을 소개해 주면서 "자네가 때리고 싶다면 그 애를 때려도 되네"라고 말할 수도 있으니까. 마수쿠가 말했다.

"그런데 돌아온 뒤로 넌 한 번도 날 엄마라고 부르지 않는구나. 이제 내 이름을 부르던걸?"

나모가 머리를 숙였다. 헤르덴이 새로 탄 차에 설탕 세 숟가락을 넣고 휘휘 저으며 말했다.

"내게도 그랬는걸? 한 번도 나를 아빠라고 부르지 않았어."

마수쿠가 입술을 오므렸다.

"나모, 네가 날 엄마라고 부르지 않아도 난 괜찮아."

"죄송해요."

나모의 눈에 그렁그렁 눈물이 맺혔다.

"저런, 울지 마. 나를 마수쿠 고모라고 부르면 어떻겠니? 내가 고모처럼 여자가 알아야 되는 걸 다 가르쳐 줄게."

헤르덴이 말했다.

"립스틱을 입술 선 안쪽으로 어떻게 잘 발라야 하는지, 그런 거 말이군."

마수쿠는 부엌에 쌓아 둔 잡지를 하나 집어 그를 찰싹 때렸다.

나모가 잡지의 겉표지를 보았다.

"어머! 거기 엄마 사진이 있어요!"

나모가 소리를 지르며 펄쩍 뛰었다. 마수쿠가 깜짝 놀라 잡지를 나모에게 건네주었다. 나모는 잡지를 획 끌어안고 가 식탁 위에 정성스레 펼쳤다. 뒤표지에는 꽃무늬 드레스에 하얀 앞치마를 두른 한 여자가 있었다. 여자는 하얀 빵에 마가린을 바르고 있었다. 그 옆에 머리를 양쪽으로 묶어 올린 여자아이가 서 있었다. 여자가 빵과 마가린을 여자아이에게 주려고 하는 것처럼 보였다. 나모가 고개를 들고 마수쿠를 쳐다보았다.

사진 속 여자는 마수쿠와는 닮지 않았다.

"그건 마가린 광고야. 그동안 넌 광고에 나오는 사람과 이야기를 나누고 있었구나."

나모가 딸꾹질을 하며 말했다.

"선생님과 하나도 안 닮았어요. 그런데 나는 왜 닮았다고 생각했던 거죠?"

나모가 울음을 터뜨렸다. 마수쿠가 나모를 꼭 끌어안았다.

"내가 너한테 특별한 인상을 남긴 거라고 생각하렴. 네가 그 힘든 일을 겪고 난 뒤였으니 그건 당연한 거야."

"특별한 인상이 뭐예요?"

"알에서 깨어난 새끼들은 가장 먼저 본 대상을 엄마라고 생각한단다. 그래서 어디든 졸졸 따라다니지."

"그게 자칼이라도 그런가요?"

헤르덴이 말했다.

"그렇다고 하는데, 그게 만약 새끼 새와 자칼 어미라면 그리 오래 붙어 다니지는 않을 것 같아."

마수쿠가 약간 망설이다가 말했다.

"넌 어떤 의미에서는 그 마을을 떠나 오면서 죽었어. 영혼의 세계가 존재한다면, 너는 분명히 그 세계를 경험했단다. 그리고 내가 너를 지하 방에서 찾아낸 건 너를 다시 생명의 세계로 데려온 거나 마찬가지야. 알에서 나온 네가 처음으로 본 게 바로 나였으니까."

나모는 잡지 표지와 두 사람을 번갈아 쳐다보며 오랫동안 생각에 잠겼다. 나모는 우울하게 말했다.

"사진 속 여자는 진짜 엄마하고도 안 닮았어요."

마수쿠가 사진을 펼쳤다.

"아니, 잠깐만……. 이리 와 봐."

마수쿠는 나모를 병원 안의 긴 거울 앞으로 데리고 갔다.

나모는 머리카락이 삐죽삐죽하게 솟은 흉한 얼굴을 본 이후로 거의 거울을 보지 않았다. 귀고리를 할 때 가끔 거울을 본 적은 있지만 초라한 모습이 보기가 싫어 거울을 피할 때가 많았다.

그런데 나모는 자기 모습을 보고 깜짝 놀랐다. 키가 큰 아름다운 여자가 거기에 서 있었다. 머리카락은 건강하게 윤기가 흘렀고 눈망울은 맑았다. 나모는 꽃무늬 치마에 분홍빛 샌들을 신고 있었다. 밝은 초록빛 귀고리가 나모의 귀에서 반짝거리고 있었다.

나모는 아름다웠다. 마가린 광고에 나오는 여자는 다름아닌 나모와 닮았다. 마수쿠가 말했다.

"이걸 뭐라고 말해야 하지?"

헤르덴이 실험실 문을 나서며 말했다.

"마수쿠 고모라……. 참 듣기 좋은 말이군."

여름방학이 끝나는 마지막 날 저녁, 나모는 어스레한 빛을 바라보면서 탑 위에 앉아 있었다. 동쪽 안개 속에서 세 사람의 모습이 눈에 들어왔다. 그들은 먼길을 걸어온 것 같았다. 울타리를 지나 나뭇잎 밟는 소리도 내지 않고 들판을 가로질러 탑 부근까지 왔다. 한 사람은 탑 아래 멈췄고, 두 사람은 옥수수 줄기에 달린 커다란 이파리 사이에서 머뭇거렸다.

'나모.'

맨 앞에 있던 사람이 조용히 나모의 이름을 불렀다. 나모의 눈에 눈물이 그렁그렁 맺히기 시작했다.

'나모, 아주 잘했어. 네 나이에 은행 예금계좌를 만들다니……. 내가 만약 예금계좌를 가지고 있었더라면 모든 일이 달라졌을 거야. 내가 널 만나지 못하고 조상님께 먼저 가면 언젠가는 너를 찾아오겠다고 한 말, 기억 나지? 그래서 왔단다. 내게 하고 싶은 말 있니?'

할머니였다. 나모는 종웨 가족들과 새로운 생활에 대해 이야기했다. 할머니가 말했다.

'그 늙은 노인만 빼면 다들 원숭이 패거리구나. 하지만 어쩌겠니? 모두 가족인걸.'

나모는 어둠이 내리고 저녁바람이 살랑살랑 옥수숫대를 흔들 때까지 할머니와 이야기를 나누었다. 다른 두 사람의 모습이 별빛을 받아 뚜렷하게 보였다. 엄마였다. 엄마 얼굴은 너무 앳되었다. 엄마는 마스비타처럼 보였다. 아빠는 사진과 다르게 보였다. 아빠는 잠깐 나모 앞에 서 있다가 울타리 그늘 속으로 가서 소리 없이 서 있었다. 할머니가 마지막으로 이야기했다.

'우리는 먼길을 가야 한단다. 루바가 만다라가 되어서 곧 잔치를 할 거야. 빠져서는 안 되지.'

나모가 물었다.

"벌써 가시려고요?"

엄마가 낮은 목소리로 부드럽게 말했다.

'몸은 한 곳에 머물러 있지만 영혼은 어디든 갈 수 있단다.'

곧 세 사람은 떠났다. 나모는 개똥벌레가 떠돌고 있는 자주개자리 숲, 그 숲으로 부는 바람 속에 조용히 서 있었다.

〈끝〉

글쓴이 · **낸시 파머** Nancy Farmer

미국 애리조나의 멕시코 국경 부근에서 성장했으며 지금은 캘리포니아 멘로 파크에서 살고 있다. 《아프리카 소녀 나모》 《전갈의 아이》 《The Ear, the Eye and the Arm》으로 뉴베리 상을 받았다. 이 책은 1997년 수상작이며 생생한 아프리카 모습과 한 소녀의 생존 모험을 다룬 성장소설이다.

옮긴이 · **김백리**

1993년 계간 《노둣돌》에 중편소설 <갇힌 자의 순례>를 발표하며 등단했다.
장편소설 《이성이 잠들면 요괴가 눈뜬다》 《첫길》 들을 썼다. 옮긴 책으로는 《꿈길의 요술램프》 《달님을 타고 놀아요》 《해님이 내 마음을 어루만져요》 《별님이 나를 지켜줘요》 《어린 왕자를 찾아 떠나는 여행》이 있다.

아프리카 소녀 나모

초판 1쇄 발행일 · 2005년 1월 21일 | 초판 4쇄 발행일 · 2012년 4월 2일

글쓴이 · 낸시 파머 | 옮긴이 · 김백리 | 펴낸이 · 윤은숙
편집 · 박은희 | 디자인 · 조현주 | 마케팅 · 석철호 나다연 최강섭 도한나 | 제작 · 이수현
펴낸 곳 · (주)느림보 | 등록일자 · 1997년 4월 17일 | 등록번호 · 제10-1432호
주소 · 경기도 파주시 회동길 198
전화 · 편집부 (031)955-7391 영업부 (031)955-7374 | 팩스 · (031)955-7393
홈페이지 · www.nurimbo.co.kr

값은 뒤표지에 있습니다. 잘못된 책은 구입하신 곳에서 바꿔드립니다.
ISBN 89-5876-007-9 (43840)